Thomas Stangl

FREMDE VERWANDTSCHAFTEN

Roman

Literaturverlag Droschl

1.

Im September 1911 fährt Franz Kafka in Paris zum ersten Mal mit der Metro; er beschreibt dieses Erlebnis ausführlich in seinen Reisetagebüchern. Ein Satz in dieser Beschreibung lautet: »Man ist auch nicht weit von den Menschen, sondern eine städtische Einrichtung, wie z. B. das Wasser in den Leitungen«. Ich schrieb diesen Satz, als ich ihn in einem Hotelzimmer in Paris, nah der Place de la République, las, gleich in mein Notizbuch ab. Er schien mir alten Träumen, unklaren Phantasien zu entsprechen, für die ich lange keine Form gefunden hatte. Ich stand auf, schaute aus dem Fenster auf die schmale, langgezogene Rue Meslay. Im winzigen Zimmer hinter mir saß die Frau, die ich vom Bahnhof abgeholt hatte, auf dem Bett und las ein französisches Buch.

Es gibt Orte, denkt (hundert Jahre nach Kafkas Zeit) dieser Architekt am Tag vor seiner Abreise, Orte außerhalb von Europa, an denen alles älter ist, einen Tick näher am Verfall, die Steine der Häuser, Paläste und Säulen, die Wände im Inneren der Häuser, rötlich graue, schwitzende Wände, die einen Tick mehr von Zeit getränkt sind, er kann sie sich genau vorstellen, so wie er sich die schnell wachsenden üppigen Pflanzen in den Gärten vorstellen kann, einen über die Ufer tretenden Fluss und den Sand, den der Fluss mit sich nimmt, die Orte sind dicht besiedelt und können doch in jedem Moment aufgegeben werden, die Häuser (die Paläste, die Innenräume) rücken einen unmerklichen Schritt zur Seite, ins Unwahrscheinliche hinein, denkt er, ins Unwahrscheinlichere und eben deshalb Wahrhaftigere.
Außerdem gibt es an diesen Orten Tiere, fast wie aus Zeichentrickfilmen. Das fällt ihm aber (denkt er, am Fenster stehend, seit

wie lange schon am Fenster stehend) nur wegen der Kinder ein, nur weil er eigentlich schlafen sollte, vielleicht gar nicht mehr so richtig wach ist, woher denn sonst (denkt er) diese Tiere. Er ist sich nicht sicher, ob er sich auf die Reise freut.

Er steht da, schaut aus dem Fenster, die Straße zieht sich über Hügel hin schnurgerade in die Ferne, weit über den Häusern liegt eine dichte, gleichmäßige, rötlich leuchtende Wolkenschicht. Niemand ist auf der Straße, ein Taxi fährt vorbei, dann ein Auto, das eine junge Frau lenkt (er sieht von oben ihre Knie), dann niemand, von der Durchzugsstraße her das An- und Abschwellen von Folgetonhörnern, dann die roten Lichtpunkte von Zigaretten, zwei junge Männer und ein Mädchen, die sich laut unterhalten, lauter lachen, dann niemand, Sekunden, Minuten, niemand, ein Schwarzer auf einem Fahrrad, dann niemand, die Straße zieht sich zu den niederen Bergen am Rand dieser Stadt irgendwo in Europa, in Mitteleuropa hin, unter seinen Blicken, unter der dunklen wolkenleuchtenden Hand des Himmels.

Er erinnert sich, dass er als Kind oder eher als Jugendlicher in seinem Atlas auf der Europakarte die Städte bunt gekennzeichnet hatte, in denen er bereits gewesen war, dann ein Netz zwischen diesen Städten gezogen: als würde in dem Muster etwas zu erkennen sein, etwas, das ihn betraf und zugleich die Welt. Die Europakarte und seine eigene darübergelegte Karte mit einem Netz von Linien zwischen Metropolen und Badeorten stellten eine Verbindung zwischen ihm und der Welt dar. Später hätte die Europakarte nicht mehr ausgereicht, aber sein Glaube an die Karten war auch verlorengegangen; oder zumindest so weit in den Hintergrund getreten, dass er nicht mehr auf die Idee gekommen wäre, irgendwelche Orte zu markieren. Im Geheimen hat er sich aber vielleicht doch nicht verändert.

Um fünf Uhr früh wird das Taxi vor der Tür stehen. Ein Kaffee und Küsse auf die Stirnen der Schlafenden.

Die aus dem Fenster in der Rue Meslay aufgenommenen Fotos zeigen fast nichts als perspektivisch aufeinanderzulaufende Linien: die Dächer, die Straße, die parkenden Autos, Pfeile, die in die Ewigkeit schießen, Raum erzeugen: Fluchtlinien, in denen ich ein unbestimmtes Versprechen wahrnehmen wollte. Dass auch Autos oder Menschen auf den Fotos zu sehen sind, hat fast keine Bedeutung. Damals war ich, nach langer Zeit, zum zweiten Mal in Paris, wo ich niemals gelebt habe und das mir doch viel eher als Wien, wo ich andauernd lebe und wovon ich andauernd schreibe, als meine Stadt erscheint.

Das erste Bild ist allerdings ein Spiegelbild und zeigt die Zerstörung, mit der alles beginnt und endet. Ich bin sechzehn Jahre alt und zum ersten Mal allein, ohne Familie, nur mit Freunden verreist.

Ich stehe im Foyer eines Zweisternhotels, frühmorgens, übermüdet, irgendwo im zweiten Arrondissement in der Nähe der Oper, im Sommer 1982, habe nichts zu sagen, weil andere das für mich erledigen, warte, unbeteiligt an allem, ein großer Spiegel steht da, auf den (oder eher in den) mein Blick fällt. Ich sehe mich, wie es scheint, in diesem Spiegel zum ersten Mal selbst, ohne den Schutz eines eigenen Raumes, in einer Welt, zu der ich nicht gehöre. In meinem käsig weißen leeren Gesicht nehme ich einen lächerlichen Ausdruck von Panik wahr. Das Gesicht zerfließt, bietet keinen Halt, die Augen halten keinem Blick stand. Dieses Spiegelbild musste ich auslöschen; es ersetzen; eine Aufgabe für Jahre und Jahrzehnte. Ich muss zur Stadt gehören (zu dieser hier? zu meiner? zu irgendeiner?). Das einfache Vergessen konnte nicht gelingen (auch wenn ich, natürlich, zunächst, in den nächsten Tagen, zu vergessen schien); es musste Mittel zur Täuschung geben, Umwege: dennoch steht am Beginn das weiße, zerstörte, lächerliche Gesicht, das, wie mir schien, niemals zu einem erwachsenen Menschen gehören würde können.

Im Hotel in der Rue Meslay, an das ich mich weit besser erinnere als an das Hotel aus dem Jahr 1982, war die Liftkabine innen mit

schwarzem Samt ausgekleidet, und an der Decke war ein Spiegel angebracht. Wenn ich hochsah, waren da die Gesichter irgendwelcher Menschen, eines Mannes und einer Frau, nichts Besonderes (nur, dass sie in der Spiegelwelt mit dem Kopf nach unten und etwas verzerrt in der Luft hingen). Das waren zweifellos wir selbst. Ich muss zur Stadt gehören, denke ich, an Spiegeln vorbeilaufen, in Hotelzimmern wohnen wie ein Teil der Einrichtung, nackt und so gut wie niemand, die abgelegten Kleider im Zimmer sind dagegen fast lebendige Wesen, mit einer geleeartigen Haut, fisch- oder froschhaft, fast fähig, sich selbst zu bewegen. Wir schauen sie vom Bett aus, vom Fenster aus an.
Ich ging durch die Stadt, an ganz wenigen Punkten kreuzte ich meine alten Spuren.
An manchen Stellen sind diese alten Spuren in meiner Erinnerung jedoch deutlich zu sehen, nicht weniger deutlich als die Spuren späterer Besuche in der Stadt, die Gegenwart von 1982 ist nicht weiter entfernt als die späteren Gegenwarten.

Zum ersten Mal, noch harmlos, fast spielerisch, erfasst den Architekten am Flughafen für einen Moment ein Gefühl, als wäre er eben erst auf die Welt gekommen. Es ist kein Gefühl, das aus ihm selbst kommt, ihm scheint, es käme von den anderen Menschen her, den auf ihren Bahnen aneinander vorbei und nebeneinander her laufenden Reisenden. Die meisten Läden sind noch geschlossen, aber das Licht ist grell, hinter den Metallgittern und dem Glas der Auslagenscheiben sind die Markenkleider, die Koffer, die teuren Kosmetika zu sehen, die Cafés sind finster. Die Leute kommen aus ihren fremden Nächten in diesen falschen Morgen, als Touristen oder, so wie er, als Geschäftsleute verkleidet. Er weiß für einen Moment, dass jeder dieser Menschen sein eigenes Leben hat, manchmal würde ein Wort genügen, eine Geste, und irgendeines dieser Leben könnte ihn selbst einfach aufnehmen, er könnte dazugehören (so wird er später, in Afrika denken, als dieses Wissen ihn immer noch nicht losgelassen, sich in immer neuen

Anläufen in ihm festgesetzt hat), dazugehören und alles vergessen, was er bisher gewesen ist. Das wäre die einzige Art zu reisen.
Die Rolltreppen. Die Laufbänder, auf die er sein Sakko (Schlüssel rein, Geldbörse) und seine Tasche (Laptop raus) gelegt hat. Gürtel, Schuhe. Thank you, sir: er freut sich, nicht in seiner Muttersprache angeredet zu werden; als würde es bedeuten, nicht erkannt zu werden, unerkennbar zu sein. Er schiebt den Gürtel durch die Schlaufen am Hosenbund, seine Arme in die Ärmel des Sakkos, die Geldbörse (Fotos der Kinder darin) in die Gesäßtasche seiner Hose, den Laptop zurück in die Tasche.
Natürlich ist er völlig übermüdet, er hat in der Nacht (wenn das Schlaf war, dieses Aufblitzen von Bildern in einem tiefen Dunkel) höchstens eine Stunde lang geschlafen. Er ist froh, dass er auf der ersten Strecke alleine reist, so wie er auf der zweiten, der langen Strecke froh sein wird, dass sein Platz neben Unbekannten ist und nicht, zum Beispiel, neben dem Präsidenten. Jetzt wird er gehalten von den automatischen Abläufen: er ist sein Gepäck los, hat Pass und Boardingkarte in der Sakkotasche, hat noch einen Kaffee getrunken und sitzt mit übergeschlagenen Beinen vor dem sogenannten Gate. Im Grunde fühlt er sich wohl in dieser Umgebung, er braucht kaum da zu sein. Es scheint ihm wunderbar, wie alles funktioniert, Verkehrsmittel bringen ihn zum Flughafen und vom Flughafen in sein Hotel oder nach Hause (in wenigen Wochen, zu Frau und Sohn und Tochter, wenn er das möchte und was sollte er sonst wollen); vergisst er zum Schalter zu gehen, wird sein Name aufgerufen; sein Gepäck reist ohne ihn und parallel zu ihm (und wenn doch nicht, reist es ihm nach), so wie seine Daten von der Internetbuchung übers Einchecken und die Passkontrollen bis zum Wiedereinschalten des Handys, des Laptops, dem Ein- und dem Auschecken im Hotel, wenn er seine Kreditkarte überreicht oder durch ein Lesegerät schiebt, parallel zu ihm durch andere Räume reisen, Räume, die keine Wirklichkeit mehr brauchen. Alles, was von ihm verlangt wird, ist, dass er nicht durch nervöse Eigenbewegungen diese Abläufe durcheinanderbringt.

Einen Moment lang, in einer Schlange stehend, die sich nicht fortbewegt, an seinem Zielflughafen, wird er sich schweißgebadet und mit Kopfschmerzen fragen, ob schon falsche Gedanken das System aus dem Tritt bringen können. Jeder falsche Gedanke eine falsche Bewegung. Jede Bewegung wird registriert und bewertet. Warum sich bewegen. Er schaut in ein mitgebrachtes Buch, er hat keine Lust auf sein Buch, er schaut in eine Zeitung, er hat keine Lust auf eine Zeitung, also starrt er vor sich hin, er hat die Anzeigetafel im Blickfeld, am Schalter tippt eine junge Frau in roter Uniformjacke etwas in ihren Computer.
Dann beginnt er, die Menschen zu sehen, die verschiedenen anderen Reisenden, die an seinem Gate herumsitzen oder frühzeitig Schlange stehen oder zu anderen Gates unterwegs sind, die Geschäftsreisenden, die Touristen, die Männer aus Arabien, aus China, die Menschen mit Ohrstöpseln, die Frauen, die er als Frauen anschauen würde, wenn er als Mann unterwegs wäre (im Konjunktiv schaut er sie als Frauen an), die Paare mit Kindern. Es wäre möglich, keines dieser Gesichter, keine dieser Gestalten zu vergessen, in einer Stunde, denkt er, wird er sich an jeden und jede einzelne ganz genau erinnern können, in einem Tag, in einer Woche, und er wird glauben, etwas über sie alle zu wissen, etwas, das sie selbst kaum wissen. Dieser ältere Mann mit Hemd und braunem Sakko und einem etwas brüchigen Lächeln zu seinem Reisegenossen hin, der jünger und sicher nicht sein Freund ist. Der Architekt kann alle diese Leute anschauen, so als wäre er nichts als eine Kamera, die völlig willkürlich entscheidet, welcher diese Gestalten sie folgt, welches Gesicht sie interessiert, zu welchem ab jetzt Ich gesagt werden soll. (Aber die Willkür ist natürlich nur Illusion.)

In dieses Hotelfoyer im Zweiten Arrondissement, vor den vernichtenden Spiegel, gelangte ich (auf dem Weg zwischen Bahnhof und Hotel für Momente sicherlich erfrischt und mit einer Art von Freiheitsgefühl im Kopf und im ganzen Körper) nach einer Nacht im Zug, der ersten von vielen schlaflos in einem Zug

verbrachten Nächten: ein stundenlanges Dasitzen im Abteil, auf die schlafenden Mitreisenden, zwei Schulfreunde, schauend und mit der Ahnung, dass Reisen zwecklos ist. Ich las *Pariser Landleben* von Louis Aragon und kam, glaube ich, damals nicht auf die Idee, dass das Paris aus dem Buch und das wirkliche Paris irgendetwas miteinander zu tun hatten. Dass es Passagen in Paris geben könnte und vielleicht auch Passagen aus dem früheren in ein heutiges Paris. Passagen aus der Welt der Bücher in die Wirklichkeit hinein; Passagen aus meinem eigenen Leben in ein wirkliches Paris. Stattdessen ging ich fast jeden Tag ins Centre Pompidou und trank mit den Freunden zusammen abends im Hotelzimmer Rotwein, ein wenig darüber erleichtert, dass sie anscheinend auch noch nicht wirklich leben konnten. Ab und zu überlegte ich, auf einem Postamt aus einer der Telefonzellen, von denen aus man mit den Eltern telefonieren konnte, bei der Polizei in Wien anzurufen und mit einer Bombe auf dem Stephansplatz zu drohen. Es wäre doch ganz einfach, sinnlos und einfach und so etwas wie eine surrealistische Tat.
Zu dieser Zeit fotografierte ich nicht; ich glaubte an nichts, nicht einmal an Fotografien; die Fotos, die einer der Freunde machte, habe ich nie gesehen. Ich machte auch keine Notizen, sodass diese Reise nirgendwo für mich dokumentiert ist als in meinem Kopf. (War das denn nun die Freiheit? Welche Art des Alleinseins sollte mir die Freiheit bringen? Wer wollte ich in der Freiheit werden?)

Er ist im Inneren eines Spielzeugs, denkt er während des Fluges, am kleinen Fenster sitzend, den Kopf halb an die Wand gelehnt. Alles ist billiges Plastik und Imitation, diese Sitze, diese Wände, diese Monitore, diese Klapptischchen, der Kaffee in seinem Becher tut nur so, als wäre er Kaffee. Die Zeitung, die er bekommt, tut so, als wäre sie eine Zeitung. Die Erde unten ist auch nicht mehr echt. Seine Kinder, auf einer Wiese, halten dieses Plastikzeug in der Hand, schmeißen es einander zu, er schließt die Augen, endlos lang fliegt es durch die Luft, wie ein echtes

Flugzeug. Die Gesichter seiner Kinder im Schlaf, der Kleine spürt den Blick und beginnt zu weinen, weckt seine Schwester, die sich unwillig im Bett umdreht. Die Stimme der Flugbegleiterin weckt den Architekten, sehr geehrte Fluggäste, wir haben nun den Landeanflug auf Paris begonnen, bitte stellen Sie die Rückenlehne Ihres Sitzes gerade und. Dear passengers, mesdames et messieurs. Schau mal, sagt in der Reihe hinter ihm mit munterer Stimme ein Mann, von dem er sich sofort sicher ist, dass er aus Linz kommen muss. Ein Maschinenbauingenieur aus Linz: Schau mal, die Chinesische Mauer. Ein anderer Mann, der den Witz nicht verstanden hat oder verstehen will, antwortet langsam mit tiefer Stimme oder tut eher nur so, als würde er antworten. Der Architekt wendet sich zum Fenster und sieht ein merkwürdig schlangenförmig langgezogenes Gebäude, am Rand einer Hochhaussiedlung. Die Männer sind ganz offenkundig Arbeitskollegen, die miteinander reisen, keine Freunde, keine Verwandten, eine Dienst-, eine Montagereise. Dann sieht er das Gesicht wieder vor sich, das Gesicht, das (er könnte nicht erklären weshalb) zu der Stimme gehören muss; ein älterer Mann mit Hemd und braunem Sakko und einem etwas brüchigen Lächeln, ein Aufblitzen von unangenehmer, unverständlicher Deutlichkeit, er braucht sich nicht umzudrehen. Die Männer hinter ihm reden weiter, der Jüngere mit seiner munteren Stimme und seinen Scherzen, der Ältere mit seiner trockenen Stimme und jetzt sicher ohne Lächeln, er hört ihnen nicht mehr zu. Wenn er jetzt Schritt für Schritt weitergehen würde; was alles würde er von diesem Menschen, den er nie mehr wiedersehen wird, dem Älteren nämlich (den Jüngeren betrachtet er als nicht vorhanden) wissen, auf eine Art wissen, wie nur dieser Mensch es weiß oder wie nicht einmal dieser Mensch es weiß? Man weiß nicht alles von sich selbst, gerade das Wichtigste weiß man nicht.

Das Lächeln hat ihn an etwas erinnert, es erschreckt ihn, dass der Mann offenbar kaum sechzig Jahre alt ist, kaum zehn Jahre älter als er selbst, sonst würde er nicht mehr arbeiten; warum schickt man einen wie ihn, einen mit diesem Lächeln, dieser ausgetrock-

neten Stimme, diesem grau und leer gewordenen Bewusstsein auf Dienst- (oder Montage)reisen ins Ausland. Sein Vater, fünfundzwanzig Jahre älter, hat auch nicht viel älter ausgesehen. Sein oberösterreichischer Vater, für immer fünfundzwanzig Jahre älter, für immer tot, der die Erbschaft eines brüchigen Lächelns hinterlassen hat. Druck in seinen Ohren, er schaut aus dem Fenster. Im Nebel, kurz vor der Landung scheint es, eine Sandschicht würde den Boden bedecken, die Piste unter sanften Kratern verschwinden. Am Rand haben sich Betonstrukturen, Reste von Mauern, von rostigen Stahlträgern gehalten. Aber das ist Europa, hier gibt es so etwas nicht. Hier gibt es Pläne, Sicherungen, Entsorgungssicherheit; was verschwindet, ist restlos verschwunden; gleich werden sie alle im Flughafengebäude, einem endlos scheinenden Innenraum sein, und er selbst wird Stunden darin zubringen und, wenn er nicht einen stillen Platz für sich findet, zuweilen nicken und lächeln, an Cafétischen sitzend oder als Bestandteil wechselnder kleiner Gruppen herumstehend, der sein, als den man ihn kennt, ein Architekt. Weder besonders bekannt noch besonders erfolglos, sichere Mittelklasse.
Er wartet lange mit dem Aufstehen, lässt die Leute das Gepäck aus den Fächern über den Sitzen holen, sich auf dem Gang drängen, mit ihren Mänteln, Taschen und Trolleys.
Goodbye, sir (wieder die Zufriedenheit). Die Rolltreppen. Die Laufbänder, auf denen er sich durch lange Gänge ziehen lässt, an Glasfenstern vorbei, in der losen Gruppe der Passagiere seines ersten Flugzeuges, die sich bald ganz zerstreut haben wird, Sortie, Bagages, Transit, Terminal 2A 2B 2C 2D 2E, glatter Fliesenboden, die Wölbung der Betondecke, von der kleine Kameras auf sie gerichtet sind. Fensterluken in der Decke, Lüftungsschleusen. Neue Rolltreppen, plötzlich ist er in einer kleinen Kammer, in der er auf einen Bus zu warten hat. Der Bus ist fast leer, er fragt sich kurz, ob er sich verirrt haben kann, aber man kann sich hier nicht verirren, obwohl es keine Himmelsrichtungen mehr gibt, nur die Piktogramme und die Zahlen- und Buchstabenkombinationen.

Der Bus heißt Navette Bleue und zieht Schleifen durchs Flughafengelände, die ihn den letzten Rest von Orientierung verlieren lassen, die Hölle ist ein Ort ohne Grenzen, sagt er sich, mit einem gewissen Behagen. Als er aus dem Flugzeug gestiegen ist, hat er noch gewusst, in welche Richtung es zum RER gegangen wäre und kurz gezögert: wie wäre es, schnell entschlossen den Transitbereich (der für manche ein wirkliches Gefängnis ist) zu verlassen und damit die Zeitpläne, die Sicherheiten, sein eigenes Leben; plötzlich gäbe es ein Loch in der Zeit, er wäre irgendjemand, in einer Stadt, in der ihn niemand vermutete, während sein Koffer in einer anderen Weltgegend aus dem Flugzeug geladen und endlos auf dem Gepäckband kreisen würde. Sein Mobiltelefon bliebe ausgeschaltet, der Laptop ausgesteckt. Er wäre am Nordbahnhof, in Châtelet – Les Halles oder besser noch erst in Montparnasse, bei der Station Denfert-Rochereau ausgestiegen, und dann – –
Ein ziemlich harmloser Ausbruch, trotzdem mehr als er je gewagt hat. Er kommt am Terminal 2E an.
Bei der Passkontrolle muss er kurz Schlange stehen, ein Gitternetz reicht hier bis zur Decke. Er wird durch die Schleuse gewinkt. Noch bevor er jemanden sieht, hört er eine vertraute, eine Spur zu laute Stimme.

Ich erinnere mich, dass ich damals unbedingt immer mit der Metro fahren wollte, zum Unverständnis meiner Freunde, die die Stadt möglichst zu Fuß erkunden wollten. Das Fußgehen bedeutete mir nichts, die Stadtviertel zwischen den Museen und Sehenswürdigkeiten waren für mich bloß Zwischenräume; ich hatte, glaube ich, keinen Stadtplan und kein Bild von der Form der Stadt. Sicher stand ich aber vor den Metroplänen mit ihrer seltsamen Ordnung von farbigen Linien und Knotenpunkten und starrte sie an, als wäre ein Zeichen in dieser Ordnung verborgen. Ich weiß nicht, was ich mir vom Metrofahren versprach und welche Faszination diese Untergrundbahn auf mich ausübte; sicher hatte ich schon einige Bücher gelesen, in denen sie eine Rolle spielte, womöglich auch schon (ein erstes Mal, dem einige weitere folgen sollten) *Zazie in der Metro*, auch einige Erzählungen von Julio Cortázar, wenn auch ganz sicher nicht die eine, *Manuskriptfund in einer Jackentasche*, deren eigentlicher Protagonist die Metro ist, besser gesagt, der Protagonist ist eben diese Ordnung von Metrolinien, aus der sich geheime Gesetze herauslesen lassen, die das Leben eines Menschen und eines möglichen Liebespaares bestimmen. Ich erinnere mich nicht, ob wir damals je mit der Metro gefahren sind und ob ich danach enttäuscht war, warum auch immer, oder zufrieden, warum auch immer. Ich erinnere mich nicht, schon die alten Waggons, die kurvigen Tunnel kennengelernt zu haben, die langen und niedrigen, manchmal gewundenen unterirdischen Gänge, die in manchen alten Stationen die verschiedenen Linien verbinden. Später fand ich diese Gänge beeindruckender als manche in Reiseführern angepriesenen Katakomben und unterirdischen Ruinenstädte. Als würde mich etwas hier erwarten, etwas, das Ähnlichkeit mit dem aufwies, was – niemals an einer bestimmten Stelle, in einem bestimmten Wort oder einer bestimmten Wendung festzumachen – mich an manche, an viele Bücher fesselte.

Er ist also nicht als erster hier im Transitbereich des Terminals 2E angekommen. Irgendwo steht eine Gruppe, aus der sich diese Stimme löst: Eine vertraute, eine Spur zu laute, doch gepflegte und keinesfalls vulgäre Stimme, das ist selbstverständlich. Er wendet sich der Gruppe zu, fünf oder sechs Leute, später werden sie mehr sein. Der Präsident hat seine Hand auf der Schulter einer jungen Frau, die der Architekt nicht kennt, und redet mit der seltsamen jugendlichen Begeisterung auf sie ein, die er immer auszuspielen oder vorzutäuschen vermögen wird. Auch der Präsident ist übrigens kaum zu erkennen, mit dem Hipsterbart, den er sich zugelegt hat.
Seinen Ausführungen zur Kolonialgeschichte Westafrikas würde der Architekt aber keinesfalls widersprechen wollen, möglicherweise haben sie sogar beide zur Reisevorbereitung (denn sie sind

ernsthafte Menschen guten Willens) die gleichen Bücher gelesen. Und sobald er ihn sehen wird, wird der Präsident strahlen – nicht ohne eine gewisse Ironie, versteht sich – und die Arme ausbreiten, so als wollte er ihn an die Brust drücken, ihm aber dann bloß die Hand schütteln. Das aber sehr herzlich und mit unerwartet feuchten Händen, er bereitet sich darauf vor und sucht in seinem Gesicht schon nach dem passenden freundlich selbstsicheren Ausdruck. Er geht langsam zu der Gruppe hin, der Präsident sieht ihn aus den Augenwinkeln und nickt ihm zerstreut zu. Hat er etwas falsch gemacht. Hat er sich zu weit entfernt, in den letzten Jahren, den letzten Monaten, war er zu gleichgültig, wem verdankt er die Einladung zu dieser Reise, dieser Konferenz, wenn nicht dem Präsidenten. Vielleicht verzerrt nur die Müdigkeit jeden Moment seiner Wahrnehmung. Warum soll er nicht weiter gleichgültig sein. Er versucht nicht, sich ins Gespräch zu mischen, man macht sich auf den Weg zu einem Café. Man spricht über Reisen und über Abwesende; immer wieder spitzt der Präsident den Mund zu einem Lächeln, das, je nach Blickwinkel, wohlwollend oder höhnisch erscheinen kann. Das Licht ist grell, und jeder versucht den Blicken der anderen halb auszuweichen. Ein freundliches Ausweichen, bloß aus der Übermüdung heraus, das nicht als Ausweichen erkennbar ist und im Gespräch untergeht. Jetzt schon spricht man über Abwesende, er fühlt sich als deren Stellvertreter. Er taucht in die Gruppe ein und löst sich wieder von ihr, für ein paar Minuten nur, den Weg auf die Toilette und wieder zurück, oder für eine halbe Stunde, in der er den langen Gang hin und her läuft, auf einem Teppichboden mit breiten hellroten und schmalen bordeauxroten Streifen, unter der lichtbraun gewölbten Decke. K40, K41, K42, Städtenamen auf Anzeigetafeln, die nicht aus dieser Welt herausführen, vor manchen der Gates drängen sich schon die Menschen, meist sind die Reihen von Metallsitzen leer, da und dort kann er Pause machen. Laptop oder Smartphone rausholen, um den Schein zu wahren; oder wie aus Versehen einschlafen, ebenfalls um den Schein zu wahren.

Eine nette persönliche Bemerkung!, denkt er, zu jedem eine nette persönliche Bemerkung machen! So wie er denkt, der Präsident könnte es mit selbstvergessenem Zynismus tun, wie lächerlich. Der Präsident mit seinem selbstvergessenen Zynismus, seinem graumelierten Hipsterbart, wie alt ist er, drei oder vier Jahre älter als er.
Er sitzt da, schaut nur, eine Frau läuft etwas zu schnell und ungelenk vorüber. Alles, was er an ihr wiedererkennen könnte, wäre die Art zu gehen, kann sie es sein, er hat ihren Namen nicht auf der Teilnehmerliste gelesen. Aber warum sollte sie nicht dabei sein, warum hat er nicht daran gedacht, dass sie dabei sein könnte, hat er wirklich nicht daran gedacht, dass sie dabei sein könnte? Hat er in Wahrheit an anderes gedacht als daran, dass sie dabei sein könnte, an einem neuen Schauplatz?
Er schläft, nur ganz kurz, oder tut so, als würde er schlafen, den Laptop auf seinen Knien, dort flimmert als Bildschirmhintergrund ein Detail aus einem Bild von Bruegel (eine Figur an einem Fenster). Eine Reihe von leeren Sitzschalen links und rechts von ihm, vor und hinter ihm. Ein Monitor, auf dem der Städtename Kuala Lumpur auftaucht und eine Uhrzeit irgendwann am Nachmittag, dahinter die Fensterfront zu den Rollbahnen. Auf der anderen Seite die Läden: Coco Mademoiselle, Buy Paris, Chanel und so weiter und so fort.

Wer ich in der Freiheit werden wollte? Fast niemand oder die Figur aus einem Buch oder jede Sekunde ein anderer, in undurchdringlichem Glanz, jemand, der ohne Angst, ohne Anstrengung, ohne Peinlichkeit Mädchen – ebenso unbestimmten, aber sicherlich rätselhaft schönen Mädchen – nahekommen würde, ganz ohne eigenes Zutun, einfach weil die Umgebung, die Fremde, der Name der fremden Stadt es ermöglichen würden: eine reine Gegenwart, ohne kontrollierende Blicke (doch all dem stand das Spiegelbild entgegen; es bestimmte mein Verhalten, hatte es schon bestimmt, ehe ich es gesehen hatte; ich verhielt mich zu ihm, bevor ich mich zur Welt verhielt, der kontrollierende Blick kam aus mir selbst).

Wie schaffte ich es, nichts aufzuschreiben, nichts zu fotografieren, ohne eine Verdopplung der Wirklichkeit – eine materielle Verdopplung der Wirklichkeit – auszukommen? Täusche ich mich in allem, was ich über mich, den, der ich einmal war, sage?
In der Erzählung vom Manuskript aus der Jackentasche steht ein Mann unter einem merkwürdigen Zwang. Er beobachtet in den Fensterscheiben der Metro die Spiegelbilder der ihm gegenübersitzenden Frauen. Bilder, denen er Namen gibt, die nicht die der wirklichen Frauen sind (es nicht sein dürfen). Er wartet, dass die Blicke sich in der Fensterscheibe begegnen; dann beginnt die zweite Stufe des Spiels: Der Mann darf die Frau nur ansprechen, wenn sie an einer bestimmten Station (zum Beispiel Denfert-Rochereau) in eine unveränderbar festgelegte andere Metrolinie, in eine unveränderbar festgelegte Fahrtrichtung umsteigt. Nur so – dank unwahrscheinlicher wie zwingender Äußerlichkeiten, in einer anderen Welt als der wirklichen – wäre eine Liebesgeschichte überhaupt möglich. Doch er lernt eine Ana (Margrit) gerade kennen, indem er die Regeln bricht, eine Frau anspricht, die er nicht ansprechen dürfte, weil sie das Metrosystem an der falschen Stelle verlässt; die Liebesgeschichte, die sich entwickeln würde, steht vor unsichtbaren Schranken. Die einzige Chance ist eine Wiederholung; er muss wieder in die Unterwelt hinabsteigen, sich dem Zufall, den Notwendigkeiten des Zufalls, seinen Dämonen stellen. Tage- und nächtelang fahren der Erzähler und die Frau, die er auf unerlaubte Art kennengelernt hat und die in der Wirklichkeit über Tag weder Ana noch Margrit heißt, jeder für sich, kreuz und quer durch die Unterwelt der Stadt. In der Metrostation Daumesnil treffen sich die Linie 8 (in einem Zug mit Fahrtrichtung Charenton sitzen sie einander gegenüber, bleich, dürfen nicht miteinander sprechen, einander kein Zeichen geben) und die Linie 6. Die Frau steht auf.

Früher hatte sie eine andere Frisur. Ihm scheint, als wäre sie ihm im Schlaf erschienen. Eine Haarsträhne hängt ihr lang ins Gesicht, ansonsten sieht sie aus wie eine Frau aus den Zwanziger Jahren,

denkt er, und er denkt ihren Vornamen und dass er sie trotzdem in seinem Kopf nur Die Belgierin nennt und nennen wird, wie um etwas zu verhindern. Sie ist also wirklich da, eine von fünf oder sechs Frauen unter den mehr als zwanzig Kongressteilnehmern, die sich inzwischen hier vor dem richtigen Gate versammelt haben. Obwohl sie im Grunde aussieht wie ein anderer Mensch (ein anderer Typ Mensch, ein anderer Typ Frau: als gäbe es den Halt solcher Einteilungen, wenn schon nicht den Halt eines einzelnen Menschen), erkennt er sie mit aller Sicherheit, mit der er jemanden erkennen kann. So als könnte er, wie letztlich jedes Mal, einfach die Fortsetzung des Spiels erwarten, so als sollte er direkt in ihre Arme laufen, steht schon aus der Entfernung ihre Gestalt unverkennbar da, aber gleich redet ihn jemand anderer an, und auch sie steckt in einem Gespräch. Die Belgierin und er lächeln einander durch die Leute hindurch flüchtig an, aber sie treiben in den Minuten bis zur Öffnung des Gates von einem Gespräch mit unwichtigen wichtigen Leuten zum anderen, immer ist jemand da, der verhindert, dass sie einander nahe kommen. Er stellt sich vor, es wäre ein Tanz, ein wechselseitiges Ausweichen, das einem ganz bestimmten Rhythmus gehorchen muss, so muss es sein, einem Rhythmus folgen, nichts denken, nichts wollen, sich an nichts erinnern.
– Heaven is hungry, but Hungary is not heaven, erklärt ein Mann namens János jemandem, der ihn nicht versteht. Irgendwo unter den Wartenden glaubt er den Philosophen Michel Foucault zu sehen, neben einer sehr schönen Frau, aber Foucault ist seit ungefähr dreißig Jahren tot. Diese Glatze, diese Brille. Bonjour, monsieur, grüßt ihn die Flugbegleiterin am Flugzeugeingang, und er greift nach der *Libération*, die bereitliegt und die er weder auf dem Flug noch in den nächsten Wochen lesen wird (er wird sie auch nicht wegwerfen, sie wird in seinem Koffer landen und dort warten und immerzu warten, als würde die Zeit stillstehen und dieser Tag im April 2016 bliebe das einzige Datum).
Das Flugzeug überzeugt durch seine Größe, zumindest im ers-

ten Moment, er muss nicht in der Mitte sitzen, er denkt, er hätte Glück, so wie er immer Glück hat, auch seine Nachbarn, ein älteres afrikanisches Paar, werden höchstens ihre kleinen jahrzehntealten Paarroutinen still und zurückhaltend und fast ohne ihn wahrzunehmen auf dem sehr engen Raum zwischen den Sitzbänken aufnehmen, ohne es zu merken, er wird sich gleich nach der Landung, in kaum sieben Stunden, schon nicht mehr an sie erinnern. Er sieht im Geist wieder den Linzer vor sich, diesen Ingenieur, der längst an seinem Arbeitsplatz in Paris eingetroffen sein wird, sein brüchiges Lächeln, weiß, wo er wohnt, wie seine Wohnung eingerichtet ist, wann er sterben wird, er weiß nicht, wo das afrikanische Paar wohnt, in einem Haus mit Hof? Wie sind die Zimmer angeordnet, wie sind sie eingerichtet, leben Kinder oder Enkel bei ihnen, Nichten, Geschwister oder ist die Familie durchs Land und durch die Welt verstreut? Leben sie in der Stadt, seit langem, seit immer, oder unwahrscheinlicherweise in irgendeiner kleinen Ortschaft, sind sie Europäer und nur zu Besuch in der alten Heimat? All das könnte er sie fragen und wird es nicht tun. Damit beginnt es, mit seinem Unwillen zu fragen. Die Belgierin ist an seiner Sitzreihe vorbeigelaufen, sie muss irgendwo im hinteren Teil des Flugzeugs ihren Platz haben (irgendwann, auf dem Weg zur Toilette, wird er sich wie zufällig umdrehen, ohne dass er sie zu Gesicht bekommt). In der Reihe vor ihm, auf einem Sitz E in der Mittelreihe, führt, kaum dass das Flugzeug abgehoben hat, der Präsident joviale Dialoge mit sich selbst, wozu er nur einen Nachbarn braucht, der vorgibt zuzuhören und ab und zu nicht nur beiläufige Zustimmung, sondern ein warmes Interesse an allen Angelegenheiten des Präsidenten signalisiert, so wie der Präsident überzeugt ist, ein warmes Interesse an allen Angelegenheiten des Kollegen (sicherlich eines ehemaligen Studenten oder Mitarbeiters in seinem Büro oder einer der internationalen Filialen seines Büros) zu empfinden.

Wie schön, dass es für ihn damit vorbei ist. Seine Gleichgültigkeit hat etwas von Renitenz an sich. Er weiß, dass er für manche als Widerstandsgeist gilt, so wie er für manche andere als Verrückter gilt, dabei ist er nur zu faul zum Katzbuckeln. Zu faul für Demutsgesten, zu faul zum Lächeln, zu faul zum Erzählen. Vielleicht würde ihn ohne seine Gleichgültigkeit und Faulheit kein Mensch ernst nehmen.

Der Laptop mit seinem Vortrag und seinen Plänen steckt in seiner Tasche, die Zeitung steckt in seiner Tasche, auf seinem Schoß liegt ein Buch von Ahmadou Kourouma, er schaut aus dem Fenster, dort ist nichts zu sehen. Keine Wolken, kein Meer, nur Grau. Er hat keinen Hunger, aber er wartet ungeduldig aufs Essen.

Ein Kind, ein zweijähriger Bub, läuft ernst und glücklich den Gang entlang, der Vater und die Mutter laufen ihm abwechselnd nach oder gehen, seine hochgehobenen Hände festhaltend, hinter ihm her. Jedes Kind im Flugzeug erinnert ihn an seine Kinder, seinen Sohn jetzt, seinen Sohn, als er zwei, als er drei, als er ein Baby war, all das ist (bis in die Zukunft hinein?) gleichzeitig, er sieht den Sohn mit wackligen Schritten und einem geradezu schrecklichen Ernst die Mittelgänge des Flugzeugs vom Cockpit bis zum Heck mit den Klos entlanglaufen, während er von hinten seine hochgehobenen Kinderhände hält. An den Flugbegleiterinnen vorbei, ihnen im Weg, jemandem ausweichend, der zur Toilette geht. Damals fand er es ein wenig lästig und hatte immer das Gefühl, er müsse sich entschuldigen, jetzt tut die Erinnerung fast weh, das ist vorbei. Nie wieder. Er schaut diesem anderen Kind, diesem Nachfolger, zu, kann seine vage Solidarität dieser schönen afrikanischen Mutter, diesem netten afrikanischen Vater nicht begreifbar machen oder versucht es jedenfalls nicht; er fühlt sich gealtert. Freundliche Blicke, denkt er, eine natürliche Freundlichkeit.

Jede andere Existenz löscht das Vertrauen in seine eigene Existenz aus.

Das Essen, das ihn eine Viertelstunde lang beschäftigt hat, ist abserviert, der Kaffee ausgetrunken. Seine Hände umfassen seine Knie, und er spürt darin die Vibrationen des Flugzeugs, als wäre er Teil der Maschine geworden. Er schließt die Augen, nicht dass er glaubt, er könnte schlafen, jetzt, nachmittags, nach dem Kaffee (auch wenn er das Gefühl hat, gerade der Kaffee hätte ihn schläfrig gemacht). Er spürt seinen Rücken, er spürt seine Beine, seinen Hintern, kein Schmerz, aber etwas Lästiges, eine zäh und fest gewordene Ungeduld in seinen Muskeln, die sich nicht lösen wird. An den Körper Margaritas denken. An den Körper der Belgierin denken. Kann es sein, dass jede Verbindung zufällig ist. An seine Kinder denken, die Tochter, die er liebt, den Sohn, der ihm gleicht.

Zu fast jedem Parisbesuch gehört ein anderes Stadtviertel als Territorium und Revier. Waren es später die Rue Meslay und der Marais (dort sehe ich mich in kalten Nächten mit der Frau, die ich vom Bahnhof abgeholt hatte und eine Woche später wieder zum Bahnhof begleitete (bevor ich mich selbst in den RER setzen würde, der mich von Châtelet – Les Halles zum Flughafen Charles de Gaulle brachte), von irgendeinem Restaurant oder Lokal oder Museum zum Hotel zurückgehen, durch die Gassen und Straßen hinter der Rue du Temple, und ich fühlte mich – von Momenten abgesehen, in denen die Fassade durchscheinend wurde oder mich die Sprache verließ – als wirklicher, normaler Mensch, so als gäbe es die Vergangenheit nicht, als gäbe es keine Spiegelbilder, keinen Untergrund (das ist eine billige Metapher; aber vielleicht doch ein bisschen mehr als das)), war es ein andermal die Gegend rund um die Cité de la Université im Süden und Montparnasse mit dem Knotenpunkt der Metrostation Denfert-Rochereau und dem Friedhof, auf dem Julio Cortázar begraben liegt, so liefen meine Schulfreunde und ich bei der ersten Reise nach Paris vor allem im Ersten und Zweiten Arrondissement herum, mir scheint, wir hätten im Lauf dieser Woche dutzende Male die Oper umkreist (in die hineinzugehen uns nicht im Traum eingefallen wäre). Am allerdeutlichsten aber ist ein einzelner Moment, in dem nichts Besonderes geschah. Alles, was ich darüber sagen kann, ist, dass ich auf einem Weg in einem großen Park stehengeblieben bin, mit symmetrischen Rasenflächen, Blumenbeeten, beschnittenen Sträuchern, es müssen die Tuilerien sein, die Sonne scheint, die Freunde, mit denen ich gerade noch geredet habe, sind zwei Schritt entfernt, unter meinen Füßen der Kies, eine Parkbank nah bei mir, die zugeschnittenen Baumhecken und der Zaun zur Rue de Rivoli. Es ist ein einzelner Moment, und die Zeit steht still. Mir scheint, als würde ich noch immer dort stehen, für immer sechzehn Jahre alt und in diesem Moment und auf alle Zeit frei, womöglich frei: endlos an den Moment gebunden, nur ich selbst, für die Vergangenheit und die Zukunft geöffnet, ein freier Mensch. Der Verkehrslärm von der Rue de Rivoli ist zu hören, vielleicht sind ganz leicht aus dem Untergrund die Vibrationen eines durchsausenden Metrozuges zu spüren.

Vom Fenster aus sieht er jetzt, im Abendlicht, eine Savannenlandschaft, und er könnte ein Kribbeln spüren. Er könnte davon träumen, sich in der Weite unter ihm, ganz langsam, mit einem Gefühl für die Weite, als winziger Punkt zu bewegen, statt in dem engen Flugzeug zu stecken.
Lange Zeit war jede Reise für ihn ein Aufbruch in die Freiheit: Von Ort zu Ort weiter hinausflutschen aus dem eigenen Leben ins Unbekannte und seine Versprechen hinein. Jetzt weiß er nicht, hat er mehr Angst vor den Leuten seinesgleichen, mit denen er unterwegs ist, oder vor »den Menschen draußen« (wie die Politiker es nennen, ohne zu wissen, was sie damit sagen und inwiefern sie recht haben), den Menschen außerhalb des gesicherten Raumes, den anderen, die er besuchen wird oder besichtigen. Und sich dabei eklig fühlen, weil er Menschen in der sogenannten Fremde nur besichtigen kann und nicht besuchen.
Gleichzeitig ist dieses andere Gefühl da, ein Gefühl, das er gar nicht mehr zu kennen glaubte, ein Gefühl, dass alles möglich wäre, und er bemüht sich, nicht daran zu denken, dass dieses Gefühl mit einem Gesicht und einer Frisur wie aus den zwanziger Jahren zusammenhängt, er versucht, sich nicht an den Körper zu erinnern, den Duft, den Geschmack der Haut und der Lippen, mit dem das Gefühl zusammenhängt.

2.

Eine Stadt braucht Zonen des Übergangs; sie braucht eine unkontrollierbar scheinende Unterwelt. Transparente, bis ins Einzelne geplante Städte, Orte ohne Geschichte, ohne (in welchem Sinn auch immer) *dunkle Regionen* sind, wie man weiß, trostlos und leblos (solange nicht gerade die Verlassenheit und eisige Oberflächlichkeit zur Haut wird und etwas Neues, Ungeplantes, eine Art von Geheimnis entsteht). Sicherlich sind es die Bewohner, die über die Jahre und Jahrhunderte die Städte mit Leben und einer Art von Seele erfüllen, aber das ist nicht die ganze Wahrheit, es gibt auch etwas, das sich von menschlichen Handlungen löst, es gibt eine Verwandlung, von der nicht ganz klar ist, wann sie geschieht, was an ihr wirklich und was Illusion ist; ob sie nicht erst in der Rückschau, durch den Blick aus zeitlicher oder räumlicher, vor allem aber zeitlicher Entfernung entsteht.

Zuerst ist es das Licht, das von den Räumen und Mauern auf eine bestimmte Art aufgenommen, gebündelt, abgewehrt wird, dann bleiben Spuren, Wunden auf Gebäuden, in Straßenzügen zurück. Lesbar und unheimlich. Man kann an eine Art von Zellteilungen, Ein- und Auffaltungen denken, an etwas wie Organe, Zellen, Mikroorganismen. Die Innenwelt der Häuser und die Unterwelt der Stadt erscheinen als unendlich in sich gefaltete Systeme, beinah als lebende (das heißt auch, sterbende, langsam verrottende) Wesen; man braucht nur ein klein bisschen Wahnsinn, um in diesen Räumen Übergänge in Innenwelten zu suchen; Wege, sich aufzulösen.

Vielleicht sind die Grenzen zur Unterwelt in manchen Städten in besonderer Weise unsicher; vielleicht werden sie im Lauf der Zeit porös. Vielleicht trägt jeder als Kind (wenn alles, auch das Tech-

nische, das Künstlichste, jedes Industrieprodukt ihm als Natur erscheint) den Keim des Wahnsinns in sich, den diese Passagen verlangen, später lebt man ihn als Tourist in milder Form aus und ist immer halb enttäuscht und halb beglückt.
Ein Kind setzt Schritt für Schritt, ins Dunkel hinein, in dem es erstaunlicherweise Wege gibt, Dinge, die leuchten, eine Fassade, ein Fenster, ein Gebüsch, ein Kellerfenster, unterhalb des Straßenniveaus, vom Gebüsch halb versteckt.
Manchmal träume ich von Kellern, von den Rohrleitungen im Inneren eines Hauses – im Inneren des Hauses, in dem ich aufgewachsen bin, einem unscheinbaren und unansehnlichen fünfstöckigen Siedlungshaus aus der Nachkriegszeit. Manchmal zwänge ich mich durch erstickend enge Gänge und frage mich noch im Traum, ob ein Wissen von Geburt oder Tod hier Ausdruck findet (aber es sind nur Räume und das Ersticken gibt es einfach).

Er ist nervös, als das Flugzeug landet und er auf das Verlöschen des Anschnallzeichens und das dazugehörige Signalgeräusch wartet, aber alles wird glatt laufen, voller Peinlichkeiten und Missverständnisse und am Ende ergebnislos (wie er es von Beginn an, vom Zeitpunkt seiner Anmeldung an vermutet hat), aber nachdem er bloß Teil einer Gruppe, eines Professoren-, Präsidenten- und Architektenbläschens ist, muss es glatt laufen, fast ohne sein Zutun: kontrollierte Abenteuerlichkeit, kontrollierte Spannung, das notwendige kleine erotische Knistern, ohne das keine Reise vollständig wäre; ein oder zwei besondere Momente (was bleibt davon im Gedächtnis); Peinlichkeiten und besondere Momente. Solange er nur keinen eigenen Schritt setzt, am falschen Punkt des Spielfelds; solange er nicht den falschen Impulsen folgt, den falschen Einflüsterungen; solange er nicht zu sehr an seine eigenen Gespenster glaubt. Dieser Schwere nachgibt, als würde er sein ganzes Leben und mehr als nur sein eigenes ganzes Leben als Last mit sich schleppen; als würde er sich schwerer fühlen als ein einzelner Mensch, schwerer als er selbst (so fühlt er sich fast immer, du bist leicht, flüstern sie ihm zu, alles ist so leicht, alles ist lebendig, selbst du).

In der Ankunftshalle empfängt die Flugzeuginsassen ein riesiges goldgerahmtes Bild mit dem Foto des Präsidenten Koyaga (der, soweit der Architekt weiß, fünfunddreißig Jahre lang geherrscht hat und seit fünfzehn Jahren tot ist). Der ewige Präsident (wie man ihn auch nennt) trägt eine weiße Uniform und einen Ausdruck souveräner Bösartigkeit im Gesicht. Ein paar Kollegen machen in der Sicherheit der Fremdsprache einen Witz über den goldgerahmt-untoten Präsidenten, der Architekt lacht freudlos mit. Er hasst sich für seine Ungeduld, es ist heiß, das war zu erwarten, er versucht, in der Luft, in der dichten, fast stofflichen Atmosphäre ein Versprechen wahrzunehmen. Dafür dass die Stadt ungefähr zwei Millionen Einwohner haben soll, ist der Flughafen recht klein; die Schlange vor der Passkontrolle ist geordnet; wie viele Schleusen hat er an diesem Tag hinter sich, nach der nächsten Schleuse (lange ist er vor dem stirnrunzelnden, kopfschüttelnden Zollbeamten in seiner Koje gestanden) hat er das Gefühl, es würde endlos so weitergehen, Schleuse nach Schleuse, Leere und dann immer dichteres Gewimmel, er klammert sich an die Tasche, in der sein Laptop steckt, in seinem Laptop die Pläne; Pläne, die sagen, genau das willst du: Lebendigkeit, Unvorhersehbares.

Das Gedränge vor der Gepäcksausgabe ist endlos, er schwitzt unter seinem Pullover, hat das Sakko über den Arm gehängt, möchte sich setzen. Das leere Gepäckband zuckelt vor sich hin und gibt ab und zu ein schnalzendes Geräusch von sich. Er hört die Stimme des Präsidenten (nicht des ewigen), der eine Viertelstunde vor ihm durch die Passkontrolle gekommen ist und nun angeregt mit der Belgierin plaudert.

– Wenn man reist, muss man die Grenze immer mit sich nehmen, sagt der Präsident mit einem abschätzigen Blick, der knapp am Architekten vorbeigeht, ihm scheint dennoch unsinnigerweise, er würde sich an ihn wenden, wegen dieses Dastehens natürlich, denkt er, wegen des Schwitzens, wegen der Sehnsucht nach einem

Hotelzimmer, einer Klimaanlage, einer Dusche, dem Alleinsein. Weil er vergessen hat, die Grenze mit sich zu nehmen oder nicht an Grenzen glauben oder keinen Glauben darstellen kann. Der Präsident wirkt entspannt, er trägt schon nur ein T-Shirt unter dem Sakko, mit einer Aufschrift, für die der Architekt sich schämen würde. Die Augen der Belgierin leuchten.

Zum ersten Mal seit langem, zum ersten Mal seit dem ersten Mal fällt ihm aber auch der ein wenig spöttische, fast verächtliche Zug um ihren Mund auf. Das Herausfordernde, die Schönheit dieses spöttischen, fast verächtlichen Zugs um ihren Mund. Vielleicht wird dieser Zug stärker und wird im Lauf der Jahre ihr Gesicht übernehmen (zerstören, das will er nicht denken).

Alle zehn Sekunden, so kommt ihm vor, wird er von einem Taxifahrer angesprochen, der ihn in sein Hotel oder wohin auch immer bringen will, manche sind aufdringlich, manche schüchtern, manche verzweifelt, den ersten erklärt er, dass er abgeholt wird, mit all den anderen Leuten, die alle auch ständig von Taxifahrern angesprochen werden und erklären, dass sie abgeholt werden, später schüttelt er nur den Kopf. Als er sein Gepäck hat, fehlt irgendjemandem immer noch irgendein Koffer, der Präsident organisiert. Ein Mann mit altem Hut und eindrucksvoller Brille steht da, lächelt vor sich hin und erinnert ihn an irgendjemanden, einen Lebenden oder Toten; an einen Toten und an jemanden, den er gerade erst gesehen hat. Der Architekt entschließt sich endlich dazu, seinen Pullover auszuziehen, er hat keine Ahnung, ob der Flughafen im Norden, im Osten oder im Westen der Stadt liegt, wo in der Stadt sein Hotel liegt, den Straßennamen hat er vergessen. Er kann darauf vertrauen, dass immer jemand um ihn sein wird, der ihn kennt. Ein herzlicher Mann erscheint, der etwas außer Atem wirkt und, mit dem Präsidenten begonnen, alle reihum begrüßt; als er lang seine Hand schüttelt, fühlt der Architekt sich umarmt. Der Mann stellt sich als Dekan der Fakultät für Architektur von Belleville vor, und erklärt, wie froh und glücklich er ist, dass sie alle hier sind, es erstaunt den Architekten, dass er es ohne zu zögern glaubt.

Stunden später, nach einer langen Fahrt im Kleinbus und drei Martinis an der Hotelbar, in Gesellschaft von János, der schon vor Jahren aus Ungarn nach Ottawa geflüchtet ist, und einer alle Scherze von János missverstehenden und immer eisiger wirkenden Ingenieurin und Dottoressa von der Universität Padua, wird er frieren, anstatt zu schwitzen, und im Lärm der Klimaanlage daliegend die Sekunden zählen, schlaflos, das Mückengitter vor dem Fenster, sieben Stockwerke tiefer leuchtet azurblau der Pool, er leuchtet die ganze Nacht lang, wie ein Versprechen, umringt von leeren weißen Liegestühlen und dunklen sanft im Wind schaukelnden Palmen. Um vier Uhr früh steht der Architekt am Fenster, schaut aufs Wasser, stellt sich vor, eine Figur hier schwimmen zu sehen, eine Frau, ihre Haut (weiße Haut) unter dem Wasser, er empfindet nichts bei der Vorstellung: so als wäre das Fenster gar kein Fenster, denkt er, die Frau keine Frau, das Wasser kein Wasser, er kein Mann, er spürt nur die Kälte, sucht nur den Schalter, mit dem er die Klimaanlage ausschalten kann, gleich wird er wieder unter der Decke und dem Moskitonetz liegen, schweißgebadet, das kann sich Nacht für Nacht wiederholen, bis fast ans Ende.

Im ältesten Traum, an den ich mich erinnere, finde ich beim Geschenkesuchen am Ostersonntag in einem hohen Regal in der dunklen Ecke des Abstellraums einen Zugang zu einem unbekannten weiteren Raum. Das Regal fasziniert mich ohnehin, weil ein großer Karton mit Spielzeug (in späteren Jahrzehnten ein Karton mit Kartoffeln) darin steht; es ist groß genug, dass ich hineinkriechen kann, meine Knie auf dem festen Holzbrett, geduckt, die Hände an der Mauer. Den hintersten Winkel und die Tür oder Schleuse dort habe ich offenbar bisher übersehen. Ich krieche oder gleite hindurch. In dem geheimen Raum finde ich – wie mir jetzt scheint – nichts als wiederum Spielzeug (Autos, Plastik- und Plüschtiere, kleine Lederbeutel mit Murmeln, Pistolen und Gewehre), das sich äußerlich fast gar nicht vom realen Spielzeug unterscheidet, aber dieses Spielzeug – die winzige Andersheit dieses Spielzeugs – strahlt einen Glanz aus, der über die Jahrzehnte schimmert. Dem Raum hinter dem Abstellraum entsprechen die Erweiterungen der Wohnung und des Hauses in späteren, meist in einer Art von Grauen mündenden oder von Ekel durchsetzten Träumen. Immer geht es um Schritte aus der bekannten Welt heraus, aber im Inneren von dieser; als würde der Raum sich aus sich selbst herausstülpen.

Das ist die erste Reise, der erste Übergang; vielleicht bedurfte es, um es zu begreifen, einer Zeit, in der nichts geschah und ich kaum am Leben war. Stellen wir uns vor, ich wäre steckengeblieben. Die Figur, die ich heißt, kommt direkt aus dem Spiegelbild heraus, das ich in dem Pariser Hotelfoyer zu Gesicht bekam; sie stößt ausschließlich auf Manifestationen des eigenen Gesichtes. Bis sie angeekelt ist und vergisst. Es ist nicht schlimm, dass man sich selbst mitnimmt, es ist nicht schlimm, dass man sein Haus mitnimmt, aber manchmal öffnet es sich, dann sollte man die Chance nützen und in dieses unbekannte Bild eintreten, diese fremde Gegenwart suchen, vielleicht wird man gleich wieder daraus vertrieben.

In der Zeit, als die alte Welt eben zusammengebrochen war, weigerte ich mich, erwachsen zu werden, ich wollte die Lücke zum Tod nicht öffnen. Nichts sollte geschehen. Ich klammerte mich an eine Handvoll Erinnerungen, ganz wenige, die ich zu einem täuschend echten Bild zusammenfügte, einem Bild, das mir – zusammengekleistert aus Lektürefetzen und Filmszenen – für die Welt stand. Diese Welt hatte eine Form; Dinge wie Angst oder Verzweiflung hatten darin ihren Platz und waren durch Wiederholbarkeit verwandelt und gebändigt; manchmal – eine winzige Andersheit genügte – brachen sie durch.

Einmal begegnete mir im Keller meines Elternhauses ein früherer Schulkollege. Kein Freund, niemand, mit dem ich je verreist wäre, niemand, den ich eingeladen hätte oder wiedersehen wollte. Es war ein dicklicher jähzorniger Typ, der zu Wutanfällen und Gewaltausbrüchen neigte; dann gab es keine Sprache mehr, in der man sich mit ihm verständigen, zu ihm durchdringen konnte. Man merkte, wie fremd einem ein anderer sein konnte; mit einem Erschrecken, das – sobald man weiterdachte – gleich schon einem selbst gelten konnte: was redete man denn da, wieso glaubte man, das eigene Reden könnte jemandem begreiflich sein? Sympathie erwecken, Gemeinsamkeiten? Etwas bei jemandem bewirken? Im Keller gab es einen langen unverputzten Gang, von dem links und rechts Nischen abgingen, in denen hinter Bretterverschlägen die einzelnen Kellerabteile lagen. Ein paar weißlackierte Holztüren führten zu Waschküchen und Geräteräumen und hinaus in die Treppenhäuser der einzelnen Stiegen. Der Schulkollege hielt mir etwas hin, in dem ich einen abgeschnittenen Kopf erkannte, und redete zugleich auf mich ein, mit pubertär überschnappender Stimme, in einer fast hündischen Unterwürfigkeit. Dieses Reden und dieser Kopf waren gleich grauenhaft.

Ich begriff, dass der Schulkollege (nennen wir ihn Tim) mich als seinen Komplizen betrachtete. Und natürlich war ich auch sein Komplize, denn wieso wäre er sonst gerade hierher, in meinen Keller gekommen? Man kann sich sein Spiegelbild nicht aussuchen. Man kann überrascht werden von den eigenen Handlungen, den Zeichen, die sie hinterlassen haben. Ich sollte – das machte Tim deutlich – stolz sein auf den Kopf, ihn an mich nehmen oder loszuwerden helfen, andere Male bekam ich auf eine solche Weise tote Tiere überreicht. Ich will sie nicht getötet haben. Ich will sie nicht berühren. Ich will diesen Menschen nicht getötet haben, mir nicht die Finger schmutzig machen. Natürlich hast du es getan. Tu nicht so als wärst du Tim überlegen, nur weil er fett und böse ist (was man eben so böse nennt) und du dich an den schwabbelnden Bauch erinnerst, der beim Umziehen vor und nach den Turnstunden sichtbar wurde. Ich versuchte lange vergeblich, aus dem Traum wieder hinauszukommen.

Das wäre nun also Afrika, denkt er im Autobus voller Architekten und Professoren sitzend, es erscheint ihm wie eine etwas lächer-

liche und nicht sehr wahrscheinliche Behauptung. Er wird nie in Afrika sein.
Der Autobus fährt sie zum Universitätsgelände, vorbei an Straßenmärkten, deren Stände unter Holzgestellen auf den Gehsteigen aufgebaut sind, dann an Märkten, die sich einfach auf dem Mittelstreifen zwischen den Fahrbahnen ausbreiten, staubige graue Waren, Stoffe, Kleider, Haushaltsgeräte, Töpfe, Handys, staubige graue dahockende oder mit ausgestreckten Beinen dasitzende Menschen (aber warum sind dann die Menschen, die unterwegs sind, in phantastische bunte Stoffe gehüllt, warum tragen sie ihre Köpfe so aufrecht?). Der Bus ist in wirrem Zickzack unterwegs, der Architekt hat schon nach zwei oder drei Gassen die Orientierung verloren. Einmal überqueren sie einen Kanal, an dessen Ufer ein Rudel von kleinen braunen Hunden umherstreunt und im Schlamm und in den Haufen von weggeworfenen Plastiksäcken und Benzinkanistern wühlt.
Beim Frühstück ist der Präsident, wie beinah zu erwarten, überaus freundlich zu ihm gewesen, wie geht es dir, mein Lieber, ich bin so froh, dass du dabei bist, der Arm über seiner Stuhllehne, und dass wir wieder einmal zum Reden kommen, du musst mir erzählen, was du so treibst und wie es der Margarita geht und was sie macht, und von deinen Töchtern, wie viele sind es denn jetzt, ach, umso besser, wie alt ist der Sohn, du, ich setz mich noch ein wenig zu dir. Und der Präsident (mit rötlichgrau leuchtendem Hipsterbart) redet weiter und schaut dem Architekten zu, wie er seine mit einer scharfen Paste gewürzte Omelette zerteilt, auf die Gabel aufspießt und Stück für Stück zum Mund führt, mit einer Hand, die nicht zittert, wie er seine Kaffeetasse, sein Glas Orangensaft zum Mund führt, mit einer Hand, die keine Blicke spürt, so wie er als Ganzes in seinem Morgenpanzer kaum Blicke spürt und seine kurzen Antworten mit mechanischer Freundlichkeit bereitstellen kann.
Auch vor der Einfahrt zur Universität hat sich ein kleiner Markt gebildet, Vodafone, Orange, Seven Up, Bastkörbe, Bücher, die Per-

spektive von oben scheint ihm seltsam, so hoch die Verkäufer auch ihre Arme strecken würden, sie könnten die Businsassen nicht erreichen; abgesehen davon, dass die Fenster des Busses sich natürlich nicht öffnen lassen. Herrenreiter, übers Wirkliche hinwegschwebend. Jemand öffnet das Tor, der Bus rumpelt im ersten Gang über eine Metallschiene. Rechts von ihnen liegt eines der Studentenheime, um die es in den fünf Tagen unter anderem gehen wird (ein Symptom, hieß es, und zugleich eine Chance; ein Symptom, das die Hoffnung schon in sich trägt und zum Symbol des Wandels werden kann). Im Vorbeifahren sieht er die sich wellenden, teils lose weghängenden Verschalungen, die schmutzigblauen Fertigteilplatten, die zerbrochenen Fensterscheiben, vor die Stofffetzen und Plastikplanen gespannt sind, ein paar Wäscheleinen. Später, wenn er bis zur Abfahrt des Busses noch ein wenig zu Fuß durchs Universitätsgelände laufen (und sich dabei fast verirren) wird, wird ihn der durchdringende Gestank, der rund um das Heim in der Luft liegt, überfallen; ein Geruch wie von hunderten defekten Toiletten. Auf seinem Laptop sind Unterlagen gespeichert, an deren Inhalt er sich erinnern kann, Erklärungen, Fakten, Probleme, Lösungsansätze. Die Heime sind vor fünfunddreißig Jahren von Spanien im Rahmen der Entwicklungshilfe errichtet worden und waren als Provisorium für wenige Jahre geplant. Sie sind zehnfach überbelegt, so wie an der ganzen Universität zehnmal mehr Studenten inskribiert sind als vorgesehen. Er stellt sich die Zimmer vor, in denen sich auf ein paar Quadratmetern fünf oder sieben oder zwölf junge Männer drängen; er stellt sich Gangbetten vor wie in überfüllten Krankenhäusern, Stoffbündel auf Gängen, Geschrei, Gestank, Musik; die Zimmer der Männer, die Zimmer der Frauen; Gespräche, Feste, Liebschaften, Musik, gibt es im Gedränge und Gestank Idyllen, für die ihm der Blick fehlt? Der Architekt (der weniger bekannt für seine Gebäude als für seine Ideen ist) verdankt vermutlich die Einladung hierher seiner einigermaßen viel diskutierten Idee des offenen Gebäudes; die Grenzen zwischen dem Anorganischen und dem Organischen sind konventionell gezogen und illusionär, Aufgabe des Architekten ist es, Grenzen zu öffnen, die Häuser zum Leben zu bringen. Die Häuser, die Steine zum Leben bringen, ist es das, was du damit gemeint hast, dieses Zuviel, dieser Gestank? Enthusiasmus und Fäulnis. Er stellt sich den Präsidenten vor, der ihm diese Frage stellt. Nicht nur Fäulnis, auch Enthusiasmus, Präsident, vergiss das nicht, all der Gestank ist Folge des Enthusiasmus, eines Übermaßes. Es geht um eine Neugestaltung, deswegen (unter anderem deswegen) sind wir hier. Stell dir ein Haus vor, das mit seinen Bewohnern wächst, nicht unter ihnen zusammenbricht. Und Leben, das heißt: Struktur, nicht Chaos; das heißt Proportion, oder zumindest: Proportion und Struktur sind nötig, damit das Haus (oder sonst etwas) lebendig wird, seine Freiheit bekommen, sich lösen kann.

Auf seinem Laptop sind nicht nur Unterlagen, sondern auch Pläne gespeichert, er zweifelt an seinen Plänen, Pläne eines Europäers, im luftleeren Raum erstellt (lassen sich anderswo als im luftleeren Raum Pläne erstellen? Kann man ohne Distanz denken? Kann im luftleeren Raum Leben entstehen, und will er überhaupt etwas mit der Wirklichkeit zu tun haben?).

Im Vorraum des Großen Auditoriums ist die Busgesellschaft von den afrikanischen Kollegen empfangen worden, fünfzehn oder zwanzig Männer und drei oder vier Frauen, dazu Studentinnen und Studenten, die Mappen und Akkreditierungen austeilen, er kennt keinen der Afrikaner, außer dem Dekan, der wiederum einem jeden versichert, wie froh und glücklich er ist, dass ein jeder, gerade er, gerade sie hier ist, den Weg hierher gefunden hat. Jetzt ist alles gut, sagt er einmal sogar, als hätte die Veranstaltung nicht gerade erst begonnen, sondern wäre schon zu einem glücklichen Abschluss gekommen; die sinnvollsten Projekte wären gekürt und verwirklicht. Ein paar quirlige Leute von den Vereinten Nationen tauchen auf, der Architekt wird von einem langen dünnen Mann in längsgestreiftem tief über den Hosenbund hängenden Hemd begrüßt und eingewiesen, einem Mann, der immer knapp davor scheint, in Gelächter auszubrechen, sicherlich einem Skan-

dinavier. Die Begegnungen scheinen ihm flüchtiger als die Begegnungen (oder eher Nicht-Begegnungen, denn er hat mit keinem Menschen gesprochen und glaubt sich von keinem erinnert) auf den Flughäfen, an seiner Stelle spricht, schaut, lächelt und bewegt sich sein professionelles Ich. Er hat es im Bus vermieden, sich neben die Belgierin zu setzen, er wird es im Saal vermeiden, sich neben sie zu setzen. Sie trägt eine weite weiße Bluse, unter der ein schwarzes Shirt sichtbar ist, einen dreiviertellangen beigen Rock, einmal trifft ihn ihr Blick. Ihn oder sein professionelles Ich. Er wird drei oder vier Reihen hinter ihr sitzen, aus seiner Schläfrigkeit hinaus ab und zu auf ihren vorgebeugten Nacken, die nackte Haut ihres Nackens und der Schultern, auf ihre schlanken Hände schauen, er denkt ihren Namen, später werden sie miteinander sprechen, denkt er, irgendwo auf dem Rückweg in der Betonwüste des Gebäudes oder im Sand auf dem Weg durch den Campus zum Autobusparkplatz (stattdessen wird er allein seinen Spaziergang zu den Studentenheimen und wieder zurück machen, bis zum Abend, dem Eröffnungsempfang warten, sich dann, als er mit der Belgierin redet, unangenehm betrunken fühlen, alles für lächerlich halten und jeden Satz für falsch, noch mehr trinken, die Geometrie des Gebäudes, des weiten Parks unter dem dunklen Himmel wird ihm, während er an allen Menschen vorbeischaut und das Stimmengewirr um ihn mit dem Gesurr und dem Zirpen der Insekten verschmilzt, vielsagend erscheinen, auf eine unbestimmte, aber drängende Art).
Er schaut ab und zu aus dem Fenster, dahinter sind die Fenster und die Mauern eines anderen Gebäudetrakts zu sehen. Die Eröffnungsvorträge sind langweilig und inhaltsleer und doch voll versteckter Bedeutsamkeit, die Klimaanlage surrt. Der Präsident, einer von fünf Männern auf dem Podium, dankt mit dezent gestutztem dunkelndem Hipsterbart und feinem Lächeln für jeden Vortrag und beantwortet ihn mit gezielt abwegigen Assoziationen. Der zarte glatte weiße Nacken der Belgierin, vier Reihen schräg vor ihm. Warum denkt er an weiße Haut, wenn er eine Frau be-

gehrt; kleine Landschaften aus weißer Haut, kleine beseelte Landschaften, Punkt für Punkt beseelt, aber immer weiß. Der Mann mit der Foucaultglatze, den er im Bus und im Hotel nicht gesehen hat, sitzt in der ersten Reihe; dreht sich einmal um, lächelt ihn an (grinst ihn an, würde er beinah sagen wollen). Die schöne Frau, mit der dieser Mann zusammen war; der Architekt versucht, sich an das Gesicht zu erinnern, es mit dem Hinterkopf, dem langen dunkeln Haar dort in der ersten Reihe an der Seite das Foucaultschädels zu vereinbaren, es gelingt ihm nicht. Vorne an der Wand hängt kein Bild von Präsident Koyaga, dafür, über einer Schultafel, ein Transparent mit den Logos der beteiligten Ministerien und Botschaften, der Europäischen Union und der Vereinten Nationen, UNESCO, HABITAT, UNIDO, ECOSOC, UIA. Die meisten der gezielt abwegigen Assoziationen des Präsidenten beziehen sich auf sein Lieblingsbuch, das vermutlich höchstens drei bis vier der Anwesenden teilweise oder ganz gelesen haben, den *Mann ohne Eigenschaften*. Der Architekt schätzt, dass knapp die Hälfte der Anwesenden schon von dem Buch gehört hat und irgendetwas von den gewitzten Bemerkungen des Präsidenten versteht. Die Klimaanlage surrt, er schlägt ein Bein über das andere, manche spielen mit den Identifikationsschildern, die sie um ihre Hälse tragen, wickeln das Band um ihre Finger. Die Belgierin. Der Dekan und der Rektor der Universität erklären sich zur wechselvollen Geschichte und schwierigen Freundschaft zwischen Europa und Afrika. Was wir voneinander lernen können, und zwar ganz speziell in unserem Fachgebiet lernen können. Wie froh und glücklich er ist, erklärt der Dekan wiederum, aber nun an alle gerichtet, dass sie alle hier sind, in diesem kleinen Land, das seinen Platz in der Geschichte finden muss und wird. Die vielen Stimmen zusammen sagen mehr als jede einzelne Stimme sagen kann. Das Wissen der einen steht dem Wissen der anderen nicht entgegen, sondern erweitert es. Nicht um zu nehmen, wie früher, sondern um zu geben; Gäste; willkommene Gäste; die gemeinsame Arbeit. Wir wissen, denkt der Architekt, dass nichts vergessen ist, dass wir

für die Toten der vergangenen Jahrhunderte verantwortlich sind und verantwortlich gemacht werden und es uns erst erkämpfen müssen, überhaupt als einzelne angeschaut zu werden. Dass jeder einzelne Blick sich Normalität erkämpfen muss, dem Spiegel entkommen. Immer wieder wird er das Unbehagen darüber spüren; die Hilflosigkeit, der kaum ein Afrikareisender entkommt. Es gibt keine Leere, es ist nichts vergessen, es geht weiter wie früher, er wird nie in Afrika sein: alle anderen, ob Afrikaner oder Europäer erscheinen ihm jetzt, wie er so dasitzt auf seinem unbequemen Studentenstuhl, viel zu weit entfernt, viel zu unzugänglich, als dass sie ihn oder er sie als einzelne anschauen könnte. Trotzdem hat er, sobald die Einladung gekommen war, ohne zu überlegen zugesagt und sich an die Arbeit gemacht, so als ginge es um einen festen Auftrag: trotzdem oder gerade deshalb; weil es aus der Ferne einfacher war; weil aus der Ferne alles möglich schien.
Die Rede des Rektors ist fast frei von Freundlichkeiten und Verbrüderungsgesten; dieser messerförmig schlanke Mann im eleganten Anzug ist offenkundig auf einer Business-School ausgebildet worden, womöglich einer jesuitischen Business-School, und hat seine ganze Intelligenz in den Dienst einer eisigen ökonomischen Rationalität gestellt. Zumindest tut er so als ob. Der Glanz der Notwendigkeit und die Verachtung der Zuhörer lassen seine Worte in makellosem, aber seltsam verlangsamtem Englisch dahingleiten. Wir haben gelernt, mit dem Notwendigen auszukommen, sagt er, zweifellos werden Sie über Kultur sprechen. Was sind in Wahrheit die Räume, in denen wir wohnen und arbeiten? Und mit zwei oder drei Zügen gelangt er von hier aus zu dem Satz: Aber können wir es in unserer Welt erlauben, von Kultur zu sprechen, ohne von Effizienz zu sprechen, ohne von Synergien von Rentabilität ohne von und so weiter. Die Zeit der Träume und der Utopien ist vorbei, sagt er (sehr leise, gar nicht deklamierend), wir haben sie mit dem 20. Jahrhundert hinter uns gelassen, die Gesetze des Marktes bestimmen unser Handeln, können wir nicht sagen, gerade auch wir als Afrikaner, sie befreien es?

Im Strom der Verachtung schwimmen, denkt der Architekt, im Strom der Vernichtung, im Strom der Verachtung, er ärgert sich und ärgert sich zugleich, dass er sich ärgert: darüber nämlich, dass ihm das Gerede zu wenig *afrikanisch* ist und er sich über konventionelles *afrikanisches* Gerede weniger ärgern würde, zumindest weil es ihm ein wenig unbekannter wäre. Wie wäre es, wenn wir einfach aufgeben, denkt er. Aufgeben und ganz neu anfangen, mit nichts im Kopf, wenn wir denken wie einer der Hunde am Kanal oder wenigstens wie eine der grauen Figuren auf dem improvisierten Markt zwischen den Fahrstreifen.
Er schaut auf den Nacken der Belgierin, die mit ihrem Akkreditierungsschild spielt, und stellt sich vor, sie würde sich mit der Kette strangulieren. Er stellt sich vor, irgendjemand würde sich auf einer Tagung, während eines langweiligen Vortrags, mit der Kette seines Akkreditierungsschilds strangulieren, aber nur als Satz, nur als Szene eines Films, nicht in Wirklichkeit, natürlich nicht in Wirklichkeit, er stellt sich doch nichts Wirkliches vor.
Als er vor dem Bus auf der Straße steht und ein wenig mit seinem Smartphone spielt, sucht er auf der Landkarte nach der Straße, auf der er steht, und findet sie nicht. Es gibt diese Straße nicht. Er zoomt heran: die Google-Welt zeigt erdfarbene flache Hausdächer neben erdfarbenen halb ländlich wirkenden Wegen, einen Handymast, eine Satellitenschüssel.

Aber meine Träume gehörten dem Gebäude, diesem Keller, nicht mir, so wie mein Bild dem Spiegel gehörte, nicht mir. Mein Körper war ekelhaft und ich war ein Mörder. Man kann nicht Herr über die Geschichte sein, so wenig wie über sich selbst. Man kann sich seine Freunde und Komplizen nicht aussuchen.
Das Geschenk, das mein fetter Schulkollege mir überreichte, war ekelhaft: blutverschmiert, mit am Schädel klebendem Haar, offenem Mund, aber dann auch wieder erstaunlich harmlos: man konnte einen abgeschnittenen Kopf in der Hand halten, es war nur irgendein Gegenstand, eine kleine Kugel, ein handliches, weg-

werfbares Ding. Von einem menschlichen Wesen (ich könnte versuchen, mich zu erinnern) war nichts übrig als dieser kleine etwas unförmige Ball, den man in einer Hand tragen, den man wegwerfen konnte wie ein Spielzeug; allerdings ein Spielzeug mit Gesicht. Eine Art sekundärer Ekel entsprang noch im Traum dem Nachdenken über diese Beiläufigkeit, der Vorstellung, ich würde den Kopf achtlos wegwerfen, die Szene vergessen, das wäre möglich. So etwas können die Menschen, sobald sie erwachsen sind: beiläufig töten, andere zerstückeln, und dann weitermachen mit ihrem Leben, warum sollte es nicht auch ich können. Einfach aufwachen, nicht steckenbleiben im Traum.
Alle Blicke, alle Gesichter lassen sich auslöschen, ersetzen. Die Toten verschwinden einfach; die Toten verschwinden auch aus der Erinnerung. Dieses Vergessen erschien mir unerträglich: Der Kopf hatte Augen, ich fühlte mich angeschaut; wenn jetzt das Vergessen möglich war, dann war doch alles möglich, es gab keinerlei Halt. Ich wollte aus dem Traum herauskommen, aber zugleich wollte ich ihn um jeden Preis festhalten, als sähe ich hier nicht nur einen Weg, über Schande und Ekel hinauszukommen, sondern auch das eine, besondere Bild, auf das ich gewartet hatte. Einen besonderen Blick, aus grünen Augen, wenn es auch ein toter Blick war. Es bedurfte also seltsamer Umwege, den Keller zu verlassen. Die Mauern schienen mich an meine Überzeugungen, meine Menschlichkeit, meine Moral, meine Sprache erinnern zu wollen.
Hatte ich denn Überzeugungen, eine Moral, eine Sprache? Hatte ich anderes als eine Handvoll Erinnerungen, Bilder (zu denen ich nun eines hinzufügte), hatte ich anderes als Mauern, ihren Schutz und ihr Gefängnis? Mauern und die Fenster in Mauern.
Die Stimmen begannen sich einzumischen, Stimmen, die zum Haus gehörten.

Der Eröffnungsempfang findet im Botschaftsgebäude eines großen europäischen Landes statt. Der Bus parkt in der Abenddämmerung vor einer hohen, mit Stacheldraht gesicherten Mauer, auf der anderen Seite der breiten Straße liegen der Strand und das Meer. Vom Autobus aus hat er Zelte gesehen; kleine Zelte, in denen vermutlich Menschen wohnen. Hinter dem Tor erwarten sie ein stiller Park und eine mehrstöckige Villa, das Erdgeschoß ist leergeräumt für Begrüßungsreden und Buffet, der Architekt lässt sich vorantreiben, freut sich aufs Trinken und Essen und ein paar freundliche und womöglich nützliche Gespräche (aber an Nutzen zu glauben, in welcher Hinsicht auch immer, fällt ihm schwer). Junge Männer und Mädchen in weißen Anzugjacken stehen hinter weißen Tischen, auf denen schon Tellerchen und metallene Speisenwärmer zu sehen sind, andere tragen Tabletts mit Champagner-, Wein-, Bier-, Orangensaft-, Wassergläsern. Die Tore zum Park stehen offen, draußen ist es wärmer als drinnen, die Klimaanlage ist unhörbar.

Nach den ersten Grußworten (die Freundschaft der Völker und Kontinente trotz historischer Belastungen, schwieriger Zeiten, Sparzwängen etc.), denen niemand so recht zuhört, packt der Botschafter zur allgemeinen Überraschung eine Violine aus, es wird still im Saal. Dünnes Geigenspiel ertönt, in einer Ecke sind sechzehn Frauen in örtlicher Tracht versammelt, die sich als Chor der Botschaftsmitarbeiterinnen erweisen; sie singen zum Geigenspiel Volkslieder: *Auf, auf zum fröhlichen Jagen.* Er sieht die Belgierin an, die Belgierin sieht den Präsidenten an, der Präsident schaut János an, die Dozentin aus Padua starrt mit einem beängstigenden Gesichtsausdruck auf die Wand, ein berühmter Architekt aus Burkina Faso (mit dem der Architekt gern ins Gespräch kommen würde) lächelt vor sich hin. Er greift zu einem Brötchen, einem Glas Champagner, *Wer will fleißige Handwerker sehen. Das kann kein echter Müller sein.*

Er lässt sich zurückfallen, weg von der Musik und dem Gesang und allerdings auch den Brötchen und Speisenwärmern, hin zu den offenen Toren. Auch die Belgierin und einige andere lassen sich zurückfallen, im Garten ist von der Musik kaum noch etwas zu hören. Fast niemand ist da, die Belgierin legt ihren Arm auf seine Schulter, er schaut sie an, dann schaut er die Bäume an, den Rasen, die im Licht fast fleischlich warm aufleuchtenden Pflanzen in den Beeten und an der Mauer.

Zonen von Licht und Dunkel wechseln sich ab, er spürt die Geometrie, die Weite, als würden das gar nicht sichtbare Meer und der Himmel Teil des Gartens sein, zum Haus gehören, je betrunkener er wird (später, fast die ganze Zeit bleibt er draußen), desto deutlicher spürt er es, etwas, das er in der Architektur immer sucht und das hier wie von selbst da wäre. Der Mond antwortet auf das Meer. Das Meer antwortet auf den Garten. Der Garten antwortet auf den Himmel. Der Himmel antwortet auf die Haut. Die Haut antwortet auf Blicke. Blicke antworten auf den Himmel, und etwas sonst Verborgenes wird sichtbar. Gleichzeitig sieht er die Mauer, den Stacheldraht, der wahrscheinlich elektrisch geladen ist, ein Wächter steht vor der Tür, wahrscheinlich ein Immigrant aus einem ärmeren Nachbarland.

– Schön ist das. Die Belgierin nickt, sie schauen nicht auf die Mauer und nicht auf den Wächter. Es hat keinen Sinn, etwas Originelleres oder überhaupt noch mehr zu sagen, am dümmsten wäre es, von Architektur zu reden, nein, am dümmsten wäre es, von vor drei Jahren zu reden, von dem Immer-wieder zu reden, von ihr zu reden, von sich zu reden. Er fühlt sich wohl und sicher, es gibt keine Vergangenheit und keine Zukunft. Während sie das Sektglas an den Mund führt, schließt sie kurz die Augen, ihre nackten Arme leuchten im warmen Licht auf, pflanzenhaft lebendig und selbstverständlich, es riecht nach Insektenspray. Später, wenn im Hintergrund afrikanische Musik zu hören ist und von den Grillen und anderen Insekten übertönt wird, die Nacht fortschreitet, Versprechen zu geben scheint und sie wieder fortnimmt, werden sie auch reden, das heißt, auf schiefe Art und Weise werden die falschen Sätze aus ihren Mündern kommen, jetzt halten sie das Schweigen, fünf Minuten oder zehn Minuten, keiner schaut auf die Uhr. Das Buffet wird eröffnet, sie gehen zurück ins Innere, stehen nebeneinander in der langen Schlange. Jemand spricht den Architekten an,

und er muss sich umdrehen, es ist der Architekt aus Burkina Faso, er freut sich, verliert ein paar Plätze und verliert die Belgierin kurz aus dem Blick, zum Essen lehnt er an einem Fensterbrett, wo er Teller und Glas von Zeit zu Zeit abstellen kann, fast fröstelnd. Das Essen schmeckt selbstverständlich phantastisch.
Er geht zurück in den Garten, sieht den Leuten zu, weiß, was sie reden, ohne dass er zuhören muss, und weiß, was sie denken, während sie reden. Der Präsident unterhält sich angeregt und mit seinem freundlichsten und offensten Lächeln im Gesicht mit dem Botschafter des großen europäischen Landes, und der Architekt bekommt Mitleid mit dem Diplomaten, weil er schon vorausschaut auf die Parodien, die der Präsident in den nächsten Tagen mit minimalen Erweiterungen und Entstellungen liefern wird, auf die lustvoll entlarvenden Nacherzählungen all der naiven Botschafterbemerkungen über Afrika, Architektur, Gärten, Geigenspiel und Politik.
Jemand kommt mit einem Tablett vorbei, der Architekt stellt ein Glas ab und nimmt ein neues. Wie lange ist der junge Mann mit dem Tablett schon auf den Beinen, seit sechs Uhr früh, nein, zwischendurch hat er zwei oder drei Mal kurz geschlafen, er kann das. Er spürt keine Müdigkeit, die Beine tun ihm weh, aber er spürt das nicht. Er wird mit dem Moped nach Hause fahren, er und der andere dort drüben, zu zweit auf dem Moped, nach Hause, das heißt, ins Studentenheim, vorher wird er noch ein Cola trinken und einen übriggebliebenen Sandwich essen, er freut sich auf das Cola, auf den Sandwich. Dieses Cola, diesen Sandwich am Gaumen spüren; die Mopedfahrt spätnachts, ohne Helm, den Fahrtwind im kurzgeschnittenen Haar spüren. Zwei Schritte von ihnen entfernt erklärt die Dozentin aus Padua einem schweigsamen Dozenten aus Belleville in schwer verständlichem Französisch die Notwendigkeit einer Revolution des Denkens. Hör doch auf, mich zu belehren, denkt der schweigsame Dozent aus Belleville mit freundlich geneigtem, ab und zu nickendem Kopf. Es ist ein Tanz, und er dreht sich von Gespräch zu Gespräch, das was Europäer

und Afrikaner trennt, sagt jemand zum Rektor, ist natürlich längst nicht die Hautfarbe, es ist das Geld. Die Hautfarbe ist ein sekundäres Merkmal, das höchstens auf dieses Entscheidende hindeutet. Der reiche Afrikaner kann dem europäischen Rucksacktouristen mit vollem Recht sein Geld, seinen Reichtum vorwerfen. Aber es geht nicht um Vorwürfe, sagt der Rektor, wieder sehr langsam, es geht um Austausch. Das Geld formt das Denken und da ist gar kein Platz mehr für Vorwürfe, er sagt es sehr langsam und (so kommt dem Architekten nun vor) so, als würde er das Gegenteil – etwas ganz anderes jedenfalls, womöglich das Gegenteil – meinen. Für einen Moment (schon sehr müde und betrunken) fühlt er sich wie der Rektor, nein, als der Rektor: ganz daheim in jeder Geste, ganz daheim in seiner Haut, in seinen Kleidern, sicher dastehend, sicher und leicht, und doch ohne jeden Halt und sich fremd und allein. Ein riesiges Schiff steuern müssen und nur ein morsches Ruder zur Verfügung haben und trotzdem das riesige Schiff steuern, weil es eben gesteuert werden muss. Umringt sein von Leuten, die gute Ratschläge geben und dann gehen und sich nicht kümmern. Ein Körper sein, der seine Erinnerungen löscht.
Wüsste er nur von sich selbst immer genau (denkt der Architekt), was er redet, und was er denkt, während er redet. Wüsste er sich sicher und fremd, daheim und allein. Das Gesicht der Belgierin ist jetzt nah vor ihm, ihre geröteten Wangen, der Glanz in der dunklen Iris, die Haarsträhne über den Augen. Dass Pflanzen ihre Arme um dich legen, denkt er, im Tanz. Der dunkle Himmel, die Geometrie, er müsste dem allen entsprechen, mit seiner Arbeit, mit jeder Bewegung.
Die Belgierin fragt ihn gleich, wie es seinen Kindern geht, so als wäre das eine automatische erste Frage (das Zusammenstehen ein oder zwei Stunden davor zählt nicht, richtige Momente zählen nicht), und er ist irritiert, dass er beginnt zu reden, als würde er über nichts anderes lieber reden und an nichts anderes denken. Seine Tochter, die schon so groß ist, sein Sohn, der immer weint, der immer hinfällt, seine Tochter in der Schule, sein Sohn, der nicht

in den Kindergarten möchte. Seine Tochter Miriam, sein Sohn Jakob. Die Belgierin redet von ihrer Tochter, es erschreckt ihn (und vielleicht auch sie), dass sie schon beinah erwachsen ist, sie reden, und an ihrer Stelle sind die Kinder da und werden erwachsen. Es gibt nichts Natürliches, sagt die Belgierin, früher schien den Leuten das Aufwachsen ihrer Kinder als ein ganz natürlicher Prozess, heute wird jeder Entwicklungsschritt wie ein Wunder bestaunt, und wir können uns kaum einkriegen, wenn eine Fünfjährige sich anders verhält als eine Dreijährige und eine Dreijährige sich anders verhält als ein Baby. Und später, sagt dieser Architekt, ist man enttäuscht, dass doch nur Erwachsene aus den Kindern werden. Der Glanz in der dunklen Iris der Belgierin scheint ihm seltsam entfernt, körperlos, nichts darin bezieht sich auf seine eigenen Blicke, die sich auf nichts beziehen und die er (so betrunken ist er) beliebig verändern und mit Bedeutungen und Bedeutsamkeiten belegen kann, er schaut der Belgierin in die Augen, und dann lässt er es wieder. Er riecht ihren Atem und zugleich kommt ihm vor, als wären ihre Körper nicht da, als wären sie nicht mehr da und an ihrer Stelle die Kinder oder nein, nicht die Kinder, eine Idee der Kinder, eine Idee von Europa, eines Anderswo, das den Moment löscht. Jede Geste, jedes Näherkommen, jede Berührung wäre nur ein So-tun-als-ob. Selbst wenn sie wieder miteinander schlafen würden, wäre es nur ein Als-ob.

Die Belgierin redet weiter, wenn du Natur imitierst, sagt sie, kommt keine Natur heraus, sondern gerade etwas Künstliches, er merkt (aber er merkt es unterhalb seines Bewusstseins), dass er das als Kritik an seiner Arbeit und seinen Ideen verstehen könnte und sich erinnern könnte, dass Margarita schon Ähnliches gesagt hat (ach weh, denkt er, aber ohne es zu denken, die Frauen, die ihn lieben, halten nichts von seiner Arbeit, was bleibt denn dann an mir zu lieben). Wie kann etwas, das jemand sagt, mit dem Körper dieses Menschen in Übereinstimmung sein; wie kann es hier Übergänge geben? Wenn man verliebt ist, glaubt man an diese Übereinstimmung, diese Übergänge, wenn man in einer völlig flachen Welt lebt, sind sie selbstverständlich. Aber darüber hinaus?

Er hätte Lust, zu Fuß zum Hotel zurückzugehen, doch davon wird so streng abgeraten, dass es beinah verboten scheint, ganz davon abgesehen, dass er den Weg nicht kennt. Draußen vor dem Tor (wo der Wächter jetzt auf einem Klappstuhl sitzt) wartet längst der Bus, nur sehr langsam bewegt sich die Architekten- und Dozententraube dem Ausgang zu, er ist Teil dieser Bewegung, wenn auch widerstrebend. Er sieht sich an allen vorbeischauen, an János und seinem vielsagenden Blick, der ihn immer noch mit der Belgierin zusammenschließen will. Er schaut an allen vorbei, aus Angst, in ihren Blick, in diesen Blick, in jeden fremden Blick zu fallen. Dort steht wieder, etwas abseits, der Mann mit der Glatze, anscheinend mit einem Schnapsglas in der Hand, kurz treffen sich ihre Blicke. Gartenmauer und Haus durchschneiden und formen den Raum; alles ist einen Tick verschoben. Er schaut nach oben und stellt sich den hungrigen Himmel vor: Zähne, ein dunkles Maul, ein Magensack.

Der Raum geht auf, und er weiß für ein paar lange Sekunden nicht: Wo bin ich, was ist mein Ort, wann ist jetzt. Wann ist mein Ort, wo ist jetzt. Ein paar lange Sekunden, raumlange Sekunden, Meer und Himmel ziehen den Raum auseinander, Garten und Haus. So muss es sein. Gleich wird er aber, mit einem Gefühl des Besoffenseins und der eigenen Blödheit, noch einmal dem Botschafter die Hand schütteln und ihm für den Abend danken müssen, durchs Gartentor gehen, in den Bus steigen, der Chauffeur grüßt einen jeden fröhlich, auch ihn.

Zu dieser Zeit war ich meistens allein; dennoch schien mir, die Wände meiner Wohnung würden die Außenwelt kaum fernhalten. Nachts, wenn ich nackt oder in Unterhose auf die Toilette gegangen war (wenn ich mich frei glaubte), konnten plötzlich die Eltern wiederauftauchen oder Leute aus der Siedlung, Fremde. Unter Menschen zu leben (jemand wie sie zu sein, aber doch nicht wirklich) erschien mir als beengende Erfahrung. Was erwartete ich mir von der Erinnerung, wollte ich eine Festung aus ihr bauen: die Zeit soll nicht vergehen? Was erwartete ich vom Entkommen, nichts anderes als Raum, den Raum der Bilder oder den Raum einer Leere? Eine Form, die jedem Erlebnis einen Wert geben und es erzählbar machen würde? Oder noch etwas anderes, einen Raum hinter dem Raum?

Es gibt (jedenfalls in der Rückschau auf diese Nacht) nicht Traum und Wachen, sondern nur verschiedene Schichten von Bewusstsein. Ich glaube, ich begann auf unterschiedlichen Bewusstseinsschichten gegenläufige Bewegungen: Ich hielt von außen fest, was geschah oder nicht geschah, fixierte es, wie um es nie mehr zu verlieren, während ich zugleich tiefer drin im Inneren des Traums einen Weg fort von Tim und dem Kopf suchte, einen Weg an den Stimmen vorbei, die vom Treppenhaus her durch die Tür drangen. Denn man konnte es sich manchmal in seinem Zimmer und in seiner Wohnung vorspielen, aber in Wirklichkeit konnte man nicht für sich sein: ein Chor von Hausmeistern, Hausfrauen und Witwen bewachte und kommentierte seit Jahrzehnten (seit dem Ende des Krieges) jeden Schritt eines jeden Siedlungsbewohners, ein Netz von Stimmen, das sich über die Siedlung legte: Er taugt nichts, aus dem wird nichts, sie ist ein Flitscherl, er ist ein Kummerl, ein Giftler, der kriegt das Maul nicht auf, der redet von nix als wie Arsch und Scheißen, der kann nicht grüßen, schaut euch sein Käsegesicht an, dieser Topfenneger, schaut euch seine Haare an, mit wem redet er da?, mit wem treibt er sich wieder herum, sitzt er schon wieder allein zu Hause?, der redet mit keinem, um welche Zeit kommt der am Abend heim, steht er wieder erst zu Mittag auf?, und schaut dann aus dem Fenster?, wer ist dieser Mensch bei ihm?, hat der noch immer keine?, schaut euch seine Wampe an, wie sie über die Hose schwappt, schaut, was er für Büchel liest, schaut euch an, was er in der Hand hält, was er verstecken will, ist das sein Ehschonwissen, ist das sein Flitscherl, ist das eins von seinen kranken Bücheln, ist das ein Messer, eine Leich? Immerzu

und überall standen sie im Hausflur, im Laden, vor der Waschküche, auf den Spielplätzen, vor den Hauseingängen und redeten, ein schrilles Flüstern, so schien es mir, sie schauten freundlich, natürlich verstand ich alles falsch, was sie sagten.
Ich konnte mich nicht in sie hineinversetzen (verwandeln). Vielleicht waren sie in mir drin.
Ich bin zu spät gekommen, es ist alles schon geschehen, die alte Welt ist tot, aber noch da. So wie die Häuser da sind, aus deren Zeit sie stammen, sie leben in der Zeit dieser Häuser, in diesem Dorf mitten in der Stadt, sie sind die Dorfältesten. Sie haben den Krieg überlebt (wenn auch verwitwet, vertrieben, im Innern völlig zerstört), sind wieder obenauf und sind zu Dorfältesten geworden, in diesem Dorf von Neubauten, Witwen, Vertriebenen und Beamten, das nach der völligen Zerstörung entstanden ist.
Ich durchschaute sie nicht, verstand nicht, dass die Häuser ihnen nur andere Häuser ersetzten, dass ihre Selbstgewissheit und Selbstgerechtigkeit nur der dünne Anstrich über einer tiefen Verlorenheit war und dass sie in Wahrheit nichts verstanden, weniger als ich, je älter sie wurden, umso weniger. Zwischen Göttern und Hochstaplern ist kaum ein Unterschied. Alles, was die Stimmen sagten, wurde sogleich unabweisbar in seiner zähen Festigkeit. Jeder Satz, den ein anderer sagt, ist unabweisbar in seiner Festigkeit. Alle Sätze sind vielfach wiederholt und gesichert, zum Grund geworden, in die Erde gesickert. Ich stehe auf diesem fremden Erdboden und bin still. Ich stehe still unter der Erde.
Die Sätze sind in mich gesickert. In manchen afrikanischen Mythologien galten einzelne Körperteile (die Ferse, das Herz, der Penis, die Milz) als Wohnung der Ahnen. Sätze von anderen wohnen in mir, die ich nur wiederholen kann. Sprechen heißt, eine fremde Sprache sprechen. Sprechen heißt, so tun als würde ich sprechen. Wenn ich sprechen musste, hatte ich die Sätze aus von meinem Bewusstsein unberührten Körperregionen zu ziehen. Bitte halt den Mund, wollte ich zu Tim sagen, der immer noch grinste und plapperte, halt den Mund und verschwinde, aber

es war längst egal. Die Stimmen wussten nicht nur Dinge über mich, die ich geheim hielt, sondern auch Dinge über mich, die ich selbst nicht wusste, die Nachrichten erreichten sie auf Wegen, von denen ich keine Ahnung hatte.
– Da ist ein Fremdkörper im Keller.
Ich war ein Fremdkörper im Keller. Ich oder der Kopf, ich und der Kopf. Ich bin ein Fremdkörper. Ich gehöre nicht dazu, ich habe eine falsche Hautfarbe: weiß, aber allzu weiß, ein zerstörtes, lächerliches Gesicht, das niemals zu einem erwachsenen Menschen gehören kann. Aber das macht nichts. Sie wissen nicht, dass die alte Welt eben zu Ende gegangen ist (oder können so tun, als wüssten sie es nicht), und ich muss so tun, als wüsste ich es auch nicht. Ich halte sie fest, diese Gespenster. Sie sind in mir drin, in meiner Milz, in meinem Penis, in meinem Herzen, sie sind im Haus, ihre Stimmen fließen durch die Leitungen und Rohre, ein Gemurmel über Generationen hinweg.
Der Keller öffnete sich; ohne mein Zutun (es sei denn, ein Gedanke aus der äußersten Traumschicht hätte einen geheimen Mechanismus in Gang gesetzt).

Es ist nach elf, als er ins Hotelzimmer zurückkommt, es ist wieder eiskalt hier drin. Er schaltet den Laptop an und versucht, mit Margarita zu skypen, jetzt müsste sie an ihrem Schreibtisch sitzen, während die Kinder schon schlafen. Er könnte ihr erzählen; sie würde ihm knappe gescheite Antworten geben, und danach hätte er das Gefühl, er würde nun wissen, was er erlebt hat; seine Erlebnisse wären nun gültig. *Offline* steht neben ihrem Namen. Was heißt schon Freiheit: er kann jetzt schlafen, schauen, ob die Bar noch geöffnet ist, im kleinen Hotelgarten spazieren gehen (mit dem Nachtwächter plaudern oder sich von ihm beobachten lassen). Ihm fehlt die Vertrautheit, irgendeine Vertrautheit außer der des Laptops und des Smartphones mit ihren Dateien und Apps. Ihm fehlen die Gespräche wie immer, der Alltag wie immer, das Schlafengehen wie immer: Margaritas Körper, an den er sich

kuscheln kann wie an ein vertrautes Tier oder kuscheln könnte, wenn er sich nur zu ihr hindrehte, ein Körper wie ein vertrautes Tier, wie irgendein Körper, wie die Vertrautheit. Die Klimaanlage surrt, er könnte bei der Rezeption anrufen, sich beschweren, sich über irgendetwas beschweren, er könnte irgendetwas fordern. Ein Weißer sein, der sich bei der Rezeption beschwert und etwas fordert, er würde so einen Weißen spielen, sobald er bei der Rezeption anriefe, und sich beim Spielen zuschauen, genau deshalb kann er nicht anrufen, jetzt gar nicht mehr, nicht einmal, um noch ein Bier zu bestellen, schon gar nicht, um sich zu beschweren. Wenn sein Bett zusammenkrachen würde oder aus der Dusche brauner Schlamm rieseln, Insektenvölker durchs Zimmer kröchen, er könnte sich nicht beschweren. Er schaltet die Klimaanlage aus, zieht sich aus, sitzt auf dem Bett, halb auf dem Moskitonetz, ein käsiger Körper mit Brusthaar, er hat nie ganz verstanden, was eine Frau an solch einem Körper finden kann. Aber er ist immer noch nicht besonders fett. Über seinem Bett hängt ein Gemälde, ockerfarbene und rote Flächen, wie man sich Afrika, *die Farben Afrikas* vorstellt, mit Pinselstrichen zusammengenäht. Unterhalb seines Fensters leuchtet der Swimmingpool; ein Schrank, ein moderner Flachbildfernseher, links vom Eingang die Tür ins Bad, noch glaubt er, dass er diese Nacht gut schlafen wird.
Aus der Dusche kommt warmes, klares Wasser, ein paar abgebrochene Fliesen stören ihn nicht, eine kleine Spinne in der Ecke unter dem Waschbecken stört ihn nicht. Immer noch *offline*, er schaltet den Laptop aus, legt sich hin, schaltet die Klimaanlage wieder an, schließt das Moskitonetz über sich.
Sein Körper liegt da, in die Laken geklatscht, da und nicht da; in falscher Stellung, nach jeder Stellungsänderung in neuer falscher Stellung. Die Klimaanlage surrt. Nur am Anfang wiederholt er sich Gespräche vom Tag; jedes Gespräch bekommt eine unangenehme Note, sogar das Dastehen neben der Belgierin (oder doch mit der Belgierin, er kann es nicht sagen) hat eine unangenehme Note. Es gibt nichts Natürliches. Sein Hirn ist in seinen Kopf ge-

klatscht, die Gedanken passen nicht zueinander. Jemand klopft von innen gegen meine Schädeldecke, denkt er; wie aus einer Dusche rieselt brauner Schlamm hinunter, formt Muster am Boden, Gebilde; die Gebilde werden immer deutlicher; sobald sie beinah die Klarheit eines Traumbilds erreicht haben, wird sein Herzschlag schneller, er bekommt das sinnlose Bedürfnis, wieder die Position zu ändern, ändert die Position, ist hellwach. Die Klimaanlage surrt, ihm ist kalt, er schält sich aus dem Moskitonetz, stellt die Anlage ab, wickelt sich wieder ins Moskitonetz, liegt auf dem Rücken, die Arme auf der Brust verschränkt, versucht ruhig zu atmen und ruhig zu denken: das Denken als Ausdehnung, Gedanke für Gedanke, Atemzug für Atemzug, Bild für Bild hinaus in die Welt (in den Schlaf). Hinter dem Fenster die Nacht, Meile um Meile Nacht. *Ausdehnung*: ihm fehlt jetzt jede Vorstellung dafür, es fehlt nämlich schon der Garten (die Belgierin steht neben ihm), der Himmel, das Meer, ihm fehlen die Bilder; als gäbe es nur seinen Körper in Schlafanzughose und T-Shirt, den Sarg seines Hotelzimmers und nichts sonst. Wie soll er die Vorstellung herbeizwingen, die Bilder, die Räume: Den Garten, die Stadt mit ihren Häusern und Hütten, die Leute, die auf der Straße schlafen, nächtliche Spitäler, Märkte, Bars, die Trinker, die Kranken, die Sterbenden, die Neugeborenen, Sex und Streit und Schlaflosigkeit und Schmerz und Schlaf, die Tiere in den Rinnsteinen, am Strand, die Zelte am Strand und das Rauschen des Meeres, die Hunde, die Mäuse und Hühner, die nächtlichen Schlachthöfe, die Wälder hinter der Stadt. Und eins antwortet auf das andere.

Alles ist zu eng. Ich will, sagt er sich, ich will doch nur. Ich will doch nur, sagt er sich immer wieder, will doch nur, dass der Raum wirklich wird. Ich bin ein Architekt, sagt er sich immer wieder (denn er kann es vergessen), und ich will, dass der Raum wirklich wird. Er sagt es im Schlaf, denn minuten- oder sekundenweise schläft er doch, und solche Dinge sagt man nicht absichtlich, nicht einmal sich selbst. Er fühlt sich sogar beim Schlafen schlaflos; ab und zu, wie um zu wissen, dass er nicht schläft, schaut er

im blitzschnellen Erwachen auf seine Armbanduhr, ab und zu nimmt er dann sein Buch und liest zwei drei Sätze. Die Sätze handeln von Afrika und interessieren ihn nicht.
Es muss vier Uhr früh sein oder später, er hört die ersten Hahnenschreie, er weiß, dass er nicht mehr auf die Uhr schauen darf, weil er sonst überhaupt nicht schlafen wird, so weit kennt er sich mit seinen Schlaflosigkeiten aus. Die zweite Nacht in Afrika, die dritte Nacht hintereinander, daran darf er auch nicht denken. Dann hört er Vögel im Hotelgarten, eine seltsame Partitur, der eine Vogel (er glaubt, seinen Ort genau zu erkennen, glaubt fast dort zu sein) steuert alle fünf oder sieben Sekunden ein schmatzendes lautes Geräusch bei; alle fünf oder sieben Sekunden: eine Spur zu unregelmäßig, das quält ihn, sonst könnte er jetzt sofort einschlafen, so bildet er sich jedenfalls ein. Worüber sprechen die Vögel. Woher weiß er, dass er noch er selbst ist.
Er glaubt, ein Gewitter hätte begonnen, hört Sturm und Regen, ein tropisches Gewitter, denkt er, und sieht die Zelte am Strand davonschwimmen, gleich merkt er aber, dass das Geräusch von der wieder eingeschalteten Klimaanlage kommt. Dieses Geräusch hat er gebraucht, die wegschwimmenden Zelte, einen Regen, der kein Regen ist, die Vögel verstummen, das an- und abschwellende falsche Prasseln und Rauschen trägt ihn. Er schläft, zwei oder drei Stunden lang, schläft tief und glücklich; sogar in dem Alptraum, in den er hineingleitet, fühlt er sich – bis auf einen unerträglichen Moment – merkwürdig glücklich und gut aufgehoben. Er ist unterwegs, so wie meistens in seinen Träumen.
In Europa hat er nächtelang geträumt, in Afrika zu sein, in diesem Traum ist er in Europa, lange weiß er es nicht, aber es ist ein Traum von seinem toten Vater. Am Anfang ist aber weder sein Vater da noch er selbst noch sonst jemand, den er kennt, nur ein Bahnhof und ein Mann, der in den erstbesten Zug steigt. Als der Zug in Linz hält, steigt er selbst als dieser Mann aus; Linz ist nicht wiederzuerkennen, und er hat keinen Stadtplan. Ganz sicher ist die Frau, mit der er unterwegs ist, ihm gut bekannt, er fühlt ihre

Gegenwart wie einen Duft, ihre Haut und ihr Blick berühren ihn, wie eine Pflanze. Er erinnert sich nicht an den Namen der Frau; er würde gern mit ihr schlafen, aber es wird, wie ihm auch im Traum bewusst ist, niemals dazu kommen, schon der Weg, den sie gerade gehen, verhindert es. Eine breite Hauptstraße zieht sich vom Bahnhof nach Osten; seine Schritte und die Schritte der Frau (sie hat dunkle kurze Haare und grüne Augen) sind mit vollkommener tänzerischer Sicherheit aufeinander abgestimmt, *wie im Traum*, denkt er, als wären sie ein und dieselbe Person. Sie biegen in eine Seitenstraße ab, die den Berg hochführt, und sprechen miteinander, reden über die Stadt und die schönen, niederen, der Landschaft und der Steigung angepassten alten Häuser am Straßenrand. Abgeschrägte versetzte Erdgeschoße und waagrechte Dächer. Eines der Häuser wirkt wie eine afrikanische Lehmhütte und hat nur ein einziges kleines Fenster. Es ist wunderschön, sagt die Frau, aber man hat hier wohl wenig Licht. Der Architekt widerspricht, denn er kennt den nicht sichtbaren hinteren Bereich des Hauses, die riesige üppig bepflanzte Terrasse, das große über die ganze Fassade reichende Hoffenster, das sich zur Landschaft hin öffnet, hinter dieser Häuserreihe endet nämlich die Stadt; die Landschaft hinter ihr ist vielleicht nur an diesem einen Punkt, vom Hof dieses einen etwas fremdartig wirkenden Hauses erreichbar. Ein Hügel, denkt er, eine Wiese, wo sie sich nebeneinander niederlassen könnten, und zum ersten Mal könnte er diese ihm so nahe und so lang schon bekannte Frau umarmen; wenn er nur einen Weg dorthin wüsste.

Während die linke Seite der Straße mit den niederen Häusern bebaut ist, zieht sich entlang der rechten Seite ein Zaun; dahinter liegt ein Thermalbad. Das kleine Freibecken ist von der Straße aus sichtbar, die Köpfe der Badenden über der grün schimmernden Wasseroberfläche: in eng anliegenden hellblauen Gummibadehauben steckende Köpfe ausnahmslos alter Männer und Frauen, die reglos im Wasser stehen. Der Architekt macht den Fehler, ins Gelände des Thermalbads hineinzugehen, vielleicht in der Hoffnung auf Nacktheit, Licht, wenn schon nicht die Nacktheit seiner Begleiterin, dann irgendeine gemeinsame, leichte Nacktheit, wenn schon nicht das Licht der Landschaft, dann ein künstliches warmes Licht. Schon am Eingang liegt ein Toter: ein gelblicher, magerer, verkrümmt daliegender Körper. Der Architekt starrt ihn an, als hätte es Sinn, nach Zeichen von Leben zu suchen; aber hätte es Sinn, nach Zeichen von Leben zu suchen, müsste er eigentlich hingehen, diesen Körper berühren, anstatt ihn bloß anzustarren. Quälend lange dauert es, bis Pfleger herauskommen, um sich um diesen Körper zu kümmern. Kaum haben sie ihn erreicht (diese feisten, gefühllos wirkenden Typen in blauweißen Pflegerhemden), steht der tote alte Mann auf, jetzt in einen Bademantel gekleidet, und geht davon. Nun wird aber sichtbar, dass hinter ihm noch etwas am Gittertor des Thermalbades liegt, dieses Etwas ist ein Menschenkopf. Auch dieser Kopf ist zugleich lebendig und tot. Es ist ein Totenkopf und zugleich ein aufs Entsetzlichste verstümmeltes, aufs Minimum reduziertes menschliches Wesen; es gibt in dem Traum ein Wort für Menschen dieser Art. Die Pfleger sprechen es gleichgültig aus und der Architekt versteht es. Zuerst kann er sich vorstellen, den Kopf aufzuheben und aus dem Handgelenk fortzuschleudern, wie man einen Stein über eine Wasserfläche springen lässt, es wäre vielleicht eine Art von Rettung. Schon hält er den Kopf in der Hand, aber er erstarrt, es gibt keinen Griff, mit dem sich das Ding festhalten lässt, gleich löst sich der Kiefer, er hat Fleischfasern, Knorpel, Knochen in der Hand. Dann erkennt er etwas am Blick wieder, er erkennt den Blick seines Vaters. Ein verschleierter, verzweifelter Blick. In diesem Moment wacht er nicht auf, sondern taucht abrupt in einen anderen Traum, an den ihm keine Erinnerung bleiben wird. Als er dann doch wach wird, noch bevor sein Handy ihn geweckt hat, fühlt er sich fragil, mit seinem festknochigen Körper, seinem haarigen Männerbauch, er schaut aus dem Fenster, der Himmel ist zerbrechlich, alles leuchtet. Er läuft nackt durchs Hotelzimmer, fröstelt, würde gern nackt hinausgehen, zerbrechlich unter dem zerbrechlichen Himmel. Als er aus dem Haus tritt, nach dem Frühstück, in Leinenhose, kurzärmligem Hemd, Leinensakko überfällt ihn die schwüle, erstickende Hitze.

Diese Gegend kannte ich nicht, diese Sträucher, diese Bäume, die nahen Häuser, die neblige Wölbung anstelle eines Himmels, die sich über mir schloss. Damals schaute ich oft stundenlang aus dem Fenster, bis meine Beine taub wurden und die aufs Fensterbrett gestützten Ellenbogen schmerzten, und träumte vom Reisen (wenn man vom Reisen sprechen kann, denn ich selbst kam kaum vor in diesen Träumen: Städte erschienen, sie erschienen mir oder dem Traumbewusstsein, während ich oder eine Figur, die für mich stand, nicht vorhanden war und nicht fehlte). Drüben die Wohnzellen. Ich träumte vom Reisen, und der Keim oder der Endpunkt dieser Träume lag in der Enge, hier begannen die Orte sich zu verzweigen.

Ich stand am Fenster, an die Heizung gedrückt, schaute auf den Himmel und in die Wohnungen gegenüber, auf die Balkone, wo ab und zu jemand auftauchte, auf die Vorhänge, hinter denen sich ab und zu etwas regte. Die Zeit stand still. Diese Wohnungen, diese Balkone waren Paris, Brüssel, Belleville, Beijing, Barcelona, Buenos Aires, unerreichbare Städte auf der Welt. Menschen saßen auf Sofas und redeten. Sie hielten Gläser oder Tassen in der Hand. Sie sahen fern. Sie zogen sich um, während andere lasen, tranken, fernsahen. Hinter den Dächern zeigten sich Kirchtürme, Schornsteine, Hügel, darüber ein seltsam weiter Himmel; als wäre es nicht mehr meine Stadt, die sich doch, sobald ich nur aus dem Haus trat, ständig unter einer Nebeldecke krümmte. In den winzigen sichtbaren Ausschnitten von Wohnzimmern oder Küchen begannen andere Leben, es gab Räume und Wege, ich konnte eine Abzweigung nehmen, das eigene Leben verlassen. Ich durfte mich nur nicht täuschen, die falsche Wahl treffen. Damals bildete ich mir ein, jede Berührung würde mich sogleich auf unabsehbare Weise ins Leben eines anderen verstricken. Ich sah, wie je-

der ein ganzes Leben (ein wirkliches Leben, das erschreckte mich) mit sich schleppte, und flüchtige folgenlose Berührungen dieser Massen von Erfahrungen, Einbildungen und Erinnerungen wären unmöglich, ich würde, kaum dass ich jemandem auch nur die Hand gab und ein Gespräch mit jemandem führte, sogleich vollkommen eingesaugt.
Genauso war es auch, sogar im Traum, Tim bewies es, der Kopf bewies es. Ich war zu Tim geworden, trug seine blöde böse Fresse und seine fette Wampe und alle seine Untaten mit mir, ich hatte die ganze Existenz eines Menschenzerstücklers und vielleicht noch die Existenz des zerstückelten Menschen mit mir zu schleppen.
Das Haus gegenüber war zwanzig oder dreißig Meter entfernt, gefahrlos weit.
Nachmittags verließ ich das Haus, manchmal, um auf die Universität zu gehen, sonst trieb ich mich herum, schlich mich an den Stimmen vorbei über den Gehsteig, zum Bus, zur U-Bahn. Ich schlich mich an den Leuten, an den Stimmen vorbei: in ihren Wohnungsausschnitten und auf ihren Balkonen erkannte ich *Menschen* wieder, die wiederholten, bedeutungslosen Gesten, die ihre Leben formten; auf der Straße waren sie nichts als Leute, Stimmen. Ich lief in diesen Jahren oft ganze Nachmittage durch die Innenstadt, von Buchhandlung zu Café und Café zu Buchhandlung, anfangs schien mir jeder Schritt, jede Ecke Entdeckungen zu versprechen, Passagen mit vollkommen verändertem Licht, Glanz, der aus tieferen Traumschichten drang (wie konnte es geschehen, dass mir jetzt diese Innenstadt wie von Leben ausgeräumt erscheint, ausgeträumt, eine Kulisse für Touristen (so muss Venedig oder Paris seinen Bewohnern erscheinen: eine Stadt, die nur noch, für solche wie mich, an sich selbst erinnert, an das, was sie einmal war, und die doch für mich unbedingt und an jeder Ecke noch das werden kann, was sie einmal – was sie im zwanzigsten Jahrhundert, der Zeit der Kinofilme – gewesen ist)). Ich suchte nach dem einen besonderen Bild, so wie ich beim Aus-dem-Fenster-Schauen nach dem einen besonderen Bild suchte. Dem Raum hinter dem Raum.

Ein Mädchen mit kurzen Haaren und grünen Augen kam nackt auf den Balkon, mit großer Selbstverständlichkeit, zu dieser Zeit war so etwas auch selbstverständlich, sogar in der Siedlung (nun ja, sie ist ein Flitscherl, sagen Stimmen). Sie hängte Wäsche auf, ging hin und her, auf einem Balkon schräg gegenüber von meinem Fenster, ich schaute ihr zu, sah ihre dunklen Brustwarzen, ihr Schamhaardreieck so deutlich wie ich sie über diese Entfernung kaum sehen hätte können (wieso kenne ich ihre Augenfarbe). Dann schaut sie auf, bemerkt etwas, starrt das weiße Gesicht im Haus gegenüber an, ich bewege mich nicht.
Sie winkt mir zu, lächelnd, und ich winke zurück.
Ich stellte mir vor, mich als ein Mädchen in meinem Mädchenkörper durch eine Wohnung zu bewegen, vom Schlafzimmer in die Küche, von der Küche ins Bad, vom Bad ins Wohnzimmer. Auf den Balkon zu gehen, in die Welt zu schauen. In einer Parallelwohnung, die geschnitten war wie meine, einer Parallelwelt. Wie in einem Film oder in einem Roman, als Körper.
Sie winkt mir oder diesem weißen Gesicht in meinem Fenster zu, und ganz automatisch handle ich versehentlich wie ein wirklicher und sichtbarer Mensch und winke zurück, dann zittere ich, ducke mich und verschwinde aus dem Bild. Ich kann doch nicht eingreifen in die Handlung, kann doch keinen Blick und keine Geste erwidern, ich bin doch keine Figur aus einem Film oder Roman, wo es Antworten gibt und Gesten.
Oder war es möglich, auf beiden Seiten zugleich zu sein?
Das Kellerfenster lag unterhalb des Straßenniveaus. Als ich hervorkroch, erkannte ich nichts wieder. Das war nicht mehr die Siedlung. Ein Gewirr kahler Zweige, verwaschene kleine Kacheln, mit denen der Boden gepflastert war, wie in einem Krankenhauskorridor. Es gab ganz sicher keinen Himmel, das war eher ein weiterer Innenraum, trotz des Gestrüpps, trotz der Gräser und Sträucher, die aus den Ritzen und aus den Wänden wuchsen. Vielleicht auch Bäume. Ich drehte mich einmal um, und der Raum verwandelte sich erneut und wurde zu einem schmalen Gang (sodass man sich

beugen musste, dann kriechen, sich hindurchzwängen, dann in Panik aufwachen oder sich ergeben). Ein schmaler langer Gang mit kleinen Kacheln, losen Felsbrocken, Gestrüpp, vielleicht Bäumen; dann allerdings mit Schildern und Wegweisern: Auf einer gerade orangefarbenen Linie waren Ortsnamen aufgefädelt: Herrengasse, Stephansplatz, Stubentor, Landstraße, Rochusmarkt.
Ich wünschte mir, es gäbe nur die Zeichen und Menschen-wie-Tiere; Räume, in denen Menschen sich aneinander und aneinander vorbei drängen und wo niemand einen anderen ansieht, niemand einen anderen erkennt oder wiedererkennt. Von den Eingeweiden des Hauses war ich in die Eingeweide der Stadt gelangt. Hier unten glich jede Station der anderen und jeder Mensch, jeder Passant und Passagier dem anderen, es gab nichts als Oberflächen: ich schaute die Leute an und keiner hatte ein Gesicht und eine Geschichte, das hieß, auch ich brauchte kein Gesicht und keine Geschichte zu haben. Niemand konnte mir etwas über mich erzählen.
Ich stieg in die U-Bahn und versuchte so zu stehen, dass ich mein Spiegelbild im Fenster nicht sehen konnte. Neben mir stand eine berückend schöne Frau, ich roch ihren Atem, sie stank aus dem Mund. Ein großer glatzköpfiger Mann neben ihr schaute mich aus den Augenwinkeln an und lächelte, aber es blieb ungewiss, ob das Lächeln mir galt. Die Bodenplatten in den Waggongelenken schieben sich gegeneinander. Wenn ich die Augen schloss, war ich wieder in der anderen Stadt, Étoile, Châtelet, Vincennes, der pfeifende Fahrtwind ließ die blau lackierten alten Metrozüge für Momente als eine Geisterbahn erscheinen. Jemand drängt mich zur Seite. Jemand drängt mich nah an die Tür. Die Spiegelbilder all dieser Gesichter folgen der Bewegung des Zuges, ruckeln, verschwimmen, mein Gesicht ist eines davon. Alle Figuren haben doppelte Ränder. Der Zug blieb in einer Station stehen; die Helligkeit draußen blendete beinah; in der Helligkeit erschienen Menschen, mit wirklichen Gesichtern, anders als wir.
In einem dieser Gesichter, dem Gesicht einer Frau oder beinah noch eines jungen Mädchens, eines Mädchens mit grünen Augen

sah ich jetzt, eben dem Keller entkommen, mein Spiegelbild, ich sah mein Gesicht, ausgeschnitten aus der Umgebung, das sich, in dem ungewissen Raum der halb spiegelnden, halb lichtdurchlässigen Fensterscheibe, rettungslos in einem anderen Gesicht verlor. Sie erkannte mich wieder.

Aber gleich kann er in den klimatisierten Bus steigen. Der Platz neben der Belgierin ist besetzt, er setzt sich neben niemand anderen, sondern an ein Fenster zur Straßenseite hin. Er versucht Sätze aufzuschnappen, die der Präsident, zwei Reihen schräg vor ihm, in gelassen welterklärender Manier von sich gibt, dieser Mann weiß alles: über Architektur (auch wenn er seit Jahren kein Haus entworfen hat), über Afrika (mehr als jeder Afrikaner oder seinetwegen Afrikanist), über sich selbst, sicher auch über die Belgierin (mehr als die Belgierin, mehr als er) und über ihn (mehr als die Belgierin, mehr als er selbst), aber er versteht kein Wort und vermutlich sprechen sie nur über Banalitäten. Der Bus fährt an, keiner hat sich neben den Architekten gesetzt. Wie kindisch wäre es, jetzt eifersüchtig zu werden, er will doch nichts von dem, worüber der Präsident verfügt, am wenigsten sein Wissen (doch, er will neben der Belgierin sitzen, nur so, nur während dieser Fahrt). Der Bus überholt einen Lastwagen, der mit großen Stoffballen beladen ist, darauf sitzt ein Dutzend Männer, einige haben Tücher ums Gesicht geschlagen, Wanderarbeiter, denkt er, einer der Arbeiter schaut mit leerem Blick in den Bus, auf die Weißen in dem Bus (falls er durch die Fensterscheibe schauen kann), der Architekt stellt sich ein Maschinengewehr in dieser Hand vor, für eine Sekunde, gibt dem Arbeiter für diese Sekunde das Recht auf ein Maschinengewehr, auf sinnlose und zwecklose Gewalt. Dieses Blicks wegen, des Dasitzens auf den Stoffballen auf dem Lastwagen wegen; weil er weiß, dass es sich Tag für Tag wiederholt und denkt, dass es nichts anderes gibt (aber mit welchem Recht denkt er das?). Heute findet die Konferenz nicht an der Universität statt, sondern in einem weitläufigen Internationalen Konferenzzentrum am andern Ende der Stadt – genauer gesagt, im sogenannten administrativen Stadtzentrum, nahe am Parlament und den Ministerien. Der Bus biegt von der Hauptstraße ab und windet sich durch enge Gassen; ab und zu muss er an den Ecken zurücksetzen, ein langwieriges, von den Passanten milde bestauntes Manöver. Die Männer draußen auf der Straße tragen lange Hosen, Sandalen und kurzärmlige, über die Hose hängende Hemden, einige auch Boubous, die Frauen bunte Kleider und komplizierte Frisuren; sie gehen kerzengerade aufgerichtet, eine mit einem guten Dutzend ineinandergestapelten Plastikeimern auf dem Kopf, andere mit kleinen Holzkästen mit Brot darin oder mit großen Platten aus Kupfer oder Blech, auf denen alles Mögliche sein kann, Pyramiden aus Schuhen oder Ledertaschen, Waschmittelkartons, Körbe voller Tomaten, Kochbananen, Chilischoten oder frisch geschlachtete Hähne mit leuchtend buntem Gefieder und schlaff herunterhängenden Köpfen. Er ist froh, dass niemand durch die getönte Fensterscheibe zu ihm hinaufsieht; froh, als sich der Bus wieder in Bewegung setzt. Man kann ins Dösen kommen vor all dem Leben; die Hähne allerdings sind tot, und Sterbendes, Totes, Getötetes ist hinter jeder Ecke, in jeder Ritze zu erwarten, je mehr wimmelndes Leben, desto näher der Tod, sein Traum kommt zurück, und er denkt, er könnte gleich wieder dort sein, in diesem Linz, in dieser Badeanstalt voller Dunst und Alter und Leichen, wie gut, dass diese Hähne gegessen werden, dass es (denkt er einen Moment und will es nicht verstehen) eine Gemeinschaft zwischen uns gibt, begonnen bei den Chilischoten und Tomaten, wir haben es nur vergessen. Der Bus biegt in einen leeren weiten Platz, in der Mitte eine dynamisch verdrehte Statue in einem großen Brunnen, rundum Blumenbeete und plötzlich kein Mensch mehr. Das sogenannte administrative Zentrum; die Macht, die hier wirkt, kann alles Leben vertreiben. Weißer Stein, rote und gelbe Blumen, ein paar Autos, eine auf den Stein hinunterbrennende Sonne. Vor der weißen Mauer eines niedrigen Gebäudes mit senkrechten Fensterschlitzen laufen zwei braune Pferde hin und her und suchen Schatten. Auf der gegenüberliegenden Seite des Platzes steht ein Luxushotel aus der Zeit des Ewigen Präsidenten, das (er hat davon gelesen) noch nie in Betrieb war, fünfundzwanzig Stockwerke hoch, lange Zeit das höchste Gebäude von Belleville (jetzt ist im Hintergrund eine Ansammlung von Hochhäusern und Bankpalästen sichtbar), von der Aufschrift auf der Fassade des Hotels sind Buchstaben abgefallen, hinter einigen Fenstern sind Vorhänge zu sehen (gibt es heimliche Bewohner?). Der Brunnen mit der dynamisch verdrehten Statue darin ist ohne Wasser. Er stellt sich die großen Plätze in europäischen Städten vor, Madrid, Brüssel, Wien, Berlin, Rom. Alle Fassaden sind brüchig. Man muss die Möglichkeit der Zerstörung immer mitdenken, an jedem Platz, in jeder Stadt, der Zerfall ist immer möglich. Vor dem Konferenzzentrum hängt ein überlebensgroßes Portrait des Präsidenten Koyaga. Eine Treppe führt zu einer Glastür, die ein Portier mit riesigem Schlüsselbund der wartenden Gruppe öffnet. Drinnen sind viele lange und leere Gänge zu durchqueren, er ist sehr zufrieden, als er auf einmal neben der Belgierin hergeht, es wäre jetzt ganz natürlich, sie zu umarmen, und natürlich tut er es nicht, berührt sie nicht.

– Das ist nett, sagt er, wie all die wichtigen Leute hier sich herumführen lassen wie eine Schülergruppe.

– Und wir gehen nebeneinander wie zwei schüchterne Teenager, sagt die Belgierin, die seine Gedanken liest.

– Das muss so sein, sagt er und denkt er auch (über sie herfallen, denkt er zugleich, übereinander herfallen, alle rundum vergessen und übereinander herfallen, küssen, beißen, ineinanderkrallen, ablecken, küssen) und wird er den ganzen Tag lang denken, während die Tagesordnung diskutiert wird, sich verschiebt und verwirrt und wiederum diskutiert und umgeschichtet wird (aufschieben, die Spannung bewahren, das Kribbeln im ganzen Körper spüren). Er hat seine Tasche mit dem Laptop und der vorbereiteten Präsentation, den Skizzen und Plänen immer bei sich, in seiner Nähe, griffbereit, heute wird er allerdings sicher nicht mehr an die Reihe

kommen, wahrscheinlich auch morgen nicht, wahrscheinlich erst nach dem Wochenende. Es stört ihn nicht, so kann er die Pläne noch einmal durchgehen, noch einmal neu überdenken, hier in der Stadt, mit einem Bild dieser Stadt im Kopf, ihrem Geruch in der Nase (sobald er mit Kopf und Nase, mit seinem ganzen Körper endlich hier angekommen ist, es wird gleich so weit sein). Eigentlich müsste er sich das Universitätsgelände und die Studentenheime noch einmal in Wirklichkeit, ganz genau und in Ruhe anschauen, möglichst allein; er müsste das Studentenheim betreten, die Zimmer (deren genaue Belegung er nicht einmal kennt), er wird fragen, ob man ihm das möglich machen kann. Allein und in Ruhe, das wird sicher nicht möglich sein, denn es gibt kein Alleinsein und keine Ruhe dort, alles andere schon, er müsste nur Initiative entwickeln. *Als er selbst* Initiative entwickeln; aber das *Selbst* ändert seine Form, sobald er den Kopf nur nach links oder rechts dreht. Wenn er den Präsidenten anschaut, scheint ihm jede Initiative unsinnig, kaum möglich und leicht widerwärtig, wenn er die Belgierin anschaut, scheint sie ihm ganz selbstverständlich und leicht; auch wenn er so oder so kaum auf einen Auftrag hoffen kann. Dieser Architekt hat selten Bauaufträge; er gilt als Architekt für Ausstellungen; als jemand mit Ideen, etwas abwegigen Ideen. Jemand, der nicht ganz dazugehört; das ist ihm gar nicht unbequem.
Der Rektor ist heute nicht dabei, und der Architekt bedauert das ein wenig, alle anderen sind nämlich da. Wie in einem Figurentheater tauchen sie, ihre Akkreditierungsschilder um den Hals gehängt, in dieser neuen Kulisse auf, und er hat für längere Zeit, zwei Stunden, drei Stunden, den Eindruck, dass alles, was gestern zu hören war, heute variiert noch einmal zu hören ist und morgen wiederum zu hören sein wird (*when this song is over*, denkt er und singt er sich stumm vor, *it will start again, it won't be any different, it'll be exactly the same*). Von den anderen Projekten zur Neugestaltung der Uni und ihrer Studentenheime hat er noch keins zu Gesicht bekommen. Der Architekt aus Burkina Faso schweigt, die Belgierin spielt mit ihrem Akkreditierungsschild (über sie

herfallen, quer durch den Raum fliegen, in ihre Umarmung hineinstürzen). Ganz vorn in der ersten Reihe sitzt jemand mit einem verbeulten alten Hut, an seiner Seite (unwahrscheinlich nah, fast schwindelerregend nah an seiner Seite) eine Frau mit langem dunklen Haar, sie drehen ihre Köpfe zueinander, diese Brille, diese feinen Gesichtszüge müsste er doch wiedererkennen (Gesichter, die sich ineinander auflösen, denkt dieser Architekt). Neben dem Architekten aus Burkina Faso sitzt ein alter Mann im Boubou, mit Gehstock, Spitzbart, weißen Turnschuhen, den er gestern bei der Eröffnung und auf dem Empfang nicht gesehen hat. Der Dekan versucht, die Diskussionen zwischen den Beiträgen zu lenken: Die Architektur muss sich aus alten Denkmustern lösen; sie muss ihr Verhältnis zur Macht neu denken; sie muss Zeichen sein, ohne in Zeichenhaftigkeit zu erstarren. Der Präsident meldet sich immer wieder zu Wort und spricht von Nachhaltigkeit und Synergien, er spricht von wechselseitigem Lernen, worin jemand einen verdeckten Neokolonialismus wittert, der Präsident verwehrt sich empört, mit einem Hauch von Gespieltheit und Zynismus in der Empörung, den vielleicht nur dieser Architekt erkennt. Dieser Architekt, der das Gewicht von einer Hinterbacke auf die andere verteilt, die Muskeln anspannt, wieder lockert, seine Ellbogen auf dem Pult vor sich aufstützt, seinen Blick (weil er selbst unbeobachtet ist) durch den Raum schweifen lässt. Der alte Mann im Boubou schaut mit einer intensiven Aufmerksamkeit jeden der Sprecher an, so als suchte er etwas in ihm, manchmal schaut er mit einer intensiven Aufmerksamkeit an irgendeinen Punkt des Raumes, so als suchte er dort etwas; etwas, das er offenbar weder im Raum noch in einem der Sprecher findet. Er erinnert sich daran, aber er findet es nirgends mehr.
Der Architekt fragt sich, weshalb er so sicher glaubt zu verstehen, was dieser alte Mann im Boubou (erst später wird er auch mit ihm sprechen) denkt. Was das für ein Verstehen und Wissen ist. Der Präsident versteht und beherrscht die anderen in ihren sozialen Winkelzügen und ihren Denk- und Redestrategien, ich weiß

dagegen nur, was sie als sie selbst denken, aber woher und wozu will ich das wissen.

Vielleicht sollte der alte Mann im Boubou öfter die Studenten anschauen, die zwischen den internationalen Gästen verstreut dasitzen, vielleicht würde er sich dann erinnern (aber vielleicht hat er auch schon auf zu viele Generationen von Studenten seine Hoffnung gesetzt), der Architekt hat, wenn sich einer oder eine von ihnen zu Wort meldet, meist den Eindruck, dass diese Studenten mehr wissen oder zumindest mehr wissen wollen als ihre Lehrer (ach, das heißt nur, sie werden erst resignieren). Jetzt steigt aber gleich die Aufmerksamkeit des Alten noch weiter, er scheint geradezu mit seinen Blicken die Ausführungen der Dozentin aus Padua steuern (vielleicht sie von ihrem ihm schon bekannten Ende wegsteuern) zu wollen. Dass die Kopfhörerübersetzung kaum verständlich ist, scheint ihn nicht zu stören. Ohne selbst einen Blick in ihr Publikum, einen Blick auf den Alten, der sie fixiert, zu werfen und fast ohne die Stimme zu heben und zu senken, erzählt die Dozentin von der Pyramide von Abidjan und ihrem Architekten Rinaldo Olivieri. Ein Bild dieser Pyramide erscheint auf der Leinwand an der Stirnseite des Saals, etwas verblasst, weil es zu hell im Raum ist, außerdem ist das Bild alt: von Palmen umwuchert, scheint die Pyramide hier aus einem kleinen Dschungel herauszuwachsen, sechzig Meter hoch, an eine Betonwand gekrallt, mit einer Art von Schuppenkleid aus Sonnenvordächern bedeckt. Diese Pyramide sollte, so erklärt die Dozentin, ein Erinnerungsort und zugleich ein Symbol des Neubeginns sein; sie sollte nichts Europäisches imitieren, sondern ganz und gar städtisch und ganz und gar afrikanisch zugleich sein. Ein Symbol und zugleich ein bewohnbarer, benutzbarer, belebter Ort. Das Neuschreiben eines Orts für die Toten als Ort für die Lebenden. Die Reintegration eines Machtsymbols in die moderne Realität; und zwar eines dezidiert afrikanischen Machtsymbols, denn die Pyramiden und das alte Ägypten sollten, damals in den späten Sechziger Jahren, nach dem Willen der sogenannten aufbrechenden Nationen, nicht, wie in den Lehrbüchern der Kolonialherren, als Beginn der europäischen, westlichen, sondern als Keim der afrikanischen Kultur angesehen werden. Das Innere dieser Pyramide (der Architekt fragt sich, ob er recht versteht, denn der Gedanke trifft genau einen seiner eigenen Gedanken) könnte man sich wie das Innere des Turms von Babel vorstellen, die Übersetzung verschluckt den Rest des Satzes, der Architekt (fast so aufmerksam wie der Alte im Boubou) versucht, auf sein rudimentäres Italienisch statt auf die Dolmetscher zu bauen. Die Bilder auf der Leinwand wechseln: die Dozentin erläutert die Konstruktionspläne; dann kommt sie auf die Gegenwart zu sprechen. Auf aktuellen Fotos steht die Pyramide mäßig imposant inmitten einer Ansammlung von Hochhäusern, sie ist umgeben von breiten Straßen voller Autos und verfällt an ihren breiten mächtigen Betonrücken gelehnt vor sich hin. Es gibt im Erdgeschoß noch ein paar Büros und Läden, bis vor kurzem gab es sogar einen Fitnessclub, es gibt Bemühungen zur Wiederbelebung oder jedenfalls die Beteuerung von Bemühungen zur Wiederbelebung, aber der Bau ist in Wahrheit eine einzige Ruine; die Fassade von Pflanzen und Schimmel überwuchert, stinkende Flüssigkeiten tropfen zu Boden, der Schuppenpanzer der Sonnenschutzpaneelen ist rostzerfressen und löst sich auf. Niemand weiß, wie viele Leute sich in den fünfzehn überirdischen Etagen und den drei Kellergeschoßen angesiedelt haben; niemand betritt ohne gute Gründe und besondere Vorsichtsmaßnahmen das Gebäude. Ich war trotzdem drin, sagt die Vortragende. Der beißende Uringestank schon in der Halle ist nicht zu vergleichen mit dem, was wir hier (sie schaut den Architekten an) bei den Studentenheimen erlebt haben, dort läuft der Urin in Bächen die Treppenhäuser hinab. Es gibt im ganzen Bauwerk keine Wandverkleidungen, keine Türen, keine Fenster mehr, keinen Strom, kein Fließwasser, keine Toiletten. Manche der Ladenbesitzer behaupten, Miete zu bezahlen, aber keiner wagt zu sagen, an wen. Drogengangs herrschen im Gebäude, es wohnen aber auch Familien mit Kindern hier. Ich bin nicht weit hinein vorgedrungen, es war auch in Begleitung nicht möglich.

Nicht wegen der Dunkelheit, nicht wegen des Gestanks, sondern weil die Verhandlungen meines Begleiters mit einem der Kapos kein rechtes Ende gefunden haben. Das Lebendige, denkt der Architekt, ist das Zerstörbare. Man muss die Möglichkeit der Zerstörung immer mitdenken, all die Sekundärmechanismen, auf die wir vertrauen, all die Stützen und Backupsysteme, geben sie etwas anderes als eine Illusion von Dauer? Die Dozentin aus Padua zieht ein Résumé, er denkt an die letzte Nacht, an die kommende Nacht, an seinen Körper, die Belgierin hat er in diesem Moment vergessen. Man kann die Sache auch anders sehen; morgen oder in den nächsten Tagen (jemand weist darauf hin) wird die kreative, die vielleicht vorbildliche Seite solcher Aneignungsprozesse zur Sprache kommen. Er selbst könnte die Sache anders sehen (müsste es). In der Pause später auf dem Korridor sieht dieser Architekt den Alten im Boubou einen Moment lang allein dastehen, auf seinen Gehstock gestützt, als einziger ohne Kaffeebecher in der Hand, ins Nichts schauend wie ein Blinder. Er stellt sich zu ihm und fragt ihn, was er von dem Vortrag der Dozentin aus Padua hält.

– Ich habe damals an die sozialistische afrikanische Stadt geglaubt, sagt der alte afrikanische Architekt, wir wollten die sozialistische afrikanische Stadt bauen: Die Pyramide habe ich als Kapitalistenprojekt angesehen, aber jetzt, in der Rückschau, sehe ich es doch als einen Teil unserer Bewegung, gerade jetzt. Wissen Sie (er schaut den Architekten an, dann schaut er wieder wie ein Blinder in die Ferne, der Architekt schaut auf die sauberen weißen Turnschuhe des Alten und dann in sein Gesicht, das bittere Lächeln um seine Lippen, das dann doch in eine seltsame Form von Wärme übergeht, einen seltsamen, bleibenden Eindruck von Wärme hinterlässt), wissen Sie, als ich in Paris meine Dissertation über Le Corbusier schrieb, dachte ich, man kann lernen und es besser machen, ich dachte, wir fangen neu an, in aller Freiheit, wir haben das alle gedacht, wir fangen neu an und wir machen es besser, eeh, er dreht den Kopf weg, und heute – Das ist seine Zeit gewesen, sagt er, das war seine Zeit. Er schaut den Architekten an.

– Wenn seine Zeit vorbei ist, glaubt der Mensch, es gäbe keine Zeit mehr und alles sei fort, aber so ist es nicht.
– Dieser Mann kennt den Tod, sagt der Präsident, der ihnen zugehört hat und, als der Alte in ein anderes Gespräch verwickelt ist, hinzutritt, er weiß, was der Tod ist, der Präsident (der es liebt und auch immer schafft, den Architekten zu überraschen: schon einen Moment, bevor er den Mund aufmacht, denn der Architekt weiß dann sofort, dass er überrascht sein wird von dem, was dem Präsidenten eingefallen ist) sagt:
– Das lässt mich an den Rektor denken, der Rektor begrüßt den Kapitalismus wie er den Tod begrüßen würde.
Der Architekt muss sich eingestehen, dass er von dem Gedanken beeindruckt ist. Wenn er nicht auf den Rektor zutreffen sollte (sein Impuls ist, den Rektor zu verteidigen, aber ist das denn ein Angriff?), dann trifft er sicher einen Kern des Kapitalismus. Noch ein Schluck Kaffee, bevor die nächste Präsentation beginnt, in der es um das Projekt der ersten U-Bahn Westafrikas für Belleville gehen wird.
Ihm fällt ein Satz ein wie: *Man muss sich von der Verwesung zurückdenken (zurückarbeiten), das heißt Bauen* (aber er sagt diesen Satz nicht, hat er ein Notizbuch zur Hand?), ihm fällt auch wieder ein, was er im Bus gedacht hat, und er überlegt, es in seine Präsentation einzubauen; wenn er sich trauen würde, dann würde er in seine Präsentation den Satz einbauen: *Es gibt eine geheime Verwandtschaft zwischen den Chilischoten, den Tomaten, den Hühnern, uns und den Häusern und Städten. Zwischen den Tomaten und uns, zwischen uns und den Hühnern, zwischen den Chilischoten und den Städten, zwischen den Hühnern und den Häusern.* Er findet sein Notizbuch und schreibt den Satz auf, aber er wird einfach so dastehen und nie vorgelesen werden, denn er wüsste ihn nicht zu argumentieren (wäre Margarita da, könnte er ihn und all das mit ihr besprechen, jetzt wünscht er, Margarita wäre da), und er hat Angst, sich lächerlich zu machen oder als Esoteriker dazustehen. Außerdem erscheint ihm der ganze Gedanke ein wenig gesucht und billig, alles, was

er denkt, erscheint ihm ein wenig gesucht und billig. Das Gerüst fehlt, das Gerippe (Margaritas Gedanken).
Am Abend wird er vor sich hinsingen *When this party's over, it will start again, it won't be any different, it'll be exactly the same.* Und er muss wohl wirklich in einer Art von Himmel sein, denn wie wäre es sonst möglich, dass ihm, wo auch immer er hinfährt und hingeht (so scheint es ihm jetzt), immer wieder die Belgierin begegnet.

Ich stand ein wenig geblendet vor der Scheibe des U-Bahnfensters, mit offenem Mund, die Gestalt der Frau draußen auf dem Bahnsteig trat in mein Spiegelbild. Mein Gesicht verschwamm in ihrem. Sie schaute mich mit großen grünen Augen und spöttischem Lächeln an, es müsste jetzt einen Satz geben, den ich ihr sagen kann, eine Sprache, in der ich mit ihr sprechen kann, eine gemeinsame Sprache. Ein Reden, das nicht einfach zur Situation passende Phrasen sucht. Welche Situation, zwischen uns ist die Scheibe: Fenster und Spiegel. Sie würde mich nicht einmal hören. Uns verband nichts. Ich sah ihre starken Augenbrauen, die Wölbung ihrer Lider, ihre zart geröteten Wangen. Das Bild ihres Mundes (der sich nun zu einem spöttischen Lächeln verzog) und das Bild meines offenstehenden Mundes überlagerten sich, das Bild ihres sicheren Blicks und meines sich auflösenden Blicks. Meiner weichen zerfließenden Züge, meines herabfallenden Kinns. Es war wie ein Kuss, aber ein Kuss durch Glas hindurch.
Für diesen Moment hatte ich den Schutz eines eigenen Raums verloren. Sagen wir: in diesem Moment wachte ich auf und war wirklich hier. Es war ein Aufwachen im Traum. Ich konnte den Blick leicht verschieben, es gab Raum für Blicke, das Licht hier unten war neutral, gleichmäßig, ich konnte aussteigen, neben dieser Frau stehen, ich war ein Fremder für sie und sie eine Fremde für mich, wir konnten uns ansehen. Wir waren nicht in der Siedlung, wir waren draußen in der Stadt; wir waren also wirkliche Menschen (ein seltener Zustand).
Ich konnte einen Schritt zur Seite machen. Nicht mehr ich sagen.

Nur so kann man spielen: immer an der Grenze bleiben, halb im Spiel, halb in der Wirklichkeit, es sind Personen der Handlung, ein Mann, eine Frau, beliebig vermehrbare Agenten, was außerhalb ist, zählt nicht, das Ich zählt nicht.

Das ist einer der möglichen Wege; ich befinde mich an einem Kreuzungspunkt.

Ich war mein Gesicht los und konnte mich den Orten anvertrauen, oder nicht so sehr den Orten als dem Plan. Stubentor, Landstraße, Paral·lel, Hallepoort, Tuileries, ich konnte die Position wechseln, ein kleiner Ruck an einem silbrigen Hebel lässt die Tür aufspringen. Ich gehe, ein wenig geblendet, mit leerem Kopf als nackter Frauenkörper vom Balkon in die Wohnung zurück, eine Wohnung, die genauso geschnitten ist wie meine. Das Mädchen hat kurze dunkle Haare und grüne Augen, man muss sich niemals anziehen, dachte ich, man braucht keine Kleider, es gibt keine Stimmen, keine Sprache, keine Erinnerung, keine Blicke, nur die Freiheit der Räume, es gibt keine Gesichter, keine beurteilten, keine abgeurteilten Gesichter. Man muss nicht Krieg führen, Platz schaffen im Leben eines anderen Menschen für sich selbst.

Die Wände dehnen sich, manchmal öffnet sich das Haus, manchmal öffnet sich die Stadt, es ist gut, nicht dazuzugehören, gerade das macht es möglich. Man muss die Stimmen nicht hören, man muss nicht vom Krieg wissen, muss nicht Krieg führen, keinen wirklichen Krieg (wie er in der Siedlung in den Köpfen immer weiterging) und nicht den geheimen, der unter der freundlichen Oberfläche zwischen allen herrscht, diesen Krieg, dessen Regeln ich nie begreifen werde, an dem ich nicht teilnehmen will und kann und in den ich doch hineingezogen werde. Die Mauern sind immer noch da, aber sie lassen für einen Moment das Licht ein, das Licht eines Traumes oder einer Erinnerung, das Licht anderer Räume. Ich war dieses Mädchen, sie bewegte sich mit ihrem Körper und ihrem Kopf, in den ich nicht hineinsehe, durch diese Wohnzimmer, Vorzimmer, Schlafzimmer, Küchen ihrer Parallelwohnung und Parallelwelt. Unter ihren Füßen knirscht ganz leise der Teppichboden, ich kann ihn hören. Sie bewegte sich, als würde sie in jedem Moment angeschaut, als könnte in jedem Zimmer ein Unbekannter, eine Menschenmenge warten. Mit einem Gefühl von Nacktheit, und es bin ich, aber ich bin es doch nicht.

Er hat sich halb ausgezogen und steht am Fenster. Das Wasser des Pools leuchtet, eine Frau im schwarzen Bikini schwimmt ihre Bahnen, fünfzehn Meter hin, dann wieder fünfzehn Meter zurück. Noch bevor er sie richtig gesehen hat, weiß er, dass es die Belgierin ist; sie gleitet durch das Wasser wie schwerelos, Lichtreflexe umtanzen sie, ein Glanz liegt auf ihrer Haut. Der Architekt, fünfzehn Meter entfernt an seinem Fenster, fühlt etwas wie ein festes Band, in seinen Shorts dastehend, regungslos, das Fenster ist ein Fenster, die Frau ist eine Frau, das Wasser ist Wasser. So hat er zuletzt mit fünfzehn eine Frau im Bikini angeschaut (denkt er, in einem Moment der Schwäche), ihren Rücken, ihre Schenkel, als wären sie Wunder (und sie sind Wunder), aber er fühlt sich auch verliebt wie ein Fünfzehnjähriger, in die Belgierin, die er immer wieder gesehen und immer wieder fast vergessen hat. Er kann sich zwar kaum vorstellen, dass er sie wirklich kennt, in der Wirklichkeit der wirklichen, erwachsenen Menschen, der Wirklichkeit da draußen außerhalb des Schwimmens und des Schauens, aber er erinnert sich zugleich nicht nur an die Umarmung dieses Körpers, an diese Haut, spürt nicht nur nach Jahren diese Umarmung, er fühlt sich, als wäre er der Körper, als würde er schwimmen, als Frau, als wäre er das Schwimmen, er wäre dieser Körper, makellos in seiner Vierzigjährigkeit, in diesem Moment, in dieser Zeitlosigkeit.
Es ist so still, und es kann endlos so weitergehen.
Er könnte seine Badehose aus dem Koffer holen und zu ihr hinuntergehen (Badehose, denkt er, Bademantel, Insektenschutzgel), sich zu ihr setzen, die Füße im Wasser, neben ihr schwimmen, neben ihr im Wasser liegen und sitzen, mit ihr am Rand des Pools sitzen und etwas trinken, schwimmen, trinken, reden, Lächeln,

Blicke. Warme, nasse Haut. Umarmungen (vielleicht). Er zögert; eine Spur zu lang, er würde doch bloß, denkt er, als er selbst, ein Beobachter mit dem Bewusstsein eines Beobachters, den Moment stören, er kann in diesen Moment gar nicht hinein, ihn anders als aus dieser Distanz erfahren, er kann nicht das Schwimmen sein, kann nicht die Belgierin sein, der Raum und er in dem Raum; er kann nur er selbst sein, ein Ich, zufällige Gespräche führen, zufällige Gesten machen, zufällig Haut berühren, Körper umarmen, die gleich zufällig werden und ihre Notwendigkeit verlieren. Er denkt das und weiß, dass er sich anlügt. Dass es elend ist, diesen Moment einfach auslaufen zu lassen, ohne etwas anderes daraus zu machen, ohne zum Pool zu gehen und sich zurückzuverwandeln in einen wirklichen Mann in der wirklichen Welt. Er hört das Telefonläuten von seinem Laptop, das merkwürdig unrhythmische Skypeläuten und löst sich vom Fenster.

Er ärgert sich, zugleich ist er auf unangenehme Art erleichtert. Und er eilt gleich zum kleinen Schreibtisch, auf dem der Laptop steht und freut sich darauf, nach zwei oder drei Tagen und Nächten (was ihm jetzt wie eine Endlosigkeit erscheint) wieder etwas von Margarita und von den Kindern zu hören; Margarita zu sehen und von den Kindern zu hören, die jetzt sicherlich längst schlafen. Im ersten Moment weiß er nun aber gar nicht, was er erzählen soll. Die Verbindung ist nicht besonders gut und Margaritas Bild bleibt manchmal stecken und ihre Stimme verzerrt sich: mit halb offenem Mund und in körnigem blauem Bildschirmlicht erscheint sie ihm dann fremd. Sie erzählt ihm von einer Universitätsintrige, aus der sie so gern herausfinden möchte (und er hat den Eindruck, sie würde sich im Erzählen immer mehr darin verstricken und ihn selbst gleich mit). Er versucht, die Stadt zu beschreiben, und hat dabei den Eindruck, überhaupt nichts über die Stadt zu wissen, er redet von den Vorträgen, von der Pyramide von Abidjan und wartet vergeblich darauf, dass Margarita Ordnung und Sinn in seine Erzählungen bringt. Sein kleines Bild auf dem Bildschirm irritiert ihn, seine Stimme ist belegt. Was ist das für ein Mann auf dem Bild, das kann nicht er, Margaritas Mann, sein. Wie kann er zugleich mit seinem Bild da sein; er hat den Eindruck, ständig zu lügen. Er hat den Eindruck, sich nicht verständlich machen zu können, und was Margarita sagt, erreicht ihn nicht, so als befänden sie sich in sich auseinanderbewegenden Welten, die gerade noch dünn verbunden sind, durch einen Monitor, der zugleich Fenster und Spiegel ist. Eigentlich möchte er alles erzählen, vor allem von der Verliebtheit: wäre da nicht diese Grenze, würde er ihr von der Verliebtheit und der anderen Frau erzählen.

Aber so wie er mit der Belgierin nur von den Kindern, ihren und seinen, reden kann, so finden vor diesem Bildschirm auch Margarita und er nur über ihre Kinder ins Reden, die Tochter und ihre Schulaufsätze und das Tanzen und Gitarrespielen und die Freundinnen, der Sohn, der im Kindergarten wieder einen ganzen Nachmittag lang alleine und weinend in der Ecke gesessen ist, und man spricht mit ihm und redet auf ihn ein, und er schaut einen mit großen Augen an und will nicht sagen, was er sieht und wovor er Angst hat. Entweder weil es zu selbstverständlich ist oder weil es anderen (Erwachsenen) gar nicht mehr verständlich sein kann. Der Architekt findet jetzt seine ruhige Vaterstimme und spricht, als hätte das Reden etwas Umarmendes und Margarita und er wären zwei erwachsene und verantwortungsvolle Menschen und könnten etwas tun und würden etwas tun für ihren Sohn. Er selbst vertraut seiner Stimme und seinem Erwachsensein aber nicht im geringsten; er fühlt sich schuldig, ohne genau zu wissen, weshalb (einfach deshalb, weil er noch ein Kind gezeugt hat, noch einen Sohn haben wollte, wie ein alter Fürst oder Bauer, noch einen Sohn als Fortsetzung von sich selbst?), und er glaubt zugleich, den Sohn und seine Angst zu verstehen, sich zu erinnern, doch das ist in den Bildschirm und sein Spiegelbild hinein nicht zu sagen.

Sie wünschen sich alles Liebe und freuen sich aufeinander, und er schickt Küsse für Margarita und Bussis für die Kinder, legt auf und möchte sie gleich noch einmal anrufen, während er nur da sitzt, in seinen Boxershorts am Schreibtisch, fröstelnd, weil die Klimaanlage wieder angeschaltet ist, jetzt fällt ihm auch ein, was er Margarita fragen wollte. Sätze wie »Ich brauche dich«, fallen ihm ein, die aber unmöglich auszusprechen sind, ob in den Bildschirm oder in ein wirkliches Menschengesicht hinein, und wie die fürchterlichsten aller Lügen klingen würden. Die wichtigsten Wahrheiten erscheinen wie die fürchterlichsten Lügen, er wünscht sich, Margarita würde ihm das erklären: he, Philosophin. Er braucht sie doch, wie sein Leben, aber, denk weiter: Braucht er sein Leben? Denk nicht weiter. Er ist im Himmel. Warum sonst begegnet er der Belgierin immer wieder, auf diese traumhafte, leichte, nichts von ihm verlangende und nichts an seinem Leben zerstörende (verstörende) Art. Nun ja, natürlich fahren sie schlicht zu denselben Kongressen, aber dann gibt es auch die paar Male, wo sie sich, im richtigen Moment, auch sonst über den Weg gelaufen sind, wenn sie nur ganz zufällig in derselben Stadt waren. Und immer weiß sie und weiß er selbst, denkt der Architekt (und möchte endlich aufhören zu denken und sich mit seinen Gedanken weiter, bis an den Rand, an den Rand zur Auflösung zu treiben), dass sie jeder ein eigenes Leben führen und weder heraus wollen noch können: Beim ersten Treffen, vor zehn Jahren, machte dieses Wissen es nur leichter, alles war einfach und selbstverständlich, sie mochten sich, sie verstanden sich, sie begehrten sich, sie schliefen miteinander, sie fuhren nach Hause. Bei jedem Treffen war es wie beim ersten Treffen. Er ist im Himmel; was, wenn die Leichtigkeit zur Last wird? Wenn das mögliche Leben auf ihr und auf ihm, auf ihren wirklichen Leben zu lasten beginnt; mit fordernder Schwere: als wollte der Zufall zur Notwendigkeit werden; als gäbe es eben doch nicht nur dieses eine eigene Leben, sondern noch ein paralleles Leben für sie, als Paar, *füreinander geschaffen*, ein paralleles Leben irgendwo ganz nahe, aber nur um den Preis einer grausigen Zerstörung zu erreichen. Das mögliche Leben, das sich über das wirkliche schiebt und es zersprengt. Oder: Sie würden die Last des Lebens, das sie leben,

spüren und zugleich die Last des Lebens, das sie nicht leben, und die Last des Sprungs zwischen den beiden Leben. Als wäre es nicht (für ihn jedenfalls) auf eine sehr billige Art schön und einfach, in der Ferne ein anderes Leben zu haben, das er nicht lebt, mit einer Frau, die fast nur die Möglichkeit einer Frau ist. Als würde nun jedes Treffen einen Moment der Entscheidung bedeuten und sie würden mit aller Gewalt vermeiden, sich zu entscheiden.
Dieses dumme abstrakte Denken über die Belgierin, sich und die Belgierin, die der-Architekt-und-die-Belgierin-Konstellation löscht das Bild ihres Körpers aus. Mit dem Bild ihres Körpers im Wasser würde er heute leicht einschlafen können, jetzt ist nur noch sein eigener Körper da, kratzt an der Wirklichkeit wie das T-Shirt, das er sich für die Nacht übergestreift hat, an seiner Haut kratzt (er bildet sich ein Kratzen an der Wirklichkeit ein).
Er geht mit vager Erwartung zum Fenster, am Pool sitzen nur noch János und die Dozentin aus Padua. In den nächsten Stunden wird er (die Klimaanlage ist wieder ausgeschaltet) das T-Shirt durchschwitzen, die Schlafanzughose wird an seiner Haut kleben. Immer wieder steht er auf, um die Klimaanlage aus- oder anzuschalten oder um sich ans Fenster zu stellen oder ins Badezimmer oder aufs Klo zu gehen. Dann liegt er wieder da, erst auf der Seite, dann auf dem Bauch, dann auf dem Rücken. Da sind keinerlei Bilder, nur dieses Kratzen. Seine Haut grenzt an kein Bild mehr, denkt er, meine Haut grenzt an kein Bild; der Satz scheint ihm so große Bedeutung zu haben, dass er allein ausreicht, um ihn am Schlafen zu hindern. All die abstrakten Gedanken, die er nicht aufgeschrieben hat und die sich nun in der einen oder anderen Weise andauernd in ihm wiederholen, scheinen in den einen Satz zu münden.
Es ist die dritte oder eigentlich schon die vierte schlaflose Nacht hintereinander, er ist zugleich verzweifelt und gleichgültig; wenn er bei sich ist, dann ist er verzweifelt, aber er glaubt nicht, bei sich zu sein. Fast zerstreut beobachtet er seine Verzweiflung. Sicher schläft er sekunden- oder minutenweise auch, ohne es wahrzuhaben (kann er lernen, verschiedene Formen des Schlafes von-

einander zu unterscheiden? Schläft er womöglich hier nicht nur weniger, sondern auch anders als in Europa? Fehlen ihm, nur weil er an einem anderen Ort ist, die Geschichten, die Bilder, die Sicherheiten für Träume?). Er stellt sich vor, die Belgierin würde plötzlich und ganz selbstverständlich ins Zimmer, in seine Kopf-Welt hereinkommen, sie könnte einfach an die Tür klopfen, auch jetzt, um drei Uhr früh, um vier Uhr früh, dann wäre alles gut; vielleicht glaubt er sogar daran, eine Stunde lang, zwischen drei und vier Uhr früh: daran, dass der Traum genauso stark oder stärker sein könnte als die Wirklichkeit, die Leichtigkeit stärker als das Lastende der Wirklichkeit und der Möglichkeiten. Dann, als er schon auf den Vogelgesang und die erste Morgenhelligkeit wartet, übertönt das Surren eines Moskitos die Klimaanlage, es klingt höher, leiser, eindringlicher als er es kennt. Er fühlt sich ausgesetzt, allem ausgesetzt, allen Abwesenheiten. Etwas in ihm fehlt, das, was ihn ausgemacht hat, er kann nicht behaupten, er würde es vermissen, aber ohne dieses Etwas hat er nichts mehr, ist er ein Nichts, zu zerquetschen wie eine Mücke. Vielleicht hat er sich alles nur eingebildet, alle Lasten, die Verliebtheit, er hängt weder an dem einen Leben noch an dem anderen wirklich fest, er hängt an keinem lebenden Menschen. Er krallt seine Finger ineinander, so fest, dass es beinahe wehtut. Die Decke ist bis zum Hals hochgeschoben, er weiß nicht, ob Lücken im Moskitonetz sind und versucht, sich auf den Moskito zu konzentrieren, er versucht sich darauf zu konzentrieren, dass er den Moskito vergessen will.

Alle sind aus meiner Welt verschwunden, Tim, der Kopf, die Stimmen, das Mädchen (ich erinnere mich an einen scharfen Schmerz), vielleicht gibt es noch Spuren in den Steinen, organische Spuren, ein Gedächtnis anstelle des Gedächtnisses. Selbst (nein, vor allem) das Spiegelbild (die Figur, die ich damals darstellte) hat seine Bedeutung verloren, ich habe es, wie alle Bilder, wie das Winken vom Balkon, der Handvoll Erinnerungen hinzugefügt und mit einem Rahmen versehen. In diesem Rahmen

ist jede Figur und jeder Moment ersetzt durch eine Art von Verdopplung; unwirklicher und zugleich wirklicher geworden.
Was mir Halt gab und Sicherheit, war diese Verdopplung: Was mir Halt gibt und Sicherheit. Der Plan anstelle der Stadt, der Plan, der sich über die Stadt legt, die sich übereinanderlegenden Pläne. Man kann den Spiegelbildern andere Namen geben, und sie werden sich von einem lösen und ihr Eigenleben bekommen (so machen es nicht nur die phantastischen Autoren, die Liebhaber und die Zauberer, sondern alle erwachsenen Menschen). Mir scheint, ich muss gar nicht von mir selbst sprechen, sondern nur von der Verdopplung, der Form, den anderen Ordnungen, den Kellern, der Siedlung, der U-Bahn, dem Fenster, den Spiegelungen. Von den Orten und den Rhythmen. Das Wichtigste ist, nicht zu sein, wo man ist. Das sage ich immer noch und schaue mit falscher Überlegenheit auf mich selbst zurück und in die Welt hinaus, durch die Fenster, die mich umgeben. Fremde Leben sollen mir das eigene ersetzen, fremde Räume beschreibbar werden. Ich kann das, sage ich, und es genügt, mehr geht nicht, ich tue so, als könnte ich mir glauben.
Dabei rede ich nicht nur von eigenen krankhaften Manövern, wir bewegen uns alle ständig in einer Welt von Stützen, Spiegelbildern, Ersatzordnungen, einer beschreibbaren Welt. Selbst der Tod ist beschreibbar und hat seine Formen und Förmlichkeiten. Sodass wir glauben, wir könnten uns (ich kann mich) vor dem Entsetzlichsten retten: dass Menschen sterben. Denn wenn es die Beschreibbarkeit, die Formen und Förmlichkeiten gibt, dann gibt es nicht das Direkte, das Einfachste, Unmittelbarste, den Tod. Es gibt nur Spiegelungen und Übergänge. Wenn ich mich im Traum dem eigenen Tod nähere, schreibe ich den Traum auf, um den Ort und die Erfahrung auf die andere Seite zu holen: aber ich bin mir nicht sicher, ob diese Seite wirklich die Seite des Lebens ist; ich befürchte, es könnte gerade umgekehrt sein. Denn warum taste ich immer wieder nach dem Spiegel, dem Fenster. Schrecke vor den Spiegeln zurück, schaue aus dem Fenster.

Paul Klee meint, aus Formen und Förmlichkeiten würden Engel entstehen, hier auf Erden, nicht in irgendeinem Himmel. Engel aussenden oder andere Agenten (kleine Götter und Dämonen), die sich unerkennbar in U-Bahnwaggons oder Reisegesellschaften mischen. Man übersieht sie sehr leicht, ihre hübschen Gesichter, ihre markanten Köpfe, unter den altmodischen Hüten, die sie tragen, ihrem schönen Haar von unbestimmter Farbe, nach einiger Zeit ist es auch für mich schwer, sie wiederzuerkennen. Vielleicht strahlen sie eine besondere Sicherheit aus, die Biegsamkeit und Unzerstörbarkeit von Zeichentrickfiguren. Vielleicht sind sie an ihrem merkwürdigen übelriechenden Atem zu erkennen.

Stubentor, Landstraße, Paral·lel, Hallepoort, Tuileries. Während ich anfing, irgendein Tagesleben zu führen und so zu tun, als würde ich unter den Menschen leben, bin ich in den Nächten immer noch hier unterwegs, im Untergrund zwischen den Kellern, Schächten und Städten.

Die Idee, dass alle U-Bahn- und Metrosysteme aller Städte etwas wie ein gemeinsames Netz formen könnten, ist naheliegend: schaut man sich die Pläne an, die halb Stadtplänen gleichen und halb Schaltplänen, kann man die Übergänge erkennen, es wäre nicht erstaunlich, wenn man in einer Stadt (sagen wir, in Brüssel Porte de Hal) einsteigen, der blauen Linie folgen, in Paris (pfeifender Fahrtwind, die Bodenplatten in den Waggongelenken schieben sich gegeneinander, blitzhafte Erscheinungen im Dunkel hinter den Fenstern) die Linie wechseln und über London, New York und Mexico Stadt oder Buenos Aires am Ende (rote Farbmarkierung) doch bei der Station Stephansplatz/City oder mit der U3 (orange Markierung) in der Herrengasse oder am Stubentor landen würde. Mit dieser Vorstellung hat Cortázar in seinem Roman *62/Modellbaukasten* gespielt.

Man darf nur keinen Fehler machen, keinen Ort des Übergangs verpassen; oder muss im rechten Moment die rechten Leute wiedererkennen oder von ihnen wiedererkannt werden. Oft träume ich von Paris, wo eine einzelne Metrolinie immer die Seine entlangfährt, die Häuser und Türme drängen sich dicht an den breiten Fluss, neigen sich über ihn, setzen sich als schmale Türme auf die Brücken. Ich suche ein Lokal, ein Zimmer, ein Gesicht. An den Stadtgrenzen im Norden und Süden der Stadt beginnt die Wildnis. Dort hört alles auf.

Um sechs Uhr früh (die Vögel sind schon wieder stiller geworden) merkt der Architekt, dass noch jemand im Zimmer ist. Er schaut auf, in der Ecke neben der Badezimmertür, auf dem kleinen gepolsterten Sessel dort sitzt sein Vater. Er sitzt genauso da, wie er zu seinen Lebzeiten, als alter Mann, vor dem Fernseher gesessen ist, etwas hingefläzt, müde wirkend, immer halb schon im Schlaf. Aber er möchte etwas sagen. Der Architekt fühlt sich scheu und fehl am Platz (er fühlt sich wie sein eigener Sohn) und wagt es nicht, seinen Vater zu fragen, was er denn sagen möchte, ihn zum Beispiel nach seinem Bruder zu fragen, er hätte jetzt die einmalige Gelegenheit, seinen toten Vater nach seinem toten Bruder zu fragen (aber was gibt es denn über einen Toten schon zu sagen?). Der Architekt wagt es noch weniger, seinem Vater etwas zu erzählen, obwohl es doch so viel zu erzählen gäbe. Sicher gäbe es viel zu erzählen, aber was eigentlich, es gibt doch nichts als den Alltag und die Zeit, die weitergeht und ihn und alle Lebenden altern lässt, nun ja, es gäbe zu erzählen, dass er jetzt auch einen Sohn hat, das würde den Vater sicherlich bewegen, auch wenn er den Eindruck vermittelt, dass nichts ihn bewegen würde. Er möchte schon etwas sagen, aber nur eine Winzigkeit, etwas Nichtiges, etwas dem Architekten vermutlich ganz Unverständliches, dennoch hat er Angst, es zu hören. Er schaut den Vater an, der gar nicht recht zu ihm hinschaut, so müde ist er, und hat Angst, dass der Vater den Mund aufmachen wird, er fühlt sich wie sein eigener Sohn.

3.

– Du bist ja nie von zu Hause weggegangen.
Im ersten Moment überrascht ihn der Satz, den Margarita zu ihm sagt, als er abends in die Wohnung heruntergekommen ist und neben ihr auf dem Sofa sitzt. Sie redet von einer Freundin und von Erwachsenenangelegenheiten und nimmt es als selbstverständlich, dass er von diesen Erwachsenenangelegenheiten nichts versteht. Er kann protestieren, kann Sätze sagen, die mit *Aber* beginnen: Aber er hat doch sein Atelier, er hat doch seine Wohnung, seinen Beruf, sie sind zusammen, sie haben Kinder. Er reist doch, er reist doch viel: seine Afrikareise steht bevor, er hat die Einladung bekommen, er bereitet diese Reise vor.
Er kann auch einfach große Augen machen und ein wenig beleidigt wirken, er weiß, dass Margarita das nicht ausnützen wird, dass sie keinen Schlag setzen wird, der etwas zerstört, dass er nicht wirklich beleidigt sein muss.
– Für dich gibt es die Welt noch, sagt Margarita, und er begreift, was sie meint, für ihn gibt es die Welt noch. Es gibt doch die Welt. Es gibt die Orte, und sie sind für ihn lebendig: was sie meint, ist die Stadt, es ist die Wohnung, in der er aufgewachsen ist, das Haus, die Straßenzüge rundherum, sie meint, dass er zurückkehren kann. Und es stimmt, auch jetzt noch, da er in keine Kindheitswohnung und an keine Kindheitsorte mehr zurückkehren kann, kann er zurückkehren und tut nichts als zurückzukehren. Nur dass sich ein kleiner, bösartiger Schmerz in dieses Zurückkehren hineingeschoben hat. Für ihn gibt es die Welt, und er begreift, dass es für die meisten Erwachsenen die Welt nicht mehr gibt; dass sie leben, aber dass es die Welt nicht mehr gibt (aber meistens haben sie sich daran gewöhnt, sagt Margarita jetzt, und

merken es gar nicht, alle leben wie die Zeichentrickfiguren, die einfach nicht nach unten schauen, während sie weiter und immer weiter gehen), er begreift, dass vielleicht das *Erwachsensein* heißt: dass es die Welt nicht mehr gibt, und auch nicht diesen Schmerz, der auch nur ein Kinderschmerz ist, Margarita schaut ihn mit ihrem weichsten Blick an, als er davon redet.
Er holt eine Flasche Wein aus der Küche.

Es gibt also keine Orte mehr, er aber geht jeden Abend von seinem Atelier und Büro hinunter in die Wohnung wie ein Bauer vom Feld zum Hof und steigt jeden Morgen, wie der Bauer vom Hof aufs Feld geht, hinauf ins Atelier. Die Sekretärin ist seine Magd, und die Pläne und die Häuser sind seine Tiere. Die Häuser, die nicht gebaut werden, sind seine Tiere, die es nicht gibt, er streichelt und füttert seine Tiere, die es nicht gibt. So wie er auf der Weltkarte und auf der Europakarte seine Wege eingezeichnet hat, so zeichnet er auch auf engstem Raum immer neu die eigenen Spuren auf die Landkarte, gräbt sie ein, als wäre für ihn die ganze Welt nichts als eine Landkarte, in die er seine Spuren zeichnet. Ein reisender Bauer, eine seltene Spezies, sagt er sich.
Er liegt im Bett neben Margarita und würde er sich ein klein wenig herumdrehen, könnte er sich an sie drücken, ihre Gegenwart spüren, sie umarmen wie im Schlaf, er denkt, dass Margarita ihn wie ein Kind ansieht, dass er für sie (wenn auch als Mann) wie ein Kind ist; sie weiß nicht – weil er es ihr nicht erzählt –, dass er kaum dem Boden unter seinen Füßen vertraut (Kinder erzählen so etwas nicht, schon als Kind hat er das nie erzählt, genauso wenig wie sein Bruder, sie alle haben nichts erzählt, sondern waren nur da, in der unbezweifelbar vorhandenen Welt, kleine Seiltänzer, bis oben hin voll von Angst). Er dreht sich ein klein wenig herum, drückt sich an die schlafende Margarita, seine Brust an ihrem Rücken, schließt die Hand um eine ihrer Brüste, bekommt eine Erektion und schläft ein.

Meist bleibt er noch etwas länger im Büro, wenn seine Sekretärin um sechs oder früher nach Hause gegangen ist; um zu arbeiten sicher, eigentlich aber um allein zu sein, am Fenster zu stehen, auf die Straße zu schauen, die sich über Hügel hin schnurgerade in die Ferne zieht.

Durch die großen Atelierfenster hat er den Eindruck, drinnen und draußen zugleich zu sein, auch tagsüber während der Arbeit hat er den Himmel immer im Blick, die Wolkendecke oder das Blau über sich, er ist drinnen und draußen zugleich: die Pflanzen, die links und rechts von ihm an den Fenstern stehen, verstärken diesen Eindruck. Eher ist die Straße, die Stadt auf der anderen Seite der Fenster ein Innenraum: Autos, Ampeln, Bürgersteige, Verkehrszeichen, Mauern, Ladenschilder, Wohnungen und Fenster mit Vorhängen und Jalousien oder ohne, Mülltonnen, Möbel, Balkone, alles zweckmäßig ineinandergeschlichtet.

In einer Wohnung gegenüber, im obersten Stockwerk, steht ein Flachbildfernseher mit einem riesigen Bildschirm, auf dem ein junger Mann fast jeden Abend stundenlang die Übertragungen von Billardspielen anschaut. Er sieht das samtene Grün des Billardtisches auf dem Bildschirm und den Hinterkopf des jungen Mannes, der sich einmal nach links, dann wieder nach rechts lehnt. Im Nebenraum geht eine junge Frau, die Frau oder Freundin des billardschauenden Mannes, währenddessen im Zimmer hin und her und telefoniert. Eine sehr schöne Frau (soweit das aus der Entfernung zu sagen ist), mit schwarzen Haaren, wie er es einmal geliebt hat, bevor er auf Frauen mit anderen Haarfarben gestoßen ist. Manchmal geht sie durch die Tür ins andere Zimmer und sagt etwas zu ihrem Freund oder Mann. Manchmal steht sie beim Telefonieren am Fenster und schaut den Architekten auf der anderen Straßenseite an, ohne ihn zu sehen; denn sie ist immer ganz auf ihr Telefongespräch konzentriert; er fragt sich, ob es für sie pervers wirken könnte, dass ein Mann einfach so am Fenster steht, ohne ein Mobiltelefon in der Hand zu haben, ohne etwas zu tun, ohne vom Dastehen und Schauen abgelenkt zu sein.

In seinem Büro, diesem großen loftartigen Raum, steht außer seinem Schreib- und Zeichentisch, einem Tisch für Modelle, den Pflanzen am Fenster und einem kleinen Bücherregal nur ein Sofa herum, er kann, wenn es notwendig ist, auch hier oben schlafen; der Schreibtisch der Sekretärin mit dem Telefon und einem Schrank mit Aktenordnern steht in einem kleinen Nebenzimmer. Das Nichts der Einrichtung (das man für eine Erscheinungsform von Freiheit halten könnte) täuscht doch nur, er füllt es, indem er jeden Tag hier herumsitzt und herumgeht, mit sich selbst an. Wie auf einer endlosen Serie von Fotografien mit sehr langer Belichtungszeit: er zieht seine Lichtspur hinter sich her, lässt sie im Raum zurück, langsam wird sie undurchsichtig, langsam ersetzt sie ihn. Er füllt das Atelier mit sich an, er füllt dieses Haus mit sich an, indem er Tag für Tag hinauf zum Atelier steigt und hinunter zur Wohnung. Er stellt sich vor, solche Spuren in eine Form zu gießen: aber würde er so etwas bauen wollen, würde irgendjemand an einem solchen Ort (in einer solchen Form von Ort) leben wollen? Genauso wie er jetzt von der Wohnung ins Atelier und vom Atelier in die Wohnung steigt (immer die zwei Etagen auf der Treppe rauf und runter, obwohl es einen Lift gäbe), so ist er als Kind jeden Tag hinuntergestiegen von der Wohnung in den Laden, bevor er in die Schule ging, dort war schon sein Vater, der damals das Haus mit sich selbst angefüllt hatte. Abends kam der Vater herauf, trank ein Bier, aß ein Brot, redete vom Geschäft, spielte mit ihm oder dem Bruder Tischfußball oder Schach, spielte nur mit ihm, als der Bruder abends kaum noch daheim war, und später, als der Bruder schon ausgezogen war, Tischfußball oder Schach, setzte sich vor den Fernseher, trank noch ein Bier, die Mutter, der Vater und er saßen gemeinsam vor dem Fernseher, bis neun oder zehn Uhr abends, manchmal (ein Kind, gerade noch ein Kind) lag er auch beim Fernsehen auf dem Boden, er spürt noch den Teppich, die Berührung dieses Teppichs durch seine Kleider hindurch. Er spürt auch die Berührung der Tapeten mit ihren braunen Kringeln, in denen er anfangs Buchstaben und

Tiere vermutet hatte, der weißgestrichenen Decke, an der eine Lampe mit acht gelben geschliffenen Glaskugeln hing, aller Fernseher und Fernsehbilder, aller Kästen und Anrichten, der Sofas und Fauteuils mit ihren wechselnden Bezügen, der ganze Raum, vom Fußboden bis zur Decke berührt und umschließt ihn über vierzig Jahre hinweg.

Sein Bruder und sein Vater kommentieren (solange der Bruder noch nicht ausgezogen und abends noch daheim ist) das Fernsehprogramm und alles, was aus dem Fernsehprogramm an Ideen und Wahrheiten und Idiotien folgt, mit ironischen Bemerkungen, die Kommentare schießen zwischen ihnen, diesen beiden Toten, in einer Geschwindigkeit hin und her, die ihn schwindlig macht und beglückt. Sein Bruder ist immer fünf Jahre älter als er, immer glaubt er, in fünf Jahren würde er ihn erreichen; immer ist der Bruder jetzt längst schon woanders, noch bevor er ihn erreicht zu haben glaubt. Seine Tochter ist vier Jahre älter als sein Sohn, natürlich wird sein Sohn seine Tochter niemals erreichen, er wird auch ihn niemals erreichen.

Manchmal kommt seine Tochter ihn im Büro besuchen und bestaunt ein Modell; oder sie bestaunt ein Modell und die dazugehörigen Skizzen und den für sie nicht ersichtlichen Zusammenhang zwischen Modell und Skizzen. Sie sieht dieses weiße schiefwandige Haus, das kein Haus ist, als eine eigene Welt mit sozusagen provisorischen Bewohnern (dieses Wort, provisorisch, hat sie von ihm oder von Margarita gehört und sich zu eigen gemacht, als hätte sie es mit Fingern aus seinem oder Margaritas Mund gezogen).

Andere Orte sind das Spital, die Restaurants, die Kindertheater, das Museum, der Turm. Im Spital ist sein Bruder vor zehn Jahren gestorben, in einem sonnigen alten Zimmer zwischen piepsenden Geräten, mit kaum vierzig Jahren, ein erfolgreicher Anwalt und Familienvater, an Nierenversagen infolge einer Lungenent-

zündung infolge langjährigen Heroinkonsums (davon wusste weder er noch jemand anderer). Wenn er seinen Bruder besuchte, manchmal mit den Eltern, schien es ihm, die Geräte, ihr Piepsen, die sich bewegenden Kurven auf dem Monitor würden in ihrer Unzerstörbarkeit auch seinen Bruder am Leben halten, nur das Blut im Urinbeutel war beunruhigend und bestätigte die Prognosen der Ärzte. Sein Bruder sah aus, als könnte er ohne weiteres aus dem Bett steigen, wenn er den Mund aufmachte, erwartete man (oder erwartete jedenfalls der Architekt), dass gleich Zukunftspläne, schwer verständliche, aber bezwingende Scherze, endgültige Bestätigungen bizarrer Wahrheiten laut würden, aber es wurden nur gehauchte Bitten für kleine Handreichungen laut, die er dennoch kaum verstand und die ihm dennoch bezwingend und endgültig erschienen. Mit seiner Hand, die in einem Plastikhandschuh steckte, einen Mundschutz vor dem Gesicht, holte er ein Glas Mineralwasser, hielt es seinem Bruder hin und spürte, wie durch Glas hindurch, seinen Blick in seinen Augen, er spürte ihn wie durch Glas hindurch, das heißt, er spürte ihn gar nicht, aber er vergaß ihn auch nicht, er erinnert sich andauernd daran und weiß nicht mehr, wer es ist, der schaut, und wer es ist, der angeschaut wird.
Er erinnert sich an den Blick des damals zwölfjährigen Neffen auf seinen sterbenden Vater: das schiefe Grinsen und der verlorene Blick. Irgendein Entschluss musste in diesem Moment im Kopf dieses Kindes entstehen, der Entschluss, die Welt abzulehnen und sich möglichst bald selbst zugrunde zu richten, oder die Entscheidung für diesen oder jenen dummen Glauben, der ihn sein Leben lang rein halten würde. Er sieht diesen Neffen seither nie, und was ihm seine Mutter aus zweiter oder dritter Hand weitererzählt, kann stimmen oder auch nicht.

Im Architekten entstand der Wunsch, den Grundriss des Spitals nachzuzeichnen und Gänge darin einzubauen, geheime Wege, versteckte Gärten, dunkle Innenräume, die über Freitreppen, scheinbar schon außerhalb des Geländes, außerhalb jeder Gefahr, zu erreichen wären, große leere Säle, in denen nur da und dort, wie eben aus dem Boden gewachsen, ein Gegenstand den Blick umlenkte, eine Pflanze den Blick in sich aufsog. Das Bett seines Bruders lag direkt am Fenster, drei andere Menschen starben oder überlebten unwahrscheinlicherweise in denselben Wochen im selben Zimmer, gleich hinter dem Fenster lag nicht der Garten, sondern einer dieser großen leeren Säle. Man musste eine Treppe durch den Boden schlagen, die Mauern öffnen, den Raum eher aufblasen als bloß auf gewöhnliche Weise einteilen und formen. Er erinnert sich an die Blicke seiner Eltern, das Schweigen seiner Eltern. Sein Vater schaute auf den sterbenden Sohn, und sein Gesicht nahm eine seltsame Ruhe an, und von diesem Moment an konnte er noch weniger mit ihm sprechen als früher. Sein Vater sagte von da an so gut wie nichts mehr, weil es nichts mehr zu sagen gab. Er saß da in seinem ärmellosen Pullover, vor dem Fernseher, am Esstisch. Niemand weiß, was er in seinen schlaflosen Nächten sah. Dieser Architekt fragt sich jetzt, in seinem Hotelzimmer in Belleville am frühen Morgen seiner schlaflosen Nacht, ob diese Ruhe (in der er manchmal eine widerliche Gewalt gesehen hatte) immer noch da ist, dieses Schweigen, diese Gewalt (dieser ärmellose Pullover in irgendeinem nicht ausgeräumten Schrank).

Wenn er dem Präsidenten beim Essen zuschaut, ungefähr zwei Mal im Jahr – abgesehen von Afrikareisen oder andern seltenen Abenteuern –, und einmal im Jahr oder noch seltener in sogenanntem kleinen Kreis mit Margarita und der jungen Freundin des Präsidenten, dann hat er den Eindruck, einer Choreographie zu folgen, jede Bewegung, bis hin zu den Kaubewegungen der Kiefer, erfolgt im einzig möglichen und notwendigen Moment, jede Bemerkung (ironische und intelligente Kommentare, denen nur Margarita gewachsen ist) überrascht und fügt sich geschmeidig in den Moment. Der Architekt legt sich die Serviette in den Schoß (wie er es sich mit Mühe vor nicht allzu langer Zeit bei

Restaurantessen angewöhnt hat) und weiß, dass es besser ist, zuzuhören als mittun zu wollen und dabei nur die Choreographie zu stören, doch er fühlt sich schwerfällig dabei, bezwungen von der fremden Harmonie, er verfolgt die Wege der Speisen in seinem Innern und denkt sich das Weiß des Tischtuchs und die Stimmfärbung des Präsidenten und den Fisch, der sich in seinem Magen, im Magen der jungen Frau (ihr Dekolleté, ihre Haut, ihr Mund, der Wein, die Flüchtigkeit von allem), im Magen Margaritas, des Präsidenten auflöst und verwandelt, als gleichwertige Gegenstände, als Bausteine, für einen sich ständig wandelnden Bau. Man müsste die Treppen hinauf- und hinabgleiten, wie die Speisen im Körperinneren, statt Schritt für Schritt auf die Stufen zu setzen, den Raum aufblasen, mit kleinen Engstellen wie in Luftballontieren, hinter dem Fenster warten neue Innenräume, im Innern (dem Krankenzimmer, dem Restaurant, so wie in seinem Atelier) gibt es Horizontlinien, Gebirge, Meere, einen Himmel, Spiegel, die sich in Fenster verwandeln und Fenster, die sich in Spiegel verwandeln. Er spürt Margaritas Hand auf seinem Schenkel, ein kurzes Streicheln. Ihr Kleid, ihre Stimme, ein kleines Stolpern in ihrer Stimme, das er mit Küssen, denkt er, beinah erreichen könnte. Er schmeckt den Wein an seiner Zunge und an seinem Gaumen, es gibt den Geschmack, den Genuss, den einen Moment des Geschmacks und des Genusses, mehr braucht es nicht zu geben, seine Gesichtsmuskeln formen sich von selbst zu dem Ausdruck, zu dem sie sich zu formen haben; was der Präsident über ihn denkt, ist egal, dass er sichtbar ist, ist egal. Der Präsident fragt irgendwann im Verlauf des Gesprächs, irgendwann im Verlauf jedes dieser Gespräche nach ihren Kindern und wird (was auch immer sie an Geschichten und Anekdoten zu erzählen haben) doch bald den Sohn wieder für ein oder zwei Töchter halten und die Neunjährige für drei- oder zwölfjährig und die Namen vergessen haben, der Architekt weiß es und ist nicht beleidigt, das heißt nicht einmal, dass sich der Präsident nicht für ihn und seine Angelegenheiten interessiert (natürlich

interessiert er sich nicht wirklich für ihn und seine Angelegenheiten), es heißt nur, dass er sich nicht für Kinder interessiert, früher hat sich der Architekt selbst nicht für Kinder interessiert oder geglaubt, sich nicht für Kinder zu interessieren.
Einmal fällt es Margarita allerdings ein, von der Welt zu erzählen, die sich Miriam ausgedacht hat und die sie zusammen mit ihrem kleinen Bruder im Spiel bewohnt; eine Welt mit eigenen Regeln, eigener Architektur, eigenen Wesen, Intrigen und Abenteuern, knapp neben, unter- oder oberhalb der wirklichen Welt und der Welt der Bücher und Filme, mit Feuerdrachen, Prinzessinnen, Indianern, sprechenden Tieren; Zeichentrickfiguren mit zerfließenden Formen. Zusammengehalten durch eine Geographie voller seltsamer Brüche, und der Präsident ruft mit überraschender Begeisterung aus, wunderbar, das ist ja eine Mischung aus Donald Duck und Raymond Roussel!
Sie werden sich mit Wangenküssen und langen Nachgesprächen auf der Straße vor dem Lokal verabschieden, mit dem Taxi nach Hause fahren, Margaritas Kopf auf seiner Schulter. Der Kopf der Frau liegt auf der Schulter des Mannes, das ist die Regel. Er schließt leise die Tür auf, die Wohnung hat auf sie gewartet, wie sie jeden Abend auf ihn wartet und wie sie auch jetzt auf seine Rückkehr aus Afrika wartet, die Babysitterin wird erzählen, dass Jakob gerade erst eingeschlafen ist, dass er ständig geweint hat, sich vor Gespenstern gefürchtet, sich vor der Angst gefürchtet, nicht sagen wollte, wovor er sich gefürchtet hat, nach Mama und Papa gerufen hat, so als wäre er nicht groß genug, um zu wissen, dass sie doch wiederkommen (wenn man groß genug ist, glaubt man das zu wissen, denkt der Architekt); dass die große Schwester ganz lieb versucht hat, ihn zu trösten und ihm Geschichten zu erzählen, aber es hat lang, lang gedauert, die Große ist dann zuerst selbst eingeschlafen. Er schaut, etwas später, noch einmal ins Kinderzimmer, barfuß und auf Zehenspitzen gehend. Das schlafende Mädchen, das kleiner, kindlicher ausschaut als im Wachen. Ruhig, zeitlos. Der schlafende Bub, der seine Decke von

sich losgestrampelt hat, seine weißen Füße, sein Atmen, er atmet mit ihm. Eine Fortsetzung von sich selbst sehen, der Wahn, eine Fortsetzung von sich selbst (der man schon von Toten umgeben ist) zu sehen. Der Traum eines Kindes, in dem die Mauer sich öffnet wie ein Vorhang und über die Treppe Gespenster ins Zimmer hineingleiten, hineinschweben, den Traum immer neu träumen, immer neu geträumt wissen, jede Angst wiedererkennen, sie aus Angst nicht in Worte fassen wollen. Alles vermischt sich, der Architekt geht schlafen, in letzter Zeit schläft er wieder schlecht. Am Morgen erinnert er sich sehr deutlich an seine Träume.

Die Angst erscheint wieder in den Kindertheatern; die Angst, das Wissen, die Unerträglichkeit und Unvorstellbarkeit, dass Tiere Tiere essen, dass Tiere getötet werden und sterben. Kommt jetzt der Fuchs?, fragt der Sohn, kommt der Fuchs?, und er hält sich die Hand vor die Augen und flüchtet auf seinen Schoß und wird doch in der nächsten Woche wieder ins Theater wollen. Manchmal versucht der Architekt zu erklären, dass es gar nicht schlimm ist zu essen und gegessen zu werden; dass es nicht so schlimm ist, zu töten und getötet zu werden, solange es nur ums Essen geht; wir müssen doch essen (ist das zu ertragen?), es geht ums Aufnehmen, Sich-Schenken, wir sind Teil der Natur, sind in Verbindung miteinander, ein bisschen etwas von dem Tier, das wir essen, lebt in uns weiter, und er versucht, sich selbst zu glauben und fragt sich, ob er sich selbst glaubt; er versucht, nicht zu viel zu sagen, nicht zu sagen, dass wir doch auch nach unserem Tod gefressen werden, und fragt sich, ob er es erträgt und ob es zu ertragen ist und ob er nicht, so wie alle anderen, zu dumm und zu denkfaul geworden ist, um darüber zu erschrecken und die Angst zu spüren, die sein Sohn spürt. Er redet mit sanfter, ruhiger, streichelnder Stimme und stellt sich Speiseaufzüge im Körperinneren vor, auf denen Kuscheltiere (Häschen, Hühner, Schweinchen) auf- und abfahren und Gliedmaße für Gliedmaße verlieren, Zeichentrickfiguren, Strichmännchen, die sich Bild für Bild auflösen, mit einem

Fingerwisch auf der Zeichenfolie gelöscht. Er weiß nicht, was er währenddessen sagt, er hört nur seine Stimme, und sein Sohn hört seine Stimme und glaubt ihr, wie er selbst anfängt, nur seiner Stimme, einer ruhigen, allwissenden, dunklen Papastimme zu glauben; alles andere gibt es nicht. Es gibt auch nicht die Gespenster der Toten, die Mauern öffnen sich nicht, drinnen und draußen, Bühne und Zuschauerraum kann man jederzeit unterscheiden. Man weiß jederzeit, ob man daheim ist, man weiß, wo man daheim ist, wer Papa und Mama, Schwester und Bruder, ich und du sind.

In die einen Theater geht er samstags oder sonntags mit seinem Sohn, in die anderen Theater an anderen Samstagen oder Sonntagen mit der Tochter, gerade noch, in wenigen Jahren ist das vorbei. Puppen schieben sich durch Pappkulissen, Frauen in bunten Leggings springen über die Bühne und kriechen in Kartons. Eine Frau bekommt Schluckauf, wann immer sie *Jetzt* sagt; er lacht. In den Pausen stehen in den Foyers all die Papas herum und versuchen, ihre Süßigkeiten oder Salzstangen essenden Kinder nicht aus den Augen zu verlieren, sie stehen herum mit ihren Papabäuchen unter den Papapullovern und ihren Papabärten, die in diesem Jahr cool sein sollen und doch Papabärte bleiben. Er ist einer von ihnen, nicht mehr Architekt, er kann jeder von ihnen sein, ihm wachsen Bart und Bauch, alle sind sie gleich, er denkt ihre behäbigen Papagedanken voller Zufriedenheit und Unruhe. Er wartet auf das Läuten, das sie zurück in den Theatersaal holt, und wünscht sich, sie wären nackt, diese blöden europäischen Männer, und ihre blöden Pimmel würden herunterbaumeln, unschuldige Kinderpimmel (die Pullover können sie seinetwegen anbehalten, er muss ihre weißen weichen Bäuche und das Haar auf ihren weißen weichen Bäuchen nicht sehen). Sie würden ihre Unschuld wiedergewinnen, denkt er, ihre Hilflosigkeit, die Hilflosigkeit, die zu ihnen passt. Er könnte jeder von ihnen sein, unschuldig, mit kleinem herunterbaumelndem Kinderpimmel und sinnlos hippem Papapullover. Seine Zufriedenheit und seine Unruhe würden von ihm abfallen. Musik setzt ein, ein Hase krächzt ein Lied, eine Fee tanzt herbei, sie sind aus Träumen hervorgekrochen und können gleich zurückschlüpfen in die Welt des Traums (der Angst), aus der sie gekommen sind (ein Gegessenwerden), sein Sohn flüchtet auf seinen Schoß, seine Tochter schaut mit leuchtendem Blick auf die Bühne, eine Schauspielerin sagt *Jetzt* und bekommt Schluckauf.

Sein Essen kauft man im Supermarkt, es ist zerschnitten, beschriftet und bebildert, wie alles in der Welt, auch wenn man stirbt und tötet, geht es dabei nur um Formen und Förmlichkeiten und man braucht die Welt der Spiegelungen und Bilder nie zu verlassen. Es gibt Abläufe, Dokumente, Archive, es gibt Schlachthof, Kühlraum, Transportunternehmen, Supermarktketten, Filialen, Ablaufdatum, Krankenhaus, Verabschiedungsraum, Leichenhalle, Friedhof, Städtische Bestattung, Traueranzeigen, Totenrede, Leichenschmaus, Grabpflege und Dokumente zu all dem. Aber so etwas kann er natürlich nicht den Kindern erklären, über so etwas kann er mit Margarita reden und dann – doch vielleicht ist das gerade das Wichtige am Reden? – verliert es gleich alle Dringlichkeit und wird selbst zum bloßen Gesprächsthema, zur Form und Förmlichkeit, es hat die Form einer Entdeckung, ist im Kopf zu archivieren und macht kaum noch Angst. Alles muss an Leben verlieren, um keine Angst mehr zu machen.
Sind wir denn erwachsen, fragt er (aber wozu soll man erwachsen sein wollen? – Ja, ich fürchte, wir sind erwachsen (Sogar du, hört er heraus, und fragt im Scherz: Sogar ich?)). Es gibt die Stadt, Anzeigetafeln in den U-Bahnstationen sagen einem, wann der nächste Zug kommt; sind es mehr als drei Minuten, wird man ungeduldig. Zwei Rolltreppen und ein langer Gang voller Werbeplakate und Monitore in der Umsteigestation. Man schnallt die Kinder in den Kindersitz des Autos, auf dem Bildschirm des Navigationsgeräts erscheinen die Straßen, die Namen der Straßen, die Linie des vorberechnet schnellsten Weges, das Navigationsgerät kennt den Weg nach Hause und spricht mit ihm, fährt

er mit dem Rad (der Sohn auf dem Sitz hinter ihm festgeschnallt, die Tochter auf ihrem lila Kinderfahrrad neben ihm auf dem Bürgersteig, er passt das Tempo an) muss er selbst funktionieren, aber er kennt in dieser Stadt alle Wege und kann sich nicht verirren; würde er auf einen unbekannten Weg geraten, so hat er sein Telefon in der Tasche, auf dem er eine Weltkarte und einen Stadtplan erscheinen lassen und dem er alle Fragen stellen kann, jeder Weg ist ein Rückweg, ein Heimweg für ihn, er tut nichts anderes als zurückzukehren. Kein Wunder, dass er alle wiedertrifft, dass alle noch da sind. Es gibt die Welt noch, die Stadt besteht aus Innenräumen, auch wenn sie sich jetzt, an diesem Sonntag zu weiten scheint, weil die Straßen halb leer sind, die Häuser mit ihren Fassaden hervortreten; die halb leeren Straßen und die Häuser erscheinen alt, nutzlos und im Wirklichen steckengeblieben. Übriggeblieben. Einen Tick näher am Verfall, einen Tick mehr von Zeit getränkt. Er denkt das am Sonntag vor seiner Abreise, auf dem Rad, unter dem grauen Dach eines Frühlingshimmels (der weiterwandern wird und die Stadt mit sich nehmen); er redet im Kopf mit Margarita, die er gleich, bei seiner Heimkehr sehen wird, die aus ihrem Arbeitszimmer kommen wird, der Jakob (mit Begeisterung, aber erst auf Nachfrage oder mehrmalige Nachfrage) erzählen wird, wie es im Theater war (da war ein Fuchs: ein Maul, ein Magen, ein Loch, die Angst). Miriam, die bei einer Freundin ist, wird später heimkommen, hergebracht oder abgeholt werden, es gibt die Welt für Kinder, denkt er, und es gibt eine Zweitversion der Welt für Erwachsene (und vielleicht ist das so wie vielleicht alle seine Gedanken ein Gedanke Margaritas), eine ständig bewegte Welt, endlos und wunderbar geschmeidig. Alles, was von ihm verlangt wird, ist, dass er nicht durch nervöse Eigenbewegungen diese Abläufe durcheinanderbringt.

Er erinnert sich, wie seine Tochter, als sie klein war, ihn im Spiel oft kommandiert hat, als wäre er ihre Puppe. Er fühlte sich dann gleich wie eine Puppe, vielleicht war er eine Puppe. Seine Tochter begann, ihn im Spiel per Sie anzureden, und er wurde zur Erwachsenenpuppe, zu dem, der er ist. Er redete sie im Spiel per Sie an, und sie wurde zur Erwachsenenpuppe, einer Puppe allerdings, die glaubt, Fäden in der Hand zu haben, sie wurde zu der, die sie sein wird (und er schaut sie an und denkt, das macht nichts, auch das macht nichts, er sieht von der Geburt an ihr ganzes Leben vor sich und denkt, es ist in jedem Moment unzerstörbar).

Was machst du in Afrika, diese Frage verfolgt ihn, manchmal klingt es, als würde er aus allen Wahrscheinlichkeiten und dem Wirklichen fortreisen. Ein Nachbar, ein Gefäßchirurg, meint bei irgendeinem Türundangelgespräch über Reisen und Reisepläne erstaunt: In Afrika gibt es Universitäten?, schämt und entschuldigt sich aber gleich wieder für sein Erstaunen.

– Aber ja, klar, nur, ich habe nie darüber nachgedacht und immer nur Dörfer im Kopf und Bürgerkriege und Elefanten –

Der Architekt murmelt einen begütigenden Satz, der mit *Ja, man* … beginnt und die Ignoranz des Nachbarn und Gefäßchirurgen so in eine allgemeine und eigene Ignoranz verwandelt, und er sieht auch am Grund von allem nichts als eine allgemeine und eigene Ignoranz. Was macht er in Afrika, warum fürchtet er sich vor der Reise und warum freut er sich darauf.

– Was machst du in Afrika, fragt ihn Miriam beim Abendessen (so als hätte sie Angst um ihn; nicht Angst, allein gelassen zu werden, sondern Angst um ihn, der sich aus allen Wahrscheinlichkeiten und dem Wirklichen entfernt). Nun sitzt er als Vater am Tisch; muss also so tun, als wüsste er, was er tut. Ängste ernst nehmen, zerstreuen, in Wissen oder Witz auflösen. Es ist doch nichts Besonderes; Afrika, Texas, das Ötztal, nichts ist etwas Besonderes, und trotzdem kann man das Ötztal schwer mit Texas und eine Savanne schwer mit einem Studentenheim verwechseln. Er beginnt zu reden, und alles, was er sagt, erscheint ihm falsch. Einen Kontinent erklären, im Duett mit Margarita, der Philosophin, bei Chili sin Carne, Apfelsaft und Rotwein, Küstenorte, Savannen, Wüsten, Gebirge, Industriegebiete, Flüsse, evangelikale Christen, Bauern, Architekten, Warlords, Universitäten, Krals, Grisgris, Boko Haram, Biafra, und was zum Teufel bedeutet das alles, und warum soll er es Kindern erklären. Außerdem fährt er nicht nach »Afrika«, sondern nach Belleville; in einer Funktion oder so etwas wie einer Funktion; aber wie soll er Belleville erklären, eine ziemlich große Stadt, er kennt diese Stadt nicht und kann sie sich nicht im geringsten vorstellen, trotz allem, was er darüber gelesen hat. Er kennt die Pläne des Universitätsgeländes und der Studentenheime, und er weiß, wie viel und wie wenig Pläne mit der Wirklichkeit zu tun haben. Er könnte sagen: In Afrika ist es genauso wie überall sonst, und er könnte sagen: Afrika ist ganz anders. Beides wäre richtig und falsch; beides wäre ein Grund, sich zu freuen und ein Grund, sich zu fürchten. Margarita erbarmt sich seiner und sagt:

– Aber wisst ihr, Afrika ist so unterschiedlich, und die Länder und die Menschen in Afrika unterscheiden sich so sehr voneinander wie die Leute hier, was glaubt ihr, wie die Leute in Afrika sich Europa vorstellen?, und dann redet sie über die Alpen, Iglus und Schnurrbärte und verwandelt sich in einen englischen Bankdirektor aus dem 19. Jahrhundert.

Sie sitzen am Tisch, alle vier, in befremdlicher Harmonie (so denkt er plötzlich), niemand von den drei anderen ist für ihn wirklich ein anderer Mensch, eine fremde Existenz (denn jede fremde Existenz kann den Glauben an seine eigene Existenz auslöschen). Chili sin Carne, Apfelsaft, Rotwein. Die Blumen am Fenster duften und leuchten. Alles duftet und leuchtet, denkt er einen Moment. Margarita (»seine Frau«) ist so schön, die Kinder (»seine Kinder«) sind so schön. Alles, was sie reden, ist Unsinn und soll vergessen werden, alles, was sie reden, hat nichts mit der Wirklichkeit und ihrem Duft zu tun. Man muss sich verwandeln können.

– Ich fühle mich immer noch komisch dabei, sagt Margarita später, als sie auf dem Sofa sitzen und weiterreden, irgendwelche kindgerechten Erklärungen zu geben, eine wohlmeinende souveräne Mutter zu sein. Es kommt mir immer vor, es wäre alles nur eine Täuschung, sogar wenn ich für richtig halte, was ich sage, es wäre alles nur eine subtile Form von Konditionierung, wir sagen den Kindern nicht, was sie denken sollen, aber wir wollen sie doch dazu bringen, gute, offene Menschen nach unseren Maßstäben zu werden und dazu sind alle Mittel und heimlichen Tricks recht. Der Architekt schaut zum Fenster, in einem Fenster auf der gegenüberliegenden Straßenseite ist, von diesem niedrigeren Stockwerk aus, ein leuchtend grüner Streifen auf einem Bildschirm zu sehen, und nur er weiß, dass es ein Stück von einem Billardtisch ist.

– Warum konnten wir früher als Studenten einfach von einem Ort in den anderen fahren, ohne lang zu überlegen? Ohne große Recherche nach allen Fahrplänen, Verbindungen, Umrechnungskursen, Adressen, Notfallplänen, Hotelbewertungen, ohne Fotobeweise im voraus, die durch eigene Fotobeweise bestätigt werden? Konnte ich das?, fragt er sich (konnte ich es zumindest vortäuschen?), er sagt nichts.

Er schließt die Augen und stellt sich eine völlig wilde, ungeordnete Gesellschaft vor, im Innern einer Höhle, eines Tierbaus, dann im Licht einer fremden Außenwelt. Er stellt sich ein Beiseitegelassenwerden, Alleingelassenwerden in einer solchen Gesellschaft vor, Kinder, die auf wilde, ungeordnete Weise lernen, ohne sich täuschen zu lassen, ohne sich auf etwas oder jemanden zu verlassen, Kinder mit einem bösen und freien Blick. Er stellt sich einen Buben wie seinen Sohn vor, der hier überlebt, der mit seinem weißen, schutzlosen Gesicht, aber einem bösen, freien Blick in seinem weißen Gesicht (einem Blick und einem Lachen, das er nicht kennt), irgendeine Tür in die Außenwelt entdeckt hat und auf die vollkommen fremde, ihm ganz offenstehende Welt schaut. So etwas gibt es nicht; und wenn es das gäbe, dann nur als eine Hölle. Kinder, die wie Erwachsene sind und denen das Leben so viel wert ist wie der Tod.

Er ist in seiner Wohnung und so wie immer in Sicherheit, sitzt auf seiner Couch, öffnet die Augen wieder, ist müde, wird bald schlafen gehen, einer seiner letzten Tage hier vor der Reise. Warum lässt er sich auf solche Reisen ein. Er erzählt Margarita nichts von seiner Vorstellung und hört doch ihren Kommentar, der – wäre da nur der Kommentar und nicht auch die leise und fast stotternde Stimme Margaritas – besserwisserisch klingen könnte, das sind Kindersoldaten, sagt diese eingebildete leise fast stotternde Stimme, es ist die Verwandlung von Nietzsche-Übermenschen in Kindersoldaten, eine fast automatische Verwandlung. Also gibt es nichts als das Zählen und Ordnen und die Selbsttäuschung, sagt er nun plötzlich doch laut. Margarita sagt nichts, auch nicht in seinem Kopf. Erst beim zweiten Kind, bei diesem Sohn, der so völlig ohne Leichtigkeit ist ganz wie er selbst, hat er gemerkt, wie viel an Disziplinierung in jedem Lernen, wie viel an Gewalt in jeder Liebe steckt. Die Welt in geometrische Formen zerteilen, die Zahlen lernen, die Uhr: nein, jetzt müssen wir! Es ist keine Zeit mehr! Komm endlich! Versteh das doch! Das kostet Geld, das ist wichtig! Den Kindern die Regeln des Marktes beibringen, als Selbstverständlichkeiten. Jemanden für die Welt zurechtstutzen oder für den Kapitalismus, man kann die beiden leicht verwechseln. Jemanden aus dem Schlaf reißen, obwohl man selbst schlafen möchte, im Schlaf die ganze ungeordnete Welt zur Verfügung hat, regungslos, ziellos, Teil der ganzen Welt ist. Jemandem Sicherheit geben und wissen, dass die Sicherheit wieder genommen wird, diesen Entzug mit jeder liebevollen Geste vorbereiten.
Er steht von der Couch auf, jeder Weg und jeder Handgriff kommt ohne sein Bewusstsein aus, Routinen vor dem Schlafengehen, Zähneputzen, Zahnseide, Duschen, Pinkeln. Der Zahnpastageschmack, die Wärme der Dusche. Die Welt und der Kapitalismus und die Familie, die erste und die zweite Welt, die Familie und der Kapitalismus und die Häuser, die Kinder und die Häuser und das Zuhause. Ich will reisen, um die Welt wiederzufinden. In Afrika will ich die Welt wiederfinden. Das zu sagen wäre das

Dümmste, er bräuchte es gar nicht erst auszusprechen, bräuchte gar nicht erst Margarita anzuschauen, um das zu wissen. Das zu erhoffen wäre das Dümmste, es gibt für ihn doch die Welt. Und den Weg vom Badezimmer ins Schlafzimmer, die Lichtschalter, den Schlafanzug, eine Hand und Atemzüge, fremde Atemzüge ohne jede Fremdheit, Margaritas Körper, der nah und nackt ist, komm, mach die Tür zu, versuchen wir leise zu sein.

Er fühlt sich wohl in seinem Körper, die Bettdecke ist warm, er hat wieder seinen Pyjama angezogen, er ist daheim.
Sein Vater sitzt auf dem Sofa und redet; schade, dass er nicht versteht, was er sagt.
Der Wecker läutet, er wacht auf und fühlt sich wohl in seinem Körper, die Sonne scheint und alle seine Geister sind unauffällig zugegen. Ohne Erinnerung und ohne Schmerz; er schläft vielleicht zu wenig, wie es Erwachsene eben tun, aber er schläft noch, in diesen Nächten, und die Geister verstecken sich in seinen Träumen. Die Routinen nach dem Aufstehen brauchen kaum sein Bewusstsein, der erste Kaffee, der Weg die Treppen hinauf ins Atelier. Sein Laptop, E-Mails, seine Pläne, die Sekretärin und ihr Begrüßungslächeln wie ein frühlingshafter Fächer, bedacht frühlingshaft, doch das kann ihm egal sein: immer weiß er, dass sie eine Frau ist und merkt es, immer merkt er, dass sie weiß, dass er ein Mann ist und es immer merkt, immer weiß er, dass nie etwas daraus folgen wird, dass keiner von ihnen es will, dass sie beide es wissen; er genießt diese Spannung, dieses Minimum einer Spannung. Das Licht gleitet vom Himmel herab in den Raum, er genießt es; er zwingt sich, nicht zu oft zum Fenster zu gehen.

Die ganze Stadt, wie alle europäischen Städte, lebt nur durch Wiederholung und Täuschung. Nur die Kinder merken es nicht, glauben an Höhlen und Geheimnisse. Die Häuser haben kein Leben; Architekten, die ihre Phantasie bemühen (so wie er), tun nur so als ob; sie sind die Schlimmsten.

Er hat zu viel Zeit zu denken, denkt er.
Nur weil sich die Stadt unter die Erde stülpen kann, trauen wir ihr zu, dass sie lebt. Nur weil die Bahnen der Gassen die Jahrhunderte überstehen und Schicht für Schicht unter der Erde zurücklassen; nur weil Katakomben und Kanäle, Weinkeller und Tunnelsysteme bewohnbar scheinen und unbestimmte Versprechen geben. Er hat gelesen, dass es in Westafrika keine U-Bahnen gibt und dass einer der Kongressteilnehmer einen Plan für eine U-Bahn präsentieren wird (der möglicherweise auf Begeisterung stoßen und ganz sicher nicht realisiert werden wird), er hat gelesen, dass die Häuser in Westafrika niemals Keller haben (er wird erfahren, dass es Ausnahmen gibt). Die Häuser können weggeweht werden, wenn sie keine Keller haben, wie Wörter, die jemand ausspricht, Wörter, die keiner aufschreibt.
Er stellt sich einen umgestülpten, in die Erde gebohrten Turm von Babel vor. Das Insektenhafte, das die Bewohner plötzlich bekämen. Insektenhaft wie Schriftzeichen; wimmelnde, durcheinanderkrabbelnde, mit glibbrigen Säften angefüllte, glibbrige Säfte blutende und auskotzende Schriftzeichen. Er stellt sich einen Mann vor, der aus dem Krieg zurückkommt, in eine zerstörte Stadt, in der da und dort zwischen den Trümmern ein paar Häuser stehen, und der sofort so tun kann als ob. Die Leere durch Wiederholung, Scheinbarkeiten, Söhne anfüllen. Einen Mann, der sein Vater sein konnte, aber das Bild ist falsch. Da ist keine Leere, da ist Gegenwart, Selbstsicherheit, Selbstbetrug und dann ganz langsam eine Bewegung, ein Sich-Hineindrehen, wie unter die Erde. Als würden erst die eigenen Toten, die eigenen Tode zählen und einen plötzlich wissen lassen – Und etwas löst sich ab und bleibt als lebendiger Mensch oder als ein sinnloses Stückchen davon oben in der Welt (so als gäbe es sie hier noch) zurück.
Er steht am Fenster in seinem Atelier, seinem Büro, kann die Hände, die Nase gegen die Glasscheibe drücken, Abdrücke zurücklassen (die Putzfrau kommt zweimal in der Woche), er kann auf seinen Atem horchen. Im Raum hinter ihm stehen die Com-

puter, die an seiner Stelle mit der ganzen Welt in Verbindung sind. Alles wird für ihn getan.

Vielleicht täuscht sich Margarita, es gibt für ihn nicht die Welt, es gibt nur die Wiederholung; und das, was sie für die Welt hält, ist nur die Wiederholung einer Wiederholung, weil er nichts ist als der Sohn seines Vaters, und schon bei seinem Vater, diesem Erwachsenen, war es am Ende (spätestens seit dem Tod seines Sohnes, des ersten Sohnes, des Sohnes mit dem freien Blick, des Sohnes, der in die Welt hinausging, aber wahrscheinlich schon viel länger, wahrscheinlich schon seit er im Krieg war oder seit er aus dem Krieg zurückgekommen ist, so wie man aus dem Tod zurückkommt) nichts als Schein und Wiederholung. Dieser Erwachsene, dieser mit Erwachsensein Geschlagene, dieser Altgewordene, der seine Kraft nie verlor, wann fing er an, fast nur noch vom Tod zu sprechen, zum Architekten, dem Sohn mit dem verschleierten Blick, dem Erben (glaubte er an so etwas? Und was zum Teufel sollte er erben?).

Das soll ein Haus sein?, fragt sein Vater, als er einen Plan dieses gerade erst zum Architekten gewordenen Architekten zu Gesicht bekommt. Für mich ist ein Haus etwas anderes. Baust du etwas?, fragt er später noch ab und zu. Es geht nicht nur ums Bauen. Du bist doch ein Architekt, oder nicht, warum baust du keine Häuser. Ich bin ein Architekt, aber es geht um etwas anderes. Worum dann, fragt er schon ohne zu fragen. Na, ich versteh ja nichts, antwortet er sich selbst abschätzig. Dann fragt er nichts mehr, und dieser Architekt, der kaum Häuser baut, sagt nichts.

Als Student hält es der Architekt ein halbes Jahr lang in einer Wohngemeinschaft aus. Nachts, wenn er endlich allein ist, sitzt er am Küchentisch, schaut aus dem Fenster, er erinnert sich später, einmal ist er am Fenster gesessen, einmal wie für alle Zeit, hat auf den untergehenden Mond geschaut, um zwei oder drei Uhr früh, es war kaum noch etwas von der Stadt da, kaum noch Stadt da unter dem dunklen Himmel, dem riesigen untergehenden Mond.

Es gibt die Supermärkte, das Wohnzimmer, das Fenster, seinen Blick, der Innen- und Außenräume durchquert, es gibt die Stadt, das Museum, den Turm. Er hat sich angewöhnt, nicht nur auf Reisen, sondern auch in seiner Heimatstadt ab und zu ohne den Anlass einer besonderen Ausstellung ins Museum zu gehen und landet dort jedes Mal vor dem eigentlich doch tödlich berühmten Bild vom Turmbau zu Babel, das Pieter Bruegel aus der Rue Haute im Marolles-Viertel von Brüssel gemalt hat. Einmal hat er mit der Belgierin über das Bild und den Maler gesprochen, und sie hat ihm die Straße und das Viertel beschrieben; dort hat sie als Studentin gewohnt und hätte sie gerne weiter gewohnt (wäre nicht das Kind gekommen, die Wohnung zu klein geworden und so weiter, man kennt das), in der alten Straße mit den kleinen Läden und dem Gewirr von Sprachen, das im Schatten des monströsen, vom völkermörderischen König Leopold errichteten Justizpalastes liegt.

Was den Architekten fasziniert, ist weniger das Bild selbst als das, was darin nicht zu sehen ist, worauf aber die vielen Eingänge, die vielen dunklen Fenster, die kleinen, leicht zu übersehenden Gestalten (viele sind offensichtlich Arbeiter, aber nicht alle) verweisen. Was ist im Innern dieses Dings; wartet hier schon etwas? Eine Welt anstelle der Welt?

In einer offenen Tür auf einer der sich schneckenförmig hinaufziehenden Plattformen stehen eine Frau mit weißem Kopftuch und ein Mann, der fast nur ein Schatten ist, der Architekt hält sie für Bewohner (vielleicht heimliche Bewohner). Ganz in der Nähe befinden sich drei Gestalten, eine Frau darunter, die auf offenem Feuer etwas kochen. Einer der Männer ist wie ein Tier hingekauert, vielleicht hat er nur das Feuer angefacht und will es am Leben halten. Einer hockt da und isst schon. In welcher Sprache reden sie miteinander.

Ein Mann steht etwas von den dreien entfernt und zeigt nach oben: Viele Meter hoch zieht sich die nackte Mauer, an der Bretter lehnen, dann ein Fenster, schräg darüber ein runder kleiner Balkon, von dem ein Arbeiter ein Brett herunterlässt oder hochzieht. Kleine Häuschenformen, wie aus der Stadt draußen hier herauf versetzt, wachsen aus den Mauern. Eines davon steht direkt vor einem der Tore. Im Eingang daneben sind sieben oder acht Leute versammelt, eng zusammengedrängt, man weiß nicht warum; aus dem Fenster darüber schaut eine Frau auf sie herab oder über sie hinweg aus dem Bild heraus. Es gibt Tunneleingänge, durch die vielleicht nicht nur einzelne Arbeiter oder Bewohner, sondern auch Wagen, Pferde, Reiter, wie sie auf den Plattformen zu sehen sind, hinein ins Dunkle gelangen, ins Dunkel hineingesaugt werden können. Ist es dunkel? Oder gibt es geheime Lichtquellen im Innern, über die Kerzen, Talglampen, Fackeln und so weiter hinaus; eine einzige geheime Lichtquelle, im Zentrum des Turms?
Stellenweise scheint der Turm direkt aus dem Fels herausgebrochen (aber aus welchem Fels, in dieser flachen Landschaft?). Wo die Fassade oben geöffnet ist, ist der Bau rötlich, als wäre es ein Wesen aus Fleisch und Blut und man hätte hier den Blick auf die Schicht der Muskeln oder Eingeweide: ein Turm im Inneren des Turms, durch Streben und Torbögen mit der Fassade verbunden. Wie eine Spirale dreht sich der Turm – mit einer deutlich sichtbaren Neigung nach links, weg von dem nahen Fluss, der die Schelde sein mag oder der Euphrat oder beide zugleich – nach oben, im Inneren hat er die Struktur einer Schnecke. Der Architekt stellt sich ein pumpendes Herz vor, er stellt sich Wunden vor, er stellt sich das Aussetzen dieses Herzens vor. Dann erkaltet der Stein; dann ist er erkaltet.
Unten nahe der Rampe, dort wo der Turm in den Fels übergeht, gibt es Nischen, in denen Männer, vielleicht Maurer oder Maler, flach an die Wand gedrückt auf Gerüsten stehen. Es scheint fast, als klebten sie an der Mauer, wollten in ihr verschwinden.
Der Architekt nimmt seine Kamera mit ins Museum und foto-

grafiert immer mehr Details des Gemäldes, in immer höherer Auflösung; so als könnte er ignorieren, dass das Bild gemalt ist und am Ende nichts als Farbauftrag zu sehen wäre; so als könnte er einen versteckten Eingang finden. Etwas dort drin muss ihm vertraut sein.

Weist irgendetwas in dem Gemälde (oder in irgendeinem der Gemälde, die den Turm zeigen) auf den Moment der Zerstörung hin? Auf einen Grund für die Zerstörung, ihre Notwendigkeit? Diese Öffnung: ist sie ein Riss, eine Wunde, der Anfang der Zerstörung oder wird hier noch gebaut (so scheint es doch), oder ist es unmöglich, zwischen Bau und Zerstörung zu unterscheiden? Was hat es mit dem Fels auf sich?

Als er mit der Belgierin über das Bild gesprochen hat, erzählte sie ihm vom labyrinthischen Justizpalast, der über dem Marolles-Viertel thront, lang nach der Zeit des Malers errichtet, doch in seinem Inneren kann man verlorengehen wie im allertiefsten Labyrinth. Es ist eine Welt anstelle der Welt. Für die Menschen von draußen (so sagen doch Politiker manchmal, *die Menschen draußen*) ist alles hier fremd, sie verstehen die Sprache niemals ganz, die Sprache der Justiz ist immer eine fremde Sprache, und dieser Bau lässt es einen merken. Stell dir die gerade ins Land gekommenen Afrikaner vor, die wegen eines Päckchens Gift oder wegen des falschen Blicks eines Polizisten hier gelandet sind. Vorbild für das Gemälde war das Kolosseum, sagt der Architekt, die Menschen, die dort mit Löwen und Bären kämpfen oder einander gegenseitig abschlachten mussten, sind vielleicht mit einer ähnlichen Verständnislosigkeit in die Arena getreten (einer Verlorenheit, stellt er sich vor, einer so absoluten Verlorenheit, dass sie schon beinahe wieder als Sicherheit erscheinen kann, und jeder der Sklaven, jeder der Gladiatoren ist allein mit seinem Körper, fühlt sich so wohl in seinem Körper, in diesem Moment, vor der grölenden, widerlichen Menschenmenge, unter dem blauen römischen Himmel, in der Ausweglosigkeit, der Sand unter seinen Füßen, die Wächter, das

Raubtier wenige Meter vor ihm. Spätere Legenden verwechseln dieses Gefühl dann mit Glauben, der sogenannten Glaubensstärke, oder sonst einer Art von Stärke, aber nichts als Angst ist darin).
Oft hat er auch mit Margarita über das Bild gesprochen, und sie hat ihm Passagen aus einem merkwürdigen Text vorgelesen. Er las dann gleich selbst das ganze Buch von Daniel Heller-Roazen über das *Vergessen von Sprache.* In dessen Schlusskapitel geht es um den Turmbau und die Rätsel, die diese aus wenigen Sätzen bestehende biblische Geschichte aufgibt. Das Volk von Schinear, so heißt es, baute den Turm (oder die Stadt; den Turm, der eine Stadt war), um sich nicht zu *zerstreuen,* doch der Bau bewirkte gerade das, was er verhindern sollte: Als Strafe für den Turmbau wurde dieses Volk *zerstreut* und *seine Sprache verwirrt.* Aus der bis dahin gemeinsamen Sprache wurden zweiundsiebzig neue Sprachen.
Wovor diese Menschen Angst hatten, was ihr Verbrechen war und worin ihre Strafe bestand, ist gleichermaßen unsicher und Gegenstand jahrhundertelanger Diskussionen. Die Angst, die Tat, die Schuld und die Bestrafung gehen ineinander über.
Nach Rabbi Jeremiah ben Eliezer gab es drei Fraktionen unter den Erbauern: Die einen wollten nah am Himmel wohnen (sie werden zur Strafe zerstreut), die anderen Krieg gegen Gott führen (sie werden zur Strafe in Affen, Geister und Dämonen verwandelt), die dritten Götzendienst treiben und *sich einen Namen machen* (dafür die Strafe der Sprachverwirrung). Wie die Sünde ist auch die Strafe dreifach. Ein Drittel des Turms wurde verbrannt, ein Drittel versank unter der Erde, ein Drittel *besteht noch*, schreibt Rabbi Jonathan. Er besteht noch, aber wir nehmen es nicht wahr, denn »die Luft des Turms macht vergesslich.« Der Architekt denkt, der Turm ist nicht aus dem Fels hervorgebrochen, sondern von ihm verschlungen, in Natur verwandelt. Die Figuren, die den Bau besiedeln, diese aus immer größerer Nähe fotografierten Farbtupfer, scheinen schon wie Geister, Affen, Dämonen, sie sind fast Tiere (fast Zeichen, fast Insekten), weil sie im Vergessen leben. Sie (oder ihre Herren, die Fürsten des Volkes

von Schinear, König Nimrod, der mit seinem Gefolge auf dem Gemälde zu sehen ist) wollten den Turm bauen, um das Vergessen zu verhindern, und haben sich (oder sich und ihr Volk) nur in der Luft des Vergessens eingeschlossen.
Vielleicht haben wir den Turm nie verlassen und nie wieder den Fuß auf festen Grund gesetzt. Wir leben in einer Welt anstelle der Welt. Wir haben eine gemeinsame Sprache, aber wir haben das Gemeinsame an ihr vergessen, deshalb verstehen wir einander nicht mehr. Jeder bekommt sein Urteil gesprochen in einer Sprache, die er kaum versteht; für eine Tat, an die er sich kaum erinnert, die kaum zu seinem Leben gehört. Wir haben auch vergessen, dass wir uns befreien wollten. Daran wird sich der Architekt erinnern, das wird er notieren, wenn er in Afrika sein wird und von der Pyramide von Abidjan hören, von dem, was sie sein sollte, und von dem, was sie geworden ist.
Aber noch gibt es, auf dem Bild, in der Zeit des Bildes, den Fluss draußen, noch gibt es die Ausgänge, die Wolke, die um die Spitze des Turms spielt, es gibt die Stadt im Hintergrund, die Antwerpen sein soll, auch wenn die Belgierin meint, dass sie keine Spur von Antwerpen darin erkennen kann.

Nach dem Tod des Bruders beginnt der Vater, immer wieder vom Tod seines eigenen Vaters zu erzählen, der in einem der großen Säle des Allgemeinen Krankenhauses starb, wie es sie in den Sechziger Jahren noch gab, sechsunddreißig Betten, die der Sterbenden waren durch einen Vorhang von den Betten der leichter Erkrankten getrennt, er erzählte, wie um ihn vorzubereiten – auf seinen, dann seinen eigenen Tod. Die Blicke seines sterbenden Vaters, das Licht an diesem Tag, die langsam vergehenden Stunden, am Morgen sagte er, heute ist es so weit, lebt wohl, passt auf die Kleinen auf. Die Kleinen, das waren der neugeborene Architekt und sein fünfjähriger großer Bruder, die Eltern haben auf sie aufgepasst, ihn und seinen Bruder, der gescheit und witzig wurde, Familienvater und Junkie und Rechtsanwalt. Um sterben zu können, braucht ein Mann einen Sohn; er muss sich an den Tod des Vaters erinnern, sein Sohn muss ihm beim Sterben zusehen und sich daran erinnern und er muss den eigenen Sohn auf den Tod vorbereiten. So war es, als es die Welt noch gab. Nie spricht sein Vater diesen Gedanken (den er vielleicht gar nicht denkt) aus, aber der Sohn versteht es, er ist Sohn und Erbe und sein Vater verlangt von ihm einen Sohn und Erben. Jemanden, der die Wege wiederholt. Ab welchem Alter, denkt er, verwandelt sich die Angst vor dem Tod in ein Vertrauen auf den Tod. Sein Vater starb zu Hause gleich nach dem Frühstück an einem Herzinfarkt, während er im Büro, mit den Gedanken naturgemäß ganz woanders, an seinem Computer saß. Ohje, soll sein Vater noch, etwas deplatziert, gesagt haben und versucht, sich am Küchenstuhl festzuhalten, aber ein Küchenstuhl ist kein rechter Halt. Als das Telefon des Architekten läutet, weiß er seltsamerweise schon als er zum Hörer greift, was kommen wird. Der Papa ist gestorben. Ein Jahr später wurde sein Sohn geboren, sein Sohn, der immer hinfällt, sich immer die Haut aufschürft, sich immer die Knochen bricht, der immer weint.

Ein paar Nächte vor der Abreise träumt er von einer Landstraße in der Nähe des afrikanischen Dorfes, in dem er nun wohnt, anscheinend für immer. Gerade war er, erschreckt von der Masse an Insekten, die um ihn schwirrten (oder eher die ganze Atmosphäre ausfüllten) auf einem Pfad durch den Wald gegangen, es waren nur harmlose kleine Mückchen, aber er fragte sich trotzdem, wie er atmen sollte, er fragte sich, wie es erst nachts sein würde, wie viele Insekten es dann gäbe, ob er dann ersticken würde, vielleicht nur aus Angst, all die Insekten, all die Tiere, all das fremde Leben einzuatmen. Er weiß, dass das Dorf ganz in der Nähe ist, doch jetzt ist niemand da als seine Mutter, auf der Straße liegen und kleben einige tote Hühner. Eines der Hühner, obwohl halb überfahren und an den Beinen verletzt, ist noch am Leben, schleppt sich langsam voran. Es sind schöne, große Hühner mit roten

Köpfen, wie kann es sein, dass die Dorfbewohner sie so achtlos überfahren. Die Kinder, erzählt seine Mutter, kicken sogar mit den toten und halbtoten Hühnerkörpern, als wären es Fußbälle. Seine Mutter kennt dieses Afrika, das halb ein Fernsehafrika zu sein scheint, nur dass er mit seinem wirklichen Körper und in seinem wirklichen Leben hier sein muss. Wie wird er sich in diesem Land zurechtfinden.

Es gibt das Fernsehen und das Gartenhäuschen im Wienerwald, wo seine Mutter nun wohnt, fernsieht und behauptet, sich an nichts aus ihrem Leben zu erinnern. Sie behauptet, über das Fernsehen stünde ihr die ganze Welt zur Verfügung. Sie erinnert sich, dass sie seine Mutter ist; sicher erinnert sie sich, dass sie einmal *zwei* Söhne hatte, er versucht nicht darüber nachzudenken. In dieser Geschichte von Vätern und Söhnen thronen die Frauen ruhig am Rand (man muss nur den Blickwinkel hinreichend einschränken). Frauen hat der Architekt immer nur als Freundlichkeit, Leichtigkeit, Leben wahrgenommen, als Fremdes, war irritiert, wenn sie Verletzbarkeit zeigten – ihm näher kamen. Bevor er gescheit genug wurde, das für sich selbst auszunützen, sodass die Irritation wie Sensibilität und Respekt erscheint; sodass es scheint, er würde *die Frauen* – diese Frau – lieben und verstehen und ihnen – ihr – in jeder Form (und nicht nur sexuell) näher sein als je einem Mann, das glaubt er auch selbst, fast immer; es ist bequem, das zu glauben.
Nicht zu den Männern gehören, den Vätern und Brüdern, den Toten. Er denkt an die gesichtslose Frauengestalt, die aus einem Fenster des Turmes schaut, an den Fels, in dem dieser Turm verschwindet. Er denkt an die Häuser und ihre provisorischen Bewohner, seine Modellhäuser und ihre provisorischen Bewohner. Früher, als sie noch behauptet hat, sich an alles zu erinnern, hat seine Mutter jedem erzählt, wie er (ihr Kleiner) als Kind war; dass er immer geweint hat, immer hingefallen ist, sich immer die Knie aufgeschlagen hat, immer verzweifelt war, ohne dass er sa-

gen hätte können, weshalb, er hat keinerlei Erinnerung daran. Er weiß nicht, warum er gerade auf den Fernsehschirm starrt, es ist Nachmittag. Menschen halten ihre Gesichter in Kameras, zum Glück ist der Ton ausgeschaltet.

– Bei einer Gartenschau wünsche ich mir, die Besucher würden von den Pflanzen aufgefressen, sagt er zu Margarita, während sie (wo ist die Fernbedienung) versehentlich schon seit vielen Minuten einen Bericht über eine Landesgartenschau verfolgen. All diese Farben. All diese Leute. Margarita küsst ihn.

4.

Der Vogelgesang klingt nicht weniger künstlich als das Skype-Klingelgeräusch. Das ist der erste Satz, der ihm am Morgen nach dieser Nacht einfällt. Der Handywecker klingt nicht künstlicher als der Vogelgesang. Das ist der zweite Satz, die Vögel haben zu diesem Zeitpunkt längst aufgehört zu singen, doch der Vogelgesang ist ganz deutlich in seinem Kopf gespeichert. Eine Stunde geschlafen, denkt er dann mit einer Art von Panik, zuerst erschreckt ihn nur diese Feststellung.
Er hat für längere Zeit das Gefühl, er hätte sich selbst in das Hotelzimmer verwandelt. Das wäre doch eine Erklärung. Wenn er das Hotelzimmer verlässt, wird er wieder in der wirklichen Welt sein, ein wirklicher Mensch (also nicht er selbst); er muss dazu allerdings die Kraft aufbringen, sich (diesen wirklichen Menschen, diese Figur) anzuziehen, er muss an lebende Menschen denken können, seine Tochter, die Belgierin, Margarita (in welcher Reihenfolge?). Er schaut zum Fenster, er steigt aus dem Bett, er muss nur funktionieren wie ein Automat, braucht nicht zu denken, die lebendigen Menschen (Frauen) zeigen sich schon, sobald er nur aus dem Hotelzimmer (aus sich selbst) herausgekommen ist. Nicht zittern, den Morgenpanzer anlegen, alle sind zum Frühstück versammelt, Kaffee, Orangensaft, Baguette, Ananasstückchen, der Blick des Präsidenten, sein Mund kann Wörter und Sätze formen, seine Hand zittert nicht. Sein Vater kann nicht aus dem Hotelzimmer hinauskommen.

Es ist Samstag, das Tagesprogramm ist abgekürzt. Neun bis fünfzehn Uhr. Sie werden zum selben Ort gefahren wie am Vortag, erst bei der Rückfahrt mit dem Bus wird die Belgierin neben ihm sitzen.

Jetzt hat sich ein einheimischer Student zu ihm gesetzt, um ihm Fragen zu stellen und ihm – auf Englisch, nicht im landessprachlichen Französisch – von den Studienbedingungen zu erzählen, davon, wie viele Computer auf hundert Studenten kommen und dass er sich wünschen würde, ein oder zwei Semester in Europa zu studieren, die Belgierin, die irgendetwas in ihrem Zimmer vergessen hatte, steigt verspätet ein, der Motor läuft schon. Sie wirkt erhitzt, ihre Wangen sind rot, sie stolpert durch den Mittelgang und wirft dem Architekten im Vorbeigehen einen Blick zu, der ihn denken lässt, der Tag ist gerettet und alles ist egal; irgendwo ganz hinten im Bus setzt sie sich hin. Er dreht sich nicht um, doch er glaubt, ihre Anwesenheit zu spüren. Etwas wie einen Duft, etwas wie ein Strahlen, er glaubt, ihre Beine unter dem Saum ihres Kleides hervorscheinen zu sehen, das Rot ihrer Wangen und Lippen zu sehen und zu spüren, ihre Augen, ihren schnellen Atem. Zwischen dem Sehen und dem Spüren gibt es keinen Unterschied. Der Student hat ihm die Hand gegeben und seinen Namen gesagt, ihm fällt ein, dass er vergessen hat, seinen eigenen Namen zu sagen, es fällt ihm seltsam schwer, englisch zu sprechen, und er merkt deutlich, dass das Englisch dieses Studenten besser ist als seines, ganz zu schweigen von seinem Französisch. Alles, was er selbst erzählen kann, interessiert ihn überhaupt nicht, aber er möchte den Studenten nicht enttäuschen. Also erzählt er und ist freundlich, so freundlich, dass es ihm künstlich und peinlich erscheint, und er sich freut, als der Bus vor dem Konferenzzentrum hält. Der Student steigt sehr schnell aus. Auch an diesem Tag ist der riesige sonnenglühende Unabhängigkeitsplatz menschenleer. Vor dem Gebäude hängt das überlebensgroße Portrait von Präsident Koyaga. Im Veranstaltungsraum das Plakat: UNESCO, HABITAT, UNIDO, ECOSOC, UIA.

Wenn sich jeden Tag das Programm wiederholt, denkt der Architekt, ist er sozusagen schon daheim hier. Als reisender Bauer. Er setzt sich auf denselben Platz wie am Tag davor, mit Blick auf den Nacken der Belgierin. Er spielt mit seinem Akkreditierungsschild, spürt das Band am Kragen. Es gibt die Welt.

Nach einer endlosen selbstreferentiellen Einleitung durch verschiedene Mitglieder des Tagungspräsidiums, in deren einander ergänzenden Beiträgen es um die Tagesordnung; Verschiebungen in der Tagesordnung; den Versuch, Ordnung in diesen Verschiebungen zu schaffen und ein sinnfälliges System in ihnen zu erkennen, geht, an die sich eine Bitte um Verständnis und Geduld angesichts des entstandenen Chaos schließt (der Architekt spielt mit seinem Akkreditierungsschild, glaubt gleich einzuschlafen oder vor Langeweile zu sterben, bekommt zugleich aber eine Erektion), erscheint ihm gleich der erste Vortrag in einer Art von Glanz, er wirkt wie eine Antwort auf den Vortrag der Dozentin aus Padua über die Pyramide von Abidjan. Ein kaum architektenhaft aussehender dicklicher Junge mit zerknittertem Hemd steht auf dem Podium und spricht von einer Umkehrung der Perspektiven und dem versteckten Reichtum wilder Besiedlungsformen.

– Die Bidonvilles, die schnell wachsenden Slums und illegalen Siedlungen können für uns eine Art von Modell sein, sagt er. Die wirkliche Kraft und Dynamik des Städtebaus liegt im Ungeplanten und Unplanbaren. An den Rändern, unter den Fortgeworfenen, die sich ein Stück Raum erobern und es umformen, entsteht wirklich Neues, und zwar – wenn ich mir dieses Wortspiel erlauben darf (einige machen unfreundliche Kopfbewegungen) – aus dem Fortgeworfenen. Im Finstern, im Gestank, in der Not; aus Abfällen, Stoffen, aufgesammelten Resten, Kartons, Plastik und Bambus lassen sich in kürzester Zeit Behausungen für Hunderttausende von Flüchtlingen oder Landflüchtlingen bauen, und diese unstrukturierte Ansammlung von Hütten und Häuschen braucht gerade eine Generation, um sich durch ständigen Aus- und Umbau, Aufstockung, Überformung zur funktionierenden Stadt zu entwickeln. Das heißt nicht, dass wir auf Ordnung und sinnvolle Eingriffe verzichten sollen, sagt der Mann, der leise, aber mit seltsamem Nachdruck spricht, aber wir müssen wissen, dass das Element, in dem wir uns bewegen, das Unplanbare ist. Es gibt im Leben der Städte etwas, das sich von menschlichen Handlun-

gen löst, es gibt eine Verwandlung, von der nicht ganz klar ist, wann sie geschieht; in diesen Laboratorien des Städtebaus, des Selbst- und Weiterbaus von Städten können wir es beobachten.
Er lässt Namen fallen, von Buckminster Fuller und Frei Otto bis hin zu Michael Peterek, auf deren Ideen er sich beruft, dann geht er auf den Vortrag der Dozentin aus Padua ein. Wirklich kreativ sind nicht die Städteplaner und Architekten, sondern die Leute, die einfach in einen Ort wie die Pyramide eindringen und sie vom Ort der Toten, vom Symbol (und ein Symbol ist immer auch ein Machtsymbol) zum Ort des Lebens zu machen. Dazu gehört der Müll, der Gestank, dazu gehören die Drogengangs, die Angst, der Urin. Es kommt dabei nicht auf unsere Gefühle an.
Ein verlorenes Kind sein, denkt der Architekt schläfrig, das Wunder, ein verlorenes Kind zu sein. Er weiß, dass es hier wieder um seine eigenen Ideen und Konzepte geht, auf eine Art, in der er sie nie durchdacht hat. Etwas daran erschreckt ihn (vielleicht das Insektenhafte dieses Von-Selbst, mit dem eine Stadt, eine Gesellschaft entsteht? Die Fragilität, die dem Ganzen nicht auszutreiben ist? Lebendigem ist die Fragilität nicht auszutreiben, auch wenn es anders ausschauen mag).
Wir und die Tomaten, die Hühner, die Chilischoten, die schönen Hühner mit den roten Köpfen, die Chilischoten, die Fortgeworfenen, wir (nur nicht einschlafen).
Aber er wird nicht einschlafen, denn jetzt schließt sich eine heftige Diskussion an, sicher weniger wegen des Vortrags, sondern weil sich in all den Menschen hier eine Spannung angesammelt und schnell in Streitlust verwandelt hat, deren Opfer halb zufällig dieser Vortragende wird (sogar in seiner Liebsten, denkt der Architekt einen Moment, als die Belgierin das Wort ergreift; denn gerade jetzt ist sie seine Liebste, weil er gerade jetzt nur hier an diesem Platz und in diesem Moment vorhanden ist, er schaut sie von schräg hinten an, ihren Nacken und die sanfte Wellenbewegung in ihrem Nacken, während sie spricht, ihr Haar).
Aber die Belgierin ist nicht die erste, die sich meldet, der freund-

liche Dekan der Fakultät für Architektur ist sogar von seinem Sitz in der ersten Reihe aufgestanden und ein paar Schritte nach vorn gegangen, wohl um Platz für seine ausladende Gestik zu haben.
– Wer ist das Wir, das eingreift, ruft er erbost. Und wer sind die, die in die Pyramide eindringen. Warum soll uns Afrikaner die Finsterkeit und der Gestank nicht stören. Haben wir weniger feine Nasen. Wollen Sie sagen, dass wir stinken und Abfall sind.
Der Vortragende wirkt bestürzt und will sich nur noch verteidigen, der Präsident meldet sich zu Wort und weiß, dass der Vortragende mit seiner Rede von den Fortgeworfenen Rilke zitiert hat und dass es um ein Problem von Identifikation geht. Aber wir sollten doch von Architektur reden.
Man diskutiert darüber, dass es ein Europäer ist, der die Ärmsten als sekundäre Planungsressource ausbeutet (aber will man andererseits, dass sie – ausgestoßen, fortgeworfen, *sacer* – ganz für sich bleiben?); dass sich eine neoliberale Ideologie in der Idee der Selbstorganisation verbirgt; dass eine romantische Vorstellung von Afrika hinter dem Konzept steckt (die Belgierin): Man entkommt dem Über-den-anderen-Reden nicht, auch nicht im Dialog, sagt sie. Und das Paradoxe ist, dass die romantische Vorstellung sich gerade in einen Versuch geschlichen hat, die Perspektiven umzukehren und das Fortschrittliche und für uns Gültige eines auf den ersten Blick beängstigenden angeblich authentisch afrikanischen Phänomens zu zeigen. Aber wenn aus dem Versuch, den Paternalismus zu überwinden nur eine neue Form von Paternalismus zu entstehen droht, so sehen wir darin – verleugnen wir es doch nicht – nur unser eigenes Dilemma, aus dem wir von selbst per definitionem niemals herauskommen können. Die Frage der Blickrichtung und der Achtung ist nicht von einer, von unserer Seite her …
Der Architekt fühlt sich überfordert und fragt sich, warum ihn gerade Frauen anziehen, die intelligenter sind als er. Die Belgierin scheint ihm fremd; all die Diskussionen wie in einem philosophischen Seminar scheinen ihm fremd; das akzentfreie, aber weich durch den Untergrund ihrer Muttersprache abgefederte Englisch

der Belgierin scheint ihm fremd; die sicheren selbstverständlichen Bewegungen ihrer Arme, während sie spricht; und trotzdem hält er sich am Anblick dieser Arme, an dieser Stimme jetzt aufrecht. Am Abend, wenn sie allein losziehen, wird sie ihm für Momente genau so fremd scheinen, sie wird ihm ganz nah sein mit ihren Armen, mit ihrer Stimme, und ihm völlig fremd scheinen.

Jetzt stellt er sich vor, sie würde seine Gedanken lesen und für ihn sprechen, und plötzlich glaubt er wieder mitzukommen. Sie liest seine Gedanken, die er gar nicht hat und erst erkennt, sobald sie sie abliest und ausspricht. Worauf auch immer sie hinaus will (wo auch immer sie hin will), er kommt mit.

Wir sollten von Architektur reden, sagt die Belgierin am Schluss, wir sollten einen Schritt zurückgehen, fast das gleiche sagt auch der berühmte Architekt aus Burkina Faso, der im Bewusstsein, der einzige Star dieser Veranstaltung zu sein (er hat Büros in London, Los Angeles und São Paulo), mit leiser Stimme und entschiedener Betonung den Vortrag und die Diskussion resümiert (alle Spannungen sind aufgehoben, kommentiert die Belgierin beim Pausencafé und sagt *aufgehoben* auf Deutsch und sozusagen unter Anführungszeichen).

Die Diskussion hat eine Stunde gedauert, die nicht im Zeitplan vorgesehen war, deshalb schließen sich neue Diskussionen über den Zeitplan an sie an. Das Tagungspräsidium hält eine neue selbstreferentielle Ansprachen-Konferenz. Der freie Nachmittag wird aus Gründen, die dem Architekten unklar sind, nicht angetastet; offenbar darf das Konferenzzentrum am späteren Nachmittag nicht mehr benützt werden, vielleicht wegen anderer Veranstaltungen, vielleicht weil es kein Personal, um Türen zu schließen und auf die hilflosen Fremden aufzupassen, mehr gäbe. Aber der weitere Ablauf der Konferenz verzögert sich dadurch natürlich, was auch ihn betreffen soll: Er wird nicht am Montag, sondern erst am Dienstag (was heißen könnte, am Mittwoch) an die Reihe kommen, so wie auch seine direkten Konkurrenten, am Montag sollen sie sich aber in einem Round-Table-Gespräch

– das günstig ins Programm einzuschieben ist – vorabsprechen, er nickt zu der Information und ist entsetzt. Nicht über die Verzögerung, sondern über das Round-Table-Gespräch, schon über dieses Wort. Dann denkt er, dass sich auch dies vermutlich immerhin noch einmal weiter verzögern dürfte, weil der günstig ins Programm einzuschiebende Moment in anderen Zeitschleifen verschwinden wird. Bleiben wirklich alle eine Woche in diesem Land (in dem es ihm nun plötzlich keinen Tag lang auszuhalten scheint)? Kein Wunder, dass alle Prominenten (außer dem Architekten aus Burkina Faso, dem er aber die Mittel zutraut, sich mühelos zu verziehen, und vielleicht dem Präsidenten (sofern er so prominent ist, wie er glaubt und wie man es ihm in seinem und ihrem Land abnimmt)) ihre Teilnahme abgesagt haben. Der Kongress ist auf eine ganze Woche, er ist auf unendliche Zeit angelegt.

Er stellt sich das langsame oder blitzschnelle Eindringen der zunächst heimlichen, dann unübersehbaren Bewohner in die Pyramide von Abidjan vor. Dann stellt er sich vor, wie nach der Pyramide auch das Konferenzzentrum besetzt und übernommen wird, von Familien, Clans und Gangs (anstelle von Seilschaften und freundlich tuenden Konkurrenten). Nach dem Konferenzzentrum auch das Hotel, warum nicht.

Auf dem Heimweg sitzt er neben der Belgierin, sein Arm streift den ihren, er ist eine Zeit lang versucht, ihr von seiner Nacht zu erzählen, aber natürlich gibt es dafür in ihrem Gespräch keinerlei Raum. Sein Arm streift den ihren, und er findet seine Nacht und seine Gespenster selbst völlig uninteressant und kann kaum an sie glauben. Sie reden davon, aus dem Hotel-Autobus-Konferenz-Restaurant-Kreislauf zu entkommen; aus ihrer künstlichen Welt, er hat keine Scheu zu sagen, was er denkt, ohne ständige Alarmiertheit wegen möglicher nicht mitbedachter zweiter Ebenen, Missverständnisse, Double-Binds, Romantizismen (nach der Diskussion von eben schien es ihm schon unmöglich, unbefangen irgendeinen Satz über Afrika und diese Stadt zu sagen). Es kommt darauf an, mit wem man spricht. Es kommt darauf an, wie man sich in die Augen schaut. Dann ist das Reden möglich. An den Sätzen selbst, ihrem Inhalt kann es nie liegen. Der Inhalt allein kann nie einen Satz rechtfertigen.

– Wenn wir einfach in die Stadt hinausgehen
– Ohne Smartphone und Stadtplan
– Irgendwohin gehen, uns sofort verirren
– Darauf vertrauen, dass wir einen Weg zurück finden
– Einfach fragen, die erstbesten freundlichen Leute
– Die keine europäischen Sprachen sprechen
– Oder unsere Aussprache nicht verstehen und wir nicht ihre
– Die Sonne wandert über den Himmel, und wir haben immer den Eindruck, sie würde von einer anderen Ecke auf uns herunterbrennen
– Wir flüchten unter die Vordächer, vor der Hitze
– In Vierteln ohne Taxi
– Wollen immer in Richtung Meer gehen und erreichen das Meer nie
– Kommen aufs freie Feld
– Schließlich an ein kleines Häuschen, dort laufen ein paar Ziegen herum
– Erst spät sehen wir, dass jemand auf der Schwelle sitzt
– Nur dasitzt, ohne irgendetwas zu tun
– Wir kommen näher, winken ihm, sprechen ihn an

Und dann, so stellt er sich vor, hätte er alle sogenannten natürlichen Gesten und Gesichtsausdrücke vergessen, eine seltsamerweise angenehme Vorstellung (denn die Belgierin begleitet ihn darin), und sein Herumfuchteln und Grimassieren auf irgendeiner unbestimmten herbeigeträumten afrikanischen Straße wäre für diesen Mann auf der Schwelle oder die Passanten (diese erstbesten freundlichen Leute) völlig unverständlich, so wie die Mimik und Gestik aller anderen für ihn völlig unverständlich wäre. Diese Vorstellung kommt später wieder.

Die Belgierin sitzt am Fenster, einen Fuß auf die Stange unter dem Vordersitz gestützt, das Kleid übers Knie hochgeschoben. Ihre Haut. Die Klimaanlage rauscht leise. Sie neigen beim Sprechen die Köpfe zueinander, die Pupillen weiten, öffnen sich, der Hauch ihrer Atemzüge vermischt sich. Der Bus kommt beim Hotel an, bevor sie ihre Geschichte fertig ausgesponnen haben (aber es geht nicht darum, eine Geschichte fertig auszuspinnen, es geht darum, hinauszugehen).
– Bis später, beim Abendessen.
Die Kongressteilnehmermenge zerteilt sie.

Es ist sechzehn Uhr. Sein Vater ist im Zimmer nicht zu sehen, im Bad läuft das Wasser. Er dreht den Hahn zu, horcht; die Klimaanlage hier drin rauscht nicht, sondern surrt und brummt, jedenfalls um diese Tageszeit. Statt an die Zimmertür der Belgierin zu klopfen, statt sich aufs Bett zu legen und Schlaf nachzuholen, statt an seine Unterlagen zu gehen (müsste er etwas neu denken und konzipieren? Muss er nicht immer alles neu denken und konzipieren?), verlässt er das Zimmer gleich wieder, nachdem er aus dem Fenster geschaut und niemanden am Pool gesehen, nachdem er in die Minibar geschaut und weder Mineralwasser noch Bier darin entdeckt hat. Er fährt runter zur Rezeption und fragt jene immer lächelnde junge Frau mit den Rastalocken, deren Namen der Präsident schon kennt und er nicht, nach dem nächstgelegenen Supermarkt.
– Oh, sagt sie erschrocken. Das ist kompliziert.
Dann nickt sie ernst. Sie ruft einen Kollegen aus dem Hinterzimmer herbei und flüstert ihm etwas zu. Der Kollege aus dem Hinterzimmer geht zum Telefon, redet ein paar Worte, bon, bon, nickt dem Architekten zufrieden lächelnd zu. Er wartet; sein Blick schweift zur Bar, wo der Präsident auf einem Hocker sitzt, mit grauem Bart und merkwürdig bleichem Gesicht. Der Architekt versucht ihn zu grüßen, der Präsident starrt an ihm vorbei, ohne ihn wahrzunehmen. Er sitzt an der Bar, hat kein Getränk vor sich stehen, bewegt sich nicht.

Einer der anzugtragenden breitschultrigen Männer, die Tag und Nacht das Tor an der Hotelmauer bewachen, kommt auf ihn zu, mit ernstem Blick und breitem Lachen, begrüßt ihn und erklärt, dass er ihn begleiten wird. Er widerspricht nicht, der anzugtragende breitschultrige Mann, der ungefähr einen Kopf größer ist als er und möglicherweise bewaffnet, schaut sich, während sie durchs Tor auf die Straße und dann zwei oder drei wenig bevölkerte Gassen lang gehen, immer wieder um wie ein Bodyguard; die Konversation verläuft schleppend. Der Mann heißt Peter (nicht Pierre) und ist eigentlich Student. Der Architekt vergisst sofort den Weg; er wirft einen Blick auf sein Smartphone, weiß aber nicht recht wozu. In der größeren Rue du 9 Février herrscht einiges Gedränge; der Architekt erinnert sich, diesen Straßennamen auf einem Stadtplan gelesen zu haben, wundert sich aber, dass sie so nahe am Hotel gelegen ist. Als sie die Straße überqueren, scheint der Bodyguard-Student-Wärter die Autos für ihn beiseiteschieben zu wollen; er scheint es auch zu können. Er liest Schilder: *Shop Bar Dieu règne Cool Café, Societé God first.* Dann *Tesco.* Drinnen nimmt der Bodyguard ganz selbstverständlich einen Einkaufskorb und führt den Architekten durch die Regalreihen. Selten hat er sich so lächerlich gefühlt, aber es hat ihm auch kaum je so wenig ausgemacht. Die Situation ist lächerlich, er selbst ist nur Statist. Alle Herrschaften, alle *Massas* sind nur Statisten in den paar Szenen, die ihr Leben ausmachen. Beim Bezahlen verrechnet er sich und fingert lange umständlich in seiner Geldtasche nach Münzen. Draußen brennt die Sonne hinab, niemand schaut den kleinen weißen Mann, dieses weiße Fastnichts, und seinen großen Bodyguard an. Der Architekt überschlägt, wie viel er an Trinkgeld geben wird. Er überlegt, wem er auf welche Weise diese Szene erzählen wird. Der Belgierin, Margarita.

Was muss er tun, um draußen zu sein, fragt sich der Architekt, kann er einfach ein paar Schritte gehen, durchs Tor hindurch, mit unbeteiligtem Nicken zu allen Rezeptionistinnen und Wächtern, und dann – (ja was dann, wer sagt es ihm).

Er ist froh, wieder im Hotel zu sein, und gibt ein sicherlich zu hohes Trinkgeld. Der Präsident sitzt immer noch allein an der Bar. In seinem Zimmer läuft im Bad das Wasser, er schwitzt, der Beutel mit Plastikflaschen, Bierdosen und Erdnüssen in seiner Hand wirkt feucht, er öffnet eine Bierdose, und Schaum zischt aus der Öffnung. Es ist dumm, jetzt ein Bier zu trinken.

Eine schwarzsamtene Decke im Hotellift, rechts und links darin sechs runde, annähernd herzförmige Leuchtkörper. 4ème, RC, C. Die langgezogenen weißen Gänge in der Krypta des Pantheon, mit den dunklen Eingängen zu den Nischen an den Seiten, den profanierenden Hinweisschildern, Wegweisern, Erklärungstafeln an den Wänden; dann die Gänge in alten Metrostationen wie Châtelet, die Gänge in Metrostationen, die immer ein wenig zu schmal sind, ein wenig zu niedrig, leicht gekrümmt, halbe und volle Bögen beschreibend, mit Stufen, Treppen, Rolltreppen, endlos wirkenden Laufbändern, durch Verbotsschilder abgesperrten Gängen, den scharf auf- und zuklappenden Stahltüren der Ausgänge. Die lange Flucht von Sälen im Denon-Gang des Louvre. Der pfeifende Fahrtwind, der die modernen, blau lackierten Züge der Metrolinie 1, direkt unter dem Zentrum der Stadt nah am Fluss und den Tuilerien, in eine Geisterbahn verwandelt. Die sich gegeneinander schiebenden Bodenplatten im Waggongelenk, wo ich stehe, aus dem Fenster schaue, ein Rütteln. Die Bilder lösen sich aus dem Vergessen, in aller Klarheit, um neue Verbindungen einzugehen (dort, unter der Erde).

Es ist dumm, jetzt ein Bier zu trinken, aber es belebt und tröstet ihn. Später putzt er die Zähne und geht zum Swimmingpool. Er schaut nicht in seinen Computer, versucht auch nicht zu telefonieren. Manchmal, vor allem gleich nach dem Schwimmen, fühlt er eine vage Vorfreude, er fühlt sich, als könnte er alles vergessen, was bisher gewesen ist, alles vergessen, was gerade passiert ist. Eine nicht ganz vage Vorfreude: sie hat einen Körper und ein Gesicht;

aber vage ist die Art, in der diese mit einem Körper und einem Gesicht, dem Körper und dem Gesicht der Belgierin verbundene Vorfreude auch mit der Stadt zusammenhängt; dieser bisher schrecklichen oder unzugänglichen Stadt, die aber wie in einem Kippbild die Gestalt wechseln und kleine Wunder versprechen kann.
Beim Abendessen tragen die Männer fast alle ihre Sakkos, die Dozentin aus Padua sitzt neben János und strahlt ernst und still (so würde auch er strahlen, wenn er nicht so müde wäre). Nach einem Crevettencocktail wird auf eine vor Herausforderungen stellende Art in einer wundersam würzigen roten Sauce verborgener Fisch serviert, dazu gibt es französischen Wein. Der Präsident scheint wieder völlig erholt und verwandelt und führt das Wort. Alle Sätze hast du schon einmal gehört, denkt dieser Architekt, der den Präsidenten besser kennt als die meisten anderen am Tisch (aber vielleicht liegt die Macht des Präsidenten gerade darin, dass jeder denkt, er stünde ihm näher als alle anderen?).
– Architekten müssen eine Welt anstelle der Welt bauen, ruft der Präsident aus. Eine Welt, die alles in sich einsaugt, ja, denkt der Architekt, so muss man denken können. So werden wir gedacht haben. Aber zugleich denkt er an seine Tochter, Donald Duck und Raymond Roussel.
– Die Architektur holt ihre Moral aus sich selbst, sie schafft ihre Moral, die von Ästhetik nicht zu trennen ist. Ohne in ihr aufzugehen, wohlgemerkt. Kann man, soll man in Dubai oder China bauen? Man kann überall bauen, man soll überall bauen, man kann alles bauen. Die Frage ist, wie man baut! Alles mit Ausrufezeichen, natürlich wird die Belgierin gleich widersprechen, aber zunächst stehen die Ausrufezeichen im Raum, man könnte sie mit den Fingern anstupsen und sie wie Holzpuppen zum Wackeln bringen. Der Architekt beobachtet den Präsidenten hinter seinen Ausrufezeichen, sucht nach Spuren des anderen Gesichts, das es hinter diesem präsidentiellen Gesicht gibt. Man braucht ihn nur anzustupsen; ein Wort würde vielleicht genügen. Wenn man reist, muss man immer die Grenze mit sich nehmen.

Die Belgierin schweigt, stattdessen ergreift irgendjemand anderer das Wort (oder eines der herumstehenden Ausrufezeichen) und beginnt sich aufzuplustern. Jemand in schickem Sakko, ein Professor, der aussehen will wie der Architekt, der er gern geworden wäre, und von der Konvergenz Le Corbusiers und Albert Speers spricht. Wir kennen den Punkt dieser Konvergenz.
Auch er hat recht, denkt dieser Architekt.
Er wünscht sich nur, sie wären nackt, diese blöden europäischen Männer in Afrika, hier hat diese Vorstellung ihren Platz, aufgeblasene weiße Männer ohne Hosen, die immerzu recht haben, die Hemden oder T-Shirts und schlimmstenfalls auch die Sakkos dürfen sie anbehalten, er muss ihre haarigen weichen Bäuche nicht sehen. Was geschähe mit ihren Sätzen und Argumenten. Er wünscht sich, er selbst wäre nackt, und die Belgierin und jeder, alles wäre gleichmäßig, jeder gleichmäßig sichtbar, und eine Schönheit könnte entstehen, könnte da sein, sie alle wären dieser Bau (die Freiheit der Räume). Ein Kellner kreist um den Tisch und schenkt ständig Wein nach. Von Zeit zu Zeit fängt er einen Blick der Belgierin auf, glühende Wangen.
Rechts vom Architekten spricht man jetzt von handgerollten italienischen Nudeln und worauf man bei deren Erwerb oder Herstellung zu achten hat, links von ihm, im Einflussbereich des Präsidenten (dort ist auch der Vortragende von heute zu sehen, der sehr still ist und nur ab und zu mit seinem Nachbarn, dabei heftig gestikulierend, ein paar auf der anderen Tischseite schon unhörbare leise Sätze wechselt), geht es um die Systeme von Minibussen in Städten der sogenannten Dritten Welt, die den Metrosystemen, wie wir sie kennen, entgegenzusetzen sind. Einen Netzplan, der aushängt und den man im Internet anschauen kann, gibt es nicht. Man muss dazugehören, Teil des Netzes sein, um sich auszukennen und nicht zu verirren; ist man Teil des Netzes, wird es unmöglich, sich zu verirren. Er vertraut der Belgierin, dass sie das kann, auf diese Art unterwegs sein.
Die Belgierin steht auf, nach Sekunden folgt er ihr.

– Hauen wir ab?

Manchmal scheint es ein Ziel zu geben; es kann die Liebe sein oder der Tod (leichter ist es, vom Tod zu sprechen).
Eines Nachts kehrte ich in den Keller zurück. Zu dieser Zeit wohnte ich nicht mehr in der Siedlung. Ich folgte einem Mann, den ich für einen Makler hielt, in ein burgartiges altes Kasernengebäude am Rand der Siedlung, nicht dass dort die Wohnung lag, es war nur eine Abkürzung meines Weges zum Elternhaus. Es schien, als wollte ich wieder daheim einziehen, meine Kindheitswohnung mieten. Die Anziehung aus der Heimat ist so fatal wie die Anziehung der fremden Städte. Die angebliche Abkürzung führte durch den Keller, was mir ganz natürlich erschien. Dieser Keller war größer, älter, geräumiger als der Keller in dem Nachkriegshaus, in dem ich aufgewachsen war, er war wie eine Landschaft mit Säulenwäldern, Felswänden aus meterdicken Mauern, weiten Höfen und engen Durchgängen. Ich schloss, während der Makler schon in den Lift einstieg (denn die Siedlung erwies sich als ein einziger Bau, der in allen seinen Schichten von ineinandergelegten Innenräumen und Kellergeschossen von einem Aufzugs-, Treppenhaus-, Leitungs- und Rohrsystem durchzogen war), die Kellertür hinter mir und wusste gleich, dass das ein Fehler war, dass ich weder einen anderen Ausgang finden würde noch einen Weg hierher, zu dieser Tür zurück. Nach drei Schritten sah ich kaum noch etwas. Ich war in eine falsche Schicht geraten, ein falscher Schritt, ein falscher Atemzug des Schlafenden reicht aus. Es war so eng, dass ich nicht aufrecht gehen konnte, und Säulen und Querbalken, Träger aus Holz und aus Beton stellten sich mir in immer größerer Zahl und wachsender Dichte in den Weg, ich musste mich an ihnen vorbeidrücken, mich fortwinden wie ein Insekt, durch winzige leere Kellerabteile, immer engere, sich verschlingende, zu Knoten schließende, am Ende blinde Gänge. Ich spürte den Druck auf meinen Lungen, die Panik. Zwar ist dieser Raum sozusagen unendlich, und es wären immer neue Verzwei-

gungen und Abteilungen zu finden, doch zugleich wird er sich langsam um mich zusammenziehen, bis ich ersticke.
Dann wachte ich auf, im letzten Moment, wie mir schien; flüchtete, so empfand ich es in dieser Nacht, ins Wachsein, so wie ein Verzweifelter für kurze Zeit Trost im Schlaf findet. Ich stand auf und ging ans Fenster, im Bürogebäude gegenüber brannte kein Licht; die Straße zog sich links und rechts von mir schnurgerade hin, am Himmel lag eine gleichmäßige, dichte, vom Widerschein der Stadt schwach rötlich leuchtende Wolkenschicht. Ich schaltete die Nachttischlampe an, um den Traum aufzuschreiben, schrieb am Ende: »… ins Wachsein zu flüchten, so als müsste ich nicht unzweifelhaft hierher zurückkehren, an den Ort des Erstickens.«

Sofort legt sich ein dünner Schweißfilm auf ihre Haut. Jetzt findet er es angenehm, eine zweite Epidermis; wenn sie sich berühren, verschmelzen die feinen feuchten Schichten, winzige Punkte auf ihrer Haut, die halb zu ihm gehören, winzige Punkte, dann Flächen auf seiner Haut, die halb zu ihr gehören, die Arme, die Schultern, die Knie. Alles fast geruchlos, sie gehen nebeneinander, er versucht, sie durch die Straßen zu leiten, die er am Nachmittag gemeinsam mit dem Bodyguard gegangen ist (weshalb eigentlich, nichts an diesen Straßen war besonders), aber er ist sich nicht ganz sicher: Waren sie an dieser Ecke, die im Dunkeln ganz anders aussieht als nachmittags, abgebogen oder noch einen Block weitergegangen? Die Frau an der Rezeption hat sie gleichmütig gegrüßt, als sie (mit einem unbeteiligten Nicken) an ihr vorbeigegangen sind, der Türhüter hat sie breit angelächelt, als er ihnen das Tor aufgemacht hat, und einen wunderschönen Abend gewünscht. Er hört Mopeds, er hört Stimmen, er hört Fetzen von Musik. Ein paar Leute sitzen vor den Häusern, ein paar Kinder sind noch wach. Diese Frau und er gehören zusammen, aber berührt er auch den Boden, hat er auch das Gefühl, zu den Straßen zu gehören, durch die sie gehen, vielleicht gehören die Frau und er nur zusammen, weil sie beide gleich wenig hierhergehören und kaum den Boden berühren. Eine Zeit lang muss er sich davon abhalten, immer wieder Seitenblicke (misstrauische Seitenblicke, intentionslos misstrauische Seitenblicke) auf die Menschen auf der Straße zu werfen. Eine Zeit lang muss er sich zwingen, die kleinen vorgeblich zufälligen Berührungen wahrzunehmen, die Anwesenheit der Belgierin, die Übereinstimmung ihrer Schritte, die Übereinstimmung in ihrem Schweigen (es ist unmöglich, jetzt über irgendein Ziel zu reden) und ihren Blicken wahrzunehmen, jeden Schritt, der doch ein wirklicher Schritt ist (er denkt das Wort Abenteuer und streicht es aus). *Dieu règne Cool Café*. Das Schild, das ihm am Nachmittag aufgefallen ist, fällt jetzt der Belgierin auf, sie grinsen. Langsam weitet sich sein Blickfeld, die Häuser sind da, meist zweistöckig, gelb getünchte oder nackte Betonklötze mit Arkaden im Obergeschoß, die kleinen Straßen sind sandig, die Rue du 9 Février, auf die sie also doch gelangt sind, asphaltiert, der Himmel über der Avenue breitet sich aus und öffnet sich (das wäre der Moment für einen Kuss, denkt er, oder er denkt, das könnte der Moment für einen Kuss sein, aber er ist sich nicht ganz sicher, ob er in diesem Gedanken vorkommt), die Häuser sind da und die Menschen sind da, immer noch Frauen mit Lasten auf den Köpfen, Paare auf Mopeds, Eltern mit Kindern auf Mopeds, wenige Passanten, er fühlt sich freundlich angeschaut. Einen Moment lang hat er die, wie ihm klar ist, absolut kindische Idee, die Menschen würden ihn bewundern, weil er mit einer so schönen Frau unterwegs ist. Vor Verliebtheit einen völlig verblödeten Gesichtsausdruck bekommen, denkt er. Und hat dann für einen Moment die ihm mindestens genauso peinliche Idee, sein verblödeter Gesichtsausdruck würde für heilig gehalten werden und deshalb. Aber deshalb was, eigentlich beachtet sie gar niemand. Ein Bettler oder eher ein Verrückter am Straßenrand, in offenem weißen Hemd und mit Brille, geht laut vor sich herredend in engen Kurven im Kreis, und der Architekt merkt an sich selbst den komischen Wunsch, diesen Mann für heilig zu halten.

Als hätte das Wort *heilig* eine Bedeutung, er legt die Hand um die Taille der Belgierin, und sie schmiegt sich an ihn.
Sie wollen nichts von ihm. Alle Leben sind von der gleichen, beiläufigen Evidenz. Du brauchst keine Entdeckung zu fürchten. Nichts verrät dich. Es gibt nichts in dir zu entdecken; keine Schande, kein Geheimnis.
Den Tesco sieht er nirgends, auch keine brauchbare Bar, sie gehen weiter in Richtung Corniche, so zumindest meint die Belgierin, die den Stadtplan besser kennt oder (wie sie jetzt sagt) in den letzten Tagen schon einen Spaziergang alleine (jedenfalls nicht mit ihm zusammen) gemacht hat. Sie könnten eigentlich auch ins Hotel zurückgehen, er schlägt es nicht vor, er denkt (nein, er denkt gar nicht, aber es gibt eine Art von Erinnerung in seinem Kopf) an sein Zimmer, die Nächte in seinem Zimmer, die Klimaanlage, das Badezimmer.
Sie kommen auf eine breite Straße mit vielen Schlaglöchern, vor allem auf den Bürgersteigen, eine Straße, die ihm bekannt vorkommt, die Belgierin weiß, dass die Uni ganz in der Nähe ist und weiter oben an der Straße liegt, er erinnert sich an die Autobusfahrt vom ersten Tag und versteht nicht, wie das möglich ist, er hat den Eindruck, sie wären beinah eine halbe Stunde quer durch die Stadt gefahren, um hierher, so nah ans Hotel, zu kommen.
Die Gehsteige hier in der Avenue Cheikh Anta Diop sind unbeleuchtet, in großen Abständen gibt es in der Mitte der Straße Laternen, ab und zu fährt ein Auto oder ein Bus vorbei, sie begegnen ein paar Fußgängern, dunkle Gestalten, wie sie selbst es sind. Manchmal stolpern sie über Steinbrocken und Betonplatten. Einmal ritzt er sich die Hose an einer herausstehenden krummen Eisenstange auf, einmal stürzt er beinah, die Belgierin hält ihn und zieht ihn hoch. Sie erzählt, dass hinter diesen hohen Mauern Villen liegen, die Bürgersteige werden fast nur von den Hausangestellten der SUV-fahrenden Bewohner oder von Studenten genützt, deshalb hat die Stadtverwaltung keinen Anlass, sich darum zu kümmern. Da und dort ragt der Wipfel einer Palme aus

den Vorgärten auf die Straße hinaus, manchmal ein greller Streifen Licht, er sucht am Himmel nach dem Mond, es sind nur sehr viele Sterne zu sehen.
Die Belgierin hat ihn hochgezogen und sie umarmen sich, ihre nassen Arme, Gesichter, Hände, es klebt nicht, es rutscht, sie könnten hier stehenbleiben, in einen Bus steigen, der wohin auch immer fährt, oder alle Busse vorbeifahren lassen und einfach nur stehenbleiben, sich umarmen, auf den Morgen warten. An seinem Handgelenk klebt die Armbanduhr, er spürt ein Ziehen in seinem Rücken. Ihre Gesichter, als sie sich aus der Umarmung lösen: das spiegelnde Weiß der Augen.
Langsam wird das Gehen lästig. Sie biegen neben einer Shopping Mall (kurz überlegen sie, einfach hier in einem Café einen Drink zu nehmen, aber das wäre fast eine Niederlage) in eine breite Seitenstraße, die besser beleuchtet ist, es gibt hier unter den Laternen am Mittelstreifen einen abendlichen Markt, staubige, graue Waren, Stoffe, Kleider, Haushaltsgeräte, Töpfe, Handys, Handywertkarten, er erinnert sich. Mit einem Anflug von Angst denkt er an den Kanal mit den braunen Hunden, den versifften Wohnblocks aus den Siebziger oder Achtziger Jahren dahinter. Vielleicht ist es Angst, vielleicht ist es auch Neugier.
Manchmal werden sie angeredet, meist mit einem Lächeln: He, Yowo, bonsoir. Salamaleikum. Comment allez-vous. Tiefe Männerstimmen von Hauseingängen her, wo Leute sitzen und plaudern, nachlässige Rufe von Mopeds aus. Vive l'amour, glaubt er einmal zu verstehen, aus einem Auto dringt Musik mit stampfenden Bässen, die Nachtluft umhüllt sie, ein oder zwei Schritte (der feuchte Film auf ihrer Haut) erscheinen ihm wie Tanzschritte.
Bis zum Meer kommen sie nicht. In der Rue de la Gueule Tapée fällt ihnen ein Café mit ein paar Bänken in einem großen Hof vor der Tür auf, auf ein Brett über dem Eingang steht handgemalt: *Qui sait l'avenir. Bar.*
– Natürlich kennen wir die Zukunft, sagt der Architekt. Wir mit unserem Geruch nach Moskitospray.

Blödes bedeutsames Gerede, denkt er gleichzeitig. Sie setzen sich ans eine Ende eines der großen, für zehn oder zwölf Leute gedachten Tische. Am anderen Ende des Tisches sitzen drei Männer vor großen Bierflaschen. Das Lokal ist schütter besetzt, obwohl Samstagabend ist, aber die Musik aus dem Innern des Lokals, das freundlich gleichmäßige Halbdunkel wirken einladend, der Architekt fühlt sich entspannt, er fühlt sich angekommen, er braucht die Zukunft nicht zu kennen, weil alles möglich ist, alles ist möglich, die Belgierin ist da, sie riechen nach Moskitospray, alles ist gut. Gerade noch waren sie an der *Menuiserie Tout est possible à Dieu* und am Mini Market *Amen* vorbeigekommen, die Belgierin und der Architekt reden auf Deutsch über diese Namen und über ihr unwillkürliches Grinsen, die unwillkürliche Belustigung. Wie das Heilige und das Profane auf kindliche Art (er sagt das und will es gleich zurücknehmen) zusammengezwungen werden. Exotismus heißt laut Definition, den anderen wie eine frühere Entwicklungsstufe von sich selbst anzusehen. Den anderen mit seinem Glauben und seinem anscheinend unschuldigen Verhalten wie ein kleines Kind anzusehen, zärtlich, aber aus einer Position der Überlegenheit heraus. Ist es eine Position der Überlegenheit, keinerlei Boden unter den Füßen zu haben, fragt er. Ja, sagt die Belgierin, aber nur, wenn man sich diese Frage stellt und weiß, dass man aus der Falle nicht herauskommt. Und eigentlich, denken sie jetzt beide, braucht man sich nicht für jedes eigene Gefühl von Komik zu rechtfertigen.

Der Kellner, in kariertem Hemd und mit Notizblock in der Hand, schlendert mit ernstem Blick auf sie zu.

– Wollen wir ein Bier?, fragt der Architekt die Belgierin.

– Kein Heineken!, ruft ihnen einer der Männer zu, die am andern Ende des Tisches sitzen. Er ruft es auf Deutsch, was den Architekten etwas peinlich berührt, und empfiehlt Awooyo-Bier.

– Das Lieblingsbier des ewigen Präsidenten, fügt der Mann hinzu und zeigt nach oben, mit einem schwer zu deutenden Gesichtsausdruck.

– Bonsoir, Salamaleikum, ich will Sie nicht stören. Aber Sie stören doch nicht, sagt der Architekt. Malekumsalam, comment allez-vous, sagt die Belgierin. Bien, merci, et vous et votre famille.
Die Männer, denen sie gleich ein wenig näher rücken, stellen sich als ein Englischlehrer und ein Agraringenieur vor, der dritte ist ein stiller Mann mit hervortretenden Augäpfeln, der seinen Beruf nicht sagt. Der Architekt schämt sich gleich ein wenig über seine Erleichterung (sie gehören zu ihrer Klasse).
– Kommt ihr aus Deutschland, wie gefällt euch Belleville, fragt einer auf Englisch.
Das Bier kommt in 0,66 Liter-Flaschen und ist stark; für einen ausgedehnten Moment passt alles zusammen, der Geschmack des Biers und diese Nacht, diese Nähe. Ein Verschmelzen feiner feuchter Schichten: der Druck der Hitze löst sich und die Stadt verästelt sich in Wegen und Höfen, Klängen, Sätzen. Die Körper der Menschen, die Mauern aus Lehm oder Beton sind greifbar und lebendig.
– Wunderbar, sagt der Architekt ganz ehrlich. Aber es ist schwer, hier anzukommen. Ich habe das Gefühl, gerade erst hier angekommen zu sein. Wir kommen aus Belgien, nicht aus Deutschland (sie schaut ihn an).
Er stützt seine Ellbogen auf den Holztisch.
Wird das jetzt ein normales Gespräch. Was ist ein normales Gespräch: eins, in dem es kein Stocken gibt, keine Vorbehalte, keinen Zwang und die Themen wie von selbst und, ohne groß zu zählen, kommen und gehen? Ab und zu zwischen der Belgierin und ihm, ab und zu vergrößert sich der Kreis, wenn sie zum Beispiel über Fußball reden, der Ingenieur und der Lehrer kennen alle möglichen Spieler aus den siebziger Jahren, Krankl Prohaska (er gesteht, dass er nicht wirklich Belgier ist), sie sind Männer in seinem Alter, auch wenn sie grau sind und, wie er sich einbildet, viel älter ausschauen als er. Royal Antwerp!, ruft der dritte Mann aus, Admira Wacker!, und alle lachen. Der Architekt erzählt, wie er als Kind mit seinem großen Bruder fast jede Woche ins Fußballstadion ging. Vielleicht

nur ein Jahr lang, vielleicht nur ein paar Monate lang, er erzählt es ganz leichthin. Der Inhalt allein kann nie einen Satz rechtfertigen (wie alt musste er werden, um das zu begreifen). Die beiden Europäer fühlen sich in Ruhe gelassen und zugleich beteiligt.
Sie berühren einander, nicht mehr nur zufällig oder scheinbar zufällig, ihre Knie, ihre Hände.
Die Hände ineinanderlegen. Haut über Haut rutschen lassen. Weiße verletzlich wirkende Haut.
Warum hat er der Belgierin nie von seinem großen Bruder erzählt. Er wartet darauf, dass sie ihn fragt, warum er ihr nie von seinem großen Bruder erzählt hat, aber als er sie ansieht, merkt er, dass sie es nicht zu fragen braucht, dass sie es schon weiß, dass es zu hören war, wenn auch vermutlich nur für sie.
Ein wenig später reden sie trotz allem wieder von den Kindern, nah am Ohr des andern, das heißt, die Belgierin redet von ihrem Kind und lässt ihn an seine Kinder denken. Die Tochter ist bald groß, noch ist sie jung, sie freut sich auf eine Zeit der Freiheit. So von der Zeit denken können, *noch* und *schon* und *bald*, an diese geordnete Abfolge glauben. Er kann gar nichts dagegen sagen, aber daran glauben kann er auch nicht. Doch es ist egal, weil er in diesem Moment glaubt, dass nichts das Gespräch und die Situation stören kann, dass kein Missverständnis oder Konflikt sie berührt. Wo sind sie überhaupt, es ist egal, wo sie sind. Seine Kinder sind so schön, es geht ihnen gut (beinah spricht er das laut aus).
Der Antwerpen-Admira-Wacker-Mann nickt und redet mit einem Hund, der am Tisch erscheint und zu ihm aufschaut. Es klingt immer ein wenig nach Schluckauf, wenn der Mann redet; so als würde jedes Wort einer massiven, aber rein körperlichen Bewegung und Umschichtung in seinem Inneren bedürfen.
Ein Lautsprecher draußen im Hof wird angeschaltet und plötzlich wird die Musik viel lauter, eine elektronische repetitive Musik mit rasanten Bässen und einem Wechsel- und Sprechgesang in einer ihm unverständlichen zentralafrikanischen Sprache (es gibt keine Zeit mehr, denkt er) (alles dreht sich, denkt er).

– Oh, das ist Mbongwana Star, sagt die Belgierin. Kala. Sie kennen es, sagt der Englischlehrer. Naja, klar. Kommt über Europa zu uns. Sachen aus dem Kongo kommen über Europa zu uns. Oder gar nicht. Ich kenne es durch meine Tochter, sagt die Belgierin. Und ich komme mir bei dieser Musik vor, als würde ich knapp in der Zukunft leben, das ist keine traditionelle, keine regionale Musik, sondern Musik knapp aus der Zukunft, und wenn man dazu tanzt, tanzt man in einer Welt, die es noch gar nicht gibt. Jetzt muss man sich ganz nah zum anderen hin beugen, um mit ihm sprechen zu können. Fast automatisch entsteht der Anflug eines Flirtens, die Blicke, das Lächeln der Münder, das leise Zögern im Verständnis, denn was sie reden ist nur ein schwacher Bestandteil des Klangteppichs. Es ist nur ein Anflug eines Flirtens, ohne jeden Ernst und ohne jede Absicht, aber deutlich genug, dass der Architekt, mit seinem Bier in der Hand, sich für einen Moment überflüssig fühlt, ausgeschlossen aus dem Moment, diesem angeblich knapp in der Zukunft liegenden Moment (nichts ist ihm sicher, schon gar nicht die Zukunft, absolut nichts ist ihm sicher, aber auch das macht nichts). (Nichts ist ihm sicher, absolut nichts ist ihm sicher, nicht diese Frau, nicht Margarita, schon gar nicht seine Kinder, nicht die Vergangenheit, nicht die Zukunft, aber das darf er nicht denken.) (Doch, dieser Moment ist ihm sicher, nicht er in diesem Moment, aber dieser Moment.)
An einem Nebentisch, halb im Dunkel, sitzen eine Frau und ein Mann, beide nicht mehr ganz jung, aber jünger als sie an ihrem Tisch. Die Frau und der Mann greifen einander immer wieder in die Gesichter, mit beiden Händen, beiden Handflächen, allen Fingern, auf die Oberkörper, die nackten Schultern. Mit großem Ernst (was heißt schon Absicht). Es ist schwer, nicht hinzuschauen, er weiß nicht, ob er sie beneidet oder ob sie ihm Angst machen. Beide tragen weiße Männerunterhemden aus Feinripp.
Er merkt, wie sich seine Glieder unter der Musik fast unmerklich winden, sein Arm berührt den Arm der Belgierin, er schwitzt stärker. Die Schrift über dem Eingang zu den Innenräumen des Lokals

leuchtet jetzt, ein dunkles Leuchten, das Haus geht weiter, es gibt Lagerräume, Küchen, Waschstellen, Schlafräume. Es gibt Leute, die hier arbeiten, es gibt Bewohner, Verwandtschaften unter ihnen, unbekannte Arbeitsverhältnisse, unbekannte Verwandtschaften. Er will den Hinterhof sehen, die Vorhänge vor den Türen, die Wäscheleinen, die Wellblechwände, die Wassertonnen.

Zwei Straßen weiter, denkt er, ist das Meer, zwei oder drei Straßen weiter. Ein dunkler, unbeleuchteter Strand hinter der Uferstraße. Unter der Stadt ist nichts, denkt er, keine Keller, keine Katakomben. Die Musik ist zugleich weich und warm und seltsam nervös, schmeckt so wie diese Nacht, wie die Nähe, das Verschmelzen feiner feuchter Schichten, und versetzt sie in ein Zucken, der Druck der Hitze löst sich und sein Körper verästelt sich in einzelne Blutgefäße, einzelne Glieder und Körperteile, seine Finger, seine Lippen, seine Beine, sein Penis, seine Milz (aber was weiß er denn von seiner Milz), ein Zucken in seinen Fingern, seinen Armen, seinen Lungen, seinem Kiefer. Der Himmel über ihnen erscheint wie ein Gegenstand in messbarer, nicht allzu großer Entfernung und ist wirklich dunkel, nicht der blaugraue, gelblich durchsetzte europäische Stadthimmel. Er hört die Musik, dann setzt sie plötzlich aus.

– Ich möchte dieses dunkle Kästchen in dir aufmachen und rauslassen, was drin eingesperrt ist, flüstert die Belgierin ihm auf Deutsch mit ihrem Akzent ins Ohr.

– Weißt du denn, was dann noch von mir übrig ist, flüstert er zurück. Er berührt mit den Lippen ihr Ohrläppchen.

Sie könnten jetzt tanzen, sie könnten zurück ins Hotel fahren.

Das ist die erste Variante: eine viel zu einfache Variante, weil es ja fast von selbst ginge, nichts als Magie wäre. Die Musik setzt wieder ein, die Bierflaschen (erste Runde, zweite Runde) sind leergetrunken.

Ich beginne Linien zu ziehen. Linien, die Spiegel durchqueren, Blicke zu einem Netz knüpfen, ein Netz von sehr dünnen Fäden, Formen, Förmlichkeiten. Du brauchst jemanden, diese anderen, dieses Lächeln. Sehr dünne Fäden. Vielleicht kann man nur darauf balancieren, indem man sich selbst betrügt, und dennoch – wenn die Erde, auf der die Engel entstehen, ein Blatt Papier, eine weiße Seite ist, die sich mit Zeichnungen oder Buchstaben, mit Kritzeleien, Netzen von Linien, wie für eine falsche Weltkarte, füllt? Macht sie das weniger wirklich? Man darf sie nur nicht herbeizwingen, diese Frau dort, diesen Mann, die jetzt noch etwas undeutlich erscheinen, ziemlich weit weg (und doch ist ihre Nähe schon spürbar). Denn die Papierexistenzen sind dann oft mächtiger und einflussreicher als die wirklichen, ich weiß das, ich lebe seit Jahren von ihnen und halte mich manchmal selbst für eine. Nicht immer ist die Richtung klar, in die sie führen, sobald sie, noch unsichtbar, fast immer im falschen Moment, ihre Flügel ausfalten. Zwischen einem Gefühl von Lust und Freiheit und einem Gefühl des Erstickens liegt oft nur der Hauch einer Sekunde. Die Sprünge in der Geographie, die Verschiebungen, Diskontinuitäten können zu Fallen werden.

– Kommst du, fragt die Belgierin, als er einfach dasteht, während sie ins Taxi steigt. Ich bleibe noch, sagt er automatisch und zu seiner eigenen Überraschung. Ein paar Sekunden Stille folgen. Er ist jetzt woanders als sie, und seine Vorstellungskraft reicht nicht weit. Er freut sich auf noch ein Bier am Tisch mit dem Englischlehrer, dem Agraringenieur, dem Mann mit den hervorquellenden Augen, natürlich (es erscheint ihm plötzlich natürlich, obwohl es absurd ist) auch mit der Belgierin, denn er sieht die Belgierin, die ins Taxi steigt, gleichzeitig noch am Tisch sitzen. Er ist so langsam, seine Vorstellungskraft ist so langsam, er kann sich gar nicht vorstellen, dass sich jemand vom Platz bewegt. Er kann sich gar nicht vorstellen, sich vom Platz zu bewegen. Er merkt, dass es Blödsinn ist und seine Erwartungen absurd sind, aber freut sich auf noch ein Bier, ein drittes Awooyo-Bier, in dieser schwirrenden Hitze, er kann sich keine andere Luft vorstellen. Er wartet darauf, dass die Belgierin sagt, dass es Blödsinn ist und seine Erwartungen absurd

sind, die Belgierin schaut ihn an und schweigt. Die Wagentür ist noch offen, der Fahrer hat das Fenster heruntergekurbelt und hört einer dicken Frau in rotem Boubou zu, die ihm mit einer tiefen Tragödinnenstimme irgendetwas vermutlich völlig Banales erzählt, ein Bein der Belgierin (ein schlankes, biegsames, von einem feuchten Film überzogenes Bein) ist noch draußen, ein Fuß in bestickten Sandalen auf dem sandigen Boden aufgesetzt, ein fremdartig heller Fuß mit dunkelrot lackierten Zehennägeln, der gleich im Wageninneren verschwinden wird.
Eben noch waren sie sich einig gewesen, dass es Zeit ist, dass sie müde sind, dass sie ein Taxi rufen wollten, dass sie allein sein möchten (und sie hatten offen gelassen, was sie mit *allein sein* meinten). Sie hatten schon gezahlt; nun setzt er sich wieder an den Tisch und fühlt sich angeschaut, aber niemand schaut ihn an, der Englischlehrer hebt beiläufig den Arm, um ein Bier für ihn zu bestellen. Er nickt ihm zu oder auch (so scheint es) an ihm vorbei. Eben noch war er ganz da, er will nur ganz da sein, doch von diesem Moment an ist er mit den Gedanken meist woanders. Seine Gedanken steigen aus seinem Kopf und kreisen durch den Raum: er sieht sich dasitzen und betrunken werden. Seine Euphorie ist noch da, aber verteilt auf verschiedene Orte.
Als er sein drittes oder viertes Awooyo-Bier trinkt und eine Zeit lang im Trinken völlig allein ist, obwohl er näher an die drei Männer herangerückt ist und neue Leute sich dazugesetzt haben, wird er daran denken, was er versäumt, und all das beinah fühlen, was er versäumt (es ist Teil seiner Euphorie), wird an die Küsse denken, den Körper der Belgierin, Sophie, ihre Haut, ihre Wärme, ihren Speichel, den Geschmack ihres Geschlechts, nie mehr, wird er denken. Er schaut hinaus auf den Hof, die Frau und der Mann in Feinrippunterhemden beginnen zu tanzen. Niemand sonst, was ihm schwer verständlich erscheint, denn er selbst bekäme Lust zu tanzen, wagt es aber nicht, weil er sich doch zu sehr seines schwerfällig europäischen Körpers bewusst ist. Die Frau und der Mann wiegen ihre Hüften, schwenken ihre Hinterteile (das der

Frau in ein buntes Tuch, das des Mannes in eine schäbige graue Hose gehüllt), biegen ihre Körper, ihre Arme und Beine auf eine Art, die ihn schwindlig macht. Sie hat ihre Flipflops ausgezogen, er hat ausgetretene dunkle Schuhe an; ihre Zehen, seine Schuhsohlen zeichnen Muster in den sandigen Boden.

Eine Frau steht jetzt neben dem Tisch, schaut ihn von nahem an, verzieht verächtlich ihre violetten Lippen, als sie sieht, wie betrunken oder wie unbeweglich er ist, zeigt ihre weißen Zähne. Möglicherweise sagt sie etwas, er hört nur die Musik, und die Musik hört er, als wäre sie Stille. Alles ist drin in der Musik, in der Stille. Er denkt an die Lagerräume, Küchen, Waschstellen, Schlafräume, Leute, die still dastehen, als warteten sie, an die Hinterhöfe, die Vorhänge vor den Türen, die Wäscheleinen, die Wellblechwände, die Wassertonnen, zwei Straßen weiter das Meer. Unter der Stadt ist nichts, keine Keller, keine Katakomben, alles geschieht an der Oberfläche, das Schlafen, das Sterben, das Leben der Gespenster. Ein Fäulnisgeruch legt sich vom Meer oder von irgendeinem Abfallhaufen hinter der Küche her über den Ort. He, Yowo, sagt jemand, mein Freund, du siehst müde aus, sagt der Englischlehrer. Er merkt, dass er wieder reden muss, und beginnt, vom Kongress zu erzählen, weniger, weil er glaubt, es könnte jemanden interessieren (ihn interessiert es jetzt gerade selbst nicht), als um den Anschein zu wahren, er hätte noch Kontrolle über sich. Er hört sich reden, sieht sich gestikulieren, ist damit zufrieden. In diesem Land wird nie etwas funktionieren, sagt der Agraringenieur, und der Architekt schweigt, weil es gleich unhöflich wäre, zuzustimmen und zu widersprechen. Er denkt, dass in seinem Land alle möglichen Leute genauso reden; in seinem Land weiß er das einzuschätzen, hier nicht. Vielleicht war es schon falsch und unhöflich, über die vielen Verzögerungen zu reden; ein europäisches Reden, dabei interessiert ihn nichts als die Verzögerung, er lebt in der Verzögerung, alles ist Verzögerung, seine einzige Hoffnung ist die Verzögerung, die Verzögerung und die Verteilung der Euphorie. Dass *Jetzt* aus allen möglichen anderen Zeitpunkten besteht.

– Ich bin ja selbst ein Meister der Verzögerung, sagt er, mit einem Kopfschütteln, und denkt gleich auch wieder weg und zurück; er denkt, er muss sich das Gesicht der Frau, die vor kurzer Zeit am Tisch gestanden ist, ihre Frisur aus kleinen, eng an den Schädel geklebten Zöpfchen, ihren Hals, die Ringe an ihren Armen merken (er weiß, dass er sie morgen nicht wiedererkennen würde). Er muss sich den letzten Blick der Belgierin durchs Autofenster merken, die schöne, klare, leere Härte dieses Blicks. Die Nähe der Frau, dann das Verziehen der Lippen, das Schließen der Tür, die weißen Zähne, die Verzögerung, seine Langsamkeit. Die selbe Szene wiederholt sich andauernd, er sitzt da (denkt er), während die selbe Szene sich andauernd wiederholt und er zu spät kommt und versehentlich Nein sagt. Er sieht sich dasitzen, sein Spiegelbild, die verächtlichen Blicke, die er heraufbeschwört. Er muss dringend aufs Klo, muss aufstehen, im Lokal einen Weg suchen, er denkt wieder daran, was er für immer versäumt hat, den Körper der Belgierin, ihre Haut, ihre Wärme, ihren Speichel, den Geschmack ihres Geschlechts. Den Körper einer Frau, den Körper dieser anderen Frau, dieser Ersatzfrau, jeden Körper jeder Frau, den Körper der Belgierin. Das also heißt: für immer. Das Klo ist hinter dem Haus, der Küchendunst, der faulige Meeresgeruch, der Uringestank aus der Toilette, die Körperausdünstungen der schlafenden oder als Schatten umherhuschenden Hunde und Ziegen vermischen sich im Innenhof. Überall gibt es geheime Eingänge zu anderen Räumen, Durchgänge in fremde Gassen. Das Klo liegt hinter einem Vorhang und ist nicht zu versperren; er pinkelt lange, hat den Eindruck, er müsste nie damit aufhören, er spürt das Blut, das an seinem Innenohr pulsiert, ein intensives Surren, er kann doppelt sehen, er kann seinen Blick wieder konzentrieren.

Er hört das Geräusch laufenden Wassers. Die Wand, auf die er starrt, ist blau getüncht, ein halb offenes Milchglasfenster darin (dahinter die Nacht).

Er sitzt wieder am Tisch, er kann gehen, es ist ihm nichts anzumerken. In der Flasche ist noch Bier, er darf sich nicht daran erinnern, wie oft in seinem Leben er schon versehentlich Nein gesagt hat; zu Frauen, die ihm die einfache Frage *Kommst du?* gestellt haben, so oft hat er versehentlich Nein gesagt, dass er denken kann, er hätte versehentlich Nein zu seinem eigenen Leben gesagt. Nur um dieser Architekt zu bleiben, dieser blöde schwerfällige unglückssuchende Architekt. Zwischen Euphorie und vollkommener Verzweiflung liegt nur der Hauch einer Sekunde, ein winziger Umschlag; er glaubt, es steuern zu können, auf welcher Seite er sich mit seinem Bewusstsein aufhält. Er muss nur trinken, anstatt zu denken und sich zu erinnern.

Der soziale Tod ist eine gute Vorbereitung. Er ist ein Ausgangspunkt, nicht ein Ende, ein Ausgangspunkt für Widerstandsregungen wie für Träume, für Begegnungen auf schwankendem Grund, zarte fast nicht aufrechtzuerhaltende Begegnungen und Nachbarschaften.

Ich wusste, dass die Nachbarn, die Witwen, Hausmeister, Schulkollegen und Mütter von Schulkollegen, dass der Chor der Verfolger oder Bewacher überhaupt nicht in dem, was sie sagten, in ihren angeblichen Gedanken, diesem endlosen alten Gemurmel vorkamen. Sie gaben nichts dazu, sie waren nicht da. Sie wiederholten nur Urteile, in einer Sprache, die sie selbst kaum verstanden; gehörten zu den Kulissen und konnten anderswo (hinter den Fenstern, den Vorhängen versteckt) ein geheimes eigenes Leben führen; nur ich war auf den Anschein reduziert, schwarz; oder weiß; eine Fresse im Spiegel; nur ich war ich.

Ich musste geschmeidig werden; eine Sprache lernen; lernen, dass jeder Satz den Anschein auflösen kann; das andere Netz knüpfen, ein Netz anderer Netze, hinübergleiten, als könnte ich balancieren. Als könnte ich mich unsichtbar machen. Ich verwandle mich in mein Zimmer, in die Wohnung, in die Stadt, in ein Bild.

Nur so bin ich vor der Angst gewappnet, die mich (während ich so tue, als würde ich das Leben eines normalen Menschen führen)

jederzeit und überall überfallen kann, an jedem Ort auf der Welt, im Traum und im Wachen, überall kann es sein wie zu Hause.
Im Bild erkenne ich die Formen wieder, die Figuren, ein Mann, eine Frau, ich bin allein und nicht allein. Ich stelle mir Figuren von äußerster Körperlichkeit vor, schwer fassbare Figuren von äußerster Körperlichkeit (diese Schädel, dieses Haar, diese Füße, diese Brust, diese Hüften). Eine dunkle Flüssigkeit tropft zu Boden, während sie sich auffalten.

Das Paar in den Feinrippunterhemden ist verschwunden (in ein Zimmer, denkt er, in ein Auto, ihre Beine, ihre Hände, ihre Gesichter), niemand tanzt mehr. Nur ein Stimmengewirr liegt in der Luft; das Lokal ist jetzt voller Menschen. In seinem Kopf geht die Musik weiter, er sieht ihren Widerschein auf den Gesichtern seiner Freunde: wie viel muss er trinken, um sie so offen anzuschauen, wie sie ihn anschauen, denkt er; und gleich denkt er, es ist ein Klischee, was er da denkt, denn die Maschine der Vorbehalte, Reflexionen und Reflexionen von Reflexionen arbeitet in ihm, egal, wie viel er trinkt, sofort aber (oder kann all das gleichzeitig vor sich gehen) hört die Maschine dennoch auf zu arbeiten und er hört auf, Gedanken auf zweiten und dritten Ebenen zu verfolgen, denn sie reden ganz einfach. Es sind Menschen, die reden. Sie führen ganz vernünftige Gespräche; außer ihm ist keiner betrunken, er merkt es sehr deutlich und vergisst es gleich wieder. Beim fünften, sechsten bockbierstarken Bier des Abends (was hat er von heute Mittag an getan als zu trinken?). Alles ist viel zu gleichmäßig, als dass es eine Rolle spielte, ob er betrunken ist. Er bemüht sich, auf seine stille Art, die Fassung zu bewahren; er schafft es, indem er die Bemühung vergisst. Man kann mühelos reden. Er weiß gar nicht genau, in welcher Sprache sie reden, vielleicht wechseln sie auch immerzu die Sprache. Manchmal spielt ihm seine schwere Zunge einen Streich, dann lacht er kurz auf (mein eigenes Schluckauflachen, denkt er).
Er erfährt alles Mögliche, das er sich merken möchte und das ihm

(dieser Hintergedanke ist immer da) auch für seine Arbeit und vielleicht sogar ganz am Rande für seinen Vortrag (den er jetzt aber nur noch aus einer fast bizarr großen Entfernung im Blick hat) nützlich sein könnte. Alles Mögliche über das wirkliche Leben wirklicher Menschen, denn so etwas gibt es. Der Englischlehrer arbeitet in einer Schule auf dem Land und muss jeden Tag fünfzig Kilometer zur Arbeit fahren, mit dem Auto, denn die öffentlichen Verkehrsmittel sind seit der letzten Privatisierung verschwunden, und er braucht zwei Stunden für die fünfzig Kilometer, weil es an der Stadtausfahrt (genau dort, wo eine Autobahn geplant ist) seit vielen Jahren eine Engstelle mit riesigen Staus gibt, Präsident der Autobahn-Baugesellschaft ist übrigens einer der Söhne des ewigen Präsidenten. Jemand im Architekten schreibt alle Informationen mit. Der Agraringenieur arbeitet für eine deutsche Firma und redet über hydraulische Pumpen, Wasserleitungen, er redet über Schäden und Stromausfälle, über die ewigen Unterbrechungen. Discontinuité, toujours la discontinuité (wie einen Refrain hört der Architekt dieses Wort, dessen Bedeutung ihm für Momente ziemlich unklar ist, er fühlt sich umkreist und umzingelt von Diskontinuität). Und dass man aus der Welt ist, sagt der Agraringenieur, und immer das Gefühl hat, aus der Welt zu sein.

Der Architekt würde (umkreist und gehalten von Diskontinuität und von freundlichen Blicken) gerne sagen, dass er dieses Gefühl kennt, würde gern, während jetzt vom anderen Ende des Tisches her sich Leute in einer der Landessprachen ins Gespräch mischen, sein Leben erzählen. Er weiß plötzlich, dass er jede Erfahrung seines Lebens (das sich nicht mehr so anfühlt, als gehörte es zu ihm, es ist irgendein Leben) mit einer ganz eigenen Zärtlichkeit betrachten kann, es gibt eine zu jeder Erfahrung passende Zärtlichkeit. Eine unendliche Erinnerung, eine Zärtlichkeit, denkt er. Er sieht sich jeden Tag über eine schlechte Straße, mit ewiger Baustelle, vom Atelier im Dachgeschoß zwei Stockwerke hinunter in die dritte Etage und wieder zurück, er sieht sich von der Elternwohnung in den Laden und zurück gehen. Über dem Himmel hier (diesem Gegenstand in messbarer, nicht allzu großer Entfernung) gibt es nur eine weitere Erde und alles immer so weiter, keine Außenwelt, kein freier Raum. Er geht da hin und dort hin und immer wieder zurück, alles ist das gleiche. Der Mann mit dem Schluckauflachen erzählt jetzt, dass er vor zwanzig Jahren in Mailand gelebt hat. Das Gespräch über Fußball ist lang vorbei, trotzdem glaubt der Architekt plötzlich zu verstehen, über welche längst vergessenen Europacupspiele aus den neunziger Jahren der Mann zu seinen rätselhaften Vereins-Assoziationen kommt, und fragt unvermittelt nach dem Stadion der Stadt, sagt (halb zu sich selbst, aber wo in diesem Raum beginnt und wo endet dieses *er selbst*, wo beginnen und enden die anderen), dass er seit Jahrzehnten nicht mehr auf die Idee gekommen ist, in ein Fußballstadion zu gehen, denn für solche Vater-Sohn-Unternehmungen war es immer zu früh und zu spät, er denkt an seinen Sohn, er denkt an seinen Vater und seinen Bruder, seinen Bruder und sich, sich und seinen Sohn, da sind nur Risse in der Abfolge, er will nicht an sein Hotelzimmer denken.

Jetzt ist aber auch die Rede von solaren Ladestationen für Handys und Lampen, die an Kioskbesitzer am Land vermietet werden, offenbar hat auch der Mann mit dem Schluckauflachen einen beneidenswert sinnvollen Beruf, von den Hindernissen und Diskontinuitäten redet er nicht, der Architekt entdeckt eine ihm fast unbehagliche Ernsthaftigkeit unter dem Clownsgesicht, er hasst sich beinahe dafür, dass er immer noch andere Leute auf den ersten Blick unterschätzt. Stell dir vor dieser Mann zu sein, einer dieser Männer, alle drei, schlüpf in ihre Gestalt. Es geht nur um Netze, Ströme: Wasser, Elektrizität, Sprache, es geht nur darum, die Ströme am Laufen zu halten, die Netze zu erweitern, nicht darum, eine Position zu besetzen, als man selbst, immer nur man selbst.

Vielleicht sollte er jetzt auch einfach erzählen, mit dieser neuen Zärtlichkeit, Dinge, die die Belgierin und er vorher schon erwähnt haben, er könnte vom Kongress erzählen, von seinem Beruf, von

der Familie, er könnte von seinen Kindern erzählen, Dinge, die er vorher schon erwähnt hat. Er könnte auch vom Turm erzählen, Dinge, die er nicht erwähnt hat, und die in der wirren Art, in denen er sie erzählen würde, auch keiner verstehen würde, aber sie würden freundlich nicken, bon, mon ami, wie schön. Er könnte vom Hotelzimmer erzählen, aber das sind Dinge, die man nicht erzählt, auch wenn man betrunken ist, es gibt Dinge, die man nie erzählen darf, so betrunken man auch ist. Über dem Himmel beginnt eine andere Erde. Es ist immer noch sehr heiß, er schwitzt, doch er weiß nicht mehr, wozu er schwitzt, wozu seine Haut da ist. Das starke Bier erfrischt ihn nicht, er schwitzt, trinkt es und erinnert sich im Trinken schon nur noch, wie gut es ihm geschmeckt hat, jetzt schmeckt er nichts mehr. Er merkt, wenn man ihm jetzt einen Spiegel vors Gesicht halten würde, wäre da nur Leere zu sehen. Eine entsetzliche Müdigkeit und Leere.
Er könnte von seiner Arbeit erzählen, von seinen Plänen; das läge am nächsten, aber davon kann er am allerwenigsten erzählen, er schämt sich, wie er einen kurzen Moment lang merkt, für seine Pläne, seine Ideen, das, was er für seine Arbeit hält.

Wenn er einfach ins Taxi gestiegen wäre. Er sieht sich selbst in der Gestalt der Belgierin davonfahren, zurück ins Hotel, zurück zum Kongress, zurück in das, was ihr wirkliches Leben sein soll, und seinem wirklichen Leben so sehr ähnelt. So sehr, dass er nicht mehr daran glauben kann.
Er weiß, dass da ein Schmerz ist, aber er hat den Schmerz an eine Stelle verräumt, wo er ihn nicht spürt, er hat alles an Bier und Musik und Nacht, was vorhanden war, mobilisiert, um den Schmerz zu verräumen. Sophie. Ihre Haut, wozu ihre Haut da ist. Die Berührung, die er in einer bizarr großen Entfernung (ist das die Zeit? Ist das der Raum?) wahrnimmt.
In dieser anderen Variante, dieser sicheren Variante eines wirklichen Lebens würden sie den Kongress zu Ende bringen, ein paar touristische Erfahrungen sammeln, würden sich ab und zu mehr

oder weniger heimlich ins Hotelzimmer des anderen schleichen (genauer gesagt, in ihr Hotelzimmer, denn in seines kann er sie unter diesen Umständen selbstverständlich nicht hineinlassen), dann jeder in sein eigenes Leben zurückkehren, verschweigen, was geschehen ist, das heißt, er würde es verschweigen, ein erbärmliches Verschweigen, die Belgierin braucht nichts zu verschweigen; der Präsident, der natürlich alles mitbekäme, würde ebenfalls schweigen, ein souveränes Verschweigen, und nicht einmal verschwörerische Männerblicke mit ihm wechseln, so dumm ist er nicht, die Belgierin und er würden (er jedenfalls würde) auf den nächsten Zufall einer Begegnung warten oder eigentlich nicht warten, sondern die Möglichkeit still im Hintergrund aufbewahren, für irgendwann, solange, bis es zu spät wäre (denn das ist die allerbeste Methode, um den richtigen Moment zu verpassen).

Einen verworrenen Gedankengang lang wird der Architekt später, wenn er selbst in einem Taxi sitzt, böse auf die Belgierin sein, wegen des Schweigens, als sie ihn zurückbleiben sah, weil ihr nichts einfiel, weil sie nicht verstand, worum es geht, er wird ihr diesen Gedankengang lang oder vielleicht auch noch nachher die Schuld geben, woran auch immer. Möglicherweise verwechselt er sie (in diesem seinen Zustand) auch mit Margarita; möglicherweise verwechselt er sie immer nur mit Margarita (hat er sie immer nur mit Margarita verwechselt, und mehr an Vertrautheit gab es nicht) (weil er Margerita und sie immer nur mit irgendeiner Instanz in ihm selbst verwechselt hat und alles, was er brauchte, oder alles, was er wahrnehmen konnte, eine Verkörperung dieser in ihm selbst verkapselten Instanz war).

Aber gleichzeitig denkt er: Er und diese Frau (genau diese unverwechselbare Frau) könnten einander ins Gesicht greifen, so roh und zärtlich wie sie es eben gesehen haben. Er könnte mit der Zunge das Gerippe ihrer Zähne nachfahren, ihrer glatten, weißen, feuchten Zähne, ihrer feuchten, leuchtenden Zähne. Mit seiner feuchten weichen Zunge, weiße, leuchtende Zähne, rotes Zahnfleisch. Zähne, eine Wange, ein Mund, eine Hand (ein Penis, ein

Gehirn, eine Milz, eine Vagina, ein Penis). Er denkt, in diesen Körper beißen wäre etwas Flüchtiges und Definitives, als wäre dieser Körper gar nicht da, nur das Beißen hält ihn. Und erschafft seine Zähne. Vorher und nachher ist nichts. Er stellt sich das vor, im Taxi, und fragt sich, wie er, statt des Greifens, Beißens, Erschaffens glücklich sein konnte mit Gesprächen über Pumpen, Admira Wacker und Autobahnbaustellen. Doch in einem Moment, als hätte er im Lokal den Gedankengang oder eher Gefühlszustand schon vorausgeahnt, beißt er, an dem Tisch sitzend, eine fast leere Bierflasche vor sich, plötzlich in seine eigene Hand, er sieht die befremdeten Blicke, ohne sie zu registrieren. Er beißt in die eigene Hand, er sieht das Paar in den Feinrippunterhemden vor sich, er ist diese Frau, er ist dieser Mann, die nicht da sind, er ist dieser Körper eines Mannes, einer Frau, die nicht da sind.

Die Musik, auch wenn sie jetzt schon nur noch in seinem Kopf ist, wird immer weitergehen, die endlose Nervosität der Rhythmen und die Ruhe der Stimmen; diese Nacht, auf seiner Haut der dünne Schweißfilm, er wird den Geruch dieser Nacht annehmen. Er kann nicht an ein wirkliches Leben glauben. Er erwartet, dass die Mauern sich öffnen, ein Netz von Gassen und Höfen, zu den Hügeln am Rand der Stadt hin, zu seinem Hotel hin, zum Meer hin. Das Meer rauscht und stinkt; rauscht in seinen Ohren, stinkt in seiner Nase, an seinem Gaumen. In seinem Zimmer läuft das Wasser ins Becken. Er starrt mit großen Augen auf einen Punkt an irgendeiner Mauer, bei der Küche, auf dem Weg zu den Toiletten, dort, wo ein kleiner grauer Hund sich im Schlaf eingeringelt hat, starrt so, als würde er erwarten, dass sich dort die Öffnung auftut.

– Mein lieber Freund, du solltest jemanden um Rat bitten, vielleicht Papa Legba, murmelt der Agraringenieur, auf Deutsch, doch eher in die Nacht hinaus als zu ihm. Dann lacht er aber, als wäre das keinesfalls ernst zu nehmen. Die drei Männer am Tisch, die seine Freunde sind, auch wenn er sie nie mehr sehen wird, reden jetzt miteinander, besprechen etwas. Das Lokal wird bald schließen. Der Architekt fühlt sich wach und munter. Er muss etwas erklären, er muss erklären, wie wohl er sich in der Stadt fühlt und dass er jeden Weg in dieser Stadt kennen will. Die Nervenbahnen der Stadt, die geträumte Unterseite der Stadt. Die Ein- und Auffaltungen, die Zellen, Organe, Mikroorganismen (sag das nicht versehentlich laut), er denkt, er müsse sich durchwühlen. Jetzt eh nur ganz harmlos, nur zurück zum Hotel. Eine Viertelstunde Weg.

Er bezahlt, will die Männer einladen, sie wehren ab, er zählt das Wechselgeld nicht. Dass man kein Trinkgeld geben darf, hat er im Reiseführer gelesen, und er erinnert sich jetzt ganz genau daran.

– Es ist spät, mein Freund. Gibst du mir dein Mobiltelefon, ich ruf dir ein Taxi. Der Englischlehrer legt ihm den Arm auf die Schulter, eine warme, trockene Berührung auf seinem klebrig durchschwitzten Hemd.

– Ich gehe zu Fuß, antwortet möglichst beiläufig der Architekt (er sieht doch den ganzen Weg zum Hotel zurück vor sich, wie in die Erde gegraben, die Rue de la Gueule Tapée hinauf vorbei an der *Menuiserie Tout est possible à Dieu* und am Mini Market *Amen*, dann die breite Straße, deren Namen er vergessen hat, bis zum Villenviertel und der Avenue Cheikh Anta Diop, dann wäre er auch schon in der größeren Straße, wo er den Tesco sicher erkennen würde, irgendein Lichtschein aus unbestimmter Entfernung (oben, unten) würde ihn in diese Straße leiten, und dann wären es nur noch zwei oder drei kleinere Gässchen, er denkt, dann würde der Morgen grauen, die Vögel würden rufen. Die Vögel mit ihren schmatzenden Schreien. Die Schweißvögel, die Schmatz- und Schweißvögel, das Morgengrauen, das jeden Tag gleiche Morgengrauen). Alle raten ihm entschieden ab. Trotzdem macht ihm der Agraringenieur eine Skizze auf einer Visitenkarte. Er betrachtet lange diese Zeichnung, auf der er überhaupt nichts erkennt, so als wäre das eine ganz andere Stadt, ein unbekanntes System; gar keine Stadt, irgendein Schaltplan, das Innere eines Rechners. Der Mann mit dem Schluckauflachen würde ihn begleiten, es ist fast auf seinem Weg, sagt er, der Architekt weiß (so als verfügte er jetzt über

Menschenkenntnis), dass dieses *Fast* einen Umweg von einigen Kilometern bedeuten würde, und bietet alles an Höflichkeit auf, was ihm noch zu Verfügung steht, um den Vorschlag abzuwehren. Aber ich kann doch selbst ein Taxi rufen, sagt er noch, während er dem Englischlehrer schon sein Mobiltelefon in die Hand gibt, er würde es ihm auch geben, wenn er nicht das geringste Vertrauen in ihn hätte und ihn für einen Dieb oder sonst was halten würde, so automatisch und notwendig ist diese Geste.
Er steht auf und merkt, dass er sich kaum aufrecht halten kann.

Im Hotelfoyer sitzt der Mann mit der Foucaultglatze, allein, mit dem Laptop und einem Whisky vor sich, der Architekt versucht unbemerkt zum Lift zu kommen, er betritt das Zimmer, und sein Vater steht vom Sofa auf und schließt sich im Badezimmer ein. Er hört das Wasser laufen. Schon jetzt hat er Kopfschmerzen; er hat eine seltsame Scheu, sich auszuziehen. Weshalb diese Erektion. Weshalb und vor allem wozu. Und wie soll er schlafen (aber er schläft doch sowieso nicht).
Über längere Zeit liegt er (er spürt es deutlich, sieht es zugleich) als Anhäufung von scharfkantigen, sich nicht aneinanderfügenden Brocken im Bett. Die Musik, die in seinem Kopf weiterläuft, hat sich in scharfkantige Brocken verwandelt, sie hat sich verwandelt: läuft nicht weiter, steckt fest. In seinem Kopf, in seinem Körper. Alle Bilder, die auftauchen (die Belgierin, die Straßen, die Freunde aus der Bar, Margarita, die er betrogen hat, gerade weil er sie nicht betrogen hat, so scheint es ihm jetzt mit kristalliner Logik, die Straßen, die Schlaglöcher, das Studentenheim, das Meer hinter den Höfen und Gassen, die Höfe und Gassen, der Pool, der Bus, das Pult im Konferenzzentrum, die Belgierin und ihr weißer fast jugendlicher Nacken, der Laptop des Glatzköpfigen und sein nachlässiges Zweifinger-Tippen mit gefletschter Oberlippe, die schöne Frau, die zu dem Mann mit dem Laptop und der Glatze gehört und ihr nie wiederzuerkennendes Gesicht, der Spiegel im Hotellift) haben sich in scharfkantige, sich nicht an-

einanderfügende Brocken verwandelt und gleichen dem Schmerz hinter seiner Stirn und seinen Augen, sind dieser festgewordene, nur blödsinnig hin und her zu wälzende Schmerz.
Es ist es unmöglich einzuschlafen, man muss sich erst in weiche Rollen verwandeln, runde, weiche, aneinandergeschmiegte Rollen, und sich so selbst zum nackten schlafenden Paar machen. Er sieht dieses Paar und erkennt es wieder, ohne dass er sagen könnte, wer sie sind und woher er sie kennt, diese biegsamen Körper, diese ineinandergeschlungenen Glieder, er ist Teil dieser Umarmung, aber er ist natürlich nicht der Mann, er ist natürlich auch nicht die Frau. Er sieht sie aus der Entfernung, wie er den Schlaf aus der Entfernung sieht. Schlaf wäre Gleichmut und Liebe.
Er hat Angst, dass die Badezimmertür sich öffnet. Er hat Angst, aufs Klo zu gehen, obwohl seine Blase voll ist und drückt; die Angst, sich anzupinkeln, er als erwachsener Mann und Gast dieses Landes, das Bett vollzupinkeln in einem teuren Hotelzimmer auf einem anderen Kontinent, hindert ihn am Schlafen, ist eines an dem vielen Scharfkantigen und sich nicht Aneinanderfügenden, das ihn am Schlafen hindert. Als er es nicht mehr aushält, tappt er doch (wie als Kind, denkt er, wie sein Sohn, er könnte ganz laut *Papaaa, Mamaaa* rufen) mit nackten Füßen im Dunkeln zur Badezimmertür, er kann sie problemlos öffnen, er macht kein Licht, stellt sich vor die Kloschüssel, pinkelt und fühlt hinter seinen Lidern schon die Schwere.

Es ist immer die gleiche Wohnung, auch das Hotelzimmer ist diese Wohnung. Es sind Schritte halb im Schlaf; nur dass der Druck in seinem Kopf jetzt ein anderer ist. Manchmal war er nachts, nach langem Warten, auf den Flur hinaus und dann aufs Klo gegangen, in seinem Schlafanzug, barfuß, immer in Angst, dass ihn jemand hört (der Vater, die Mutter, der Bruder), und dass dann Morgen ist und er nicht in den Schlaf zurückkann, manchmal hatte er als Jugendlicher und als Student von seinem Zimmer aus gehört, wie sein Vater, plötzlich alt geworden, nachts zum Pin-

keln aufs Klo ging oder beim Heimkommen nachts befürchtet, sein Vater würde gerade zum Pinkeln aufs Klo gehen und er selbst sichtbar werden, in seinem Heimkommen woher und wonach riechend. Jetzt weckt ihn manchmal sein Sohn mit seinen Schritten, mit seinen Rufen, mit seinem Weinen, und er folgt ihm und hält ihn, so als wäre er jetzt ein Vater, nein, *der* Vater, was er im Grunde lächerlich findet.
Es ist immer die gleiche Wohnung, immer die gleiche Abfolge von Tageszeiten, immer die gleiche körperliche Nähe.
Früher dachte er mit den Köpfen anderer Menschen, dachte für sie, erklärte dies und jenes für sie, als wäre er beide zugleich, als er selbst, aber nur eine Art von Hilfsmechanismus für den imaginären anderen. Was er dachte oder erklärte, war relativ unwichtig. Zum Beispiel erzählte er Fußballergebnisse weiter; seinem Bruder, seinem Vater. Lang, als der Bruder ausgezogen und also schon einmal nicht auf der Welt war, dachte er fast nur mit dem Kopf des Vaters. Sein Vater war jemand, mit dessen Kopf er immerzu dachte und den er dennoch überhaupt nicht verstand. Außer vielleicht auf einer Ebene, über die er lieber gar nicht nachdenken wollte. Jedes Fußballspiel besprach er im Kopf nur mit ihm, jede Idee bezog er auf ihn, gleichzeitig war er ihm völlig fremd, er hätte ihn nie etwas Persönliches gefragt; die Regeln des Sprechens, des Sagbaren und des nicht Auszusprechenden waren eingespielt, und an solche Regeln wagte er niemals zu rühren. Und eigentlich war er zufrieden damit, er wollte nichts wissen und nichts verstehen, so wie er auch das ihm Eigene unbedingt geheim halten und keinesfalls von seinem Vater oder seiner Mutter verstanden werden wollte.
Die anderen waren ihm zu nahe, beinah in ihm drin. Das war möglicherweise eine Art von Liebe. Margarita.
Aber er konnte immer die Tür schließen und versperren; außer in manchen Träumen, bei denen er sich nicht sicher war, ob es Alp- oder doch Wunschträume waren. Ein oder zwei Stunden lang schläft er, traumlos wie ein Toter.
Am nächsten Morgen ist er erstaunt über die deutlich sichtba-

re Wunde an seinem Handgelenk. Fast als hätte ein Hund oder Fuchs ihn gebissen. Fast bis aufs Blut.
Er ist erstaunt, dass er mit dem Klingeln des Handyweckers in seinem Hotelzimmer aufwacht, er ist erstaunt, dass er überhaupt geschlafen hat. Das Hotelbett ist trocken, aber draußen scheint es zu schütten. Das ist nicht der Wasserhahn im Bad und auch nicht die Klimaanlage, das Rauschen kommt von draußen, ein Gewitter, er schaut aus dem Fenster, durch die Wasserschlieren, die die Scheibe hinabgleiten, der Himmel ist schwarz, der Sturm schleudert die Palmen, das Wasser im Swimmingpool leuchtet giftig. Es ist seltsam hell unter dem dunklen Himmel, und auf den Kacheln steht zentimeterhoch das Wasser. Für heute ist ein Ausflug geplant.
Sie lassen sich Zeit mit dem Frühstück, der Bus, der sie abholen soll, ist noch nicht da, vielleicht werden sie um halb elf fahren, vielleicht um elf, vielleicht auch gar nicht. Man nützt die Zeit für sogenannte informelle Gespräche; für sogenanntes Networking; an den Tischen und auf dem Weg zum Buffet. Dieser Architekt redet allerdings wenig, er will nicht mehr viel reden, gezielt und geschäftsmäßig wie sie alle hier mit ihren wohlverteilten Persönlichkeiten reden, sie alle in ihren Hosen, mit ihren Zielen und ihren hintergründigen Anbahnungsversuchen dieses oder jenes Erfolges. Zum Kaffee, zu den Baguettes und Croissants, zu den aus Rechauds auf den Teller gefischten scharfen roten Saucen, zu den Mango- und Ananasstückchen. Welches Getränk und welche Speise können ihm helfen, fragt er sich nur, ihn in einen Zustand versetzen, der – Was für einen Zustand, wozu.
Dass das da draußen Afrika ist, ist gar nicht zu merken. Aber warum sollte es denn zu merken sein, sagt jemand, der der Präsident sein kann oder die Belgierin, was aber auch ganz egal ist, weil es nur in seinem Kopf gesagt wird.
Dem Blick der Belgierin weicht er aus, das geht leicht, denn auch sie weicht seinem Blick aus. Weil sie seinem Blick ausweicht, kann er sie anschauen, wie aus einer Deckung heraus, Punkte an ihrem Körper anschauen, ihre Knie, ihren Rücken, von der Sei-

te her ihre linke Brust, Gesten, ihre Hände, ihren Rücken, so als wären sie gefilmt. Und so als wäre sie eine für ihn gefilmte Figur, weiß er genau, was sie denkt und wie sie die Nacht verbracht hat. Ihre Gleichgültigkeit, in die sich Ärger mischt, der Laptop, den sie noch einmal einschaltet, um vor dem Schlafengehen noch eine andere Tür aufzumachen und diese Tür, die Tür, hinter der er oder die Erinnerung an ihn oder das Denken an ihn sich befindet, zu schließen, sie endgültig zu schließen (aber was heißt schon endgültig). Er weiß, was die Belgierin denkt, während sie mit dem Präsidenten (dessen Gesicht an diesem Morgen etwas aufgequollen erscheint) redet, er weiß, was der Präsident denkt und wie er die Nacht verbracht hat, was die Kellnerinnen denken, die seit drei und fünf Stunden auf den Beinen sind (die eine schläft in einer Kammer auf dem Hotelgelände, in einem Hüttchen, das dort, wo der Garten in Gestrüpp übergeht, an der Begrenzungsmauer lehnt, die andere kommt jeden Morgen vom Land) und nun still und mit erzwungen scheinender Wortlosigkeit das Geschirr abräumen, er weiß, was János, mit dem Strahlen auf seinem Gesicht, und die Dozentin aus Padua, deren Strahlen auf sein Strahlen antwortet, denken (eine Schicht aus Scherzen und was, verdeckt und beschützt und für wenige sichtbar, unterhalb dieser Schicht ist), und einen Moment weiß er sogar, was der alte afrikanische Architekt denkt, der sich, aus Freundlichkeit und weil winzige Hoffnungen in ihm wiedererwacht sind (ist das Land doch nicht für immer aus der Welt), für diesen Ausflug zu ihnen gesellt hat, vor ihm schämt er sich eigenartigerweise, nur vor ihm, der alt genug ist, um einmal an die Befreiung oder den Sozialismus geglaubt zu haben. So als würde er sich stellvertretend für seine ganze Generation und die Gegenwart schämen.

Er ist ein Stellvertreter und weiß, was sie alle denken; wenn man all das, den Zustand dieser Köpfe und Innenwelten, *Denken* nennen will. Wofür dieses Stellvertretersein aber gut sein soll, weiß er nicht. Und was heißt schon *Wissen*, wenn es doch nicht genug oder nicht die richtigen Worte dafür gibt, was jemand denkt,

in der Endlosigkeit eines einzigen Moments, in dem gar nichts Besonderes geschieht.
Er achtet darauf, wie er Messer und Gabel hält. Er achtet darauf, sich den Mund abzuwischen, den Kaffee nicht zu verschütten, sich das Hemd nicht anzupatzen, kein Brotstück fallenzulassen, nicht zu zittern. Er glaubt, dass der schneidende Kopfschmerz seine Gesichtszüge verzerrt. Die Hülle droht jeden Moment zu reißen und ihn zu entblößen (wen zu entblößen: irgendetwas Teigiges, Formloses, schon Unpersönliches, das niemand an einem anderen sehen darf; dieses Etwas, das die Menschen nicht gerne als ihren Kern akzeptieren).
Er kann die Belgierin von der Seite her anschauen, fast wie eine fremde Frau, die nie eine Rolle in seinem Leben spielen wird; sich ihr von der Seite her, ganz langsam, über Jahre und halb zufällige Begegnungen und unverbindliche Freundlichkeiten hinweg wieder anzunähern, hält er für unmöglich. Er glaubt gar nicht, dass er es will und wollen kann. Er kann sich vorstellen, was sie denkt (jedenfalls was sie über ihn denkt), aber er spricht nicht im Kopf mit ihr, denkt nicht mit ihrem Kopf und hat ihr nichts zu erzählen (warum dann dieser Schmerz, dieser nagende innere Schmerz, der unter seinem Kopfschmerz liegt und sich mit ihm nicht auflösen wird?). Denkt er noch mit dem Kopf anderer Menschen, denkt er mit Margaritas Kopf, hat er ihr etwas zu erzählen? Er hat ihr mehr zu erzählen als zu verschweigen, glaubt er, wenn sie wieder anriefe, würde er ihre Stimme lieben und sie könnten fast frei miteinander sprechen, und er würde fast nur verschweigen, was er immer verschweigt. Aber bedeutet das etwas? Macht es einen Unterschied, ob er mit dem Kopf eines lebenden oder eines toten, eines existierenden oder eines imaginären Menschen denkt?
Eine der Kellnerinnen kommt an seinen Tisch und räumt Teller und Tassen ab. Für einen Moment schaut diese freundliche Frau ihn mit beinah hasserfülltem Blick an. Ein verächtlicher Blick, den er wiedererkennt, den er wiedererkennen muss und wird.

Ein paar Monate nach dem Tod seines Vaters hatte ihn ein seltsames, bisher unbekanntes Vertrauen erfasst. Ein Vertrauen darin, dass die Toten irgendwo noch vorhanden wären, dass nichts und niemand wirklich verloren wäre. Ein Vertrauen ganz ohne Glauben, ganz ohne Idee dahinter, ein Vertrauen, das er niemals in Worte fassen wollte. Insofern ist es gar nicht so erstaunlich.
Er geht kurz hinauf ins Zimmer, weil der Bus nicht vor elf da sein wird, wie es jetzt heißt. Dort auf dem kleinen Sofa neben der Tür, das ihn jetzt ans Sofa in der Elternwohnung erinnert. Er nickt und legt sich kurz aufs Bett.
Nach ein paar Minuten fragt er den Vater nach dem Bruder (endlich wagt er, diese Frage zu stellen). Der Vater schaut ihn starr an. Der ist wirklich fort, sagt er, mit einer entschiedenen Geste. Jetzt erfasst den Architekten das Grausen. Er will sich sagen, es ist nur ein Traum. Es regnet kaum noch, es ist heller Vormittag.

5.

Sie sehen alle so harmlos aus, doch das täuscht. Manchmal weiß ich es (dann spüre ich wieder die Angst, ahne den Wahnsinn), manchmal weiß er es, dieser Architekt, der den Schein wahrt, während alle sicheren Verbindungen zur Welt in unerreichbare Ferne rücken (denk doch nicht dran, denk nicht dran).

Sie sehen harmlos aus und sind vielleicht auch harmlos, aber jeder Blick, jeder erwiderte Gruß, jedes Winken kann einen in ihr Netz ziehen. Das erschreckende unabsehbare Netz von Beziehungen hinter jedem Menschen, das ihn formt und von dem er vielleicht selbst nur wenig weiß. Die damit verbundenen, an allen Punkten des Netzes hervorschießenden Absichten, zu deren Objekt oder Werkzeug man mit jedem erwiderten Blick, jeder freundlichen Geste zu werden droht, ohne es zu merken. Gerade nur die äußerste Schicht ist sichtbar, ein Körper, ein Gesicht, Sätze, man kann versuchen, zu interpretieren, was man wahrnimmt, kann Schlüsse ziehen, Wege ins Innere suchen, die Idee, man könnte kontrollieren, wohin man gezogen wird, ist allerdings noch wahnsinniger als die Angst es ist. Die Idee, man könnte die hintersten Winkel erforschen, ist nichts als fatal.

Es gibt die Familie, die Siedlung, den Stand (die Beamten, die Bauern, die Schmiede, die Priester), das Büro, die Firma, die Clique.

Die Körper und die Gesichter sind sichtbar; ebenso die Straßen und die Häuser. Der Architekt schaut aus dem Autobusfenster, er sitzt allein in seiner Reihe, einen Fuß hochgelegt, stützt die schmerzende Schläfe in die offene Hand. Hohlräume in seinem Inneren. Er erkennt einige der Straßen und der Schilder wieder, wenn auch seltsam durcheinandergewürfelt. Das *Dieu règne Cool*

Café scheint gleich bei der Universität zu liegen, Palmen ragen unter dem dunklen Himmel über die Mauern der Villen, und ist das dort drüben nicht die Bar von gestern Abend (aus diesem anderen Leben)? Der Bus brettert durch die Lachen, die Stadtviertel reihen sich aneinander, schieben sich ineinander. Gleich sind sie auf der Corniche, sie fahren lange an einem Viertel mit gelbgetünchten einstöckigen Häusern vorbei.

Auch wenn es kaum Keller gibt und alles an der Oberfläche scheint: Die unsichtbaren Netze sind überall, in jedem dieser Stadtviertel, in jedem Hinterhof, in jeder Gasse. Natürlich ist alles anders, sobald man Teil des Netzes ist, und er könnte niemals Teil eines dieser Netze werden (mit einer ganz unangemessenen Traurigkeit und Wehmut denkt er an den Englischlehrer, den Agraringenieur, an das Schluckauflachen). Immerhin könnten die Leute, die mit ihm gereist sind, seine Kollegen, der Präsident, die Belgierin (die Belgierin ist seine Kollegin, nichts sonst), wie sehr auch immer sie an ihren eigenen flüchtigen, lächerlich dünnen Netzen werken, so wenig wie er Teil eines solchen Netzes werden, dafür müssten sie alles aufgeben und das können sie nicht, das können sie am allerwenigsten.

Er sieht sie, plaudernd oder schweigend im Bus, und sich ganz blass unter ihnen. Dahinter, deutlich, voller Anziehungskraft, als wäre es eine stärkere, wirklichere Wirklichkeit, die Stadt, die flache Stadt in ihrer Tiefe.

Aber die Stadt ist leergewaschen vom Regen. Die Marktstände sind verwaist, niemand ist auf den Straßen, obwohl es schon nur noch nieselt. Nur vor einem Lokal oder einer Wäscherei steht eine dünne Chinesin in kurzen Jeans, in der einen Hand eine Zigarette, in der anderen ein Mobiltelefon; sie geht auf der Straße hin und her, sehr allein in einer weiten Gegend, ein dünner hellhäutiger Körper mit nackten, regennassen Beinen. Eine rote Neonschrift leuchtet auf der gelben Mauer hinter ihr, mit chinesischen Schriftzeichen. Das wäre ein schönes Foto, sagt der Präsident ein oder zwei Sitzreihen vor ihm, der Architekt erinnert sich, dass er

eine Kamera in der Tasche hat, und packt sie nicht aus. Aber er sitzt in seinem Bus wie hinter einer Kamera und schaut auf die andere Seite hinaus. Solange er nur auf die Straßen, die Fassaden, die Bretterverschläge der Straßenmärkte, den grauen Himmel trifft, ist dieser Blick beinah unschuldig.
Er beginnt zu frieren, offenbar hat der Fahrer die Klimaanlage im Bus zu stark eingestellt; weil Sonntag ist oder weil es ihm allgemein schon egal scheint, hat der Architekt auch kein Sakko dabei. Es ist so eisig kalt hier drin, dass er sich einbildet, es müsste auch draußen abgekühlt sein, in einem Maß, das eher einen plötzlichen Umsturz des gesamten Klimas als einfach eine Wetterveränderung anzeigen würde; sobald, auf den Protest einiger Fahrgäste hin, die Klimaanlage (die nicht regulierbar ist) für ein paar Minuten ausgeschaltet ist, wird ihm klar, dass es fast so heiß wie an den letzten Tagen sein muss. Der Dekan (der bei der Abfahrt schon im Bus gesessen war und gewartet hatte, so als würde er immer dort sitzen und warten) entschuldigt sich leise, aber wortreich für die Klimaanlage.
Die Wolken sind schon wieder fast verschwunden, während sie sich dem Rand der Stadt nähern, das hier sind Christenviertel, und eine Art von Sonntagsruhe ist zu spüren, viele Leute schlafen auf der Straße, keine Obdachlosen, sondern einfach Leute, die gern zwischendurch einmal schlafen, sie liegen auf dem Trottoir oder unter ihren Verkaufsständen, Kinder, Erwachsene, sie spüren seine Blicke nicht, denkt er, sie wissen nicht, dass sie ins Bild geraten und nicht mehr für sich sind. Welches Vertrauen ins eigene Leben braucht man, um einfach auf der Straße schlafen zu können, er kann nirgendwo schlafen, weder im Bus noch im Hotelbett, er denkt, er wird auch nirgendwo sonst jemals wieder schlafen können. Die Motorengeräusche der Mopeds und all der Toyotas, das Motorengeräusch des Busses dringen in den Schlaf der Menschen auf den Trottoirs und unter den Verkaufsständen. Ihre Träume sickern in den Boden, Träume wie Benzin. Der Architekt ist für Sekunden nicht dort, wo er ist, und sieht es. Das

nahekommende, sich entfernende Motorengeräusch des Busses hebt die Schlafenden in die Höhe und nimmt sie mit sich, er sieht es, sein Blick, seine Kamera (die Kamera, die er hervorholen könnte, es reicht, dass er es könnte), hebt sie in die Höhe und nimmt sie mit sich. Irgendwann könnte er (möglichst beiläufig, keinesfalls als USB-Diashow, denn das wäre peinlich) Margarita und den Kindern Fotos auf einem Bildschirm zeigen, *Menschen in Afrika, Sonntagsruhe,* es wäre kein einzelner Mensch darin zu erkennen, nur dieser Blick von einem Autobus aus, aber was er dazu sagen würde, die Unterschrift, die er dem Bild geben könnte, würde in jedem Fall nach den fünfziger Jahren, blöder Ironie, schmieriger Überheblichkeit klingen. So als hätte dieses Schlafen eine Bedeutung, über die er oder irgendjemand Herr wäre, im Schlaf würden die Schlafenden in die Welt der Bedeutungen, der Lügen, des Bedeutsamen hineingezogen und zu Beherrschten werden. Er friert und hat Kopfweh und ekelt sich vor sich selbst.
Wann wird es zur Schande, andere Leute anzuschauen? Ist jeder Blick von außen, von zu weit außen, eine Schande? Jeder Blick, der zu keinem Netz von Blicken gehört: und seine Blicke (seine, nicht nur seine) sind computergeschult und die Blicke anderer kaum gewohnt, gelten einer Welt auf dem Computerbildschirm, einem Netz, das kein Netz von Blicken, sondern ein Netz von Informationen, flachen Bildern ist. Andere aus dem Verborgenen anschauen, selbst unbemerkt Informationen abgeben, beobachtbar sein.
Er sieht die Wirklichkeit wie auf einem Bildschirm: flache Bilder, Informationen. Im Vorbeifahren aufgenommen würde jeder dastehende oder dasitzende, jeder daliegende und schlafende Mensch auf dem Foto, also endgültig, verwischt und zu bunten Schlieren werden, er sieht nur die Häuser hinter den Menschen, könnte nur sie festhalten (in sie hineinsehen, diese Organismen erkunden und sich ihnen anverwandeln).
Hosana & Co. Commerce general steht auf einem rosa Ladenschild, am weit zerfransenden Stadtrand, wenige Meter neben einer

rauchenden Mülldeponie, auf der, wie Raben, ein paar Männer herumwandern und nach Brauchbarem picken. Vor der *Winner's Chapel International* stehen Männer in gelben Edeka-T-Shirts mit der Aufschrift *Wir lieben Lebensmittel*, eine Frau in einem weiten weißen Kleid sitzt auf der Ladefläche eines Pick-ups. Dann werden die Häuser seltener, ein paar Möbel- und Kleiderläden (auch wenn sie auf den ersten Blick nicht als Läden erkennbar sind) reihen sich noch aneinander. Aber die Sitzgarnituren und Schränke, die auf dem sandigen Boden gleich neben der Straße aufgestellt sind, die schlanken weißen Modepuppen in schicken Kleidern und mit verdrehten Armen daneben wären anders nicht zu verstehen. In den winzigen Häusern einige Meter dahinter befinden sich sicherlich die Läden und die Wohnungen ihrer Besitzer.
Er weiß, dass die Belgierin (die er nicht sehen kann) jetzt so wie er an eine Ausstellung denken muss, die sie einmal zusammen besucht haben, in Paris, im Centre Pompidou (warum nur waren sie gleichzeitig in Paris gewesen?). Die Erinnerung an diese Ausstellung, diese Modepuppen, diese Körperteile und kühlen Grimassen, diese Horrorfilm-Tapeten schließt sie noch einmal aneinander und trennt sie zugleich. Seine Blicke, seine paar Bemerkungen von damals bekommen jetzt eine andere Bedeutung; als hätte sie vor drei oder vier Jahren, in der Ausstellung *Fear of Mannequins* von Paul McCarthy, an seinem Blick etwas erkennen können; etwas, das sie Abstand verlangen lässt. Es war keine schlechte Ausstellung, aber weshalb war er dermaßen beeindruckt gewesen. Kann dieser Architekt zwischen Puppen und Menschen unterscheiden. Seine dauernde Vorsicht, seine scheinbare Ruhe, das, was sie für Zartheit und Zärtlichkeit hielt, hat nur diesen einen finsteren Grund, das glaubt sie jetzt zu wissen, er ist jemand, der aus seiner Angst nicht herauswill und es sich gut eingerichtet hat mit seinen Gespenstern. Sie kennt doch auch die Angst, aber sie wohnt nicht in ihr. Er weiß das, weil er in ihrem Kopf ist, sich in ihren Gedanken (Gedanken, die alle zu ihm hinführen) verhakt hat und an ihnen zerrt.
Er schließt die Augen und ist in ihrem Kopf, fünf Reihen vor

ihm am Fenster, versucht in ihrem Kopf gegen sich zu denken. Loslassen.
In Wahrheit war er begeistert gewesen, weil eine Grenze aufriss; er fühlte sich angeschaut von den unwirklich schönen weißen Modepuppen, Modepuppenköpfen, selbst von den Körperteilen und starren Gliedmaßen der Modepuppen mit ihren eisigen bösen Blicken. Im Filmlicht, vor altmodischen Tapeten, unter üppigen Perücken; die Grenzen zwischen Lebendigem und Totem, zwischen Dingen und Menschen sind ungewiss. Eine winzige Verschiebung, ein bestimmter Lichteinfall reicht, um alle Gewissheiten zu zerstören. Das Glas der Vitrine schützt die Puppen und liefert ihn, den Museumsbesucher, den Betrachter aus. Er ist der Einheimische in dieser Welt, die weißen Puppen sind Dinge aus der Fremde, halb lebendig und halb tot, sie sind Boten. Unsterbliche Boten, ihre Blicke bleiben, selbst wenn sie verrottet sind. Während er aus seiner Welt nicht herauskann, das ist das Schicksal von Eingeborenen. Angeschaut werden von Weißen, denkt er, könnte er auch jetzt auf der anderen Seite sein, außerhalb der Vitrine, des Autobusses? Ohne Netz?
Wie in den Nächten in seinem Hotelzimmer ist es abwechselnd eiskalt oder stickig heiß, je nachdem ob die Klimaanlage ein- oder ausgeschaltet ist. Der Bus braust jetzt mit einigem Tempo über die Landstraße, dem ersten Tagesziel, einem ehemaligen Sklavenhaus zu. Die Belgierin weiß nicht, was er denkt, und sie will es nicht mehr wissen. Er fühlt sich, als wäre der eigene Körper von ihm weggeschnitten und sinn- und zwecklos geworden; kaum noch lebendig. Er schaut jetzt nicht aus dem Fenster.

Nach mehr als einer Stunde sind sie beim Sklavenhaus angekommen. Der alte afrikanische Architekt erklärt, dass dieses Haus aus der Zeit des heimlichen Sklavenhandels in der Mitte des 19. Jahrhunderts stammt. Die Händler waren Franzosen, Portugiesen, Engländer und auch Einheimische. Sie versteckten in diesem Haus die aus dem Landesinneren angeschleppten Männer,

Frauen und Kinder und ließen sie in den Kellerräumen zusammengepfercht auf die Verladung auf die Schiffe warten, die sie nach Amerika transportieren sollten. Manchmal hatten sie Wochen und Monate zu warten; Sie werden sehen, unter welchen Umständen, sagt der alte einheimische Architekt. Er steht vorne im Bus, wie ein Stellvertreter oder Schatten des Dekans, und redet mit lauter Stimme ohne Mikrophon, mit einer Hand hält er sich an der Rückenlehne eines Sitzes fest. Heute liegt dieses Haus nah am Meer, damals war es mehr als einen Kilometer davon entfernt und stand mitten im Wald

Sie biegen von der Hauptstraße ab, auf einen holprig-sandigen Weg, der in Richtung Meer führt, aber hätte er nicht die Erklärung gehört, wäre sich der Architekt dessen schon nicht mehr sicher, nachdem der Bus einige Kurven durchs Unterholz genommen hat. Zweige schleifen an die Fenster, es rüttelt sie durch. Dann stehen da ein paar Häuschen, die ihn an kleinere europäische Einfamilienhäuser erinnern, sie fahren weiter bis zu einer niedrigen Mauer, dort bleibt der Bus stehen.

Dieser Architekt hält doch heimlich Ausschau nach einem besonderen Haus, einem unverständlichen Haus, einem Haus für sich, das ihn alle seine Ideen vergessen ließe, Ausschau nach geheimen Wegen (das ist ihm wichtiger als der eigentliche Zweck der Reise). *Wood Home* steht, merkwürdigerweise auf Englisch, auf einem Schild (aber vielleicht hat der britische Sklavenhändler vor hundertfünfzig Jahren ein solches Schild am Tor seines Anwesens angebracht, solche Leute schätzen ihr Heim und kasteln sich gern darin ein). In einem Innenhof, nah dem Eingang, spielen ein paar kleine Mädchen, ungefähr im Alter von Jakob, aber es sind Mädchen, er erinnert sich an Miriam in diesem Alter, Miriam mit drei, mit vier, mit fünf. Die Mädchen tanzen um Zwillingsbäumchen herum. Miriam wird nie wieder so klein sein. Eine große Eidechse klettert eine Mauer lang, hinter dem Rücken der Besucher. Das Haus selbst ist halb verfallen oder auch halb restauriert und kleiner als er es sich vorgestellt hat. Ein Mann namens

Edmond nimmt die Besucher in Empfang, sie setzen sich auf einen Baumstamm, János sitzt neben dem Architekten und flüstert ihm etwas ins Ohr, das er nicht versteht, er nickt und lächelt. Sie sitzen im Schatten, über ihnen das ausladende Laubdach eines alten Baums, der Boden unter ihnen aus rotem Sand, wie ein Tennisplatz. Halb Afrika ist ein Tennisplatz, vielleicht hat János etwas Ähnliches von sich gegeben. Er muss das Lächeln (das hartnäckige falsche Lächeln) wieder aus seinem Gesicht bekommen. Edmond, mit weißem Bart, Glatze, weitem T-Shirt, Bermudashorts, erklärt nun etwas ausführlicher als zuvor der alte Architekt (der sich jetzt abseits hält und die Eidechse zu betrachten oder zu beschwören scheint) den illegalen Sklavenhandel, der bis zum Ende des 19. Jahrhunderts weiterlief. Über der halb eingestürzten Decke des schmalen und langgezogenen Hauses hinter Edmond ist als Regenschutz ein neues Wellblechdach angebracht. Auf der Seite, wo das Dach eingestürzt ist, ist auch vor ein Fenster eine Wellblechplatte geschraubt und teils schon wieder weggerostet. Eine Treppe mit sechs oder sieben Treppenstufen führt zum Eingang, recht mächtige Pfeiler stützen ein Vordach. Die Fenster sind auch im intakteren Teil des Hauses leere Höhlen ohne Scheiben und ohne Rahmen; durch sie hindurch sind die grüngestrichenen Holztüren im Innern des Hauses zu sehen. Edmond zeigt auf die halbrunden Öffnungen in der Hausmauer knapp über Bodenhöhe: dahinter sind die Souterrainkammern, wo die im Landesinneren zusammengefangenen Sklaven auf die Verladung in die Schiffe gewartet haben, wochen- oder monatelang. Ein Meter fünfzig hohe Räume, nicht hoch genug, um aufrecht zu stehen. Vor der Verladung wurden die in Ketten gelegten Gefangenen von hier aus zu einer Quelle oder einem Brunnen, zu einem letzten Bad auf afrikanischem Boden gebracht. Edmond spricht von *purification*, und es klingt, als wäre es ein religiöses Ritual.
Wasch dein Menschsein von dir ab, denkt der Architekt. Du bist keine Person mehr. Gehörst keinem Stamm mehr an. Hast deinen Namen verloren. Ein Auslöschungsritual, wie eine Gegen-Taufe.

Sie gehen hinter dem Führer her ins Innere des Hauses. Der Dekan, der während Edmonds Erklärungen neben der Gruppe gestanden ist, immerzu nickend wie ein Greis, und sich ab und zu die Stirn mit einem großen Tuch abgewischt hat, folgt ihm als erster. Einem Gedenkstein neben der Vortreppe ist eine lange und sicherlich pathetische Inschrift eingraviert, die zu lesen der Architekt keine Lust hat. *Plus jamais d'esclavage* steht auf einer Tafel am Hauseingang.

In einem kleinen Raum links vom Eingang kann man nur an den Wänden entlangschleichen, weil das, was vom Boden übriggeblieben ist, nicht mehr trägt, durch Ritzen kann man in den Kellerraum hinunterschauen. Oben stehen ein hübscher Kleiderschrank im afrobrasilianischen Stil und ein gusseiserner Tresor mit der Aufschrift *Fire and Burglar*. Das größere Zimmer rechts vom Eingang ist offenbar der Salon, ein Tisch mit gedrechselten Beinen steht da, dort aßen und tranken die Sklavenhändler, oben, gleich neben dem Tisch ist eine kleine Falltür in den Bretterboden eingelassen, durch die die Sklaven im Untergeschoß das Essen bekamen, eine Mahlzeit am Tag. Die Falltür ist nicht groß genug, dass ein erwachsener Mensch durch sie hindurch klettern könnte. Die dutzenden Leute, die unten auf dem Sandboden kauerten oder saßen, hatten kaum Licht, nur das bisschen, das durch die halbrunden Öffnungen in der Mauer hereinkam. Sie hörten die Schritte auf den Brettern über sich, die Besucher in ihren Sandalen, ihren Sneakers, ihren schwarzen Halbschuhen treten leicht und vorsichtig auf, der Architekt erinnert sich später nicht an ein Knarren der Bretter, er erinnert sich später auch nicht daran, dass er von sich aus irgendetwas gespürt hätte. Er versucht, sich die dicht zusammengedrängten halbnackten dunkelhäutigen Figuren vorzustellen. Ihr Stöhnen oder Singen oder Schweigen, ihren unvermeidlichen Gestank, ihren Lebens- und Todesgestank. Das Warten aufs Sich-Öffnen der Luke, das langsame Gleichgültigwerden. Welche Sätze, welche Bilder wiederholen sich in diesen Köpfen. Keine Sätze, die er kennt, keine Sätze, die er verstehen kann,

keine Sätze, die an die Ohren der Männer oben im Salon dringen können. Die Händler, die über sechzig Jahre hinweg aufeinander folgten, einander ablösten, waren meist Europäer, aber das Haus errichten lassen hatte ein lokaler König, dessen Familie seit Jahrhunderten vom Sklavenhandel gelebt hatte. Diese Europäer, diese Engländer, Portugiesen, Franzosen: waren es Geschäftsleute, waren es auf Abwege geratene Soldaten und Offiziere, Reisende und Abenteurer, Berufsverbrecher, die sich nun als Geschäftsleute sahen? Er muss an Männer in weißen kolonialen Leinenanzügen denken, die dasitzen und Zigarren rauchen. Leicht bewaffnete Männer mit leichten Hüten. An Rum, Schweiß, Zigarren, schlaffe Erektionen, Kontore und Rechnungen, die Malaria, den Wunsch sich zu betäuben. Was hörten sie von dort oben; ist es weniger schlimm, wenn sie nichts hörten? Warum fühlt er nichts, als wäre das hier bloß eine Geschichtsstunde?
Auf dem Weg hinaus schnappt er auf, wie die Belgierin im Gespräch mit Edmond das Wort *Gegen-Taufe* verwendet. Ich liebe dich, Sophie, denkt er oder denkt es in ihm, ganz spontan, schmerzhaft und unabweisbar, doch er hat zugleich das Gefühl, dass er oder das, was in ihm denkt und fühlt, etwas ganz anderes meint als Liebe. Mein Bruder, denkt er, ist wirklich nicht mehr da.
In einem kleinen Korridor, wo der Boden weggerissen ist und nur einige Balken verblieben sind, ist die Sicht nach unten frei. Er schaut auf die halbrunden Fenster nah am Boden, von innen, dann – als sie wieder auf dem Hof sind – von außen: ganz hübsche Fenster, wie Augen, am Eingang zur Hölle. Anderseits ist es einfach irgendeine Grube oder irgendein Graben. Man kann hineinstolpern wie in die Gruben und Gräben und ungesicherten Baustellenlöcher auf irgendeiner schlecht erhaltenen Straße.
Sie gehen in kleinen Gruppen oder allein auf dem Hof herum.
– Das Schlimme ist, letztlich können wir uns viel besser in die Leute oben hineinversetzen als in die Leute unten, hört er den Präsidenten sagen.
Er setzt sich ein wenig ab, schaut sich um. An einem einzigen

Fenster bemerkt er nun doch einen Kipprahmen, aufgeklappt, aber ohne Scheiben, links davon nah an der Hausmauer einen knorrigen Baumstamm. Ein Fenster, das kein Fenster ist, eine Schwelle, die keine Schwelle ist, ein Baumstamm, fast in einen Innenraum geraten.
Auf der dem Sklavenhaus gegenüberliegenden Seite des Hofes steht ein Wohnhaus mit angeschlossenem kleinen Laden. Dort lebt eine Familie, zu der die um einen Baum tanzenden kleinen Mädchen oder eins der kleinen Mädchen gehören und möglicherweise auch Edmond. Der alte Architekt sitzt auf dem Baumstamm und erzählt der vor ihm stehenden Dozentin aus Padua, dass die Bewohner des Hauses die Nachkommen des Königs und Sklavenhändlers aus dem 19. Jahrhundert sind. Die Dozentin aus Padua scheint unschlüssig zu sein, welches Gesicht sie zu diesen Erklärungen machen soll. In unserer Sprache, sagt der alte Architekt, gibt es keine Wörter für Fortschritt oder für Freiheit, das hätten wir bedenken müssen. Wir wussten gar nicht, wie gründlich wir aus der Weltgeschichte ausgeschlossen waren. Und unsere eigene Geschichte hatten wir schon längst nicht mehr. Unsere Sprache hatte schon keine Bedeutung mehr, keine Verbindung zur Wirklichkeit. Später sitzt dieser europäische Architekt selbst auf dem Baumstamm, dort, wo der alte afrikanische Architekt gesessen ist. Während die anderen sich die Souvenirs anschauen (er hat noch nichts für Margarita und vor allem noch nichts für die Kinder gekauft, aber kann man an diesem Ort Souvenirs kaufen, exotische Tiere aus Stoff, Filz, Holz oder Coladosenblech, Puppen, Fetische oder Fetischnachahmungen, Kruzifixe, womöglich Sklavenhaus-T-Shirts?), schaut er auf den knorrigen Baumstamm, als wäre das sein Baumstamm, das Fenster mit dem Kipprahmen, als wäre es ein rätselhaftes Schriftzeichen, er ist zufrieden, dass keiner mit ihm spricht, und versucht, mit keinem zu sprechen.
In der einen Ecke des Hofes treibt sich der Präsident mit Gefolge herum, in einer anderen Ecke der Dekan mit Gefolge. Später wird er den Dekan, weil er plötzlich allein neben ihm steht und irgend-

ein Gesprächsthema braucht, nach Papa Legba fragen (obwohl ihm diese Frage sofort dumm und unangemessen vorkommt), keine Ahnung, sagt der Dekan, wo haben sie das her? Ein Freund, sagt der Architekt unentschlossen, hat mich … Jetzt ist aber auch die Dozentin aus Padua hinzugetreten, die auf dem Fetischmarkt war. Allein?, fragt der Dekan besorgt, ja sicher, sagt die Dozentin. Ein phallischer Muddkopf, erklärt sie, ein Reise- und Botengott, der unter verschiedenen Namen bei verschiedenen Völkern vorkommt und auch bei amerikanischen Voodooreligionen beliebt ist (der Dekan schüttelt mit freundlichem Lächeln den Kopf), allerdings scheint es sehr viele Varianten dieser Geschichte zu geben. Aha, ein Reisegott, sagt der Architekt wenig leidenschaftlich, denn das alles scheint ihm recht banal und sagt ihm nicht viel. Er spürt eine Gegenwart in seinem Rücken, fast einen Atem, zuerst glaubt er, es wäre die Belgierin, aber sie ist es nicht. Später fällt sein Blick auf eine schöne Frau, die ihn anlächelt, er hat sie schon einmal gesehen, noch nie alleine. Die Belgierin sieht er erst wieder, als sie zurück zum Bus gehen, und sie lächelt ihn an, mit einem neutralen Lächeln, das ihn so sehr beglücken wie kränken könnte. Nicht dass er sich wie ein Teenager fühlte, es ist viel schlimmer.

Wohin will er zurückkehren. Warum glaubt er, sein Büro behalten zu können. Warum glaubt er, immer genug Aufträge zu bekommen. Warum glaubt er, er könne Häuser bauen, seine Ideen wären besonders, irgendjemand würde von diesen Ideen profitieren. Warum sollte er als Dahergelaufener hier in Afrika Pläne darlegen, große Reden schwingen. Warum sollte es eine Zukunft geben. Warum sollte drüben (in seiner Stadt, in der Vergangenheit) noch alles da sein. Warum glaubt er, dass Margarita und er ihre Kinder ins Erwachsensein begleiten können, über die Jahre, die noch fehlen, die vielen, aber schnell vergehenden Jahre. Warum rechnet er nicht damit, dass alles zusammenbricht. Das sind Sätze, keine Fragen.

Er will vom Büro in die Wohnung und von der Wohnung ins Büro gehen und steigt in Westafrika in einen fast nur mit Europäern besetzten Autobus. Er geht im Autobus an der Sitzreihe des Präsidenten vorbei, der ihn kurz anschaut, mit einem Blick als hätte er ihn noch nie gesehen. Die Freundlichkeit, fast Freundschaft, der Entzug der Freundlichkeit, fast Freundschaft, die Erleichterung, sie wiederzuerlangen, denn irgendetwas hängt sicherlich davon ab; er könnte sich einbilden zu wissen, was davon abhängt; dieses Wissen gezielt einsetzen. Das Entsetzen über den Verlust, den Entzug, der immer genau in dem Moment zu kommen scheint, wenn er nicht zu ertragen ist, weil man die Schuld bei sich selbst sieht und unfähig ist, irgendein Wissen gezielt einzusetzen. Möglicherweise ist jeder Blick des Präsidenten machttechnisch kontrolliert, möglicherweise allerdings schon längst nicht mehr. Möglicherweise war jeder Blick des Präsidenten einmal, bis vor kurzem, machttechnisch kontrolliert, und der Präsident hat noch nicht bemerkt, dass er die Kontrolle verloren hat. Oder er weiß, dass er gar keine Kontrolle mehr braucht, sich alles erlauben kann, einfach weil er eine Position in einem System einnimmt und jeder seiner Blicke, jede seiner Gesten durch diese Position bestimmt ist und diese Position zugleich definiert.

Der Architekt setzt sich an seinen Platz. Der Motor des Busses läuft schon; eine leichte Vibration. Die Belgierin hat ihn angelächelt, doch so fremd war ihm diese Frau noch nie, auch nicht bevor er das erste Mal mit ihr gesprochen hatte, so fremd waren ihm diese Leute noch nie. Während das Fenster, an das er den Kopf lehnt, der knorrige Baumstamm, die eisige Luft aus der Klimaanlage, der rote Sand, der morsche Bretterboden (die Grenze zur Hölle) so nah sind. Die leichte Vibration; wenn er die Finger ans Fenster legt, überträgt sie sich auf ihn. Der Bus fährt durchs Dorf, in dem ihm ein verfallenes Missionsgebäude auffällt, verlässt es wieder, um auf die Schnellstraße in Richtung Belleville zurückzukehren. Ein paar Hühner laufen am Straßenrand umher, verfolgen einander, stolpern, er folgt einem der Hühner mit dem

Blick, schaut ihm bei Stolpern zu, beim stolpernden Laufen, noch als er die Augen schließt, sieht er es. Dieses rote Gefieder.
Es sind sicherlich nur ein paar Sekunden vergangen, bevor er sich bei einer Abendveranstaltung wiederfindet, in Europa, unter lauter Bekannten, sich und die Belgierin. Er weiß nicht, dass er schläft. Sie sieht ihn an, während diskutiert und geredet wird, er sieht sie an, mit einem sicheren Erwachsenenblick, es ist schön, einander so anzublicken. Es ist die Belgierin und zugleich eine andere, ihm sacht fremde, erregend fremde Frau; am Ausgang steht sie neben ihm. Hier können sie sich doch nicht einfach küssen, aber schon neigen sich ihre Köpfe zueinander und sie küssen sich, es ist das Selbstverständliche, Notwendige, sich jetzt zu küssen. Es geht fast von selbst und ist nichts als Magie. Er spürt die feuchte, warme, vertraute, fremde Berührung und denkt an Margarita, doch sie küssen sich nur, diese Frau und er, nicht mehr, warum sollen sie sich nicht küssen. Gleich liegen sie allerdings schon auf einem Bett, er erkennt dieses enge Bett wieder, das kleine Zimmer, in dem es sich befindet. Warum hat er sie ausgerechnet in seine Elternwohnung gebracht. Was will er von ihr oder von irgendeiner Frau, mit der er ins Spiel kommt. Er versucht sich im Traum davon zu überzeugen, dass er sie gar nicht begehrt, indem er beginnt, die Bewegung ihrer kleinen Zunge in seinem Mund langweilig und mechanisch zu finden; und wenn er sie nicht begehrt, so ist er auch vor Margarita unschuldig. Aber sie liegen auf dem Bett, und die Frau wartet darauf, dass er anfängt, sie auszuziehen, er weiß es, sie wartet, dass er anfängt, ihre Hose aufzuknöpfen, ihren Pullover hochzuziehen. Es ist immer die gleiche Wohnung, er hat Angst, dass sie jemand hört. Er hat Angst, sein Vater könnte hereinkommen und ihn, den verheirateten Sohn, im Bett mit einer fremden Frau erwischen. Immerzu bewegt sich diese kleine Zunge in seinem Mund, jetzt schon fast ohne Wärme, der Körper der Frau ist so nah, seine Hand liegt auf ihrem Hosenbund, die Zimmertür ist nicht richtig geschlossen.
Er wacht aber nur von der Kälte auf, niemand ist da. Einen Mo-

ment lang hat er noch weiter Angst, sein Papa könnte kommen und ihn erwischen. Seine Wange klebt beinah an der Fensterscheibe. Ein Speichelfaden rinnt aus seinem Mund; er erinnert sich an den Kuss jetzt wie an etwas ganz Wunderbares, etwas für immer Gültiges, nicht nur in einer Traumwelt, etwas, das aber niemals wiederkehren wird. Er macht sich oder seinem Vater oder Margarita Vorwürfe, nein, nur sich, und es sind keine Vorwürfe, es ist ein Gefühl von Trostlosigkeit. Er hofft, dass er nicht zu sehr geschnarcht hat, in diesen wenigen Minuten seines Schlafes. Der Bus fährt an einer mit Menschen randvollen Kirche vorbei, die allerdings aus nichts als einem Betongerüst besteht, vier tragenden Säulen, mit einem kirchturmartigen Giebel. Im Hintergrund ist der mit einem weißen Spitzentuch belegte Altar zu sehen, vor dem der Priester im Ornat mit hochgehobener Monstranz dasteht. Wahrscheinlich betet er laut oder diese Menschen singen, aber nichts ist zu hören als (vielleicht auch nur in seiner Einbildung) das Surren der Klimaanlage, das Dröhnen des Motors, es verschluckt das Gebet und den Gesang. Den ins Leere gesetzten Prunk, den ins Leere gesetzten gemeinsam zelebrierten Glauben kann die sich rundum dehnende Landschaft überwuchern, der davonfahrende Bus kann sie mit sich nehmen und aus der Welt lösen.

– Eine neue Maske für Vater!, singen die Kinder. Ab jetzt ist er ein Haus. Such dir ein Haus aus! Ab jetzt ist er ein Huhn. Such dir ein Haus aus! Ab jetzt ist er ein Ratz. Such dir ein Haus aus! Ab jetzt ist er das Fliegenkind. Such dir ein Haus aus. Ab jetzt ist er das Kind. Ich bin die Mama, er ist das Kind. Ich bin der Papa, er ist das Kind. Kind, geh ins Haus. Kind, geh nach Haus. Ab jetzt ist er der Maulwurf, die Fliege mit dem Stolperbein, du armer Maulwurf, grab dich ein, du armes Fliegenkind, stolper schön nach Haus. Der Ratz mit dem Hut. Das Huhn mit der Antenne. Such dir ein Haus aus. Stolper ins Haus. Ab jetzt ist er ein Haus.
Er spürt seinen Schädel, ein hartes Knochengerüst, denkt an das stolpernde rotgefiederte Huhn. In jedem Hof wohnen Hühner

mit den Menschen zusammen, warten und wissen nicht, dass sie warten, dass sie nicht ganz dazugehören. Die Kinder haben ein Spiel, in dem Tiere und Kinder die Städte und Länder bewohnen, ein wucherndes, endloses Spiel, in dem er ab und zu aufzutreten hat, er kann ihnen, wenn er zurückkommt, neue Tiere und Masken bereitstellen, er kann sich selbst als Figur bereitstellen. Die Kinder tanzen durchs Zimmer und klatschen in die Hände.
Er hört sie, sieht sie und vermisst sie. Sie sind so weit entfernt, er kann Grenzen im Raum und in der Zeit kaum unterscheiden, weiß nicht, welche leichter zu überwinden, welche unüberwindlich sind. Wie er zurückkehren soll. Er zählt die Tage bis zur geplanten Rückreise, es sind noch endlose fünf Tage, die er Sekunde für Sekunde überstehen muss. Jetzt schützt ihn halbwegs der Bus, in den er mit Knochen, Schädel und Brustkorb eingeschlichtet ist, neben, vor und hinter die anderen Körper in ihren Anzügen und Kleidern.
An seiner Hand sind immer noch die Bissspuren von seinen eigenen Zähnen zu sehen.

Sie sind noch nahe am Stadtrand von Belleville, aber der Bus ist von der Schnellstraße längst auf eine ins Landesinnere führende Straße abgebogen. Der Kanal, den der Architekt einmal in der Stadt vom Bus aus gesehen hat (die kleinen braunen Hunde im Schlamm und Plastikmüll), hat sich hier zu einer Lagune geweitet, die Sonne brennt vom blauen Himmel auf das gelb schillernde Wasser herab. Hunde wie Hühner, Männer, Frauen und Kinder wie Raben, hier findet sich ein größerer Müllberg, mit Stöcken stochern die Menschen in Schrott, der möglicherweise mit Schiffen von Europa hierher verfrachtet wird und verwertbare und tödliche Bestandteile enthält. Der Blick bleibt an den Menschenfiguren (den Raben, Hunden, Hühnern) hängen. Es kann Gänge in diesem Berg geben wie in einem Ameisenhaufen, es ist ein Gebäude, von dem es keine Pläne, eine Stadt, von der es keine Karten geben kann, sie verändern sich ständig, wenn man die falsche Abzweigung nimmt, verätzt, vergiftet man sich oder geht einfach in Gestank und Dreck unter. Sich zusammenkauern, sich Höhlen graben, Dinge an sich ziehen, aber darum geht es nicht, Sekunden von Ruhe, dann die Dinge weitertragen, in die Außenwelt, denn es gibt doch die Außenwelt, und dies und das lässt sich verkaufen. Kupfer, Aluminium.

Sein Bauch ist mit Kaffee, Croissants und Joghurt gefüllt, er hat eine Plastikflasche mit Mineralwasser in seiner Tasche, jetzt bin ich ein Fliegenkind.

Er sieht die Rauchwolken und die Gestalten, die sich durch die Rauchwolken bewegen. Sie haben kleine Feuer angezündet, ein gelber Dunst liegt in der Luft. Er muss sich vorstellen, einer von ihnen zu sein, dieser Mann im ärmellosen T-Shirt, der in der Hitze eine Wollhaube trägt, dieses Kind, kaum älter als seine Tochter, das über den Müll tanzt, diese Wesen ohne Vergangenheit und Zukunft. Ich möchte Fußballer werden, Fußballer, Rapper. Ich möchte fort. Untertauchen, vergessen. Jetzt bin ich ein Haus, eine Maschine. In seiner Welt schaut er auf Computerbildschirme, auf denen sich Grundrisse und Aufrisse von Häusern formen, in der wirklichen Welt lösen dieser Mann, dieses Kind die Bildschirme, Fernseher, Telefone, Kühlschränke, Computer in ihre Einzelteile auf, um neues Zeug daraus zusammenzubasteln oder sie um ein paar Francs weiterzuverkaufen und neues Zeug daraus zusammenbasteln zu lassen, aber sie kennen seine künstliche Welt, während er durch ihre wirkliche Welt gefahren wird, ohne dass seine Füße den Boden berühren. Jeder sucht nur einen Platz in der künstlichen Welt, einen wirklichen Platz in der künstlichen Welt.

In der Talsenke breitet sich ein Meer kleiner Häuser aus, eher sind es Hütten, er schaut auf die Dächer, kleine Läden sind nah der Straße, die sich wie eine mit dem Messer gezogene Schneise durch das Viertel zieht, zu sehen, geöffnete Läden, denn das ist ein muslimischer Stadtteil, er sieht Männer in Boubous und Frauen mit bunten Schleiern auf den Köpfen.

Er sieht sie ganz kurz, der Bus beschleunigt. Nach wenigen Se-

kunden haben sie dieses Gebiet verlassen. In anderen Ländern würde eine Mauer (eine Lärmschutzwand) die Straße oder das Wohnviertel sichern. Der Bus kann beschleunigen und davonziehen, die Besucher sitzen da, schauen aus dem Fenster oder unterhalten sich und frieren, gleich kann Musik den Raum fester für sie schließen, den Raum, der sie trägt. Wenn schon die Klimaanlage nicht recht funktioniert, so kann doch die Musikanlage eingeschaltet werden. Dieser Architekt erinnert sich an die letzte Nacht, und ihm scheint, es wäre alles gut. Mbongwana Star, denkt er, obwohl es offensichtlich völlig andere Musik aus einem völlig anderen Teil des Kontinents ist, die er hier hört, vermutlich etwas aus Mali. Lass dich von diesen Bässen wärmen, von diesem Gesang, diesem Wechsel- und Sprechgesang, den du zum Glück nicht verstehst. Lass dich davon tragen. Sie schießen als Rhythmusraumschiff durchs Land und lassen Klangspuren zurück. In das Wohlgefühl schiebt sich das Bild einer winzigen Erinnerung, der Blick aus dem Bus auf einen mit Stoffballen und Wanderarbeitern beladenen Lastwagen, er stellt sich einen Lastwagen mit Stoffballen und Wanderarbeitern auf der offenen Ladefläche vor, den der Bus überholen würde, er stellt sich einen (als Schutz vor dem Wind oder den Blicken) mit Tüchern umschlungenen Kopf vor, einen Blick, die gerechte Wut, ein Maschinengewehr, tsching, ratatata, auch das ist Musik.
– Bitte leiser!, ruft eine Stimme im Bus, bon, bon, sagt der Dekan, der vorne im Bus sitzt, ist schon gut, ich dachte nur, und der Fahrer dreht am Lautstärkeknopf.

Sie erreichen ein hübsches Städtchen mit bunten Häusern und einem süddeutschen Kirchturm und essen dort zu Mittag. Es ist der Heimatort des Dekans, wie es scheint, aber niemand bringt die Geduld für eine Stadtführung auf. Selbst an diesem freien Tag ist der Zeitplan völlig durcheinandergeraten; es ist halb vier und im reservierten Restaurant müssen Gäste umgesetzt werden, um Platz für die Besucher freizubekommen. Das dauert seine Zeit,

aber es funktioniert. Sie gruppieren sich um zwei große Tische im Garten des Lokals, der Architekt kommt so zu sitzen, dass die Dozentin aus Padua (ohne ihren Begleiter, er könnte ihr jetzt ganz persönlich Fragen stellen nach ihrem Vortrag und nach dem Inneren der Pyramide von Abidjan stellen) neben ihm sitzt und er den kahlgeschorenen Hinterkopf des Dekans im Blickfeld hat.
In einem Kämmerchen am Rand des Gastgartens stampfen Männer in weißen Hemden Hirse. Dahinter beginnt die Landschaft: eine Böschung, ein Fluss, eine Ebene (am Rande des Blickfelds bricht die Welt ab). Die Brillenbügel schneiden hinter den Ohren des Dekans tiefe Kerben in die Haut, es sieht so aus, als hätte er seit vielen Jahren diese Brille nicht abgesetzt, als könnte er sie gar nicht mehr absetzen, ohne sich größere Wunden zuzufügen.
Es gibt Wasser und Bier, die ohne großes Nachfragen auf den Tischen verteilt werden, aber nur Flag-Bier, der Architekt fragt nach Awooyo, bekommt als Antwort belustigte Blicke und ist enttäuscht. Er wünschte sich, die Belgierin wäre in seiner Nähe, die Belgierin (auch wenn er ihr nichts zu sagen wüsste) oder auch der alte afrikanische Architekt, aber da sind nur die Dozentin aus Padua, der Mann mit der Foucault-Glatze (man sieht so deutlich seine gleichmäßig weißen Zähne, wenn er lächelt; kräftige Zähne wie die eines Hundes) und an seiner Seite die sehr schöne Frau, die er, so wie immer, nicht wiedererkannt hat; sie hat ihn vorhin beinah angestrahlt (vorhin, das scheint so lange her). Er hätte in den letzten Tagen Bekanntschaft mit all diesen Menschen schließen können, sollen oder müssen. Mittlerweile haben sich Kräfteverhältnisse gebildet und umgeformt, lebendige Kraftlinien, Leute, die sich in diesem Bereich auskennen, könnten diese Kraftlinien als Diagramme in einem drei- oder vierdimensionalen Raum zeichnen, Muster wie Lebensräume für fremdartige Wesen, Trickfilmwesen, die Leute, die sich auskennen, könnten nachzeichnen, wie sich Ordnungen bilden, und erklären, warum sie wieder verlorengehen. Alle nehmen in diesem Feld einen Punkt ein oder ziehen ihre Schneisen, alle sind sichtbar und existieren

und glauben zu existieren (aber es existieren nur die Trickfilmwesen in ihrer zweiten Welt).
Auf dem Weg zum Klo hört der Architekt den Präsidenten zischend, aber dennoch mit kaum gedämpfter Lautstärke über den Dekan lästern, er ist natürlich ein Schwachkopf wie er im Buche steht, sagt der Präsident, ein Schwachkopf wie alle Dekane, aber in seiner ganz besonderen unfassbaren Weise noch dümmer, fehlt nur, dass er auch eine Fiedel hervorholt und uns Schlaflieder vorsingt wie der andere Kretin. Normalerweise teilt der Präsident solche Einschätzungen irgendwann aus sicherer Entfernung diesem Architekten und sicher auch anderen Bekannten mit (dem stillen Architekten wie einer weißen Wand), aber jetzt scheint seine Wut beinahe echt und deshalb unaufschiebbar, und allem Anschein nach bemerkt er ihn gar nicht, diesen auf die Toilette schlurfenden wandgleichen Landsmann. Der Hipsterbart des Präsidenten, denkt der Architekt, scheint von Tag zu Tag die Farbe zu wechseln, er schließt sich in die Kabine ein, um zu pinkeln, und lehnt dann noch ein wenig an der Wand und lauscht dem Rauschen der Klospülung. Bei der Rückkehr von der Toilette zischt und lästert der Präsident immer noch oder schon wieder, wir ziehen hier herum wie eine verfickte Scheiß-Pfingstgemeinde, hört der Architekt und denkt: Schlecht synchronisiertes Geschimpfe, what the fuck is a Pfingstgemeinde.
Auf den Tischen stehen schon Körbe mit Baguettes, er beugt sich übers Gesichtsfeld seiner Sitznachbarin hinweg, um ein Baguettestückchen zu ergattern und die Zeit bis zum Hauptgang mit Brotessen und Biertrinken zu füllen. Seine Sitznachbarin unterbricht für Sekunden ihr Gespräch mit dem Mann mit der Foucaultglatze über afrikanische Kunst, der Architekt entschuldigt sich kurz und verspätet. Er sitzt am Rand des Tisches und der Tischgespräche, absprungbereit. Der Konflikt des Dekans mit dem Präsidenten, über den es sicherlich noch einiges zu erfahren gäbe, vielleicht auch von seiner Sitznachbarin oder dem Mann mit der Foucaultglatze (er überlegt, in welcher Sprache er ihn anreden sollte), ist

vielleicht ernsthaft, vielleicht aus ritueller Notwendigkeit entstanden, es geht dabei sicherlich nicht um diesen Ausflug, sondern um Werweißwas. Es könnte etwas Beunruhigendes haben, dass er erst jetzt etwas von dem Konflikt mitbekommt, da und dort wird sicherlich gerade darüber getuschelt. Man muss sich entscheiden, was man über Werweißwas denkt, man muss entscheiden, welcher Gruppe man sich anschließt. Oder man muss sich nicht entscheiden, man kann auch indifferent lächeln, auch wenn man wenig gewinnt auf diese Weise. Die Formen leben, und nicht wir. Das Piano hat getrunken, nicht ich. Alle treiben wir auseinander, das ist das einzige Gesetz. Die Belgierin.

Dort sitzt sie neben dem dicklichen wenig architektenhaft aussehenden Architekten mit zerknittertem Hemd, der seinen Arm auf ihre Stuhllehne stützt. Er registriert das sehr deutlich, aus den Augenwinkeln, aus der Entfernung.

Am Nacken und am Hinterkopf des Dekans, unter den Kerben der Brillenbügel bewegen sich Falten wie Wellen in einem ölig trägen Gewässer. Ein schönes Lächeln trifft den Architekten dann und wann, wenn er den Kopf nach links wendet.

Jetzt fragt ihn, gerade als das Essen gekommen ist, der Mann mit Foucaultglatze, an dessen Blick er zufällig hängengeblieben ist, auf Deutsch nach seinem Vortrag, dieser Mann, der während des ganzen Kongresses noch kein Wort gesagt hat (so wie allerdings auch er selbst), scheint seinen Namen zu kennen und schon im Voraus Gutes und Interessantes über diesen Vortrag gehört zu haben, von wem auch immer. Man kann ihn nach seinem Vortrag, seiner Arbeit, seinen Ideen, nach seinem Herkunftsort, nach seinen Reisen, seinen Kindern fragen, je nachdem, wie gut man ihn kennt. Er fügt sich in die Situation, redet und wartet beim Reden darauf, dass seine Sätze an ein Ende kommen. Jeder Satz für sich dehnt sich, ab und zu kann er ihn durch einen Bissen Foufou oder Fisch oder durch einen Schluck Bier oder Wasser unterbrechen. Immer wieder folgen ein Stocken, eine Überwindung auf jeden Satz; sie erreichen nicht die Ebene, auf der ein Gespräch aus diesen Sätzen würde, er und dieser Mann mit Foucaultglatze, die Ebene, auf der ein Lächeln, ein Lachen und so weiter möglich würde und ein Satz in den anderen greifen, als gehörten die Sätze seit jeher zusammen, wie kommt man noch mal auf diese Ebene, er erinnert sich nicht. Wusste er es je, er wusste es doch jedenfalls gestern Abend noch, am Tisch mit dem Englischlehrer, dem Agraringenieur und dem dritten Mann, dessen Beruf er jetzt schon wieder vergessen hat, dessen Eigentümlichkeiten ihm in der Erinnerung aber umso deutlicher und merkwürdig beunruhigend erscheinen. Als wäre hinter diesem harmlosen Menschen noch ein anderer Mensch versteckt gewesen; oder nicht unbedingt ein Mensch.

Links neben dem Mann mit Foucaultglatze (der allerdings in Düsseldorf lehrt) sitzt diese schöne Frau und lächelt dem Architekten beständig zu. Ein zartes dunkles Gesicht mit grünen Augen, aus denen ihn ein Strahlen wie von einer unbekannten Lichtquelle erreicht, ein Strahlen, als wäre alles gut. Warum sagt sie nichts und mischt sich nicht ins Gespräch, sie kennt den Mann neben sich doch offenbar gut, er hat sie doch immer wieder zusammen gesehen. Nah, unwahrscheinlich nah beieinander.

Sie sehen alle so harmlos aus, doch das täuscht. In jeder Freundlichkeit steckt ein Lauern. Was macht es für einen Unterschied, ob sich die Netze auf dem Boden, einem ganz bestimmten Stück Erde, dem Haus, dem Dorf, dem Stadtviertel formen oder im leeren Raum der Diagramme, der zweiten Welt, unter den Trickfilmfiguren? Er hat alle natürlichen Gesten vergessen. Alle sozialen Verhältnisse sind ihm fremd.

– Wissen Sie, alle sozialen Verhältnisse sind mir fremd, sagt er und lächelt verbindlich dazu, sodass es wie Selbstironie und sanft überdrehter Postkolonialismus wirkt.

– Das geht uns allen so, sagt der Mann mit Foucaultglatze und lacht auf eine Weise, die die methodisch kauende, ab und zu einen Schluck Wasser trinkende Dozentin aus Padua aufschreckt und zu einer ehrlichen Verteidigung der Menschheit und der menschlichen Kommunikation aufstachelt. Die schöne Frau schaut freundlich, der Mann mit Foucaultglatze nimmt seine Brille ab und entschuldigt sich mit einer Art von gekünstelter Nachsicht. Der Architekt möchte sich auch entschuldigen, aber er kommt nicht zu Wort und wendet nach ein paar Minuten des Zuhörens den Blick zur Seite, hinaus aus dem Gastgarten, hinter die Mauer des Grundstücks.

Jetzt erscheint ihm fast wunderbar, dass da draußen die Landschaft weitergeht, gleich hinter dem Restaurant, so wie später dann (nach dem Kaffee, nach den Zigaretten) hinter dem Autobusfenster eine Landschaft, eine Welt weitergehen wird, die Landschaft dort wäre wirklich da und würde sich weiten, Felder, Busch, dann Dschungel; Wege durch den Busch, den Dschungel, der Himmel oben, ein sirrender Nachthimmel; Felder, Busch, dann Wüste, Wege über die Felder, durch den Busch, ein sirrender Himmel, morgens, tagsüber, abends, nachts.

Warum denn reden, das Essen muss doch weg und mit jedem Bissen auch eine Handvoll Zeit, es muss doch in seinen Magen, das ist auch eine Art von Gesellschaft, Foufou und Fisch, Paprika, Bier, Kaffee, Sekunden und Minuten (Bausteine).

Er müsste noch ein Bier trinken, er müsste sein Hemd öffnen, seine Hose, sein Gesicht, seine Brust, die Adern und Eingeweide (wofür). Gleich hinter dem Restaurant sind keine Häuser mehr, als würde die Stadt ganz plötzlich abbrechen. Die Stadt, die Welt, in alten Computerspielen (vielleicht auch in neuen, das weiß er nicht) kann man durch Geschick oder Ungeschick Punkte erreichen, an denen die Simulation fehlerhaft wird und sich ein Loch in der künstlichen Welt auftut. Der Mann mit der Foucaultglatze setzt einen verbeulten alten Hut auf, er weiß jetzt, warum er ihn so oft nicht wiedererkannt hat.

Als sie auf dem Weg zum Bus sind, spricht ihn der Dekan an, da sind Sie ja, da sind Sie ja, wie schön, endlich habe ich Sie. So als hätten sie nicht vor wenigen Stunden miteinander gesprochen, wenn auch sozusagen über nichts. Sie sind doch der Monsieur, äh, aus Vienna? Dieser Architekt hat dem ersten Impuls widerstanden, den Blick abzuwenden, und nickt. Ich habe es geschafft, für Sie ein Treffen mit den Studentenvertretern zu organisieren, sagt der Dekan, seit Freitag versuche ich Sie zu erreichen. Wir sind alle so gespannt auf Ihre Präsentation, es hört sich wunderbar an, was von Ihren Plänen für unsere Studentenheime schon zu uns vorgedrungen ist, sicher sind Sie auch sehr neugierig auf die Impulse, die von den Studenten kommen.

Wo bin ich seit Freitag gewesen, fragt sich der Architekt, wo war ich heute Morgen, heute Vormittag, beim Besuch des Sklavenhauses, gestern Vormittag auf dem Kongress, im Autobus, und warum bin ich jetzt plötzlich da. Er muss sich zwingen, an den Zweck seiner Reise zu denken; daran, weshalb er überhaupt in dieses Land gekommen ist und dass andere seine Arbeit weiterhin ernst nehmen. Morgen, bei dem Treffen mit den Studentenvertretern (der Termin passt ihm, er schaut gar nicht nach), wird er ausgeschlafen sein, denkt er, und lacht innerlich gleich über seinen Gedanken.

– Ich hoffe, Sie sind zufrieden, sagt der Dekan, mit ganz natürlicher Wärme und nur einem Hauch von Beunruhigung, wenn Ihnen etwas fehlt, wenn Sie ein Problem haben, bitte sagen Sie es. Der Himmel ist weißgrau, ohne Sirren, ohne Formen, ohne Risse (soweit zu erkennen ist), in seinem Magen zersetzt sich das Essen. Mit jedem Schritt kann er einen Punkt betreten, auf dem der Boden unsicher wird, er sagt, dass er sich auf das Treffen freut und sich wohlfühlt, wo ist der Bus geparkt, drei oder vier Straßenecken vom Restaurant entfernt.

Er stellt sich die Studentenvertreter als ernste, offiziell ausschauende, junge, aber eigentlich für Studenten schon etwas zu alte Männer vor, die zugleich Parteifunktionäre oder Nachwuchs-Parteifunktionäre sind, wegen der Fülle ihrer Aufgaben nur mühsam zu einem Termin mit irgendeinem Architekten zusammenzutreiben, in jedem Fall aber bereit sind, alles zu verhindern, was eine Veränderung oder Neuerung sein könnte, aber gut, wahrscheinlich täuscht er sich oder verwechselt sie mit den Ministeriumsver-

tretern, die er auch treffen wird müssen und die in jedem Fall das Projekt verhindern werden, er kann sich diese Studentenvertreter genauso gut als Enthusiasten vorstellen, von einem womöglich ansteckenden Enthusiasmus, morgen sollte er es wissen.
War wirklich schon wieder, zum dritten Mal, eine Frau am Tisch gestanden und hatte ihn mit verächtlichem Blick angeschaut, beim Abräumen des Kaffeegeschirrs?
Das Piano hat getrunken. Nicht ich. Nicht ich. Nicht ich.

Ein kleines weißes Huhn, das Runden über den Hof dreht. Ein Huhn fast ohne Kamm, fast ohne Schwanzfedern. An seinen Knochen sicherlich ganz wenig Fleisch, trockenes, sehniges Fleisch, aber es hat jetzt seinen eigenen Blick auf die Welt, geht immer im Kreis, mit einer Art von Eile, niemals genau in den eigenen Spuren, sondern immer mit kleinen Umwegen, ein Kreis mit Dellen, Ein- und Ausbuchtungen. Dieses kleine weiße Huhn sollte einen Namen bekommen und zum Spiel gehören, es sollte nicht so ausgesetzt sein, nicht nur da, nicht nur es selbst sein. Er denkt an die schönen Hühner mit roten Köpfen aus seinem Traum; dieser Traum ist sehr nah, fast könnte er, wenn er die Hand ausstreckt, die Traumwelt erreichen, die schönen Hühner, die schönen, toten Hühner (ich möchte das Kästchen in deinem Kopf aufmachen und rauslassen, was drin ist. Ein Flüstern in seinem Ohr. Ich möchte den Käfig knacken, den Knochenkäfig, mit weichen feuchten zarten Menschenfingern).

Nach einer guten Stunde Fahrt (warum sind sie nicht längst in Belleville) hält der Bus. Eigentlich müsste bald der Abend anbrechen, aber es ist noch hell. Links und rechts von der Straße liegt ein kleines Dorf, das heißt, links sieht er ein einziges Haus, rechts einen sandigen Platz und im Hintergrund eine unbestimmte Menge von Häusern. Er weiß nicht, warum sie stehengeblieben sind, er weiß nicht, wann sie weiterfahren werden, er bildet sich ein, nicht zu wissen, ob sie weiterfahren werden. Einzelne Fahrgäste, dann immer mehr, steigen aus dem Bus, der Fahrer bleibt sitzen und schaut durch den Rückspiegel auf die den Mittelgang entlangstolpernden und die Stufen hinabsteigenden Leute, er lächelt einen jeden, auch diesen Architekten (der sich erst nach längerer Zeit zum Aussteigen entschließt) über den Spiegel an. Vorher hat der Architekt lange auf das einzelne Haus links von der Straße geschaut.

Der Architekt erscheint sich selbst blass, wie überbelichtet, er könnte noch in der Bewegung des Aus-dem-Bus-Steigens gleich in der Leinwand der Landschaft verschwinden. Unterstände mit graubraunen Matten und Strohdächern, graubraune Erde mit ein paar Schlammpfützen darin. Die Hitze ist drückend, aber hier muss es erst vor kurzem geregnet haben, hier und nirgendwo sonst auf der Strecke. Wie hässlich sind diese Weißen, denkt er, mit Blick auf seine unsicher herumstehenden Reisegenossen, wie absurd ist diese käsige Hautfarbe. Bei den Männern sowieso, aber selbst bei den Frauen. Die Einheimischen stehen genauso unsicher herum, jedenfalls die meisten Erwachsenen, eine Frau zetert vor sich hin und schubst ab und zu den Dekan an, der verlegen lacht und versucht, gleichzeitig den Kopf zu schütteln, ein paar Kinder klatschen rhythmisch in die Hände und beginnen zu tanzen. Einer der Besucher beginnt, die tanzenden Kinder zu filmen. Einige andere versuchen mit den in lange bunte Wickelröcke gekleideten Dorffrauen zu sprechen. Nicken, Lächeln, freundliche Gesten. Männer mit finsterem Blick, langsamen Bewegungen halten sich im Hintergrund, tun so, als wäre nichts, als wären die Besucher nicht da, als könnten sie mit einer Handbewegung alles wegwischen, Frieden würde einkehren. Es gibt gelbe Kanister unter einem Unterstand, in denen Benzin sein kann, Wasser oder sonst was, eine Ziege läuft durch den Bildhintergrund, Kinder und Tiere, damit kann man sich trösten und das Bild füllen, eine Ziege, ein weißes, ein rotes Huhn, für die Kinder Kinder und Tiere fotografieren, fremde Kinder für die Kinder daheim, vertraute Tiere aus der Fremde für die Kinder daheim. Fremde Wesen für die

Kinder daheim. Ein Mann aus dem Dorf, der ausgebleichte Jeans und ein Hemd mit nervösem grün-orangem Muster trägt, holt sein Mobiltelefon aus der Tasche und fotografiert die Besucher, er hebt die Kamera, die Blicke der Kameras treffen sich. Maschine und Maschine, Licht und Licht, in Zahlen und Elektrizität verwandelt und zurückverwandelt in Bilder. Der Architekt empfindet das Fotografiertwerden wie einen Angriff und steckt seine Kamera wieder ein. Ohne die Kamera fühlt er sich allerdings nackt; er denkt, dass es jetzt angemessen wäre, sich einem der Kreise von miteinander Redenden anzuschließen, tut aber nichts.
Warum dehnt sich die Zeit, so wie in den Nächten, nun auch tagsüber immer weiter aus, warum ist noch nicht Abend, warum sind sie nicht längst in Belleville. Der Architekt passt auf, nicht in die Pfützen zu treten. Nicht dazugehören, denkt er, weder schwarz noch weiß sein, wie gestern Abend, nur ein Körper. Eine Hand, die ihm übers Gesicht streift, das verschwitzte, feuchte, aufgequollene Gesicht, seine Hand, die über das Gesicht einer Frau streicht, einer fremden Frau.
Das einzelne Haus links von der Straße ist jetzt hinter dem Autobus verborgen. Er erinnert sich daran, sehr deutlich, auch wenn er es niemals fotografieren wird. Unter dem Vordach sitzt ein Mann in einem roten T-Shirt auf einem Stuhl. Neben ihm drei oder vier Benzinkanister, eine rostige blaue Tonne, auf der eine Blechwanne steht, ein Kübel voll Milch. Der Mann schläft, schlägt die Augen auf, ein Kind kommt aus dem Haus, der Mann, die Beine hochgezogen, schließt wieder die Augen.
Diese Szene kann sich andauernd wiederholen, während er dasteht, allein und weiß, und dann in den Bus steigt und vom Busfenster aus hinunterschaut. Eine Zeit lang bewegen sich alle kaum noch. Die Kreise der freundlich miteinander ins Gespräch Kommenden, die finsteren Männer im Hintergrund, der Mann mit dem Handy, auf dem jetzt ein Foto des Architekten gespeichert ist, als könnte es einmal irgendwelchen Kindern oder Enkeln gezeigt werden. Der Mann, der vor seinem Haus sitzt. Der Bus steht

mit laufendem Motor am Straßenrand. Die Tanzbewegungen der Kinder sind in eine Endlosschleife geraten, die nervösen Gesten der Männer, die freundlichen Gesten der Frauen. Er möchte sich nicht mehr bewegen, das Bild schwirrt vor seinen Augen.
Wenn sich die Szene andauernd wiederholt, kann der Architekt vielleicht einen Eingang entdecken. Er stellt sich vor, er könnte der andere sein.
Natürlich hilft es, dass er schläft, dieser vor seinem Haus sitzende Mann. Der dünne Film von Vernunft, der sie trennt, ist rissig. Vor dem Haus sitzen, denkt er, unter dem Vordach, auf einem Stuhl, die Beine hochgezogen, im roten T-Shirt. Benzinkanister, eine rostige blaue Tonne, eine Blechwanne, ein Kübel voll Milch. Hinter mir der ganze Kontinent. Schlafen, dann wach sein, zur Straße schauen, es regnet, dann die Sonne. Eines seiner Kinder bei ihm, der Kleinste, eines meiner Kinder, es ist Sonntag und der Abend kommt nie, am Rand der Straße ein Bus mit laufendem Motor, ein Haufen Yowos mit weißen und schwarzen Anführern, die ihre Schäfchen wieder einfangen, dann setzt der Bus sich in Bewegung. Alle drei Kinder, das Mädchen, die zwei Buben stehen jetzt am Straßenrand und winken dem Bus und den Yowos zu, seine drei Kinder, der Mann rührt sich nicht, doch, er nimmt einen Fuß vom Stuhl, streckt das Bein aus. Meine zwei, meine drei Kinder.
Es könnte darum gehen, dass sich alles in einem Bild konzentriert, Landstriche, Lebensgeschichten. Seltsamerweise scheint ihm, die Straße wäre eine so strenge Grenze, dass dieses Haus mit dem Rest der Ortschaft nicht das Geringste zu tun hätte. Die Ortschaft ist einfach eine enge Ortschaft, beschränkt, wie jedes Dorf, mit beschränkten Bewohnern, Dorfbewohnern, die nie aus ihrer Welt herauskommen. Aber das Haus steht für sich, auf der anderen Seite und zugleich grenzenlos, hinter dem Haus freies Feld, ein paar Ziegen, die Kinder hüten die Ziegen, er sitzt auf der Schwelle, streckt sich.
Da ist das Land, das Graubraun des Bodens, das Graubraun der

Matten und der Strohdächer, eine körnige Leinwand, der ganze Kontinent hinter ihm wie auf einer Landkarte. Die Yowos sitzen alle wieder in ihrem Bus, einer der Anführer schaut sich um, ob auch keiner von ihnen fehlt. Auf keinen Fall darf man einen dieser wichtigen Leute vergessen. Eine Hand greift ins Bild, durchs Fenster, das kein Fenster mehr ist.

Er ist doch nie aus seiner Welt herausgekommen (herausgerissen worden). Für ihn gibt es doch die Welt noch.

In meinem Dorf, im Haus an der Straße unter dem Vordach sitzen. Schlafen, dann wach sein, zur Straße schauen, es regnet, dann die Sonne. Er könnte doch einfach dieser Mann sein. Die Kinder laufen zum Straßenrand, ich strecke ein Bein aus.
Der Bus mit den Besuchern entfernt sich, ein Huhn läuft dem Bus nach, stolpert, läuft weiter, stolpert, gibt auf, hinkt im Kreis, stolpert.

6.

In diesem Moment, sonntagnachmittags, spielt er im Kinderzimmer daheim in Europa gerade in Form einer haarlosen Playmobilfigur (ein Loch und eine Einrastvertiefung in seinem Schädel) eine Rolle in dem endlosen Stück, das seine Kinder seit Jahren aufführen. Er ist gerade ein ungewöhnlich freundliches Wesen, kaum wiederzuerkennen, weder für sich noch für die Kinder, er stolpert durch die Szenerie.
Das Kinderzimmer, das er selbst vor zwei Jahren entworfen hat, sieht aus, als bestünde es aus zwei einander schräg gegenüberliegenden Hochbett-Dörfern, Regionen auf der Landkarte der zweiten, in den Körpern der Kinder verankerten Welt, das ist sein kleiner architektonischer Beitrag zur Geschichte, in den Miriam im Lauf der Zeit Ordnung wie auch Unordnung gebracht hat (so scheint ihm) und Jakob noch etwas ganz anderes als Ordnung oder Unordnung.

Die beiden Dörfer und der Raum dazwischen formen eine Bühne mit unbestimmbaren Grenzen. Besucher können ins Spiel gezogen werden; wenn Miriams Freundinnen da sind, macht Jakob sich unsichtbar. Seepferdchen halten ein Wagenrennen rund um ein Meeresloch (wo Landtiere wohnen und zuschauen) und überschreiten die Lichtgeschwindigkeit, gestern wird eines gewinnen (woher haben die Mädchen das). Die Fische schreien und jubeln. Jakob sitzt am Rand, horcht, hat Angst vor der Zeit. Er flüchtet jede Nacht ins Zimmer und ins Bett der Eltern, wo er sich langsam im Kreis dreht, ab und zu weint und schreit, im Schlaf mit Füßen nach ihnen tritt, wenn er in seiner Kreisbewegung zu nah auf die eine oder die andere Seite kommt. Eine Seite für den

Mann, an der Wand, eine Seite, zum Fenster hin, für die Frau. Er hört das Weinen, er hört das Schreien, stellt sich die Träume vor, die dahinterstecken. Er selbst träumt von einem Sarkophag, in dem sich ein klebriges, schmutziges Päckchen befindet, das aussieht wie ein Wäschepaket oder ein seit Jahrzehnten vergessenes Weihnachtsgeschenk, aber zweifellos etwas ganz anderes ist. Er träumt von Ameisen, deren Aufgabe es ist, die vielen im Spätsommer verendenden Wespen und Hornissen zu entsorgen. Sie tragen sie über viele Kilometer zu ihren Begräbnisstätten. Manche (man nennt sie *Brätlinge*) kochen die toten Wespen und Hornissen sogar. In der Wiese, die er im Traum sieht, unter einem Sommerhimmel, liegen ein paar tote, halb zerfetzte Insekten herum, übermäßig sichtbar, für etwas so Kleines und Vernachlässigbares wie Insekten. In wie vielen Jahren wird er das Zimmer wieder umbauen müssen und wann wird sich keiner erinnern.

Die Balance zwischen seinem Leben und seinem Nicht-Leben muss gewahrt sein; solange sein Leben und sein Nicht-Leben in Spannung zueinander sind und Begegnungen verlaufen wie im Traum, hält er durch und stolpert freundlich somnambul voran. Die Belgierin und er sind sich am richtigen Ort und zum richtigen Zeitpunkt zum ersten Mal begegnet, in Toronto, einer Stadt, mit der sie beide nichts anfangen konnten (er sieht diese Frau, die etwas unbeholfen einen Kaffeebecher balancierend einen Korridor entlang geht und ihre Blicke treffen sich), später genauso zufällig in Brüssel oder in Paris, als wäre alles ein Spiel und die ganze Welt ihr Spielfeld.

Für einen flüchtigen Blick ist es ein unaufgeräumtes Kinderzimmer, sobald man den Blick kippen lässt, erkennt man die Dörfer und dazwischen die Wüstenlandschaft (ein Jeep, kein Bus, wir haben genug Wasser dabei, brauchen keine Klimaanlage, weil wir die Fenster öffnen können, wenige Menschen leben hier, die Tiere stehen still und schauen aus der Ferne auf unser Fahrzeug, der

Wind rauscht, die Sonne brennt von der Decke), bleibt man im Ort, im Dorf auf Jakobs Seite, erkennt man das Beunruhigende, die Bedrohtheit. Nicht dass Jakob und sein Vater nicht wüssten, dass es nur ein Spiel ist. Aber während diese Welt für Miriam wunderbar und transparent geblieben ist und fast von selbst wächst und sich ausformt, muss Jakob (vom Architekten mit oder ohne dessen Wissen überwacht) sie mit verbissener Gewalt am Leben halten, sonst drohen Zerfall und Panik. In der Hölle wird mit einer winzigen Verzögerung und mit größtem Ernst und äußerster Schwere das nachgespielt, was im Paradies mit Leichtigkeit in die Welt gesetzt wurde. Die Dinge bekommen einen Schatten und können sich nicht mehr davon lösen.
Man darf nicht zu genau hinschauen; ist es denn noch die Wirklichkeit, was man bei genauestem Hinschauen sieht, oder längst schon etwas ganz anderes?
Vielleicht kann und muss nur der Architekt diese kaum merkliche Verlangsamung wahrnehmen, diese winzige traurige Schwere in Jakobs Bewegungen, in der Art, in der sein Dorf (sein Bett, sein Haus, seine Insel) sich umgeformt hat, so als könnte es zum Gefängnis werden, das er nie mehr verlassen darf. Oder ein Ort, wo er Gefangene macht; geh nicht weg, Papa. Ab jetzt bist du das Fliegenkind. Vielleicht sieht nur er es und hält nur er es für Schrecken, und es ist sein eigener Schrecken, er ist der Gefangene, weil er nicht gelernt hat, sich von anderen zu unterscheiden. Ist er fort, kann ihn irgendein Stofftier ersetzen, oder eine haarlose Playmobilfigur. Jakobs kleine kühle Finger fahren die Rille am Schädel der Figur nach, streifen über das Gesicht mit den aufgemalten Augen. Er spürt, zurück in seinem Hotelzimmer, in seiner anderen Welt, wie bewusstlos, Hände an seinen Kleidern, kühle kleine Finger in seinem Gesicht.

Am Anfang, vor zehn Jahren, zwischen den Hochhäusern von Toronto und den Museumsbaustellen, war alles leicht und unbestimmt, das Spiel brauchte keine Regeln, es gab kein Kind, also keine Zukunft (die Tochter der Belgierin ein fernes Gerücht). Er hatte keinerlei Absichten. Die Wirklichkeit war transparent, alle seine Toten waren noch am Leben, nirgendwo versteckten sich Gespenster. Margarita war seine Frau und zugleich auch noch eine Fremde, er schickte Mails an sie und an seinen Bruder, von dessen Krankheit er noch nichts wusste, mit verkleinerten Fotos von der Stadt und selbstverständlich ohne die Erwähnung irgendjemandes, den er getroffen hätte, irgendeiner Frau. Einer schönen Frau mit einem etwas spöttischen, fast verächtlichen Zug um die Lippen, vor dem er nur deshalb etwas Angst hat, weil er weiß, dass er sich fast übergangslos in einen Ausdruck glühender Liebe verwandeln kann. Mit der ersten Wiederholung entstanden die Gesetze; eine Ordnung aus dem Zufall heraus, eine erste, winzige Schwere, eine kleine Forderung: nimmst du den Zufall an oder weist du ihn ab. Spielst du oder weigerst du dich. Er hat niemals darüber nachgedacht, ob die Frau ihm wichtiger war oder die Gesetze. Sobald es ein Spiel ist und er im Innern des Spiels, braucht er (so schien es ihm) keine Angst mehr vor Verwandlungen, vor einem Glühen zu haben (vor etwas, und sei es Liebe, das alle Grenzen zerstören würde).

Immerzu entstehen und verschwinden in unserem Innern Wesen; wenn die Kinder im Spiel die Stimme verstellen, kommen flüchtige kleine Dämonen auf die Welt (he, Ratte, komm her, Fliegenkind: Soll er sich angesprochen fühlen? Soll er weiterschlafen?)
Die Wörter und die Dinge können leben, wenn auch nur für kurze Zeitspannen (das ist ein Gedanke, den er braucht, auch wenn er schwer zu denken und auszusprechen ist, als gäbe es ein unbezwingbares Prinzip des Lebens, das sich überall durchsetzt). Kinder können im Spiel Bedeutungen spüren, im Grunde weiß er das und erinnert sich manchmal. Royal Antwerpen, nein, Derby County, Wolverhampton, Norwich. Wenn er die Namen mancher Fußballvereine hört, findet er sich sofort nicht in Momenten, sondern in Körpergefühlen aus seiner Kindheit wieder; als er

Tabellen und Spielergebnisse abmalte oder erfand und frei nach dem Klang der Vereinsnamen seine Sympathien und Antipathien verteilte. Derby County vs. Leeds United, 2:0, zwei Punkte in der Tabelle für Derby, das damit Crystal Palace überholt. Er liest seinem gelangweilten großen Bruder aus der Zeitung die Tabellen vor. Die Wörter und Dinge haben noch ein Wesen und sind an der Zunge und unter der Haut zu spüren. Das Gefühl der Weltkarten, das Gefühl Spanien, das Gefühl China, das Gefühl Mississippi, das Gefühl Mexiko. Ein Gerüst für ein Gefühl.

Dieser Architekt hat sich immer mit dem Gerüst begnügt. Eine Tabelle, eine Weltkarte, ein Netz von Orten (Afrika als Leerstelle auf all diesen Karten, in all diesen Netzen, denn über Afrika wusste und erfuhr er als Kind nichts als Dinge, die halb zur Naturgeschichte zu gehören schienen). Ein Grundriss, ein Stadtplan. Die Leere darunter kümmerte ihn nicht, er wollte nichts als den Halt dieses Gerüsts; an diesen Orten gewesen sein, sie eingezeichnet haben; es kümmerte ihn nicht, dass diese ganze Welt einen Körper und Geschichten brauchte und dass man sich mit Haut und Haaren hineinwerfen müsste. Man müsste mit Haut und Haaren in einer anderen Welt untertauchen.

Alles, was er über Architektur schreibt, all die Gedanken, die er gemeinsam mit Margarita oder von ihr inspiriert entwickelt und in seine Architektur und in seine Texte einfließen hat lassen, ist nicht zu Ende gedacht, also gelogen, denkt er manchmal. Vielleicht ist er deshalb froh, wenn er nicht zum Zug kommt und immer in der zweiten Reihe bleibt; damit nicht sichtbar wird, dass alles, was er zu bieten hat, nichts als Gerüstarchitektur ist.

Er mag, haarlos in seinem Geländewagen, ein Ratz ohne Hut sein, ein freundlicher Ratz, und steckt an der Seite einer von Miriam synchronisierten Prinzessin (die einst eine Ente war) in dem Jeep fest. Sie nähern sich unbekannten Gegenden.

Ein Moment der Überraschung; dann entscheidet sein Gesichtsausdruck, ob das Spiel weitergeht (ob es beginnt). Ausgerechnet in der Warteschlange vor dem Atomium entdeckt er sie und hat den Eindruck, sie hätte ihn schon ein paar Sekunden vorher oder auch lange vorher gesehen und seither immer im Blick gehabt. Natürlich hat er vor und während dieser kurzen und natürlich beruflichen Brüssel-Reise immer wieder an sie und an die Tage in Toronto gedacht und sich vorgestellt, sie zufällig irgendwo auf der Straße zu treffen, in der Innenstadt, im Marolles-Viertel, in St. Gilles oder Molenbeek, aber niemals hier, in dieser Kindersehenswürdigkeit aus den Fünfziger Jahren, die er aus einer Laune oder aus einem Anflug von architekturhistorischem Pflichtbewusstsein dennoch an einem Sonntagnachmittag besucht. Stellen wir uns vor, im Inneren eines Atoms zu wohnen. Im Inneren eines Atoms, das sich im Inneren eines Körpers befindet; oder ein Blutkörperchen in den Adern eines Tiers oder eines Menschen oder von etwas anderem als einem Tier oder Menschen zu sein (Teil einer Einrichtung wie der Strom in den Leitungen). Über uns aber ein weiter, täuschender, spiegelnder Himmel, er freut sich darauf, Kugel nach Kugel zu besuchen, und schämt sich zugleich ein wenig seiner Freude. Hinter einem Absperrungsseil zwischen den Windungen der Schlange steht die Belgierin, zwei Windungen hinter ihm, er erkennt sie sofort wieder, obwohl sie ein völlig anderer Typ von Frau zu sein scheint als zuletzt, vor ein paar Jahren, nicht eigentlich älter, einfach anders, sie lächelt knapp an ihm vorbei, er könnte so tun, als sähe er sie nicht oder wollte sie nicht sehen, er könnte so tun, als wäre da nichts. Er schaut knapp an ihr vorbei, mit einem Lächeln, in dem sich die Anziehung durch ihren Blick zeigt und eine Reserve, ein kleiner, spielerischer Widerstand; fast automatisch gibt es jetzt nichts als Blicke und das Spiel ist als ein Spiel von Abständen wiederaufgenommen. Sie hatten einander nicht angerufen und nur zwei oder drei fast neutrale Mails gewechselt; auch das (war es so verabredet?) hat jetzt seinen Sinn. Natürlich, würde er fast sagen, gibt es auch ein Kind neben der Belgierin;

ein Kind, das nicht ihre Tochter sein kann, aber zu der kleinen Besuchergruppe um sie gehört, und es gibt einen Mann, von dem er nicht wissen kann, in welchem Verhältnis er zu ihr steht. Das Lächeln, das knapp an dem Architekten vorbeigeht, kann auch zu dem Gespräch mit diesem freundlichen Mann gehören. Er wendet den Blick ab; über seinem Kopf die Treppen, der Boden unter seinen Füßen ist beigeweiß mit einem Muster, das ihn an Hautrisse erinnert, er stellt sich vor, wie Gras über diesen Boden wächst, die Säulen, die Beine der Touristen hochkriecht. Er wird eingelassen, schrille Scangeräusche, fährt mit dem Lift in die siebente und oberste Kugel, hält sich dort länger auf, als er es normalerweise tun würde, so lange bis auch die kleine Gruppe mit der Belgierin und ihren Begleitern oben angekommen ist. Er schaut durchs Fenster auf den Park und die Stadt. Die Abstände kontrollieren. Sich lösen von allem, was einen hält. Auf einer der Rolltreppen in den die Kugeln verbindenden Röhren streifen sich ihre Körper, Minuten später umarmen und küssen sie sich im Vorraum der Toiletten, nur für Sekunden (den Rest des Tages ist er wie betäubt und beseelt von einem ungeheuren Glück). Er wird noch drei Tage lang in Brüssel sein, sie an allen drei Tagen sehen, aber nie ihre Wohnung betreten, sie werden nie von ihrer Wohnung sprechen. Das wahrscheinlich täuschende Gefühl, sie würden einander an jedem Ort als andere Personen wahrnehmen, gehört zum Spiel. Bei jeder Begegnung muss unsicher sein, wie nah sie sich kommen; es muss möglich scheinen, sie würden einfach Fremde bleiben oder Freunde; nichts hält sie zusammen, nichts hält sie fest.

Außer der falschen Prinzessin (Miriam verändert ihre Stimme und gibt sich ganz kokett ihrem kleinen Bruder gegenüber) ist noch ein eher männliches Wesen mit unklarer Funktion Teil der kleinen Reisegesellschaft und macht sich in dem Auto breit, das schon für zwei zu klein ist. Eine schweigsame Figur, man könnte sie beinah mit dem Architekten verwechseln, das heißt, mit der haarlosen Figur, die den Architekten darstellt (du bist jetzt diese zwei hier!). Auch diese Figur scheint freundlich, aber man kann es nicht genau sagen. Es ändert sich andauernd (ist es ein Mann? Eine Frau? Ist sie wirklich da oder erzählen sie sich die anderen Reisenden nur herbei?). In den Protokollen, die Miriam verfasst, ist manchmal von einem halb in der Wirklichkeit und halb im Fernsehen existierenden Menschen die Rede, der immer unerwartet auftaucht und zaubern kann, aber auch sehr nervös und reizbar sein soll, man sagt von ihm, er sei HYPOCHONDER (das Wort schreibt sie in Großbuchstaben, weil es mehr und etwas anderes bedeuten soll als es bedeutet, es gibt solche Wörter, Aston Villa, Sheffield Wednesday), und manchmal hält er sich selbst für eine Zündholzflamme, einen Stein, eine Auster, einen Krebs. Einige Male soll er sich auch als Blüte einer Glockenblume empfunden haben; so ausgesetzt, dass ihn jeder Windstoß in die Luft blasen würde. Während dieser Zustände muss man ihn aus der Öffentlichkeit entfernen. Die haarlose Playmobilfigur, die den Architekten darstellt, droht andauernd aus dem Auto zu fallen, die haarlose Playmobilfigur HYPOCHONDER holt ihn immer wieder zurück, hält ihn sozusagen am Kragen fest, auch wenn Playmobilfiguren keine Kragen haben.

Dass sie einander nicht schreiben und einander nicht anrufen, versteht der Architekt als einen Versuch, das Spiel nicht zu stören. Als wäre es nur eine Sache der Körper, eine Geschichte außerhalb ihres bürgerlichen Lebens, etwas, das ohne ihre Körper, ihre Oberflächen, die Berührungen, die Blicke, die die Oberflächen der Körper streifen, nicht existiert. Deshalb wäre die Strenge der Regeln nur umso wichtiger. Es wäre ein paralleles Leben, das das wirkliche nicht berühren darf. Er könnte der Belgierin mit voller Ehrlichkeit sagen: *Ich liebe dich, aber nicht in dieser Wirklichkeit.* Sehr wenig trennt diese volle Ehrlichkeit von einer vollkommenen Verlogenheit. Nur der Glaube an die Regeln und die Schranken; der Glaube, es gäbe andere Räume, die nicht zu seinem Leben gehören, Räume des Spiels. Die Notwendigkeit des Spiels.

Am Rand der Wüste machen sie eine Entdeckung (räumt das weg! würde ein Erwachsener ausrufen, bevor er die Geschichte gehört hat).
Das ist einer der fernsten besiedelten Punkte, sagt Miriam. Es ist nicht klar, ob das Menschen oder Tiere sind.
– Räum das weg.
– Nein, ich kann nicht! Nein! Nein!

Wo das Spiel abbricht, ist ein Abgrund, man merkt, wie fremd einem ein jeder ist; mit einem Erschrecken, das – sobald man weiterdenkt – gleich schon einem selbst gelten kann: Was rede ich denn da? Wieso glaube ich, das eigene Reden könnte jemandem begreiflich sein, etwas bei jemandem bewirken, es gäbe Gemeinsamkeiten, Sympathien zwischen verschiedenen Menschen, außerhalb der Konvention, der Lüge, der Illusion? Wie kann ich eine Minute später noch rechtfertigen, was ich getan habe? War das wirklich ich?
Gerade noch war das Kind (Miriam, Jakob) von der selbst erfundenen Geschichte getragen, von den Wänden gehalten und umarmt, wusste die vertrauten Figuren nahe, die für Essen und Trinken und Umarmungen sorgen (aber nun hilflos werden und merken, dass sie keine Ahnung haben), plötzlich ist nichts mehr da. Nichts außer der *Zustand*: einer rückhaltlosen Wut, einer Bereitschaft, den Kopf gegen die Wand zu schlagen, einer Bereitschaft zu töten. Miriam (die Süße, Vernünftige) spannt alle Muskeln in Gesicht und Nacken an und verfällt in ein krampfhaftes Zittern; es gibt jetzt keine Sprache mehr, in der man sich mit ihr verständigen, zu ihr durchdringen kann. Sie will etwas, das es nicht geben kann, das sie aber *sieht*.
Vielleicht ist die Angst oder Wut – sobald sie einen bestimmten Grad an Intensität erreicht – nur ein fast neutraler Hintergrund, vor dem die Personen, die Geschichten erst entstehen, sich in ihre Spiele verwickeln, ihre Leben und Nicht-Leben. Keiner ist der, der er ist; wir sind bewohnt. Gesteuert von den Dämonen, aber

was ist denn ein Dämon. Man kann Dämonen nicht identifizieren, sie haben nämlich keine Identität. Nur diese Kraft, diese Intensität, dieses Verlangen, diese Kraft zur Verwandlung.

Dieser Architekt bewegt sich mit größter Vorsicht durch fremde Räume, und alle Räume können ihm fremd werden (er hält das für einen Teil seines Berufs). Das Kinderzimmer, das er selbst entworfen hat, ist ihm fremd. Man muss Markierungen setzen.

Dies ist einer der fernsten besiedelten Punkte der Erde. Es ist nicht klar, ob die Bewohner Menschen oder Tiere sind. Sie haben alle denselben Namen und reden durcheinander, in etwas unheimlichem, quietschendem, zwitscherndem Tonfall. Es klingt aggressiv, wie sie reden, man möchte sie beinah zerquetschen, sie und ihre Behausungen. Diese Menschen oder Tiere (gelbe Wesen mit rosa Punkten) wohnen in Türmen, die aus aufeinandergetürmten Äpfeln gebaut sind; tausend Bewohner in einem Bau. Ab und zu verfärbt sich jemand (rot; blau; schwarz) und fällt dann um, immer an seinem Geburtstag (ist es tot?, fragt Jakob in Panik. Nicht zerquetschen, sagt er, aber nein, sagt Miriam, was denkst du). Die Tage dort haben andere Namen und eine andere Dauer. Jeder Tag kann plötzlich dein Geburtstag sein. Was tun wir hier. Du kannst sie in Haustiere verwandeln.
Die Prinzessin mit ihrem hübschen Entenmund hält ein unsichtbares Wesen im Arm und scheint es zu streicheln. Ein seltsames, mit Bleistift ganz zart gemaltes, fast verschwindendes Bild. Ein betäubender Fäulnisgestank erfüllt den Raum, die Tinte fließt über den Teppich, die Wüste, auf den Zeichnungen sieht alles so fein und schön aus, in den Protokollen klingt alles so gut.

Jakobs Figuren wollen sich nicht von ihrem Platz lösen, drehen sich im Kreis, als hätten sie Angst, sich zu bewegen. Müssten ein klein wenig Raum für sich finden (erobern). Lange farbige Striche durchkreuzen sie. Bomben und Granaten tauchen am Himmel auf und drohen sie auszulöschen. In Miriams Zeit, der Zeit des ursprünglichen Spiels gab es solche Waffen nicht, höchstens Schwerter, die irgendein Prinz oder Ritter trug. Die Tiere wussten nicht, dass sie einander auffressen können, oder vertrauten auf eine Wiedergeburt im endlosen Raum dieses endlosen Spiels. Wenn man die Figuren nicht zum Leben erwecken kann, muss man sie auslöschen. Wenn man die Dinge nicht zum Leben erwecken kann, muss man sie zerstören. Man muss von der Zerstörung träumen, wenn man die Häuser und die Orte nicht zum Leben bringen kann.

Jakobs Dorf ist meines, der Architekt schließt die Augen. Es geht darum, die Abstände zu bemessen. Hinter dem Haus freies Feld, ein paar Tiere, vielleicht Ziegen (aber es ist schwer zu sagen, bei diesen Figuren mit zerfließenden Formen, diesen aus bekannten Zeichentrickfiguren zusammengestellten unbekannten Tieren mit zerfließenden Formen), dann die Wüste, wo niemand lebt und niemand einem im Weg steht, das muss man glauben. Oder nicht einmal Wüste, sondern einfach nichts. Raum.

Wir wollen etwas, das es nicht gibt, das wir aber *sehen.* Solange die Regel des Spiels gilt, sehen wir es.
Dann macht er die Tür zu, steigt ins Flugzeug und zurück in sein wirkliches oder sein unwirkliches Leben (aber er ist doch nicht jemand, der die Tür zumachen und seine Liebe oder Verliebtheit sofort vergessen oder in seine Vorstellung verschieben kann? Er kann es nicht, aber er tut es, braucht Türen und Fenster, Spielfelder mit Grenzen, notwendiger als eine wirkliche Umgebung).

Die Äpfel duften, die Äpfel verfaulen, es ist still, niemand lebt hier mehr. Jakob hält das Auto mit den Playmobilfiguren fest, hebt es hoch, rüttelt es. Miriam nimmt es ihm aus der Hand, er weint nicht, sondern schaut gespannt, mit großen Augen, denn das, was seine große Schwester herbeiführen wird, ist ein wirkliches Ereignis, nicht bloß eine hilflose, gewaltsame Nachahmung, so wie alles Eigene ihm erscheint. Er wird immer der Jüngste sein. Die anderen sterben und lassen ihn allein. Nur seine Schwester kann im Spiel die Zerstörung, die er vor sich sieht, zurücknehmen. Dieser kleine Bub liebt das Spiel und er liebt Geschichten, denn eine Geschichte kann die Zerstörung zurücknehmen; jede Geschichte, in ihrer geheimnisvollen Ordnung, erscheint ihm wie ein Wunder. Er glaubt (so wie der Architekt als Kind), er würde nie wissen, wie man Geschichten erzählt; eine Ordnung aufbaut, die Wörter und Dinge und am Ende womöglich ganze Häuser und Städte lebendig werden lässt.

Der Architekt weiß, dass es reicht, so zu tun als ob. Er ist erwachsen, also weiß er das. Es ist leicht, das Lebendige und das Tote zu verwechseln, das Lebendige mit dem Toten zu vertauschen. Man braucht nur seine Stimme zu verändern, um Puppen oder irgendwelchen winzigen puppengleichen Gegenständen Leben einzuhauchen. Man ändert seine Stimme, also ist man es nicht selbst, es ist jemand anderer (eine andere Kraft und Intensität). Man geht durch eine Tür; nach links in einen kleinen Gang, eine Wand verstellt den Blick auf die Vitrinen. Man biegt um eine Ecke, sieht die Modepuppen und erschrickt unter ihrem Blick. Puppen sind unsterblich, weil sie jederzeit unsterblich, weil sie jederzeit (durch eine Stimme, einen Lichteinfall) zum Leben erweckt werden können, dann kehren sich die Verhältnisse um; es besagt nichts mehr, dass ich ein wirklicher Mensch bin. Diese Blicke sind zerstörerisch und entlarvend und wirken über Jahre; beim zufälligen Blick aus dem Autobusfenster während eines Sonntagsausflugs in Westafrika erkennt die Belgierin (Sophie) mit drei Jahren Verzögerung zum ersten Mal, wer dieser Architekt, dieser spielerisch Geliebte, außerhalb des Spieles ist.
Die Gänge zwischen den Vitrinen, im sechsten Stock des Centre Pompidou, sind finster, der Körper der Belgierin atmet nah an dem seinen, als sie wieder zu reden beginnen, reden sie so, wie

man nach Ausstellungen eben redet. Natürlich, es ist eine konventionelle Horrorfilmbeleuchtung und es geht um eine konventionelle Männerangst (auch wenn die Puppen nicht alle Frauen sind oder gerade deshalb). Der Architekt denkt: Es so machen wie dieses Museum und seine Innereien außen tragen. Eine ganz andere Balance zwischen dem Öffentlichen und dem Geheimen finden, dem Leben und dem Nicht-Leben, Nacktheit und Kleidung, dem Gerede und dem Verschweigen. Er denkt es und bereut, dass er nicht davon zu sprechen weiß. Sie hätte geantwortet, sie wären weitergekommen, wohin weiter. Bald müssen sie, jeder für sich, zu dem langweiligen Kongress zurück, der sie in die Stadt geführt, dessen Thema er sofort vergessen hat und der für ihn, wie fast alle seine Unternehmungen, seine immer halb vorgetäuschten Unternehmungen, keinerlei Resultat bringen wird.
In der Nacht danach hat er zum letzten Mal mit der Belgierin geschlafen (aber warum sollte er sich nach drei Jahren gerade an diese eine Nacht, gerade an diese eine Umarmung erinnern, an dieses eine Hotelzimmer, die Geräusche von der Straße oder vom Gang oder von den Nebenzimmern her, Automotoren, Stimmen, Türenknallen, das Licht, das an den klobig-orangen Gardinen vorbei in schmalen Streifen durchs Fenster dringt, ihren Geruch in dieser Nacht, ihren Geschmack an seinem Gaumen).

Es gibt Landkarten, die von auf den ersten Blick kaum deutbaren Linien überzogen sind, es gibt Kostüme, unter denen man sich (*seine wahre Identität*, sagt Miriam) verbergen kann, es gibt Zellen, Regeln (auf den ersten Blick kaum deutbare Regeln), Sprünge von Zelle zu Zelle. Alle Häuser, die er niemals bauen wird, gibt es. Deshalb fällt es ihm so schwer, einen Auftrag abzulehnen, vor allem einen Auftrag, der mit Reisen verbunden ist, deshalb nimmt er fast jede Kongress- und jede Wettbewerbseinladung an. Als hätte er ein seltsames Vertrauen darin, dass es immer die richtigen Punkte auf der Weltkarte gibt. Die besonderen Punkte, wo der Raum aufgeht, Innen und Außen, Spiel und Wirklichkeit,

Leben und Tod nicht mehr klar zu unterscheiden sind. Das ist sein einziges Vertrauen.

Die Prinzessin und der Dritte sind verschwunden, die haarlose Playmobilfigur ist allein, mitten in der Wüste, Finger heben sie in die Höhe, sie schaut starr in die Luft. Hätte er ein Herz, würde sein Herz wild klopfen. Nun, er muss alle Aufträge annehmen, auch wenn er kaum eine Ahnung hat, wo er sich befindet, was er zu tun hat, wer diese anderen starren Figuren neben ihm sind, was diese weichen warmen Riesenfinger noch alles mit ihm anstellen können, während er selbst so wenig vermag. Hinter dem Fenster die Straße, dahinter ein Fenster mit grünem Licht. An der Wand neben einem der Betten ein Kinderkalender mit dem Bild eines Hundes, der sich vor der Dusche fürchtet. Die Playmobilfigur steigt in ein Lego-Auto, will die Burg besuchen, in der das von Jakob erfundene schlecht gepanzerte Personal beherbergt ist, wird von den Fingern nicht mehr gehalten, das Auto kommt in Fahrt, da steht auch dieser andere wieder, mit dem er beinah verwechselt werden könnte, eine freundlich ausschauende Figur (aber das täuscht), ein Wächter mit Clownsgesicht (du solltest Papa Legba fragen). Die haarlose Playmobilfigur mit der Rille am Schädel und dem zwangsweise ausdruckslosen Gesicht wird aus der Kurve geschleudert. Aber das hat natürlich nichts zu bedeuten, es gibt keinen Zusammenhang zwischen dem, was auf der einen Seite passiert und dem, was auf der anderen Seite passiert. Es gibt nur dieses Dunkel, in dem ab und zu Bilder wiederzufinden sind, für kurze Zeit aufblitzen wie lebendig. Die der Architekt oder sein Sohn gleich auf einer Weltkarte, auf einem Plan, einem Grundriss der Wirklichkeit einzuzeichnen versuchen.

Papa, Papa werden beide Kinder rufen, wenn er heimkommt, auf und ab hüpfen wie Gummibälle, sich an seine Beine klammern, sich an ihn drücken, und er wird sich fragen, ob sie wirklich ihn meinen. Er muss ihnen etwas mitbringen von dieser Reise, aus

Coladosen gebastelte 2CVs oder VW-Käfer, Puppen mit dunkler Wollhaut, aus Rinden oder Knochen geschnitzte Figuren mit aufgemalten Gesichtszügen, aufgeklebten Haaren, die möglicherweise irgendwelche ihm unbekannte und überhaupt schon halb vergessene, zu Touristen-Kunsthandwerksmotiven geschrumpfte Götter darstellen. Diese Figuren sind aus ihrem bisherigen Leben gerissen, verlieren ihre bisherige Bedeutung (wenn sie denn eine haben sollten) und werden Teil des Spiels. Eine Begrüßungszeremonie mit dem vertrauten Personal wird folgen, von Miriam inszeniert, eine zeremoniell beginnende und in etwas wirre Einzelgespräche (interkulturelle Missverständnisse zwischen Puppen, denkt der Architekt oder Margarita) ausfransende Zeremonie, der Jakob ehrfürchtig zuschaut und der die Erwachsenen von der Tür her mit einer fast echten Rührung und Belustigung zuschauen, so wird es sein, so muss es sein.

Egal, was ihm geschieht, die Stellvertreter können weiterspielen, animiert werden, reanimiert werden. Wenn auch das Schlimmste ins Spiel gezogen werden kann (wie sein Sohn es hofft oder wie er sich einbildet, sein Sohn hoffe es), so wird man doch immer wieder in Form gebracht, beinah wiedergeboren, oder?

Manchmal träumt er von seinem Bruder, der Traum von dem Sarkophag und dem Päckchen ist in Wahrheit ein Traum von seinem Bruder (wie weit von den Toten entfernt ist ihr Bild in den Träumen?). Er träumt, seine Mutter habe ein Grab zu öffnen, was ihr großes Grauen einflößt. Ein Grab oder einen übergroßen Sarkophag, der zu Hause in der alten Wohnung in der Küche steht, es ist eine Form von Hausarbeit, der sie sich nicht entziehen kann. Ein Päckchen kommt zum Vorschein, in dem sich ohne Zweifel eine zusammengeschrumpfte Leiche befindet, doch nichts weist auf einen Menschenkörper hin, alles ist klebrig und dreckig und undefinierbar. Auch wenn das Päckchen auf den ersten Blick fast harmlos ausschaut, wie ein verschimmeltes Wäschepaket oder ein

vergrabenes seit Jahrzehnten vergessenes Weihnachtsgeschenk. Unter dem Päckchen befinden sich zwei Autoreifen, und in dem Moment, als seine Mutter diese Reifen auszugraben hat, wird ihr Ekel unerträglich: etwas wie Leichenflüssigkeit – aber niemand weiß, was es ist – klebt daran, und wenn sie sich abwendet, scheinen die Reifen sie zu verfolgen, sich an ihren Rücken heften zu wollen. Der Vater steht neben ihm in der Küchentür und versucht, die schreiende Mutter zu beruhigen: Es geht gleich vorbei. Es ist nichts Besonderes. Setzt dich ein wenig hin, an den Küchentisch, schau aus dem Fenster, nicht auf den Boden.
Der Architekt weiß, dass der Vater, auch wenn er hier mit souveräner Väterlichkeit redet und handelt und jetzt den Arm um die Schulter der Mutter legt, gar nicht mehr am Leben ist. Was aus seinem Bruder geworden ist, will der Architekt sich nicht vorstellen, er muss aufstehen, mit heftig klopfendem Herzen und einem ekelhaften Geschmack am Gaumen, und zum Fenster gehen, dort drüben brennt kein Licht, der grüne Billardtisch auf dem Riesenbildschirm ist nicht zu sehen, die Straße ist menschenleer. Im Familiengrab wohnen, immer schon im Familiengrab wohnen, denkt er. Er könnte sich jetzt ins Auto setzen, mitten in der Nacht, und losfahren, zum Flughafen, was macht er allein mitten in der Nacht in seinem Auto, wohin würde er fliegen. Aber er muss ja fliegen, in wenigen Tagen. Er stellt sich die Universität von Belleville vor, die er so gut von Bildern und Plänen her kennt. Er steigt ins Bett zurück.

Der Apfel kommt in den Kompost, sagt Miriam, er bohrt sich in die Erde und dann wird er ein Maulwurf.
Und die gepunkteten Wesen, fragt Jakob ängstlich.

– He, du Hu-huhn, ruft sie der ratlosen bleichen Playmobilfigur zu, mit einer schrillen Stimme, die ihm womöglich unangenehm wäre, wenn es nicht Miriams Stimme wäre, eine ihrer Spielstimmen (es wäre möglich, dass sie einmal die eigene natürliche Stimme verdrängt und ersetzt).

Die Puppen und Tiere sind am Leben, aber sie werden sich niemals befreien. Sobald sie ihre Funktion verlieren, sobald kein Kind sie mehr liebt, verwandeln sie sich in Leichen oder Untote wie die Figuren in den Glaskästen des Ingenieurs Canterel oder die Figuren auf Morels Insel. Ein Puppenkopf auf einem Flohmarkt oder in einer Kiste im Keller, der Blick dieser Glasaugen mit ihren blauen Pupillen, eine Modepuppe, die ihre Arme aus einem Trümmerhaufen steckt, nach einem Bombenangriff oder einem Erdbeben. Die Tiere im Hundertsechzig-Morgen-Wald, die wissen, dass sie aufhören zu existieren, sobald Christopher Robin erwachsen wird und sie verlässt.
Margarita (oder ist es Sophie) hat sich einmal umgedreht, ihren Kopf auf die Brust des Architekten gelegt und schläft vielleicht schon wieder, er schließt die Augen und hat einen Moment lang den Eindruck, alle Verbindungen wären gekappt und um ihn wäre nichts mehr. Von selbst leben wir nicht, was uns animiert, sind Impulse von außen oder innen, die wir nicht kontrollieren und nicht einmal richtig wahrnehmen. Sätze, Gesichter, Situationen, elektrische Impulse, Hormonausschüttungen. Erinnerungen, Vergessenes, Gespenster. Auf deinen Atem horchen, deine Körperwärme spüren. Auf den Verkehrslärm draußen, auf die Klimaanlage horchen.

Die Playmobilfigur bleibt unter der Heizung liegen und wird hier liegenbleiben, die ganze Nacht lang, bis Montagfrüh oder bis jemand das Zimmer aufräumt, aber er wird nicht aus dem Spiel entlassen. Das Huhn mit der Antenne wird an Fäden durch die Räume gezogen, den Flur, das Wohnzimmer, in seiner Hühnernacktheit, immer im Kreis, niemand überträgt ihm das Bild nach Afrika und niemand wird es ihm am Telefon oder per Skype oder nach seiner Heimkehr wiedererzählen. Ein Haufen von aufgesammelten Steinen liegt in Jakobs Dorf. Blütenblätter fliegen durch die Luft, werden zu Seifenblasen.

Es ist drei Uhr früh, das Zimmer (dieses letzte Pariser Hotelzimmer, ein Einzelzimmer, mit viel zu engem Bett) ist immer noch laut, Türen knallen, Böden knirschen, jemand redet Russisch, es rauscht in Wasserrohren. Er steht am Fenster und schaut auf die Straße hinaus, die sich nach links und rechts weit zum Horizont hinzieht, fühlt sich müde, will sich nicht umdrehen, er weiß, dass auch die Belgierin wach ist. Sie hatte gerade noch die Augen offen. Die Abstände bemessen, die Tür zumachen, morgen ins Taxi steigen und zum Flughafen fahren. Nichts wollen, das es nicht geben kann, nicht den Kopf gegen die Wand schlagen, auch wenn die Wand vielleicht nachgeben würde. Er sieht doch, dass sie sich bewegt.

– Hast du ein Schlafmittel?, fragt er die Belgierin.

– Das war die falsche Frage, sagt sie, fast schon im Schlaf.

7.

Er wacht im Hotelzimmer auf und ist sich nicht sicher, wie er hergekommen ist. Er sitzt auf dem Sofa, als hätte ihn jemand hierhergesetzt und er würde schon seit langer Zeit hier sitzen. Er muss sich von diesem Platz losreißen.
Zur Hälfte ist er woanders.
Seine Füße sind da, seine Beine stecken in Hosen, sein Oberkörper in einem Hemd (hat er dieses Hemd heute früh angezogen?). Er hängt, wie zwischen Schlaf und Wachen steckengeblieben, da, man kann ihn anstoßen, schneiden, er wird es nicht spüren (er blutet nicht). Das Licht ist an, außer ihm ist keiner im Zimmer (wer sollte auch hier sein); als er ins Zimmer zurückgekehrt ist (vor wie langer Zeit, einigen Stunden?), hat keiner auf ihn gewartet (wer sollte hier auch warten). Er hat dieses Hemd heute früh nicht angezogen, er schwitzt nicht, er muss geduscht haben. Er muss, mit den anderen Yowos, aus dem Bus gestiegen sein, ins Hotel gefunden haben, in den Lift, in sein Zimmer, so als hätte ihn jemand an der Hand genommen, jemand, der so freundlich ist, ihn nicht anzusprechen, sich nicht einmal so recht zu zeigen, ein Mann, eine Frau, ein Mann und eine Frau, die ihn zwischen sich genommen hätten. Ihn ausgezogen, in die Dusche gesteckt, leise, auf Zehenspitzen das Zimmer wieder verlassen.
Hände, die ihn halten, die seinen nackten Körper einseifen. Seine Hoden hochheben, um ihn zwischen den Beinen zu waschen, in den Leistenbeugen.
Er sucht seine Wasserflasche, findet sie neben dem Bett, setzt sich aufs Bett, macht einen langen Schluck, bedauert, dass das Wasser nicht kälter ist, legt sich auf den Rücken, sieht noch Gesichter (Edmond mit dem weißen Bart und dem dunkel spiegelnden

Schädel im Hof vor dem Sklavenhaus, eine stille, lächelnde Frau und ein Mann mit Foucaultglatze, dessen Schädel ihn eher an eine Kuppel oder einen Hügel erinnert als an einen Phallus, ein Mann, der vor seinem Haus sitzt, am Rand der Landstraße, mit hochgelegten Beinen), fast widerlich deutlich, die Augen Edmonds, die Augen dieser Frau, aus größter Nähe (aber klar, sie sind in seinem Inneren), sieht ein Haus und freies Feld, ein Huhn, eine Ziege, schläft gleich ein. Seine Beine ausgestreckt auf dem Bettlaken. Sein Handy läutet nicht, niemand vermisst ihn.

Dann ist Montagfrüh, und er muss gut geschlafen haben. Die Sonne ist gerade aufgegangen, es ist still, nur das Rauschen der Dusche, er hat ein wenig Angst, etwas versäumt zu haben, andererseits ist es egal. In seinem oder in einem benachbarten Badezimmer rauscht die Dusche, er ist voll bekleidet. Sein Blick fällt auf eine ein paar Tage alte französische Zeitung, und er schmeißt sie in seinen Koffer, bevor er das Hotelzimmer verlässt. Der Korridor vor seinem Zimmer ist düster und leer, er glaubt, die Schichten von Hitze (ewig stehengebliebener Hitze) und Kühle (aus den Klimaanlagen strömende Kühle) wahrzunehmen, mit einem Sinnesorgan, das nicht direkt sein Auge ist, aber es ist wie Sehen, beinah wie Sehen. Er fühlt sich getröstet und geht zum Lift. Aber nein, sagt er sich, es ist zu früh, nicht zu spät, die Sonne ist gerade erst aufgegangen, also ist es zu früh. Er geht am noch fast menschenleeren Speisesaal vorbei, wo zwei Kellnerinnen damit beschäftigt sind umzuräumen und langsam die Tische zu decken, ein einziger Gast sitzt doch da, an einem Tisch nah der Glastür, schaut von dem Folder auf, in dem er blättert, und winkt dem Architekten zu.
– Ich grüße dich, Doktor Hiesl, ruft der Präsident, dieser Frühaufsteher, der sich den Bart fein gestutzt hat und frisch und beinah verjüngt wirkt. Machst du einen Strandspaziergang?
Keine Sorge, könnte man auch verstehen, denkt der Architekt, keine Sorge, du bist noch zu sehen, er traut dem Präsidenten zu, solche Dinge zu sagen oder zu meinen, er muss es ihm zutrauen,

so wie der Präsident ihn anschaut, mit dieser Art von Freundlichkeit, die er in anderen Situationen (im wirklichen Leben, denkt er) schwer erträglich finden würde.
Die Kellnerinnen denken an nichts Besonderes, während sie langsam Teller und Servietten auf Tischen arrangieren, sie hassen niemanden, beachten weder ihn noch den Präsidenten, er denkt, dass er fühlt, wie sie in ihrer Müdigkeit durch den Morgen schwimmen, mit gleichmäßigen Bewegungen (gleich können sie aufwachen, eine sagt etwas zur anderen, sie lachen laut).
Einen Strandspaziergang, natürlich, er nickt, obwohl er nicht einmal genau weiß, wo der Strand ist, den er bisher nur aus dem Autobus, an der Uferstraße, gesehen hat (er erinnert sich an das Botschaftsgebäude, das Geigenspiel, den berühmten afrikanischen Architekten, den Blick der Belgierin, erinnert sich vielleicht an seine Vorstellung von den Zelten und den Gewittern, und das Meer und die Landschaft sind in diesem Bild nicht zu unterscheiden: eine Grenze, an der die Stadt und die Welt abbricht).
– Es ist trostlos, sagt jetzt der Präsident, es wäre so wichtig, und wir sind alle nah daran, aber es wird nichts draus, alle reden aneinander vorbei, alle planen aneinander vorbei; in diesem Moment glaubt ihm der Architekt, dass er es ernst meint, und er vermutet zugleich, dass der Präsident einen gehörigen Anteil an Verantwortung daran trägt, dass die Sache so läuft, wie sie läuft, aber wie und weshalb sollte er das argumentieren. Und er weiß ja zugleich, dass das Sich-Beklagen zum Spiel gehört, das sind die Spiele der Erwachsenen, die ihn nichts angehen, der Präsident redet auch mehr vor sich hin als zu ihm oder gar mit ihm. Er redet vor sich hin in einem Ton, als wäre der Architekt sein Vertrauter, aber was er sagt, ist nicht vertraulich und er sagt es auch nicht zu ihm.
Wo sind wir denn nah dran, fragt er sich kurz, und fühlt sich als könnte er sich in die Stadt hinaus schwemmen lassen.

Im Nachhinein, eine Sekunde im Nachhinein scheint ihm, der Präsident hätte einfach *Hau ab* gesagt, das wäre der eigentliche

Sinn dieses Vorsichhinredens, zu ihm und doch nicht zu ihm, gewesen, hau ab an den Strand, dorthin, wo die Hunde sind, an den Strand zu den anderen Hunden.

Er geht zum Ausgang, die ewig lächelnde junge Frau mit den Rastalocken, die an der Rezeption sitzt und in die Luft schaut, nickt ihm zu, ohne eine Frage zu stellen, ohne eine Warnung auszusprechen, ohne einen Bodyguard anzubieten, fast ohne zu lächeln. Er schaut den breitschultrigen anzugtragenden Türhüter unsicher an. Ein Taxifahrer, der in seinem Wagen sitzend auf einem Handy herumtippt, hupt ihn an, er schüttelt den Kopf. Die Straße vor dem Hotel ist ganz menschenleer. Wenn er jetzt nach rechts geht, kommt er auf die Rue du 9 Février und von dort (so als wollte er wirklich an den Strand), auf die Corniche, wie die Belgierin ihm einmal erklärt hat, er erinnert sich an alles, was die Belgierin ihm einmal erklärt hat, und hört auch ihre Stimme, auch wenn er nicht sicher ist, ob er diese Stimme nicht mit der Stimme Margaritas verwechselt, aber diese Stimmen sind nicht zu verwechseln, ihre Sprachen und Sprachmelodien sind nicht miteinander zu verwechseln, ihre Gesichter sind nicht miteinander zu verwechseln, niemand ist mit jemand anderem zu verwechseln, wenngleich er den Menschen (den Frauen) immer denselben Platz in seinem inneren Koordinatensystem zuweist. Zum dritten Mal geht er diesen Weg, er hat das Gefühl, er wäre voller Fallen, mehr noch als nachts (eine Hand, die ihn auffängt und stützt), Fallen für den Blick. Er erkennt die Straßen, die Ladenschilder nicht wieder, es gibt Ähnlichkeiten, aber sie täuschen, gerade die Ähnlichkeiten täuschen. Statt auf die Rue du 9 Février mit dem Tesco oder zumindest dem *Dieu règne Cool Café* gelangt er gleich auf die Avenue Cheikh Anta Diop, die jetzt schon voll von Menschen, Mopeds und Minibussen ist. Die Steine und Betonplatten, die lose und kreuz und quer auf dem Bürgersteig herumliegen, scheinen ihm hübsch, so als wäre diese Hauptstraße zugleich etwas wie ein Zwischenraum, eine aufgegebene Zone und Stadtwildnis. Eine hohe Mauer reiht sich am

Rand der Straße an die andere, an den Toren Alarmanlagen. Sicher verstecken sich dahinter kleine Villen mit Gärten und Gärtnern, Garagen und kleinen Brunnen. Tote Häuser, Häuser, die sich ihrer Umwelt versperren, nicht atmen, den Stadtraum zerstören: Für Momente bekommt er seinen professionellen Blick zurück, seine professionelle Denkweise, die zugleich eine Weltanschauung ist. Architekt sein ist kein Beruf, sondern eine Weltanschauung (ein Satz, für den ihm der Präsident auf die Schulter klopfen würde). Hau doch ab. Einer der Entgegenkommenden starrt ihn an, aber nur einer, vielleicht ein Verrückter. In die eine Richtung muss es zur Uni gehen, in die andere zum Café von gestern, nein, vorgestern Abend, ohne Smartphone, ohne Stadtplan wird er nirgendwohin finden, das erscheint ihm zwar lächerlich, aber auch bedeutungslos. Die Schatten des letzten Spaziergangs begleiten ihn, er schaut in ein Loch, das vielleicht das Loch ist, in das er abends auf der unbeleuchteten Straße beinahe gestürzt wäre: diese rostigen Eisenstangen, er spürt mit leichtem Schauer, wie sie ihn aufspießen hätten können, wäre nicht die Frau bei ihm gewesen, die ihn aufgefangen und gehalten hat, die Welt ist voller Fallen, aber neben ihm ist jemand, der ihn auffängt und hält, die Belgierin, eine Frau, jemand, er ist überhaupt nur da, weil diese andere an seiner Seite da ist, nicht von selbst, von selbst ist niemand etwas.
Er glaubt, eine Idee zu haben: Wenn er nur in der richtigen Geschwindigkeit ginge, könnte er einer dieser Menschen sein, er würde vorankommen, nicht auffallen, es wäre ein wirkliches Gehen. Wenn der Präsident und all die anderen nur in der richtigen Geschwindigkeit sprechen, verhandeln, Ideen austauschen und entwickeln würden, dann würden sie richtig vorankommen, es wären wirkliche Gespräche, wirkliche Projekte würden realisiert. Wie von selbst, alles muss wie von selbst gehen. So wie die Kellnerinnen am frühen Morgen die Tische decken, so sicher und müde.
Man darf sich nicht selbst auf die Füße treten, muss aus dem Hintergrund hervor handeln, Teil des Straßenlebens sein, statt auf die Löcher im Bürgersteig zu starren. Aber das fällt ihm jetzt ein,

wo er allein unterwegs ist, in unbekannter Richtung, vielleicht zum Meer.
Er müsste umkehren, zurück zum Hotel, zurück zu den anderen, die jetzt beim Frühstück sitzen werden und bald in den Bus steigen, es ist doch alles wieder gut, er hat geschlafen, zum ersten Mal seit langem richtig geschlafen und alle Gespenster sind vertrieben. Im Hotelzimmer sind seine Unterlagen, heute könnte für ihn die eigentliche Arbeit beginnen. Leise Nervosität vor seiner Präsentation, gewöhnliche, nützliche Nervosität. Ein Treffen mit Studentenvertretern. Der Dekan, der ihn begleitet; Zimmer, Küchen, Bäder, Gemeinschaftsräume, Tischtennistische, Arbeitszimmer, Waschküchen, flexible Module. Alle seine Pläne umzeichnen, einen Bau mit geheimen Kammern und weißen Leerräumen erfinden. Innenräume nach außen stülpen und Außenräume nach innen. Flexible Module, diesen Begriff zur Täuschung einsetzen, Kosten heruntertreiben, täuschen. Er geht geradeaus weiter; wenn er umkehrte, würde er sich sowieso nur verirren, er wird vermutlich gleich am Universitätsgelände vorbeikommen und dann wird er einfach irgendwann in ein Taxi steigen, sich zum Hotel oder direkt zum Kongresszentrum fahren lassen und schlimmstenfalls einen überhöhten Fahrpreis bezahlen, denn er hat vergessen, wie viele Francs CFA eine Taxifahrt laut den touristischen Instruktionen der Kongressleitung kosten darf. Er geht immer weiter und findet es schade, dass er keinen der Passanten kennt und kein Bild von einem der Passanten aufnehmen kann, kein Gespräch führen, er erinnert sich an die Orte, die er aus dem Bus gesehen hat, und an die Gespräche, die er mit seinen Freunden, dem Englischlehrer, dem Agraringenieur (die jetzt sicherlich arbeiten, irgendwo in diesem Land) geführt hat; er hat das Gefühl, er hätte sich die Geschichten dieser Menschen und die Bilder der Orte (ein Dorf am Straßenrand, ein einzelnes Haus) angeeignet, sodass sie jetzt seine Geschichten und Bilder wären, und er könnte oder müsste sich in gleicher Weise die Geschichten der Passanten (den Ort dieser Geschichten, das Gefühl am Grund dieser Geschichten) aneignen. Sein Blick wird abgelenkt.

Dieser weiße Mann, nackt, mit einer Haut voller Einstiche, blutig und nackt, der dort drüben an der Mauer entlanggeht, über die Straße wankt, sich zwischen den Mopeds, Autos und Minibussen hindurchschiebt, ohne dass eines bremsen oder ihm ausweichen müsste, ohne dass ihn eines berührte, warum beachtet ihn keiner, er will ihm nachgehen, aber schon ist er hinter irgendeinem Bus aus dem Bild verschwunden.

Er kommt nicht am Universitätsgelände vorbei und auch nicht an der Bar *Qui sait l'avenir*, die vielleicht auch morgens geöffnet wäre (ein Kaffee, er hat keinen Kaffee getrunken), weil er an einer Ecke mit einem großen Kaufhaus versehentlich nach rechts statt nach links abbiegt. In der Mitte dieser Straße gibt es einen Markt, an dem sich schon Händler niedergelassen haben, Männer, Frauen und Kinder mit grauer Hautfarbe, die graue Waren verkaufen. Sie sitzen mit ihrem Zeug auf dem sandigen Streifen zwischen den Fahrspuren. Der Architekt denkt, dass diese Straße, deren Namen er lange nicht lesen kann, zum Meer führen müsste. Aber sind sie nicht auf dem Weg vom Flughafen an diesem Markt vorbeigekommen? War es dieser oder ein anderer Markt? Der Verkehrslärm und die Hitze wachsen. Er könnte keinem zuhören, keine Geschichte aufnehmen, seinen eigenen Bruder würde er nicht erkennen und nie verstehen, er kennt nur Sätze, die zu Situationen passen und nicht aus Situationen herausführen. Er hat Zeit; die Läden, an denen er vorbeigeht, sind noch geschlossen, vor einigen stehen Holzstatuen herum, früher hat es hier für jede Lebensentscheidung und jede Lebenslage einen Gott gegeben, den man um Rat fragen, in die Hand nehmen, beeinflussen konnte, man war von Göttern bewohnt, jeder Mensch, jedes Tier stand für einen Gott, jetzt wartet man vergeblich auf Touristen, die einem die Götter abkaufen. Jetzt tötet man die Tiere in Fabriken. Teilt sie in Essbares und Abfall und glaubt nicht an die Kraft ihrer getrockneten ausgestopften ledrigen Leichen. Die Straße ist die Avenue de la Paix, und er hat Zeit, zwei Stunden Zeit, er wird sich irgendwann ein Taxi rufen und im letzten Moment erscheinen, er ist nicht nervös, weil er immer zur Hälfte anderswo ist, sicher wird er, sobald er auf dem Podium steht, in seine professionelle Routine fallen, er wird seine Ideen im Kopf haben, nicht die Wirklichkeit, der Logik seiner Ideen folgen, sie wird ihm überzeugend erscheinen; die Osmose, die Unabgeschlossenheit, die sich in jedem einzelnen Bauteil spiegelt, jeder offene Raum kann ein Raum des Rückzugs werden, jeder Raum des Rückzugs kann ein offener Raum werden, das Studentenheim als ein Haus-als-Dorf und Strukturen, von denen kein Zwang ausgeht und die dennoch Strukturen sind und also Halt geben und so fort, und alle seine Berechnungen sind mathematisch nachprüfbar, als wäre das Haus ein Gebäude aus Zahlen und Proportionen, mit dem Glück kleiner Verschiebungen, das Glück kleiner Verschiebungen, von dem er lebt; wie gut, dass er noch zwei Stunden lang keinen von seinen Leuten sehen muss, nicht reden muss, die Regeln, denen er folgt, neutral und fremd sind. Dieses gliederpuppenhafte Gehen auf der Avenue de la Paix. Dieses beruhigende gliederpuppenhafte Gehen. Am Ende dieser Avenue gibt es ein paar Stände, auf der anderen Straßenseite eine Mauer. Es gibt einen lächelnden Mann, der auf ihn zukommt.

– Ohne Smartphone und Stadtplan irgendwohin gehen, sich sofort verirren
– Darauf vertrauen, dass wir einen Weg zurück finden, einfach fragen, die erstbesten freundlichen Leute
– Die keine europäischen Sprachen sprechen oder unsere Aussprache nicht verstehen und wir nicht ihre
– Die Sonne wandert über den Himmel, und wir haben immer den Eindruck, sie würde von einer anderen Ecke auf uns herunterbrennen, wir flüchten unter die Vordächer, vor der Hitze, dort steht ein lächelnder Mann, der auf ihn zukommt
Die Echos der Gespräche in seinem Kopf, schrecklich ferner Gespräche, das Echo eines Wir, ein Echo sein. Vor ihm muss der Kunstwerksmarkt liegen, vor dem irgendjemand gewarnt hat;

irgendjemand, der Dekan, auf merkwürdige Weise in eine Empfehlung gehüllt, gewarnt: Sie sollten unbedingt hingehen, aber keinesfalls allein.

Seine Knochen, diese Röhren. Er spürt die Hohlräume in seinen Knochen, während seine Beine sich bewegen.
Ein lächelnder Mann mit langen lockigen Haaren begrüßt ihn und stellt sich als Ibrahim vor. Er weiß nicht, was der Mensch denkt und was er will. Es ist kein Theaterstück, das für ihn aufgeführt wird, die Menschen, die ihm begegnen, sind nicht die Figuren in seinem persönlichen Theaterstück. Dass der Mensch einfach Interessen hat, etwas verkaufen möchte, aber auch in ihm einfach einen Menschen sieht, wenn auch einen Weißen, erscheint ihm schwer vorstellbar und beängstigend. Die Notwendigkeit, als ein erwachsener Mensch durch ein Gespräch zu manövrieren, scheint ihm schwer vorstellbar und beängstigend.
Aber es ist bloß ein einzelner Mann mit freundlichen langen Haaren und einer Art von Neugier im Blick (wie er aus der Ferne oder im Nachhinein denken wird), auf dessen Salamaleikum er kein Malekumsalam herausbringt (Comment ça va? Bien; kein Et vous? Et votre famille etc. etc.); er könnte diesem einzelnen Mann Fragen stellen, wie ein erwachsener Mensch es tun würde, es wäre gar nicht so wichtig, welche Fragen, könnte mit ihm verhandeln, es wäre gar nicht so wichtig, wie ernsthaft, könnte sich Dinge zeigen lassen, Kunstwerke oder Kunsthandwerk oder Touristenkitsch (das eine anzuschauen ist nicht moralischer und wertvoller als das andere anzuschauen), er könnte das Atelier oder den Verkaufsraum oder die Hütte dieses Mannes betreten, Halbdunkel, Dunst, Staub, Geruch nach Holz und Farben, ein Sonnenstrahl zieht ein gleißendes Band durch die offene Tür, das offene Fenster. Aber er kann doch keinen abgeschlossenen Raum betreten, sich irgendwo hineinlocken lassen; er hat die sicherlich absurde, aber unbezwingbare Vorstellung, er käme dann nicht mehr (nicht mehr rechtzeitig) hinaus.

Er hat ein Bündel Francs CFA in der Tasche, an das er sich halten will, als würde sein Leben daran hängen. Er hatte bisher immer das Gefühl, jemand würde bei ihm sein, jemand würde ihm beistehen, er würde die Sprache der Menschen verstehen (wenn auch nicht ganz so gut wie die anderen), er hat doch Menschen, an die er denken könnte, lebende Menschen, seine Kinder, Margarita, seine Mutter, seine Freunde, tote Menschen, seinen Vater, seinen Bruder, jetzt ist niemand bei ihm, er kann an niemanden denken, er ist ganz für sich, das Zeug an seinem Leib, seine hohlen Knochen, das Bündel Geldscheine in seiner Tasche, sein Ausweis. In China oder Bangladesch geschneidertes hosen- oder hemdförmiges Zeug und eine Handvoll Papier. Sein Smartphone steckt vermutlich in der Tasche, die er gestern dabeihatte und die heute im Hotelzimmer neben dem Bett liegt, ab und zu gibt es einen Piepser von sich, weil der Akku leer ist.
Er steht mit halbverdrehtem Körper da, lächelt falsch und sagt mit falschem Bedauern:
– Tut mir leid, ich muss weiter, ich bin verabredet.
Er fühlt nichts als Hast, strahlt nichts als Hast aus, wehrt jeden Satz ab, alles, was er sagen kann, sind Sätze, um Menschen abzuwehren. Häuser sind nichts als Wände und der Raum, den Wände umschließen; nicht viel mehr als nichts, aber er will kein Haus betreten (als könnte es ihn einsaugen, verwandeln, würde ihn nicht mehr als er selbst rauslassen).
– Wo denn verabredet. Mit wem.
Er spürt den Hohn und Unglauben in der Antwort des Mannes. Er hört sein sanft gutturales Französisch. Er hat jetzt nicht die geringste Ahnung, mit wem er in dieser Gegend der Stadt verabredet sein könnte, und macht eine vage Geste, hin zur Mauer auf der anderen Seite der Straße, die hier breiter geworden ist, fast zu einem Platz (und er denkt, dass es nach Meer riecht, es riecht nicht nach Mopeds, Lastwagen, Bussen und Hitze, sondern nach Meer. Er denkt, dass hinter der Mauer, an einer Hügelkuppe, die Welt abbrechen könnte; wenn er nachts hierherkäme, würde er

von dort aus in die Leere schauen: eine dichtere, fast körperlich dichte Schicht von Schwarz vor seinen Augen).
– Vielleicht später, sagt er noch, wenn ich zurückkomme.
– Zurückkomme?, wiederholt der Mann, Ibrahim, weniger höhnisch als ungläubig oder vielmehr traurig, so scheint es dem Architekten im Nachhinein, während er sich jetzt schon eilig verabschiedet und sich noch im Reden abwendet. Er bekommt keine Antwort mehr auf sein Au revoir-Gestammel.

Er hat sich schon im Reden abgewandt und überquert kaum auf den Verkehr achtend die Straße, fast mit einer Art von Leichtigkeit, er schiebt sich zwischen den Mopeds, Autos und Minibussen hindurch, ohne dass eines bremsen oder ihm ausweichen müsste, ohne dass ihn eines berührte. Es kribbelt an seiner Haut.
Er hätte den Mann (einen Maler, er weiß jetzt bei sich, dass es ein Maler war, wahrscheinlich sogar ein guter Maler, er hätte ihm ein Bild abkaufen sollen und müssen) nach irgendetwas fragen können, die Initiative ergreifen, nach gleich was fragen, Papa Legba oder Maltechniken (ein Gespräch führen), aber genauso gut kann er im Hotel nach Papa Legba oder bellevillscher Malerei und ihrer Geschichte googeln (kein Gespräch führen, sich nirgendwo verfangen, in keinen Sätzen, Blicken, Lebensgeschichten). Auch diesen Ort hier, die Straße, die beinahe ein Platz ist, und die Mauer gegenüber, würde er nicht wiedererkennen, sollte er jemals hierher zurückkommen. Ein dummer Tourist sein, mit dem Touristengefühl, dass irgendetwas zu kaufen immer nur bedeuten kann, betrogen zu werden.

In der Mauer gibt es ein offenstehendes Tor, dahinter sieht er zuerst so etwas wie ein weites Brachland, er glaubt einen Brandgeruch wahrzunehmen, hinter oder über dem Geruch nach Meer einen Brandgeruch. Dort hinten senkt sich das Land, dort gibt es einen Streifen Blau, dort muss das Meer sein. Ein Brandgeruch vom Meer her. Wie seltsam, dass mitten in der Stadt die Stadt abbricht,

andererseits gar nicht seltsam, genau so etwas hat er erwartet oder vielleicht erhofft. Dort hinten steht etwas wie ein Zelt, eine dünne Rauchsäule steht in der Luft. Dann sieht er auch die kleinen da und dort aus dem Sand und schütteren Gras ragenden Steine. Manche sind einfach kahl, auf manchen sind im Näherkommen in den Stein geritzte oder auf rostige Schilder unregelmäßig mit der Hand gemalte Namen und Daten zu sehen. Ein schmaler Pfad schlängelt sich durch den Sand, vereinzelte hohe Palmen ragen in den Himmel. Er geht ein paar Schritte weiter ins Gelände hinein, sieht jetzt auch etwas wie Betonwannen, in der Erde steckende Röhren, da oder dort Steinhaufen, als wäre hier irgendeine Struktur zerfallen. Ein Grabmal, er ist auf einem Friedhof, auf einem muslimischen Friedhof. Ein fast leeres Gelände, das doch ein Friedhof ist oder war, die Gräber scheinen ihm alle alt und ungepflegt. Die paar auf den Steinen lesbaren Namen kann er keiner Sprache und keiner Volksgruppe zuordnen; eine Zeit lang stellt er sich vor, er wäre plötzlich in einem anderen Land. Er ist allein auf diesem Friedhof und doch nicht allein, weit entfernt, am anderen Ende des Friedhofs gibt es ein Zelt und eine dünne Rauchsäule.
Er stellt sich vor, er wäre plötzlich in einer anderen Zeit, in einem anderen Land. Er hat kein Smartphone in der Tasche, der Himmel ist blau und leer, seine Koordinaten sind unbekannt. Eine große Weide biegt sich im Wind, er geht durchs Friedhofsgelände wie durch die Reste einer zerstörten Stadt. Alles ist zufällig und bedeutungslos; die Todesdaten auf den Steinen können aus den Fünfziger Jahren sein oder aus den Neunziger Jahren, ohne dass es den Gräbern anzumerken ist, ein Datum aus dem nächsten oder übernächsten Jahr hätte ihn kaum erstaunt. Einige dutzend Schritte weiter kommt er zu dichteren Gräberfeldern, es könnte hier ein Muster geben, etwas zu lesen, ein zerstörtes zu lesendes Muster. Eine Architektur der Zerstörung, die er lesen könnte, nachahmen könnte. Hinter dem Abhang sind nun die Dünen sichtbar; der Architekt schaut immer wieder zum Zelt, ein kleines Ein-Personen-Zelt, dort wohnt jemand, nah am Meer, kein

Strandtourist, sondern jemand ohne Haus, eine Frau, ein Mann. Der Rauch steigt schwarz in den Himmel, löst sich in zarten Wolkenfäden, dann in nichts auf, ein kleines Feuer ist sichtbar. Der Pfad verzweigt sich. Da und dort verlieren sich fragile Gebilde mit weißen und grünlichen Säulen und Kapitellen im Gelände; eine Vortäuschung einstiger Pracht, eine Imitation des europäischen 19. Jahrhunderts, eines bürgerlichen Selbstbewusstseins, dessen Macht über den Tod hinausreicht. Manche der Grabsteine tragen arabische Inschriften, vermutlich Koransuren. Neben einem wie eine Badewanne blau gekachelten Grab steckt ein Blechrohr in der Erde. Ist das Müll oder sind das Zeichen.
Die Toten sind nicht mehr da, denkt der Architekt, niemand ist da. Er dreht sich um und sieht zwei Männer, der eine in Djellaba, der andere in Jeans und T-Shirt, sie sind nicht sehr nah, vielleicht fünfzig Schritte von ihm entfernt, nah an der Mauer, und kommen ihm auch nicht näher. Sie tun so, als ob sie sich nicht für ihn interessieren, ihn kaum wahrnehmen würden, sie reden miteinander, außerhalb seiner Hörweite. Sie tun so als ob: das denkt er spontan, aber wahrscheinlich kümmert sie seine Gegenwart einfach wirklich nicht.

Diesen Friedhof habe ich selbst gesehen und diese Männer, sie haben mir nichts getan und wirkten auch nicht im geringsten bedrohlich, ich bin zu Fuß zum Friedhof gegangen (diesem oder einem ähnlichen Friedhof) und zu Fuß zu einem anderen Tor wieder hinaus, dann neben einer Autostraße nah am Meer lange zur Innenstadt hin, mit einem Stadtplan in der Tasche, ich kannte immer die Richtung, diesen Teil des Wegs habe ich als seltsam menschenleer in Erinnerung, als völlig menschenleer. Es war nicht heiß, nicht überall in Afrika ist es heiß. Aber sonst war es so, wie ich es beschreibe, man kann mit einem Schritt von einer Stadt in die andere übertreten. Man muss nur in die falsche Straße einbiegen, dann gerät man in die richtige oder die falsche Gesellschaft. Man kann es nicht gleich unterscheiden. Man muss

die Städte zusammenzwingen, als ginge es um eine Traumszene. Und irgendwann zu dem Moment der Fremdheit, der Verlorenheit kommen, so fremd und verloren wie fast dreißig Jahre zuvor, als Sechzehnjähriger, vor einem Spiegel im Foyer eines billigen Hotels in Paris. Und dann durch den Spiegel hindurch auf die andere Seite. Vor dem Verlassen des Friedhofs habe ich noch dieses Nescafé-Werbeschild gesehen und fotografiert, das sich putzig macht, bunt und riesig über den Gräbern.
Draußen, außerhalb der Zeit, stehe ich immer noch dort und überlege, in welche Richtung ich gehen will. Draußen, außerhalb der Zeit, stehe ich in den Tuilerien, im Sonnenschein, sechzehn Jahre alt, warte und bin frei. Ein ganz kleiner Schritt, kaum ein Schritt, fast schon eine Geste reicht, um hinüberzugehen. Ein eisernes Totem mit Jugendstilranken und rotem Schild (*Metropolitaine)* ist in der Nähe, dahinter die Treppen. Bei keinem Besuch in Paris konnte ich die Stelle wiederfinden.

Der Architekt ertappt sich dabei, immer wieder verstohlen zu den beiden Männern zu schauen, von denen der eine möglicherweise einfach der Friedhofsgärtner (naja, es gibt keine Blumen und keinen Rasen) oder der Portier ist, sein Misstrauen, denkt er, ist lächerlich und hassenswert; doch eigentlich gilt sein Misstrauen seinem eigenen Hierherumlaufen: als hätte er den öffentlichen Raum verlassen und wäre ein Eindringling. Ein Eindringling in ein unsichtbares Gebäude. Weit entfernt und nichtssagend ist das Meer zu sehen; er würde gerne hingehen, aber dort in den Dünen, etwas außerhalb des Friedhofs (falls es zum Meer hin eine klare Grenze gibt, jedenfalls sind dort keine Mauern), steht das Zelt, und er weiß, dass in diesem Zelt jemand lebt. Und er ist nur ein Eindringling. Er sieht das Feuer, die dünnen Rauchwolken, etwas wird dort verbrannt. Es gibt überall am Strand kleine Feuer.
Er denkt an den Kanal, den er aus dem Busfenster gesehen hat, mit dem Wohnblock, dem Müll, den kleinen braunen Hunden, an die Ruhe dieses Bildes, an die Hunde am Strand.

Jetzt sieht er (mit seinem Blick, den er nicht steuern kann und der immer an den falschen Punkten hängenbleibt) den Menschen, den Bewohner, aus dem Zelt kommen, vor dem Zelt sitzen und hat Angst, er würde von ihm gesehen werden. Über hunderte Meter glaubt er den Blick zu spüren. Was machst du hier, in meinem Zimmer, in meiner Welt, gib mir deine Kleider, du kannst dir neue kaufen, du kannst dir alles kaufen, ich habe nichts.
Er könnte doch einfach dieser Mann sein. Schlafen, dann wach sein, zum Meer schauen, zum Friedhof, es regnet, dann die Sonne. Die Hunde laufen zum Wasser, spielen mit den anbrandenden Wellen, lecken am Wellenschaum, ich strecke ein Bein aus. Mein Zelt, das die Wellen, das jeder Regenguss (jeder tropische Regenguss wie der, den sie gestern (oder wann war das) erlebt haben) wegschwemmen kann. Zum ersten Mal hier ist er nah am Meer, könnte er zum Meer. Das erste und einzige Mal hier (das einzigste Mal, wie die Kinder sagen) könnte ich zum Meer. Ich sehe das Meer, ich könnte zum Meer, wären da nicht die möglichen Blicke, wäre da nicht ein Zelt und sein Bewohner, könnte ich zum Meer.
Was macht er denn auf diesem Friedhof, an keinem der Namen auf den Gräbern kann er irgendeine ihm verständliche Geschichte (irgendein Menschenleben) festmachen. Alle, die hier begraben sind, wurden einmal geboren, das ist beunruhigender als dass sie gestorben sind, alle, die ihm auf der Straße begegnen, wurden einmal geboren. Er geht in Gedanken ein paar Minuten zurück in der Zeit und spürt jetzt eine Trauer, als hätte er Ibrahim, dem Maler, ein demütigendes Unrecht zugefügt, er geht weiter zurück in der Zeit, zu der Belgierin, weiter zurück, zu Margarita, weiter zurück, zu seinem Bruder, weiter zurück, zu jedem, mit dem er zu tun hatte und zu tun hat. Jedem, dem er ausgewichen ist; nur um sich nicht ins Netz ziehen zu lassen, ins Innere des Baus, nur um irgendeinen anderen Weg zu gehen, was denn für einen Weg. Dieses Werbeschild dort drüben auf der Straße macht sich putzig hinter den Gräbern: *Nescafé – goûte la vie côté café*; ein riesi-

ges, rotes, direkt auf den Friedhof (aber sicher gibt es dazwischen noch eine Straße, einen Boulevard, einen Platz, eine Autobahn) ausgerichtetes Schild, hinter einem Feld von dichter stehenden Grabstätten und ein paar Bäumen. Hätte er eine Kamera dabei, würde er jetzt fotografieren. He, ihr Toten. Er wirft keinen Blick zurück zum Meer, zum Zelt, dem Mann vor dem Zelt, den anderen beiden Männern.

Ich machte ein Foto von dem Nescafé-Schild, ich schaue das Foto an, aber ich erinnere mich nicht besonders gut. War da auch ein Zelt, war da das Meer, war da ein Feuer? Ich weiß noch, wie die Stadt hieß und dass eine breite Straße an dem Friedhof vorbeiführte, eine breite, seltsam menschenleere Straße, eine Straße ohne Verkehrslärm, ohne Busse, fast ohne Autos. Die Stadt hieß nicht Belleville. Das Gehen wurde mir lang. Ich dachte an den Rückweg, ach, immer der Rückweg. Soll ich nun wieder *Ich* sagen und damit allen meinen Figuren den Boden unter den Füßen wegreißen, dem Architekten, der ohnehin so wenig Boden unter den Füßen hat? Ach, der Boden unter den Füßen. Irgendwann begannen mir die Beine wehzutun, ich suchte vielleicht einen ganz bestimmten Punkt, den ich nicht finden konnte in dieser Stadt; vielleicht hielt ich gewaltsam die Augen geschlossen, vielleicht war es die falsche Tageszeit, eine frühe Nachmittagsstunde, in der es hier einfach nichts gab.
Ich erinnere mich an den Anflug von Panik, irgendwann in Paris, nach Mitternacht, als ich zurück zu meiner Unterkunft am Stadtrand wollte, bei Saint-Michel einem RER-Hinweisschild hinunter auf den Seine-Vorquai folgte, und plötzlich allein in der Nacht war. Ich lief am verschlossenen Tor zum Bahnsteig vorbei, ohne es zu bemerken, wunderte mich immer mehr, keinen Eingang zu finden und niemandem zu begegnen, hier, mitten in der Stadt, wenn auch nachts, der Brückenbogen über mir leuchtete, flirrend vom träge vorbeifließenden Wasser, Notre Dame auf der anderen Seite stand unberührt da. Für einen Moment glaubte ich, die Stadt wäre im

Raum oder in der Zeit verrutscht, für einen Moment glaubte ich, tot zu sein. Alles um mich war doch so deutlich, nur ich selbst war verloren, konnte immer weiter laufen, den Quai entlang, unter Brücken hindurch, ohne irgendwo ein Tor zu finden. Umzudrehen und die kleine Treppe wieder hinauf zu gehen, über die ich runtergekommen war, dann einfach einen anderen Zugang zu Metro oder RER zu suchen oder ein Taxi zu nehmen, schien mir unmöglich.

Es ist immer noch recht früher Vormittag, natürlich folgt ihm niemand. Er ist wieder nicht zum Meer gegangen, hat den erstbesten Ausgang zur Stadt hin genommen. Falls diese breite leere Straße allerdings die Corniche ist (wie er nun glaubt), wird sie irgendwann hinter dem Friedhof eine kleine Kurve nach rechts ziehen und wiederum am Strand entlangführen (wo, vermutlich wegen der Brandung, niemand schwimmt), warum zieht ihn das Meer so an: weil dort die Stadt abbricht, nichts weitergeht, man nichts bauen kann? Wenn er aber in einer kleinen Kurve nach links geht, denkt der Architekt, so müsste er zum Stadtzentrum gelangen (falls man in dieser Stadt von einem Zentrum sprechen kann) und vielleicht auch zu dem Lokal, wo für immer die Zukunft auf ihn wartet, die endlose Zukunft des letzten Samstagabends. Oder einfach ein Ort, wo er sich hinsetzen könnte, etwas trinken, kein Bier, einfach Kaffee, Wasser. Eiskaltes, frisches Wasser und dann wieder sozusagen er selbst wäre und in der Lage seine Schritte zu steuern und gezielt zu denken: an seine Präsentation, an die Offenheit, die er demonstrieren müsste, um nichts vorwegzunehmen, um ganz frei in die Gespräche mit den Studentenvertretern, wenn sie denn nach der Präsentation stattfänden, zu gehen; an diese Gespräche: das Spiel, eine Gesprächsbasis mit den Studenten zu finden, eine gemeinsame Sprache. Was man so denken nennt, frei, gezielt, körperlos; wieder so tun können als ob. Sich sammeln, sich konzentrieren, sich imitieren.
Er überquert die Straße, weil der Gehsteig links von der Fahrbahn breiter scheint.

Er müsste von der Corniche wiederum auch in die Rue du 9 Février biegen können und wäre dann auch gleich beim Hotel; sodass sein Ausflug keine Bedeutung hätte, das Hotel muss ganz in der Nähe sein. Es gibt auf dieser Seite der Straße einige Hochhäuser, es gibt Bäume, es gibt eine Moschee und eine Kirche, aber keine Quergasse nach links.

Wenn es eine Quergasse nach links gäbe, würde er sofort das vertraute Straßenschild sehen. Und den Tesco finden, da wären Menschen, die sich um ihn nicht kümmern würden, und das *Dieu règne Cool Café*, auch dort könnte er etwas trinken, er hat heute noch nichts gegessen und getrunken. Der Durst kämpft darum, sein Bewusstsein zu übernehmen.

Auch wenn es auf den Stadtplänen und aus dem Busfenster ganz anders aussieht, es ist, als gäbe es in dieser Stadt nur drei oder vier Straßen, wäre zugleich aber unmöglich, je eine bestimmte Straße wiederzufinden oder an erwarteter Stelle von einer in die andere Straße zu kommen. Er weiß nicht, ob er ein Café betreten wird können, ohne dass die Belgierin bei ihm ist oder ein Bekannter, der ihm von dort drinnen zuwinkt, der einen Sog von dort drinnen, einen Sog von innen her bewirkt.

Rechts von der Straße ragen rohe Betonmauern in die Höhe, Mauern ohne Fenster, aber eine Ecke des Baus scheint weggesprengt worden zu sein, wie von einer Bombe, und durch die Öffnung ist eine Treppe zu sehen, merkwürdigerweise eine breite Wendeltreppe. Daneben ein halb eingestürzter Schornstein, offenbar ist das eine verfallene Fabrik. Eine Fabrik mit einer breiten Wendeltreppe aus Beton, eine Fabrik wofür, er hat eine sehr ungenaue Vorstellung davon, welche Formen von Industrie es in diesem Land gibt oder gab. Hinter der Fabrik wird der Blick auf den Strand frei, hier sind keine Zelte und fast keine Menschen, nur eine Gruppe von verschleierten Frauen steht am Rand des Wassers, ein sandiger Dunst hüllt sie ein. Sie schauen nicht aufs Meer hinaus (wenn er das aus der Entfernung und durch den Sandstaub hindurch richtig wahrnimmt), das weit und glitzernd und bedeutungslos und fast leer den Horizont öffnet. In der Ferne liegen ein paar Schiffe still da, Tankschiffe, denkt er, vielleicht aber nur, weil von einem der Schiffe eine dünne schwarze Rauchsäule aufsteigt. Sie liegen da, als würden sie sich nie mehr bewegen wollen. Wo ist eigentlich der Hafen. Er weiß es nicht und wird es nie wissen, denn zugleich ist da jetzt endlich eine Straße auf die andere Seite, in Richtung Innenstadt; eine Straße mit dem ihm unbekannten schlichten Namen Avenue Roume. Der Durst hat seinen Magen, seine Kehle übernommen. Hier ist kein Mensch zu Fuß unterwegs, zwischen den Hochhäusern, am Rand der wenig befahrenen Autostraße, es ist beinah unnatürlich, zu Fuß unterwegs zu sein, schon gar für einen Yowo, der hinter die getönten Fensterscheiben eines großen Autos gehört (Klimaanlage, elektronischer Fensterheber, kurz einen Geldschein raushalten, schnell das Fenster wieder schließen). In einem Auto sitzen, wegfahren, weggefahren werden. Je länger er geht, desto weiter entfernt er sich nicht nur, wie ihm mit finsterer Logik gewiss scheint, von einem Taxistand, sondern auch von seinen Ideen, er müsste zurück zum Kongress, irgendwann muss er zurück zum Kongress, aber es erscheint ihm mit jedem Schritt unwahrscheinlicher und kaum noch zu wünschen. Je länger er durch die Stadt geht, die ihm so wenig sagt, desto mehr schämt er sich für seine Ideen, die Gebäude, die er dieser Stadt aufpfropfen möchte. Ein Haus, das lebt, ein Haus-wie-ein-Dorf. Scheiße. Aber er hat Durst. Er entscheidet sich für diese Straße nach links, in die Innenstadt, die Avenue Roume. Das ist ein Fehler (wird er bald denken). Die ersten Häuserblöcke lang begegnet er weiterhin niemandem.

Als ich von der breiten fast menschenleeren Corniche in Richtung Innenstadt bog (eine Wasserflasche in meiner Tasche, eine Kamera, ein Notizbuch), ohne klares Ziel (denn in der Stadt gab es keine Sehenswürdigkeiten, und meine Bekannten hatten keine Zeit), war es mir längere Zeit nur lästig, dass ich nirgendwo Zugang fand, dass die Stadt sich mir verschloss, dass ich keinen Anhaltspunkt für meine Blicke hatte. Gut, da war der Präsidentenpalast mit den Wachen davor, aber das war einfach irgendeine kitschige Villa. Ich begegnete einem jungen weißen Pärchen mit leicht verstörten Gesichtern, sie grüßten mich und ich grüßte mit falscher Souveränität zurück und stellte keine Frage. Nach und nach waren immer mehr Menschen auf der Straße. Ab und zu wurde ich angesprochen, als *Toubab*, nicht als *Yowo*, in den verschiedenen Sprachen der Region gibt es natürlich unterschiedliche Bezeichnungen für solche wie mich. Jemand, der so tat, als würde er mich erkennen, behauptete, er müsse mir eine Nachricht aus meinem Hotel überbringen, aber das Hotel, das er nannte, war nicht mein Hotel, und ich kannte ihn nicht (offenbar vertraute er darauf, dass die *Toubabs* fürchten, Einheimische nicht voneinander unterscheiden zu können, so wie vielleicht er *Toubabs* nicht voneinander unterscheiden konnte oder wollte). Ich schüttelte den Kopf und lächelte. Ich erreichte den zentralen Platz, mit einem Park in der Mitte, rundherum recht schmalen Straßen, in denen sich Autos, Mopeds und Menschen drängten. Ich hätte ein Taxi nehmen können oder schon einmal in Richtung Hotel zurückgehen (eine dreiviertel Stunde Fußmarsch, ich freute mich nicht darauf). Ich bog in eine der schmalen Straßen, das war immerhin schon die richtige Richtung.

Eine Quergasse trägt einen bekannten Namen, überhaupt kommt ihm bald alles bekannt vor, das Hotel muss ganz in der Nähe sein, und wenn nicht sein Hotel, dann das Hotel aus der Zeit des Ewigen Präsidenten am Platz beim Konferenzzentrum, an einer Straßenecke hat er plötzlich und ganz kurz den 25-Stockwerke-Kasten im Blick, die Aufschrift ...te. Ro... ..riq.. (aber das sogenannte administrative Zentrum befindet sich doch am anderen Ende der Stadt). Er ist offenbar einen seltsamen Bogen gegangen, aber auch mit dem Bus und zu Fuß mit der Belgierin war er offenbar in einem seltsamen Bogen gegangen, mit dem Taxi einen noch größeren Bogen gefahren. Oder die Stadt verformt sich immerzu. Eine Stadt nehmen und einen Knoten in diese Stadt machen. Es war ein Fehler hierherzukommen, es ist ein Fehler, irgendwo hinzugehen.

Ihm kommt zwar alles bekannt vor, aber die Atmosphäre ist eine ganz andere, vielleicht liegt es an der Tageszeit, vielleicht liegt es daran, dass er allein und zu Fuß unterwegs ist, eigentlich beachtet ihn ja niemand, trotzdem kommt er sich immer fremder und merkwürdiger vor. Der Platz beim Konferenzzentrum und die Straßen rund ums sogenannte administrative Zentrum waren doch völlig leer, weshalb wimmelt es plötzlich vor Mopeds und rostigen Toyotas und auf den Gehsteigen von Menschen, eine Frau trägt einen Korb voller Hühner auf dem Kopf, und eines der Hühner lebt und schaut ihn an. *Goûte la vie côté café.* Vor zwei oder drei Lokalen stehen Tische und Stühle, die aber alle vollbesetzt sind, er sieht durch ein Fenster einen Bartresen, vor dem sich die Leute drängen. Eine Frau trägt einen kunstvoll aufgeschichteten Turm von Handtaschen auf dem Kopf, die Beschläge glänzen in der Sonne, strahlen ihn an. Ab und zu streift er mit den Armen, ganz leicht, die Arme eines anderen Menschen, wir sind Körper, es gibt Berührungspunkte, Übergänge, von einem Leben zum anderen. Er kommt zu einem großen Platz, wo alle im Kreis gehen, diesen Eindruck hat er, alle würden notgedrungen (und womöglich mit wachsender Geschwindigkeit) im Kreis gehen, der Platz ist zwar groß, aber doch beengt, weil in der Mitte des Platzes sich, unzugänglich hinter einer Absperrung, eine etwas ausgedörrte Grünfläche um eine Skulptur herum ausbreitet, die sicherlich den Weg der jungen Nation in die Zukunft und die Gemeinschaft ihrer Völker symbolisiert, denn dieser Platz trägt den Namen *Platz der Einheit der Nation.* Nur zwei oder drei Leute sind hinter der Absperrung, ein schlafender (oder toter, nein, sicherlich schlafender) Mann mit offenem Hemd und ohne Schuhe, jemand, der ein Tuch mit Armreifen oder Uhren darin vor sich auf den Boden gelegt hat. Eine Frau trägt ihr Kind in einem Tuch vor der Brust, das Kind strahlt den Architekten an, auch die Frau lächelt, aber das ist nur ein ganz kurzer Moment der Ruhe, nur ein ganz kurzer Moment von Wirklichkeit.

Wie soll er sich bewegen, auf diesem Platz, wie in einem Kreisel. Wie soll er in der richtigen Geschwindigkeit gehen. Ist er zu langsam, wird er weitergeschoben, ist er zu schnell, stößt er Passanten nieder. Er muss sich zum Rand des Platzes hin bewegen, um nach draußen zu finden, es gibt doch hier Straßen, andere Straßen als die, auf der er gekommen ist, es gibt doch hier Gassen, schmalere, sicher auch leerere Gassen, pardon madame, pardon monsieur. Sein Portemonnaie in seiner Hosentasche, die mit einem Knopf verschlossen ist. Er biegt in eine der schmalen Seitenstraßen ein und denkt für einen Moment, jetzt ist er auf dem Weg. Aber die Menschenmenge dünnt nicht aus, ganz im Gegenteil.

Ich bin jetzt ganz im Innern der Stadt, es gibt keine Öffnung, keinen freien Platz, nicht einmal einen Himmel über dem Kopf, in den man aufflattern könnte. Tief im Innern des Baus krabbeln wir übereinander wie die Insekten. Schaut mich jemand auch nur an, kann ich mich nicht wehren.
Wenn die Stadt sich immer in sich hineindreht, komme ich doch nie heraus. Wenn mir jemand die Stadt verknotet, die Stadt mit mir drin (ich ducke mich). Dieser spiralförmige Weg, wir gehen eng an die Mauer gepresst und schauen zu den Fenstern hoch. Der Glaube, es gäbe etwas außerhalb, ist Illusion (diese flache blaue Landschaft, dieser flache blaue Himmel, diese winzig hingemalten Dörfler, die ohne Sinn und Zweck und in sich ganz daheim vor sich hinleben. Ohne Sprache, denn wie sollte es draußen eine Sprache geben. Ich kann sie nicht verstehen).

– Hallo, mein Freund. Liebst du afrikanische Musik? Willst du Karten kaufen für das Festival morgen?
Ein Satz auf Französisch, den ich vollständig und überlegungslos verstanden habe, unwillkürlich lächle ich. Nein danke, sage ich flüssig, ich habe morgen keine Zeit. Aber ich liebe afrikanische Musik, wie alle Toubabs. Und ich gehe weiter, aber der Mann begleitet mich und hört nicht auf zu reden, die Konzertkarten

in seiner Hand, mit einer freundlich neutralen (keiner hündisch-unterwürfigen, keiner Bettler-, auch keiner drohenden Stimme), ist nah an mir, macht meine Bewegungen mit, so als wären unsere Körper berührungslos miteinander verbunden. Vom Festival (das es nicht gibt) geht er fließend zu anderen Themen über, einem Projekt, das er mit einem Cousin vorhat, einem vielversprechenden Projekt (und im Hintergrund erhält dieses Projekt durch das nichtexistierende, aber sozusagen musikalisch mitschwingende Musikfestival eine Art von Legitimation und Öffentlichkeit). Bin ich ein Rassist, wenn ich jetzt einfach *Auf Wiedersehen, das interessiert mich nicht* sage; aber habe ich nicht schon gelächelt, fast nur um nicht ein Rassist zu sein, sondern ein afrikanische Musik liebender Toubab und höflicher Mensch. Ich achte darauf, dass niemand (kein Komplize) so nah an mich herankommt, dass er mein Portemonnaie aus der Hosentasche fischen kann.

Meine Höflichkeit ist nur verlogen, denn sie dient nur meinem Selbstbild. Der Mann ist im Recht, was auch immer er von mir möchte.

Ich habe keine Worte außer *Non, merci*; aber ich ziehe das *Nein* und das *Danke* viel zu sehr in die Länge, es dehnt sich und bleibt unbestimmt in der Luft hängen, der freundliche Mann hat gar keinen Grund, es zu beachten. Mein Kopfschütteln ist eine völlig unverständliche, unbestimmbare Geste, ein Winken ins Nichts hinein. Ich weiß es, und das macht es nur schlimmer. Da ist eine Straßenecke, eine breitere Straße. Ich beginne zu laufen, mit einer Art von Geschicklichkeit zwischen den Autos hindurch. Der Mann, der mich angesprochen hat, gibt einem anderen Mann ein Zeichen, ich laufe über die Straße, springe in ein Taxi, in dem ein phlegmatisch wirkender älterer Mann am Steuer sitzt. Wie war noch der empfohlene Taxipreis.

Er ist jetzt ganz im Inneren der Stadt, denkt er, er könnte vergessen, wer er ist und wo er herkommt, er könnte seine Kinder vergessen, die Kinder, die er sieht, erinnern ihn nicht mehr an seine Kinder, da ist kein Schmerz mehr, keine Sehnsucht. Als er sich umschaut, taucht irgendwo im Gewimmel des Platzes der Einheit der Nation (er sieht ihn aus den Augenwinkeln, nur ganz kurz, fast wie einen beweglichen Lichtreflex) dieser nackte weiße Mann wieder auf, so jung, so weiß, er hält, wie es scheint, etwas in der Hand, etwas wie einen Kopf, einen Menschenkopf, aber er lächelt, selig, ein Kinderlächeln, dann ist er verschwunden. Die Sonne steht jetzt hoch am Himmel.

Warum ist es in diesen Straßen und Gassen unmöglich, allein zu sein. Niemand beachtet ihn, dennoch fühlt er sich keinen Moment mehr allein, niemand berührt ihn, dennoch fühlt er sich angegriffen und bedrängt; sichtbar, als wäre er der Nackte, der einzig Nackte, allein in der Unmöglichkeit allein zu sein. Er sehnt sich nach der leeren Corniche, nach dem Friedhof zurück, nach dem Durst, der jetzt schon in Übelkeit übergegangen ist; ihm scheint, er hätte dort, unter dieser Vormittagssonne, intensive Momente erlebt; ihm scheint, es wären dort noch wichtige, jetzt restlos verlorene Gedanken durch seinen Kopf gegangen. Die Gedanken entstehen nicht im Kopf, sie gehen durch die Köpfe hindurch, das ist unsere Form von Leben. Jetzt hat er keine Gedanken mehr, nicht die anderen Körper (das sind doch nur freundliche Leute oder jedenfalls Leute, die sich nicht für ihn interessieren (nun gut, er ist ein Weißer, er kann nichts dafür)) bedrängen ihn, sondern sein eigener Körper, die Übelkeit in seinem Magen, die Schwere in seinen Beinen und in seinem Rücken. Bröckelndes, feuchtes Fleisch, denkt er, bröckelnde feuchte Knochen.

Dann ist da aber jemand, der einen Armreifen schwenkt und ihm in die Augen schaut, dann ist da jemand mit einer kleinen glatzköpfigen Puppe (*pour les enfants! Tu as des enfants, des jolis enfants, ça fait plaisir*) dann ist da jemand, der *bonjour, jeune homme* zu ihm sagt, gleich ist er von sieben (oder vielleicht auch nur fünf oder vier) Leuten umringt, alles Männer. Eine Frau seufzt, er sieht sie nicht, aber er hört sie seufzen, er hört den Satz *Yowo, du bist dumm* (aber er hört ihn in seiner Sprache, mit einer fast bekann-

ten Stimme). Er schaut sich nach der Frau um, sieht nur den Mann mit den Puppen; ganz kleine, nicht besonders freundlich wirkende Figuren, *combien d'enfants, deux, trois, cinq?* Seine Füße in den leichten, in den ausgetretenen Schuhen sind geschwollen, seine Beine sind geschwollen, er hat das Gefühl, er könne sich nicht mehr bewegen, nie mehr. Dastehen und weinen, ich bin wie mein Sohn. Dastehen und weinen, weil die größeren Kinder mich verhauen. Weil ich da bin, wo ich nicht hingehöre, weil ich immerzu da bin, wo ich nicht hingehöre, jemand muss kommen und mich retten, in die Arme nehmen, trösten. Er fühlt sich wie sein Sohn, jemand muss ihn in die Arme nehmen, trösten, jemand, ein Papa, an dessen Brust er seinen Kopf legen, die Augen schließen kann. Wie abrasiert erscheint dieser Kopf, den ihm einer dieser Männer vors Gesicht hält (*une occasion, monsieur, fait à main, originale*), ein eigentlich ziemlich kleiner, ziemlich alter, ziemlich graugesichtiger Mann. Gleich muss er seine Geldbörse herausziehen, und eine Hand wird nach dieser Geldbörse greifen und sie an sich nehmen, er sieht das erwartungsvolle Gesicht, das zu dieser Hand gehört, ein professionell ruhiges, aber erwartungsvolles Gesicht.
– Hallo, Herr Hiesl, hört er, jemand winkt ihm, jemand nimmt ihn bei der Schulter und zieht ihn in ein Lokal.

Ich fragte den Taxifahrer nach dem Fahrpreis zu meinem Hotel, dreitausend, sagte er, und ich erinnerte mich, dass es nicht mehr als zweitausend ausmachen sollte, ich begann also zu verhandeln, nicht weil die tausend Francs CFA mich gekümmert hätten, sondern weil ich nicht als idiotischer Tourist dastehen wollte.
Der Taxifahrer hob den Blick, stöhnte, schüttelte den Kopf und fuhr nicht los, ein Gesicht erschien in der Beifahrertür. Ich sagte nicht, okay, ist schon gut, fahren Sie, die Beifahrertür ging auf und der Mann, der mir die Musikfestivalkarten verkaufen oder mir eine gute Investition vorschlagen wollte, stieg ein, setzte sich und begann zu reden.

Ich lehnte mich zurück. Der Mann auf dem Beifahrersitz redete weiter, zuerst zum Taxifahrer, dem er ausführliche Erklärungen gab, völlig unnötigerweise, denn den Taxifahrer interessierte offenkundig nicht, was er erzählte, ihm war alles recht. Ich überlegte zu protestieren und sagte auch irgendeinen Satz, den niemand beachtete, dann schwieg ich. Das Taxi fuhr los, der Mann auf dem Beifahrersitz drehte sich zu mir um, er nahm mir meine Flucht nicht übel, erklärte nun mir ausführlich das Projekt seines Cousins oder Schwagers, ich hörte zu, schaute aus dem Fenster. Das Taxi kurvte durch die Stadt, nicht in Richtung zu meinem Hotel, so viel erkannte ich. Nach einiger Zeit gab der Mann mir einen Zettel mit einer Adresse und Telefonnummer und einen zweiten leeren Zettel, ich nickte, sollte meinen Namen aufschreiben, nannte mich Harald Hiesl und erfand eine Telefonnummer.
Ich könnte es beglückend finden, dass ich in dieser Szene eigentlich nicht vorhanden bin. Ich habe kein eigenes Gesicht, keine eigenen Worte. Ich bin nur ein Exemplar einer Gattung; ich kann nichts falsch machen, außer mich zu wehren und auf irgendwelchen Eigenheiten zu bestehen. Erst dann würde ich mich lächerlich machen.
Ich wusste, dass der Mann mir nicht wehtun, mich nicht töten würde, und hatte nur etwas Angst um meine Kamera und mein Notizbuch. Von einer Hauptstraße (die ich Avenue Blaise Diagne nenne), bog das Taxi in eine Seitenstraße ein, ich erkannte, dass dieser Stadtteil die Medina sein musste (vor der der Reiseführer warnte). Schmale, sandige, durch nichts voneinander unterscheidbare Straßen, wenige Autos, freundliche, ruhige, sich langsam bewegende Menschen vor ihren durch nichts voneinander unterscheidbaren Häusern. Das Taxi hielt an und der Mann auf dem Beifahrersitz entschuldigte sich, er müsste kurz einem Freund (oder seinem Cousin oder Schwager) Bescheid sagen oder kurz etwas besorgen. Sollte ich jetzt dem Taxifahrer sagen, er solle losfahren und mich zum Hotel bringen; sollte ich ihm einen Geldschein in die Hand drücken, aus dem Wagen springen und davonlau-

fen? Ich tat nichts. Der Festivalkartenverkäufer kam in Begleitung eines jüngeren, rastalockigen Mannes zurück und gab sich plötzlich aggressiv (doch das war so wenig von Bedeutung wie seine Freundlichkeit). Ich griff in mein Portemonnaie und holte einen Geldschein hervor, er fand das, wie es schien, beleidigend, griff sich mein Portemonnaie, nahm alles Geld heraus, ausgenommen ein paar kleine Scheine für die Taxikosten (wie ich später verstand), verlangsamte dann sein Tempo wieder, stieß ein wenig ohnehin nur vorgetäuschte aggressive Energie ab und kehrte zu seiner bisherigen Geschichte zurück. Ich sollte ihn morgen anrufen. Ich nickte. Er schlug die Tür zu. Der rastalockige junge Mann strahlte eine ungeheure, fast ansteckende Lebenslust aus; er vibrierte und glühte vor Leichtigkeit; so leicht möchte ich im Himmel sein.

– Wenn man am falschen Punkt des Spielfelds einen Fehler macht, sagt der Mann mit der Foucaultglatze lächelnd, kann man alles verlieren.

Auch die Begleiterin des Mannes mit der Foucaultglatze ist da und sendet ihm einen Blick wie aus Glas, der Architekt erkennt fast alle Leute, die an dem Tisch sitzen, aber er ist erleichtert, dass weder der Präsident noch die Belgierin darunter sind; niemand, mit dem er in irgendeinem wirklichen Zusammenhang gestanden hätte. Er ist dankbar und zugleich ein wenig beleidigt; vor allem ist er aber verwirrt. Man kann ihn packen und an eine andere Stelle im Spielfeld versetzen; er hat keinen Willen oder täuscht sich immerzu, wenn er glaubt, seinem Willen zu folgen, trotzdem glaubt er den Satz zu verstehen, und er glaubt, dass er sich vor diesem Mann (diesem Mann und dieser Frau) nicht zu schämen braucht, sie sind Figuren wie er, schon der Anblick beweist es. Dieser spiegelnde Schädel, der Kopf des Düsseldorfer Dozenten ist nicht viel mehr als ein Signal, auf Wirkung bedacht, er hat nichts Körperliches an sich, auch wenn Augen aus ihm herausschauen und Lippen sich öffnen und schließen. Er braucht sich nicht zu schämen, sie stammen nicht aus seiner Stadt. Der Mann ist nicht der Präsident und die Frau ist

nicht die Belgierin (so hat er vor Jahren allerdings auch über die Belgierin gedacht: Sie stammt nicht aus seiner Stadt, sie und er, das ist ein anderes, nicht sein gewohntes, nicht sein wirkliches Leben).
Der berühmte Architekt aus Burkina Faso, der sich also doch nicht übers Wochenende abgesetzt hat, sitzt mit am Tisch und schaut ihn, den Konstrukteur lebendiger Häuser und ungeschickten Touristen Magister Ingenieur Harald Hiesl ernst an.
Ein Glas Wasser steht vor ihm auf dem Tisch und er trinkt. Er fühlt sich fast berauscht von dem Wasser, sein rotes, glühendes Gesicht kann langsam abkühlen, hierhergehören, in diesen Raum, an diesen Tisch, an dem er gerade noch Gesprächsthema ist, aber keineswegs im Mittelpunkt steht. Irgendein Franzose, den er nicht kennt, redet vor sich hin.
– Ja, die Anfängerfehler, die typischen Anfängerfehler!, sagt der Franzose, ein braungebrannter Mann mit weißem Hemd; und schaut drein als wollte er dem Architekten – da er sich bereitstellt als Beispiel für einen Anfängerfehler zu dienen – jovial auf die Schulter klopfen. Man muss wissen, wie man sie nehmen muss, die Afrikaner, sie sind wie Kinder, deshalb liebe ich sie so.
Dieser Mann führt das Wort, aber er weiß nicht, mit wem er redet, ein Haufen postkolonialistisch geschulter Leute, das ist lustig.
– Gut, dass Sie das sagen, meint der berühmte Architekt aus Burkina Faso, ich werde es beherzigen, wenn ich wieder einmal mit Afrikanern zu tun haben sollte.
– Das gilt natürlich nur für die einfachen Menschen, sagt der Franzose, missverstehen Sie mich nicht, das gilt für die einfachen Menschen, nicht für unsereins.
– Aber ich bin ein einfacher Mensch, sagt der Architekt aus Burkina Faso. Sie glauben nicht, wie einfach ich bin.
Der Raum ist klimatisiert, also stören die Körper nicht, niemand hier hat einen Körper. Auch nicht der Architekt, der sich fühlt, als wäre seine Haut (die Beine, die Arme, das Gesicht) nass und als hätte er Gänsehaut an den Armen. Niemand hat einen Körper, einen störenden, widerspenstigen Körper; gleichzeitig hat der

Architekt ein Bewusstsein für die Anwesenheit all dieser Menschen, nein, nur dieser beiden unter den anderen, der Frau, neben der er sitzt und dem Mann neben dieser Frau; eine eigenartige Nähe; unklare Grenzen; er sieht die Brüste der Frau unter der Bluse, ihre großen Hände, mit einem Gefühl, als gehörten sie zu seinem eigenen Körper.

– Je besser ich Afrika kennenlerne, desto mehr liebe ich Afrika, sagt der Franzose, ich gehöre hierher, ich lebe seit fünfundzwanzig Jahren hier und könnte mir überhaupt nicht mehr vorstellen, nach Europa zurückzufahren. Hier gibt es noch Freiheit, in Europa ist alles reguliert. Für alles muss man Steuern zahlen, überall gibt es Fußgängerzonen, die Frauen sind wie Männer, alle sind Beamte und halten sich stur an ihre Vorschriften, Vorschriften, Vorschriften.

– Wenn ich das nächste Mal eingeladen werde, einem Beamten oder einem Taxifahrer ein Geschenk zu geben, sagt der Architekt aus Burkina Faso, denke ich daran, dass es wie Weihnachten ist.

– Wie waren wir als Kinder arm, aber glücklich, sagt ganz unvermittelt, aus dem unverbindlichen Lächeln heraus, in dem sie sich in den letzten Minuten verborgen hat, mit greisinnenhafter Stimme die schöne Frau (möglicherweise ist sie es, die den Franzosen angeschleppt oder versehentlich angelockt hat), und der afrikanische Architekt lacht kurz und böse auf.

– Wir sind immer noch arm und glücklich, wir haben immerzu Weihnachten, sogar wenn wir Moslems sind, haben wir immerzu Weihnachten, wir können gar nichts dagegen tun.

Der Architekt fürchtet während der ganzen Zeit, dieser Mann aus Burkina Faso, den zu treffen er sich so gefreut hat, müsste nun sein Interesse an ihm verloren haben.

Wie kann es sein, dass schon Mittag ist. Er hat die Studentenvertreter (neugierige, enthusiastische, gescheite Menschen, er weiß es jetzt) verraten und ihre Hoffnungen enttäuscht, für einen Moment quält ihn das, dann schaut er auf die Glatze, auf die Brille, die funkelnden Augen hinter der Brille, und eine merkwürdige Ruhe geht von dem Anblick dieses Mannes (dieses Kopfes) auf ihn über.

Aus Düsseldorf kommt der Mann mit der Glatze, in der sich (denkt er für einen Moment) der reine Geist zeigt, knochig, spiegelnd und bedeutungslos, ist Dozent und heißt Konrad. Und die Frau heißt Vera und ist Architektin, er weiß das, der reine Geist zeigt sich (spiegelnd, knochig, bedeutungslos) in ihrer Schönheit. Und er selbst hat auch einen Namen und hat sich (so kommt ihm jetzt vor) an seinem Namen ins Lokal zerren (also retten) lassen. Aber was zum Teufel ist der reine Geist.

An einer Straßenecke, die mir bekannt vorkam, bat ich den Taxifahrer anzuhalten. Er verlangte 4000 Francs, so viel hatte ich noch im Portemonnaie, was für ein Glück.
Der Taxifahrer sagte noch etwas zu mir, in seinem Französisch, das ich nicht verstand, und ich schaute ratlos.
– Sie haben nichts verstanden?, fragte der Taxifahrer erstaunt (jetzt verstand ich ihn).
– Sie haben gar nicht verstanden, was der Mann mit Ihnen besprochen hat?
Ich begriff jetzt, dass mich der alte Taxifahrer deshalb für einen Idioten gehalten hatte, weil ich die Geschichte des Diebes geglaubt hatte, und nicht deshalb, weil er Toubabs prinzipiell für Idioten hielt.
Nicht deshalb, weil er gemerkt hatte, dass ich wirklich ein Idiot war (wie ich es immerzu von allen erwartete.)
Du bist zu dumm zum Reisen.
Es war doch alles gelogen, was ich schrieb. Ich hatte keine Ahnung. Ich tat so als ob und war zu dumm zum Reisen und zu jedem Verstehen, ein idiotischer Tourist.
Ich ging die drei leeren Gassen durch mein friedliches Viertel zum Hotel und legte währenddessen meinen Panzer an. Der Rest meines Geldes lag sicher in meinem Koffer; mein Laptop stand auf dem Tisch; es war nichts geschehen.
Jeder Raum des Turmes ist irgendwo wiederzufinden, deshalb ist die Welt völlig zersplittert. Was du auch redest, du verwendest

Splitter einer vorgegebenen Sprache. Einer vorgegebenen und zersplitterten Sprache, einer zerstörten Sprache, mit der du dich nicht verständlich machen wirst.

Als der Franzose sich verabschiedet hat und fortgegangen ist, gleichzeitig schief und gerade und ohne sich umzuwenden, sagt der Mann mit der Foucaultglatze:

– Hörst du, wie er beim Gehen scheppert? Aber diese verblödeten Kolonialisten in ihrer Blödheit wissen sich noch zu bewegen. Es klingt wie schepperndes altes Blechgeschirr und sie merken das nicht einmal, aber sie wissen sich zu bewegen. Einfach indem sie sich selbst nicht wahrnehmen, mit den Augen der anderen, und die anderen nicht wahrnehmen. Die anderen sind so viele, und für sie sind sie wie Luft.

– Obwohl sie immer mehr und immer bedrängender werden, könnte der Architekt jetzt sagen, aber das sagt er zum Glück nicht. Sie müssen ihn ohnehin alle für einen Idioten halten und haben noch dazu recht damit. Der Architekt aus Burkina Faso, über dessen Interesse er sich so gefreut hat und an dessen Urteil ihm läge; obwohl ihm jetzt am Urteil der beiden anderen, genauso viel liegt, so als würden sie auf irgendeine Art fest zu seinem Leben gehören. Er schämt sich, dass er am falschen Punkt des Spielfelds Fehler macht oder das falsche Spiel spielt oder fälschlicherweise glaubt, das hier wäre ein Spielfeld und er würde spielen.

– Der Kolonialist wird nicht einmal beleidigt sein, typisch europäischer intellektueller Zynismus, wird er sagen; und er hat wirklich afrikanische Freunde und versteht sich mit ihnen, und möglicherweise ist er sogar gut zu seinen Frauen, möglicherweise allerdings auch nicht.

Der Architekt hat den Eindruck, Konrad (gut versteckt unter seinem nackten Schädel und der eleganten Brille) würde zu ihm selbst und zum Afrikaner genauso ironisch sprechen wie zu dem Kolonialfranzosen. Er könnte sofort auf eine andere Ebene wechseln, die keinem von ihnen zugänglich ist. Aber er spürt jetzt das Knie

der schönen Frau an seinem Knie, kurz, sicherlich zufällig, aber als hätte sie einen Schalter getroffen, fühlt er ein Kribbeln und beginnt einfach so zu reden, ohne Rücksicht auf Verständlichkeit.
– Es gibt Afrika nicht, ihr bildet euch das nur ein. Wir bilden uns das nur ein. Aber gestern, nein, vorgestern Abend in einem Lokal war Afrika da, ganz zufällig. Und weil es nicht »Afrika« war, sondern Afrika. Mehr als Einbildung, weil ich in Afrika war und nicht das Bild Afrikas vor mir und in mir. Und weil ich vergessen habe, dass ich weiß bin und andere schwarz, wenn man das nicht immer wieder vergessen kann, hat das alles keinen Sinn, auch wenn man immer wieder daran erinnert wird, das ist schon okay, das geht nicht anders. Sobald man es festzuhalten versucht, ist es falsch.
Er denkt, noch während er redet, das ist alles Blödsinn, und gleich werde ich auch noch vom Awooyo-Bier und von Händen in Gesichtern reden, aber er redet weiter, nicht von Bier und nicht von Gesichtern und Körpern.
– Schon aus ökonomischen Gründen, sagt er. Schon weil du Stellvertreter für deinen Geldbeutel, nein, für die Vergangenheit und Gegenwart deines Kontinents bist.
Wie kann man von etwas anderem als von Gesichtern und Körpern reden, wie kann man überhaupt reden.
– Ich frage mich, wie es möglich sein kann, irgendein eigenes Konzept zu verfolgen, ohne es der Wirklichkeit hier halb gewaltsam überzustülpen. Ich frage mich, ob nicht alles, was ich geplant, alles, was ich mir vorgestellt habe, falsch ist.
– Sie nehmen mir das Wort aus dem Mund, sagt Konrad.
Was auch immer er damit meinen mag.
– Natürlich nicht mit dem letzten Satz, fügt er hinzu, nach einer gezielten oder zufälligen Pause. Er beugt sich nah zu ihm hin, und für einen Moment nimmt der Architekt einen heftigen und unangenehmen Geruch auf, der Konrads Mund entströmt.
– Und wenn es für den Moment ausreicht, diese Fragen im Kopf zu haben, sagt der Architekt aus Burkina Faso. Wenn man im Bewusstsein dieser Fragen und im Bewusstsein dessen, dass es falsch

ist, trotzdem handelt, weil man eben handeln muss, hier am Ort? Glauben Sie nicht, dass ich es leichter habe als Sie, meine eigene Tradition ist mir fremd. Und dass das europäische Bauen mir vertraut ist, auch das, auch dieses Vertrautsein, ist mir fremd. Sehen Sie meinen Namen: Ich heiße Mamadou François Traoré. Ein arabischer, ein französischer, ein afrikanischer Name. Keiner gehört ganz mir. Ich gehöre nirgendwo ganz hin. Und trotzdem kann ich nie ganz allein sein. Ich kann mich nie von meiner Vergangenheit, meiner Familie lösen. So weit ich auch weggehe, immer werde ich erkannt. Von einer community und von den anderen, den Europäern oder Amerikanern.

So weit ich auch weggehe, immer werde ich erkannt, denkt der Architekt. Jeder Blick ist der Blick meiner Nachbarn. Meines Vaters. Und Reisen hieße nichts anderes als die Welt mit den eigenen Gespenstern, meinen privaten Gespenstern zu bevölkern. Aber er denkt das, ohne es zu denken, nur als Sätze, die einem schönen Gedankengebäude angehören, aufregende Verschiebungen; sein Spaziergang ist so weit weg, dieser Friedhofsspaziergang, die verdrehte Stadt, sein Hotelzimmer, die Ecke in seinem Hotelzimmer, die Badezimmertür, seine Nächte. Er fühlt sich, als könnte er funktionieren; wenn man sich fühlt, als könnte man funktionieren, dann funktioniert man auch, und die eigenen Gedanken stören nicht, weil man sie denkt, ohne zu denken; es macht glücklich, zu funktionieren; dann kommen auch, ganz von selbst, die zu einem Gespräch passenden Wörter. In einem richtigen Gespräch kommen die passenden Wörter ganz von selbst, es braucht sonst nichts. Er wirft keine Seitenblicke auf Konrad oder Vera (deren Nähe er allerdings spürt), er fürchtet keine Ironie, weil er sich im Inneren des Gesprächs und seiner vollkommenen Ernsthaftigkeit befindet. Die Ironie ist Teil der vollkommenen Ernsthaftigkeit, einer Ernsthaftigkeit, wie er sie kaum je gekannt hat. Konrad und Vera und die undurchdringliche Schicht von Ironie, die sie umgibt, sind Teil dieser Ernsthaftigkeit. Konrads Schädel ist sein eigener Schädel, Veras Brüste sind seine eigenen Brüste, ihre Augen sind seine Augen.

Er sagt:
– Es gibt eine afrikanische (nein, es gibt Afrika nicht), es gibt eine kindliche (nein), eine rückhaltlose (nein) Ernsthaftigkeit. Wir sind wie die Kinder. Aber wir sind nicht wie die Kinder, für die Kinder ist nichts einfach. Entschuldigung.
Konrad und Vera und Mamadou schweigen, sie atmen, er hört über den Gesprächen von den anderen Tischen her das Surren der Air Condition und macht einen großen Schluck vom Kaffee, der jetzt vor ihm auf dem Tisch steht.
Zum zweiten Mal in diesen Tagen erscheint ihm eine solche Ernsthaftigkeit und damit *alles* möglich, zum zweiten Mal scheint ihm, er wäre nicht allein, und das nicht wie sonst, wegen einer Frau oder wegen seiner Kinder oder auch, weil er zu viel getrunken hat, sondern auf eine grundsätzlichere Weise. Als wäre er verliebt, nicht in die Belgierin, wie in den letzten Tagen oder wie bis vor einigen Tagen, wie bis vorgestern; oder nicht in erster Linie in die Belgierin, nur noch ein wenig in die Belgierin, eine allgemeinere Verliebtheit, die sich in jedem Moment verlieren kann. Sobald er allein ist, kann sie sich verlieren, er muss jeder sein, jeder an diesem Tisch. Aber er wird aus dem Lokal wieder rausmüssen, zu den anderen, dem Dekan, dem Präsidenten, zum Kongress.
– Wir haben Sie vermisst heute Vormittag, sagt Mamadou Traoré, der Architekt aus Burkina Faso, zu ihm, ja, warum hat ihn bisher keiner gefragt, wo er heute Vormittag war.
– Zum Glück, sagt Vera, ist die Sache mit den Studentenheimen …
– Ja, die Verschiebungen, auf euch Europäer ist kein Verlass.
Mamadou Traoré stellt ihm Fragen nach seiner Arbeit, er verhaspelt sich. Doch er fühlt sich wohl und findet es richtig, hier zu sitzen und zu reden, man hört ihm geduldig zu, die Sätze folgen einander, angenehm leise und vielleicht in ihrer Unsicherheit von erstaunlicher Überzeugungskraft, reden, egal, was man redet, er könnte für immer so sitzen bleiben, aber er kann nicht für immer so sitzen bleiben.
In Wahrheit ist nichts passiert, aber es ist schwer, sich eine Rück-

kehr in sein normales Leben vorzustellen. Er wird aus dem Lokal wieder rausmüssen, wohin, irgendwohin, ganz anderswohin, an einen Ort, von dem er keine Ahnung hat. Jeder Raum des Turms ist irgendwo wiederzufinden, deshalb ist die Welt völlig zersplittert.

Ich lag im Hotelzimmer auf dem Bett, unter dem Moskitonetz (aber es gab hier keine Moskitos; es war Afrika, aber es war nicht heiß, weil es nicht überall in Afrika immer heiß ist, und es gab keine Moskitos, weil es nicht überall in Afrika Moskitos gibt). Alles war in Ordnung, ich musste eigentlich kaum das Zimmer verlassen, um etwas zu essen und zu trinken zu holen, musste ich nur ein paar Straßen weiter rauf zur Tankstelle gehen, eine Avenue mit zerstörten Bürgersteigen entlang, an den Mauern von Villen vorbei, eine Avenue, deren Name weiterverwendet werden kann (wer war Cheikh Anta Diop?). Dort gab es Selbstbedienung, ich musste nichts sagen außer *bonsoir* und *merci*, so weit reichte meine Sprache.

Ich, das war doch nur der, der aus dem Fenster geschaut hat, zu Hause, in seinem Hotelzimmer, der durchs Sucherfenster seiner Kamera geschaut hat, durch Brillengläser. Ich hatte keine Sprache, keine Verbindung mit den anderen Menschen, ich schaute auf die Städte und träumte von den Städten, das war alles.

Von einer endlosen Stadt wie México-Tenochtitlán, von der Stadt Paris, die sich in engen Grenzen an den beiden Ufern der Seine in sich und ihre Vergangenheiten hineinverschachtelt, von Glasstown, der eisblauen Stadt, über der ein rötlicher, traumhafter Schimmer lag, von Dakar, auf einer Halbinsel verschlossen, von Lagos oder Babylon, endlos und flach und ohne Zentrum und Merkmal, voller Menschen, die wie das Wasser in den Leitungen waren, ich las von Zora oder Zaira, Städten des Gedächtnisses und Gedächtnisverlusts. Manchmal träumte ich von einer Stadt mit täuschend vertrautem Namen (Hamburg oder Kopenhagen) und voller feindlicher Bewohner, die aus einer Hauptstraße oder Hauptleitung (dort stieg ich an der falschen Stelle aus dem Bus) und einem Gewirr finsterer nächtlicher Gässchen oder Kapillaren bestand und am Hafen, der kein Hafen war, am Meer, das kein Meer war, im Nichts einfach abbrach.

Er muss nicht mehr reden, schaut aus dem Fenster des Cafés, draußen formt sich aus den Mopeds, den Menschen, der Hitze ein Rhythmus, wie Musik, er folgt den Bahnen jedes einzelnen Menschen (die Frauen mit den Lasten auf ihren Köpfen, die lässigen jungen Männer, ein krummer Alter, ein Typ, der vor einem Laden an einem Moped lehnt: sich ineinander verschlingende, sanft wieder lösende, neue Verbindungen eingehende Bahnen), und ihn erfasst eine Sehnsucht; eine Sehnsucht, die ihm bekannt ist, die mit seiner Weltkarte als Kind zusammenhängt, mit der Musik, die aus den Lautsprechern in einem schäbigen Lokal mit seltsamem Namen kommt und tanzenden Fremden, der Vertrautheit mit diesen tanzenden Fremden, die ausgetretenen Schuhe eines Mannes, die ledrigen dunklen Füße einer Frau, Finger in seinem Gesicht. Er ist in Afrika, es gibt Afrika nicht (so hat er doch behauptet), und er hat Sehnsucht nach Afrika. Von hier drinnen im Café aus, während er aus dem Fenster schaut und seinen Körper nicht spürt. Die Straßen, die Mopeds, die niederen Häuser, die Musik, die Hitze, all das gehört zusammen, für Momente; wenn er sich selbst vergisst und seinen Körper nicht spürt. Flink sein, flink und leicht, alles verstehen, Leben und Tod, und sie deshalb leicht nehmen und leicht sein. In völliger Ernsthaftigkeit. Beim Aus-dem-Fenster-Schauen ist es einfach, sich zu vergessen, zu erkennen, was draußen ist und sich zugleich danach zu sehnen. Er denkt an seine Kinder, dann an Margarita, möchte mit ihr zusammen, mit ihnen zusammen durch diese Straßen gehen oder eher in diesen Straßen wohnen, in einem dieser Häuser mit den schmalen Höfen und den bunten Vorhängen in den Türöffnungen. Mit Margarita und den Kindern zusammen, er sieht Jakob oder sich selbst schlafend im Schatten vor dem Haus liegen, unter einem Verkaufsstand, all das ist unsinnig und unmöglich, er weiß das und sieht es doch vor sich.

Gleichzeitig spürt er eine Sehnsucht, alles hinter sich zu haben, schon am Flughafen zu sein, hinter den Absperrungen, in Sicherheit, im Nichts. Sozusagen in Europa.

Vera, deren Gesicht so nah an seinem ist, dass er ihr Parfum riecht, schaut ihn an und spricht aus, was er eben gedacht hat:

– Die Europäer glauben hierherzugehören und hier etwas zu finden, das ihnen immer gefehlt hat; und sie halten es hier nicht aus und wollen nichts als weg. Und ich stelle mir vor, vielleicht teilen sie diese Sehnsüchte, die Gleichzeitigkeit dieser Sehnsüchte in Wahrheit mit den Afrikanern oder vielen Afrikanern, den Unzufriedenen, denen, die wegwollen oder die es weggeschafft haben, aber nirgendwo angekommen sind. Die Sehnsucht nach Europa, wo man es nicht aushält, und die nach Afrika, wo man es nicht aushält. Jeweils aus bekannten Gründen.

Er schaut in die Augen dieser Frau, die ihn anschaut, und stellt sich vor, sie könnte in seinen Gedanken lesen, der Duft einer vollkommenen Übereinstimmung könnte ihn umhüllen, dennoch beginnt er nach einem Moment, Sehnsucht nach der Belgierin, dann Sehnsucht nach Margarita zu haben. Ich sehe nur Stellvertreterinnen, nur Stellvertreter.

– Du bist so blass, hast du heute schon etwas gegessen? Hier gibt es nichts Gescheites, aber in der Nähe kennen wir eine gute Pizzeria.

Vera streicht ihm unversehens über die Wange, wie einem Kind, fast zuckt er zurück, aber es ist ihm nicht nur unangenehm, er liebt es zugleich. Aufzustehen, hinaus in die Hitze zu gehen, ganz schwach zu sein und immer aufgefangen werden zu können. In jedem Moment hinfallen zu können, wie sein Sohn, und doch immer aufgefangen zu werden, er beneidet dieses Kind, das er als sein Ebenbild und seinen Stellvertreter in die Welt gesetzt hat, und will es (jetzt, sofort) auffangen, halten, streicheln, denn es ist doch nicht er selbst, sondern ein anderer, und es wird ihn überleben und lernen, sich selbst aufzufangen, und irgendwann merken, was er irgendwann gemerkt hat oder jetzt erst gemerkt hat, jetzt und endgültig gemerkt hat. Er ist eben erst erwachsen

geworden und lässt sich auffangen wie ein Kind. Er riecht den Duft der Übereinstimmung, er riecht Veras Parfum und dann, unter diesem Parfum, einen Geruch, den er wiedererkennt, der gleiche Geruch oder Gestank wie der im Atem Konrads.
Er schaut auf ihre Hände, während sie ihm (er ist zu langsam) die Tür aufhält. Diese Hände, die ihn einseifen, denkt er, seine Brust, seinen Bauch, seine Hoden hochheben, seine Leistenbeugen, sie dann mit sanftem warmen Wasserstrahl abduschen, während er selbst dasteht oder dalehnt, ohne Bewusstsein oder mit einem Bewusstsein, das ihm nicht mehr gehört. Der Mann daneben, im weißen Hemd mit aufgekrempelten Ärmeln, der ihn hält und stützt, seine Hoden hochhält, sie einseift, wie soll er die Berührungen, die Gesten im Nachhinein voneinander unterscheiden und dem einen oder der anderen zuordnen, wie hätte er es im Moment (falls es diesen Moment gegeben hat) tun sollen, wozu sollte er es.
Er ist immer noch sehr müde, draußen merkt er es, er kann sich kaum auf den Beinen halten. Es ist noch heißer, noch lauter; in der Hitze und im Lärm verliert man die Orientierung. Man weiß nicht, wo man steht, alles verschiebt sich. Irgendwo sieht er den Bus, der mit laufendem Motor parkt und die halbe Fahrbahn versperrt, und er denkt, er könnte mit allen anderen in den Bus steigen, wie an jedem Tag, anstatt mit diesen Leuten Pizza essen zu gehen. Der Kongress geht doch weiter, wenn er nicht heute an die Reihe kommen wird, dann morgen, seine Vorschläge werden abgeurteilt werden, aber keiner wird es böse meinen, dann wird es so sein, als hätte er sie nie erarbeitet, all seine Arbeit wird umsonst sein, wie er es gewohnt ist. Wo in ihm ist der Ehrgeiz, wo die Kränkung, ich weiß nicht. Aber es gibt jetzt Verabschiedungen, flüchtig, aber selbstverständlich scheinende Verabschiedungen; vor dem Bus steht der Präsident, zum Glück ist der Dekan nirgendwo zu sehen. Der Architekt winkt beiläufig aus der Entfernung diesem und jenem zu und lächelt. Mamadou François Traoré reicht ihm die Hand, eine Sekunde länger als üblich spürt er die Hand fest in seiner.

– Wir entführen Ihren Freund noch, sagt Vera zu Traoré und lehnt sich zugleich an Konrad, Traoré nickt ihnen zu, dann geht er neben einem plötzlich herangerauschten Assistenten, beide in weißen Hemden, mit Aktentaschen in der Hand in Richtung Bus. Konrad und Vera nehmen den Architekten in ihre Mitte und schlagen die andere Richtung ein, sie lotsen ihn durch eine Menschenmenge zu einem Auto, niemand redet sie an. Zwischen Konrad und Vera ist er kein Yowo. Er sieht seinen Dieb, der ernst an ihm und seiner Gruppe vorbeischaut.

Ich war ein Fremder, aber bloß deshalb, weil nichts Eigenes in mir war. Nicht nur in dieser Stadt und auf diesem Kontinent war ich fremd. Ich träumte von einer Begegnung in einem spiegelnden Fenster, im Fenster einer U-Bahn, im Sucherfenster einer Kamera, aber diese Begegnung war unmöglich, weil an meinem Gesicht kein glaubhafter, kein wirklicher Zug war. Es konnte kein Bild entstehen. Die Zeichen entglitten. Ich war kein anderer als vor dreißig Jahren, als Sechzehnjähriger, auch wenn ich es mir lange einbilden hatte wollen und zum Schein ein beinah normales Leben führte. Man kann nur zum Schein ein normales Leben führen, arbeiten, denken, lieben, Kinder zeugen oder bekommen, seinen Platz zwischen Eltern und Kindern einnehmen (diesen sich langsam, fast unmerklich verschiebenden Platz). Ein einziger Gedanke, ein einziger Blick, ein einziger Fehler an der falschen Stelle des Spielfelds kann diesen Schein auflösen.

8.

– Du nimmst dich nicht ernst genug, entschuldige, wenn ich das sage, ich meine nicht dich persönlich, sondern deine Ideen. Es geht nicht um dich, sondern um die Orte.

Die Pizzeria sieht aus wie eine Pizzeria in einer mitteleuropäischen Kleinstadt oder vielleicht wie eine Pizzeria in einer mitteleuropäischen Kleinstadt vor zwanzig Jahren. Das Licht fließt durch den Gastraum hindurch und findet keinen Halt in den Nischen, den Dekormandolinen, den Dekorkerzenhaltern. An den Wänden hängen Bilder von Venedig, dem Kolosseum, Capri; auf den Tischen, die mit rotkarierten Tischtüchern belegt sind, stehen bauchige kerzenwachsverklebte Weinflaschen. Lambrusco, denkt dieser Architekt, Tschianti.

Es geht um die Orte. Er isst eine Pizza mit scharfer fettiger Salami und trinkt Wasser, Konrad und Vera haben eine Flasche Wein bestellt. Eine chinesische Kellnerin, die ansonsten auf einem niederen Hocker hinter der Bar sitzt oder beinahe hockt, bringt die Getränke. Keiner der anderen Tische ist besetzt.

All die Stunden und Wochen Arbeit, die in meinen Plänen stecken, denkt er, und letztlich schäme ich mich nur für meine Pläne. Er sagt etwas anderes, aber die beiden scheinen (schon wieder, aber er wundert sich nicht) seine Gedanken verstanden zu haben.

– Es ist doch nur Eitelkeit, sich zu schämen.

– Wenn nur ein Funken Brauchbares an unserer Arbeit ist, dann ist es gut.

– Weshalb schämst du dich, Harald (er fühlt sich, wie an der Haut, berührt durchs unerwartete Hören seines Vornamens; dieses Namens, den er immer gehasst hat und für den er lange Vater und Mutter gehasst hat), nur deshalb, weil die Strukturen, die du entwirfst, lebendig sein sollen, also auch angreifbar sind? Du musst den Begriff *Leben* ganz und gar ernst nehmen, wenn du ihn schon verwendest.

Konrad trinkt Wein und isst nur ab und zu eine Schnitte, die ihm Vera von ihrer Pizza abschneidet und in den Mund steckt. *Tre Sorelle* steht auf den Servietten, sie reden mit ihm, als wären sie seit Ewigkeiten gut befreundet, als wäre zwischen ihnen alles sagbar, ohne Rücksichten und Vorbehalte (sie können ihn berühren, durch ihn hindurchgreifen, er findet diese Idee nur angenehm).

– Du musst weiter gehen, mehr lernen, mehr wagen. Scham ist nur Selbstzufriedenheit. Deine Bauten müssen erst wirklich lebendig werden, ihrer Umgebung gehören, es darf kein Namensschild auf ihnen stehen.

– Und sie werden sich trotzdem halten, gerade deshalb. Bis zu ihrem natürlichen Tod.

Das Wort *natürlicher Tod* ist schwer zu ertragen, ob es um Steine geht oder Sterne, Menschen, Tiere, Bauten, Dinge.

– Lass dich richtig fallen (aber was heißt das), alles, was du siehst und hörst, muss Teil der Architektur sein. Was machen wir in dieser Pizzeria, was hat das mit Fallenlassen zu tun. Trink von dem Wein.

Der Wirt unterbricht sie, kommt an den Tisch, umarmt Vera und Konrad, die an jedem Ort, an dem sie sich befinden, ganz zu Hause scheinen, von allen gekannt werden, natürlich fragt er sie nicht warum, es ist Regel (das hat er begriffen), ihnen keine Fragen zu stellen. Das Spiel wäre sonst zu Ende und er ganz allein.

Sie sind die Stellvertreter, er kann reden, kauen, Wasser trinken, reden, den Wein lässt er stehen.

– Aber was heißt Fallenlassen, uns kann ja nichts passieren, sagt er (so als wüsste er nicht im selben Moment ganz genau, dass ihm und ihnen allen, dem ganzen Kongress mit seinen Stars und Präsidenten und Dekanen und den überflüssigen Mitläufern wie ihm selbst, jederzeit alles passieren kann, nicht deshalb weil sie in Afrika sind und es hier gefährlicher für sie wäre, es ist nicht gefährlicher für sie, sie sind ja hier nicht daheim, sondern deshalb weil einfach jedem immer und überall alles passieren kann), diese Sehnsucht ganz irgendwohin zu gehören, diese Sehnsucht nach Afrika und zugleich nach Europa hat für uns (aber wer sind wir, gehören diese beiden, gehöre ich dazu?) doch immer etwas Gewolltes und Beliebiges. Wir können beides haben, nur nicht ganz. Das Dazwischenstehen ist für die anderen ein Fluch, für uns ist es ein Privileg.

Ein Land kennenlernen, denkt oder sagt er, seine Wirklichkeit erleben. Glauben können, etwas mehr zu sein als ein Tourist. Du könntest etwas beitragen, Teil von etwas sein, nicht mehr und nicht weniger, Teil von etwas Sinnvollem. Und dann siehst du dich doch nur, wie ein Feldherr von früher, eine Weltkarte mit Nadeln an den eroberten Orten behüten.

– Wer sagt, dass du dich ins Afrikanische fallen lassen sollst, du sollst dich ins Dazwischen fallen lassen. Ob es ein Privileg ist oder nicht. Das kannst du vergessen. Weißt du, dass es einen Gott der Wegkreuzungen gibt?

Die Frau namens Vera, diese Stellvertreterin, beugt sich nah zu ihm hin, er spürt ihren Körper wie seinen eigenen, ihr Atem riecht nach Oregano, Knoblauch und Wein und nach diesem anderen, dieser Fäulnis, dieser seltsam kostbaren Fäulnis. Er könnte Kaffee bestellen, einen Blick durch die Fenster werfen; wie nah sind sie noch am Hotel oder am Stadtzentrum; an den Gegenden, die er kennt, in denen er sich verirrt hat; am Meer oder dem Friedhof. Die Autofahrt war kurz. Die Häuser hier scheinen eine Spur weiter verstreut, die Straße vor dem Haus eine Spur leerer, weiter, sandiger.

– Wir folgen den Regeln des Spiels. Der Weg ist immer schon für uns vorbereitet; immer stoßen wir an Grenzen; auf Erzählungen, die immer schon mit uns zu tun haben, auf unsere eigenen Projektionen. Treten wir aber einen Schritt zur Seite, sehen wir nichts mehr, nur ein Chaos von Hindernissen.

– Dann können wir immer noch weitermachen, zurückkehren,

unsere Geschicklichkeit im Überwinden der Hindernisse bewundern und uns für etwas halten, das wir nicht sind, sagt jemand, der nicht Vera ist, in sein Ohr. Jetzt ist der Zeitpunkt, dich fallenzulassen.

Ihm kommt vor, er würde selbst in sein eigenes Ohr sprechen. Es stinkt in meinem Ohr. Die Stimme kann er nicht von seiner eigenen unterscheiden, die Sprache ist seine eigene; die künstliche Sprache, die er als seine eigene angenommen hat, klingt aus einem anderen Mund (Vera, Konrad), aber plötzlich natürlich und menschlich-selbstverständlich.

Manchmal taucht die Kellnerin hinter dem Tresen auf, nur für einen kurzen Blick in den fast leeren Gastraum, er stellt sich vor, sie würde dort hinten wie in einem Versteck lesen oder auf einem Handy herumtippen, aber als er einmal auf die Toilette geht, sieht er, dass sie nichts tut, nur dasitzt. Ihre nackten Füße stecken in blauen Plastikflipflops. Er kommt zurück, die Kellnerin sitzt genauso da wie zuvor. Sein Weinglas ist vollgeschenkt, er nimmt nur einen kleinen Schluck.

– Du hast eigentlich noch keine Ahnung von afrikanischen Häusern, Architekt, wir nehmen dich mit auf einen kleinen Trip, bevor die ganze Geschichte für dich wirklich beginnt. Du kennst wahrscheinlich die Baupläne, die Grundrisse, aber die Häuser sind nichts ohne ihre Bewohner. Ohne den Rhythmus ihrer Bewegungen, ihres Pulsierens durch die Räume und Höfe. Das gilt für jedes Land. Du weißt, dass man dich als Romanfigur nur von deinen Bewegungen durch die Räume her beschreiben könnte, Architekt.

Architekt, als wäre das sein Name: er fühlt sich berührt, wie unter der Haut.

– Stoßen wir an, küssen wir uns.

Der Architekt schaut zum Tresen, will die Kellnerin rufen und bezahlen, aber es ist schon für ihn bezahlt. Küsse, Zungen. Sie gehen über den sandigen Boden vor der Pizzeria *Tre Sorelle* zum Auto, das ein Toyota ist wie fast alle Autos in dem Land (nur manche Taxis sind verrostete alte Renaults oder Peugeots).

Ein unglaubwürdiger Geruch liegt in der Luft. Ich glaube diesen Geruch nicht.

Wenn der Schein aufgelöst ist, kein Zusammenhang der Träume und Alpträume mit der Wirklichkeit mehr gegeben ist, kein Übertritt vom Spiel in die Wirklichkeit mehr möglich, dann zerrinnt mir alles zwischen den Fingern. Jeder Satz, den ich höre, ist wahr, aber für mich völlig bedeutungslos, jeder Satz, den ich sage, ist falsch und gelogen. Viel schlimmer, jeder Satz, den ich schreibe, ist falsch und gelogen, denn es gibt die zweite Ebene nicht, auf die ich immerzu flüchten möchte. Diese einzige Ebene, auf der es einen Sinn hat, *ich* zu sagen, weil ich weiß, dass ich nicht damit gemeint bin, dass ich mich verfehle und von mir ablenke. Es ist gut, von sich abzulenken, nichts würde sonst entstehen.

Ich ging zur Tankstelle, kaufte zwei Dosen Bier (eine tunesische oder nigerianische Marke, vielleicht *Flag*) und einen Thunfischsandwich und verkroch mich wieder in mein Hotelzimmer, um Sätze dieser Art aufzuschreiben. Auf dem unbeleuchteten Bürgersteig, nahe der Autobushaltestelle, gab es eine Art von Falle.

Er sitzt in diesem Toyota auf der Rückbank, so wie er vor einer oder zwei Stunden hier gesessen ist und vielleicht abends oder früh am nächsten Morgen hier sitzen wird, und schaut aus dem Fenster. Vera sitzt neben ihm, ihre Hand auf dem dunklen Leder der Rückbank, in der Mitte zwischen ihren Körpern, nah an seinem Schenkel. Er schaut aus dem Fenster und spürt die Gegenwart der Frau neben ihm, die Hand zwischen ihrem und seinem Oberschenkel. Seine Hände ruhen in seinem Schoß. Küsse, Zungen, Speichel, der nach Zwiebel und nach Rotwein schmeckt. Manchmal glaubt er, draußen ein Haus zu erkennen, eine Straße, aber er weiß sie keiner Szene einzuordnen und sie verschwinden gleich wieder aus seinem Blick und aus seinem Kopf. Sie kommen auf die Corniche und folgen ihr lange, er schaut aufs Meer und denkt an die Hunde, an das Zelt hinter dem Friedhof, es geht nicht um dich, sondern um die Orte: afrikanische Häuser;

dann Häuser, die keine Häuser mehr sind und nicht afrikanisch; Wohnstätten, die auf das Mindeste reduziert sind. Ein Zelt für einen Mann. Vom Rauschen der Wellen, vom Bellen der Hunde geweckt werden. Hingeworfene Brocken fressen, die Kleider kleben am Körper, geh an den Strand zu den Hunden.

– Der Präsidentenpalast, sagt Konrad und zeigt vage ins Häusergewühl auf der anderen Seite, der Architekt meint sich zu erinnern, dass er vor kurzem (und in der entgegengesetzten Himmelsrichtung) am Präsidentenpalast vorbeigegangen ist. Er wundert sich kaum, sagt nichts, schaut auf die Häuser, in eine Seitenstraße hinein, wo möglicherweise eine Sekunde lang ein Portal mit dorischen Säulen zu sehen ist, erkennt nichts wieder.

Das Auto fährt die Küstenstraße entlang, er erkennt die Strecke wieder, hier sind sie gestern zum Sklavenhaus gefahren. Es geht um Orte: den Raum unter den Dielen im Sklavenhaus, das Zelt am Strand, das Haus an der Straße im Landesinneren und den Raum hinter diesem Haus, die Ausdehnung dieses Raums. Was wollen sie ihm zeigen. Er schaut jetzt auf die andere Seite der Straße als bei der Busfahrt (*Winner's Chapel*, sind sie schon daran vorbei? *Hosanna & Co*. Die Modepuppen und ihre eisigen Blicke; die Modepuppen, die sich in der Landschaft, am Straßenrand in Skulpturen und fremde Göttinnen verwandeln). Eine Raffinerie, ein großes Gebrauchtwagengelände (Toyotas, Toyota-Pick-ups in allen Lebensstadien), ein Autofriedhof, ein Restaurant verdecken den Blick auf den Strand und das Meer. Es ist nicht ganz klar, ob sie noch in der Stadt sind, gleich folgt wieder eine Region mit kleinen Wohnhäusern und Straßenläden, es ist nicht ganz klar, wo die Stadt aufhört und wo sie anfängt. Diese Stadt ohne Grenzen, ohne einen Fluss, der sie zerteilt, diese Stadt ohne Spiegel.

– Kein Punkt in Belleville zeugt von der Geschichte, von einer anderen Zeit als der Gegenwart, ist dir das aufgefallen? Höchstens gibt es Imitationen anderer Zeiten und Weltgegenden wie den Präsidentenpalast.

Eine zufällige Berührung (eine Hand, wie um hier Halt zu finden, auf seinem Schenkel) lässt ihm einen kleinen Schauer über den Rücken laufen. Die Frau neben ihm auf der Rückbank heißt Vera, und er weiß absolut nichts über sie. Speichel, der nach Zwiebel schmeckt, nach Rotwein, nach diesem anderen. Er kann in jeder Sprache, die er halbwegs beherrscht, mit ihr sprechen, über jedes Thema, von dem er halbwegs eine Ahnung hat.
Sie sitzen zu dritt im Auto und niemand sieht sie, solange sie fahren; sie sind also weder weiß noch schwarz, weder einheimisch noch fremd. Konrad lenkt das Auto, so sicher, als würde er seit Jahren in diesem Land leben und alle Wege kennen, im Rückspiegel ist seine Brille zu sehen.
Kein Punkt zeugt von einer anderen Zeit als der Gegenwart: ist das befreiend? Keine Erinnerungen haben. Er fühlt sich, als hätte er keine Erinnerungen. Er ist völlig nachgiebig, denkt nicht an den Kongress, nicht an Arbeit, Familie, Pflicht, Pläne; der Vormittag ist wie verschwunden, die Nächte sind wie verschwunden, aus seinem Körper gelöscht. Er ist mehr er selbst als sonst und ist wie niemand. Er ist wach und neugierig; und tut nichts, sitzt im Auto, schaut aus dem Fenster, spürt die Gegenwart einer Frau, die Blicke eines Mannes im Rückspiegel.
Konrad schwenkt abrupt auf die Überholspur, um einen sehr langsam und mit extremer Schräglage dahinzockelnden Lastwagen zu überholen, auf dessen Ladefläche ein paar Männer hocken und stehen; eine Hand, wie um hier Halt zu finden; nur ein unnützes eitles Pathos kann ihn ein Maschinengewehr herbeiphantasieren lassen; ein eitles Schuldgefühl ihn einen kurz schutzlos aufgefangenen Blick als Ersatz für ein Maschinengewehr ansehen lassen, Gerechtigkeit, Totsein, jede Befreiung währt eine Sekunde, nicht länger. Veras Hand und sein Schenkel, ein Zucken, sie entschuldigt sich und stupst ihn sehr sanft noch einmal an, wie einen guten Freund, einen Vertrauten, einen Bruder. Die Pizza liegt schwer in seinem Magen, langsam wird er müde.
– Wir fahren nicht mehr lang.

Vera sitzt nun ganz dicht neben ihm (oder bildet er sich das nur ein), die Hand auf seiner Schulter. Jemand, der ihn umhüllt. Das Meer kommt noch einmal in Sicht, ein schmaler Strandstreifen hinter einer Mauer, er denkt noch einmal an die Hunde, freundliche dunkle Figuren vor dem endlos blauen Hintergrund, einer ist wie der andere, sein Bewegungsmuster nimmt die anderen Muster auf, zeichnet sie weiter, sie zeichnen ein Muster in die Welt. Er fühlt jetzt ganz deutlich, es ist nicht egal, was er, was irgendjemand tut: Jede Bewegung jedes Wesens zeichnet ein Muster in die Welt; man würde verrückt, könnte man es sehen. Konrad blinkt, der Wagen biegt ins Landesinnere.

Ich ging im Dunkeln und dachte nach. Um auf die zweite Ebene zurückzufinden, musste ich dem Spiegelbild entkommen; mich ins Spiel nehmen; so wie andere Menschen auch. Im Dunkeln, im Gehen konnte ich nachdenken. Die Gedanken hatten Raum, so entstand wie von selbst eine Schichtung: Distanzen, Distanzierungen, Wiederholungen und Reflexionen, neue Positionen. Die Kinder an der Tankstelle, die mich um ein paar Francs anbettelten, störten mich nicht, ich gab ihnen ein paar Francs und wusste, dass sie nicht mehr wollten; dass wir nach den gleichen Regeln spielten.

Ich trug die Bierdosen und den Thunfischsandwich in meiner Umhängetasche.

Ich dachte: Es steht doch nicht für sich, was mir passiert ist, und auch meine Dummheit ist nur Teil eines Spiels. Im Grunde gab ich dem Dieb das Recht, mich zu bestehlen (denn er war arm und ich reich und weiß), und es machte mich wütend, dass ich ihm dieses Recht gab. Die Wut richtete sich aber wieder nur gegen mich selbst. Warum denn. Für ihn war es ein kleines Spiel, ich war irgendeine Figur in diesem Spiel, das er beherrschte, und in dem ich ihm immer einen Schritt hinterherhinkte. Es waren Anfängerfehler, ich konnte lernen. Ich musste wissen, dass ich spielte, der Blick von außen war immer möglich, wenn ich von selbst keine Souveränität hatte, konnte ich sie, dank meiner Verdopplung und des Blicks von außen simulieren. Wer spielt, der ist immer auch halb außerhalb des Spiels, nicht nur Figur, auch kalkulierendes Bewusstsein. Ich fühlte mich ganz wohl und daheim in meinem Gehen und löschte zugleich die Gegenwart aus. Das war für mich Reisen. Ich sortierte Erlebnisse um; was würde im Nachhinein Bedeutung haben, wiederholbar sein (in dem Raum, auf den es mir ankam): die intensivsten und wesentlichen Momente der Reise wären dann gerade die wenigen unkontrollierten, wilden Momente, wenn ich oder mein Blick fast ins Leere kippten und ich das Gleichgewicht verlor. Einem freundlichen Dieb davonlief und von ihm eingeholt wurde, an grabförmigen Löchern im Bürgersteig vorbeistolperte, in sie hineinfiel, in einer breiten Straße in einem reichen Stadtviertel: erst so etwas weckte mich aus der Lethargie, brachte mich zum Denken, das heißt, zum Schreiben, das heißt, zum Erfinden. Ich ging durch eine dunkle Straße, sah nichts und sah zugleich die sich aufeinanderschichtenden Betonplatten, die Absperrungen ohne ersichtlichen Zweck, die sich als Hindernisse auf dem Weg aufbauten, sah die tagsüber wie nachts am Straßenrand, an den Gartenmauern schlafenden Frauen in bunten Boubous, irgendwo vor oder hinter mir lag dieses grabförmige Loch, durch das sich kreuz und quer Stahlstangen schoben, ich sah es. Und wenn ich nun stürzte, von diesen Stangen durchbohrt wurde und starb, ich fühlte mich beinah wohl bei dem Gedanken, obwohl ich an zu Hause dachte, an das gerade erst auf die Welt gekommene Kind, meinen kleinen Sohn (über den ich nichts schreiben werde). Ich stieg ins Leere, kurz stockte mir der Atem.

– Ein Zusammensein auf engstem Raum, wo doch jeder Platz hat. Mehr als man denkt.
Das Auto ist unter einem grauen Baum geparkt, in einer staubigen Straße; zwei, drei Schritte weiter öffnet Vera mit einem Schlüssel ein Hoftor, ein Hund bellt. Links und rechts von dem Tor, auf der blaugestrichenen Fassade, zwei kleine Fenster mit Fensterkreuz.

– Es ist sozusagen meine Familie, ein Privathaus also, aber gib ihnen im Spiel einfach Namen von Leuten, die du kennst.

Kurz bildet er sich beim Eintreten in den langgezogenen Hof ein, er würde jetzt hier wohnen. Ein Zimmer zugeteilt bekommen, eine Aufgabe, ein Leben parallel zu dem, das er bisher geführt hat. Von Raum zu Raum würde ein anderes Leben auf ihn warten; das Personal völlig ausgetauscht, aber mit vertrauten Namen. Von Stufe zu Stufe könnte er weitergehen. Seine eigene Position (Architekt, Vater, Onkel, Bruder, Sohn, Geliebter?) wäre noch unsicher.

Rechts vom Eingang, ein junges Mädchen, in ein Tuch gewickelt, kommt anscheinend gerade aus dem Bad oder der Dusche (einem kleinen Verschlag mit buntbemalter schiefer Holztür), barfuß, mit nackten Schultern, nickt Vera zu und ignoriert Konrad und den Architekten, läuft durch den Hof ins Haus und ist dann nicht mehr zu sehen. Die Belgierin (wenn auch fünfundzwanzig Jahre jünger). Aus einer anderen Tür, die vermutlich zu einem Wohn- oder Arbeitsraum (ist Platz für einen Arbeitsraum?) führt, tritt ein älterer Mann, der Präsident (der Dekan), und empfängt sie mit strahlendem Gesichtsausdruck, Salemaleikum, Malekumsalam, wie geht es dir, gut, ich begrüße dich und deine Freunde, auch nach den Begrüßungsformeln behält der Mann, der glänzend polierte Schuhe (in diesem staubigen Hof) und sogar ein Sakko trägt, eine zeremoniell wirkende, aber dennoch herzliche Redeweise bei, der Architekt erinnert sich an die erste Begrüßung durch den Dekan, mit einem stechenden Schmerz, denn er hätte gezielt an seiner Präsentation arbeiten sollen und alles andere (alles Ablenkende, Land und Liebesgeschichten, die Gespenster) vergessen, er hätte sich nicht abschleppen lassen sollen; ausharren; er hat diesen Mann und seine eigene Aufgabe verraten. Eine dünne sehr alte Frau hält sich an einem Türrahmen fest. Kurz denkt der Architekt, jemand (das heißt: er) müsste ihr zu Hilfe kommen und sie stützen, aber dann setzt sie sich in Bewegung, dreht einen Kreis um den Hof, schüttelt Hände, das heißt, eigentlich schüttelt sie nicht die Hände, sondern greift nach ihnen und hält sie kurz fest.

Der Dekan (der Präsident) beachtet sie nicht, Konrad schaut den Architekten an, nicht die alte Frau.
Der ältere Mann (mit grauem, wohlgestutztem Bart und sehr kurzem Haar, das die dunkle Schädeldecke durchscheinen lässt, der Präsident) führt sie in einen Raum, der das Wohnzimmer sein muss, denn in einem Schrank dem Sofa gegenüber steht der Fernseher, ein Fernseher aus den Achtziger Jahren; sie setzen sich, er und Vera aufs Sofa, Konrad und der Gastgeber in tiefe Fauteuils, die links und rechts von einem Tischchen aus lasiertem Buchenholz stehen. Das Tischchen erinnert ihn an ein Tischchen aus lasiertem Buchenholz in seinem Elternhaus wie ihn der Fernseher an den Fernseher in seinem Elternhaus erinnert, nur dass alles ihm kleiner erscheint. In den Regalen neben und über dem Fernseher gibt es ein paar Videokassetten und Bücher (Tolstoi, Brecht, Le Carré, Achebe, andere Bücher als in seinem Elternhaus) und ein paar, nun ja, Kunstgegenstände, eine Porzellanschäferin, vier oder fünf russische Puppen, sieben Eifeltürme in verschiedenen Größen, eine Marienfigur, ein Bär und eine Glaskugel mit Schneelandschaft. Die spiegelbildliche Entsprechung des afrikanischen Nippes in europäischen Wohnzimmern, denkt der Architekt, ist das ein *afrikanisches Wohnzimmer*? Weil alle diese Dinge ein wenig neben sich stehen, keine Substanz haben, keine eigene, keine fremde, sondern stattdessen etwas anderes? Aber es gibt kein *afrikanisches Wohnzimmer* wie es kein *europäisches Wohnzimmer* gibt. Es gibt kein *afrikanisches Haus*, es gibt das Haus, in dem er sitzt. Und all diese Überlegungen wären für den Gastgeber beleidigend, was sagt das über seine Art von Überlegungen aus.
Wie sehr der Kopf von Foucault, von Konrad glänzt. Die Warze, die er neben dem linken Nasenflügel hat. Eine Frau (meine Mutter) bringt Kaffee, Wasser, Fanta und Kekse, begrüßt Vera überschwänglich, mit Umarmungen und langen Gesprächen in ihrer Sprache, die Wolof sein mag, Ewe oder Malinke, je nachdem. Sie reden im Stehen, denn die Frau wird sich nicht zu ihnen setzen, sondern Konrad (der bereits zu essen und trinken begonnen hat,

seine Schlürf- und Kaugeräusche sind deutlich zu hören) zunicken und aus dem Zimmer verschwinden.
In einer Ecke sitzt die sehr alte Frau und schaut den Architekten an, niemand sonst beachtet sie. Er schaut von ihr weg (mein Vater), schaut Vera an, die mit dem älteren Herrn redet. Er schaut mit einem Blick, der gleichzeitig friedvoll und leer, ins Nichts gerichtet ist; er schaut sie an wie die Bücherwand, wie den klobigen alten Fernseher, in dem sich vage ihre Figuren spiegeln. Sie ist so schön, dass er keinerlei Halt an ihrem Gesicht findet; eine Puppe, eine Skulptur, eine fremde Göttin.
Sie reden Französisch, vielleicht, um ihn einzubeziehen, er aber gleitet aus dem Gespräch und weiß nichts beizutragen, irgendwann wechseln sie (aber nur, um in jedem zweiten Halbsatz wieder zurückzuwechseln) zu Ewe oder einer anderen Sprache, er nippt an seinem Kaffee, der ihn nicht wacher macht. Häuser, die mit Zeit getränkt sind, seine Eltern könnten auf diesem Sofa sitzen, an einem Abend vor fünfunddreißig Jahren, dem Fernseher gegenüber, während er auf dem Teppich liegt, ein Kind, im Fernsehen würde ein Fußballspiel laufen, eine Samstagabendshow. Sein Vater macht giftige Bemerkungen über ungeschickte Fußballer oder Schauspielerinnen mit zu ausgeprägtem Gebiss oder zu dummen Witzen, er hört ganz kurz seine Stimme, die sich in den Dialog, nein ins Dreiergespräch Konrad-Vera-der-neue-Präsident, die fremde Sprache oder die fremden Sprachen wie selbstverständlich einfügt, merkt, wie tief er ins Sofa versunken ist und fragt sich, ob er nicht kurz eingeschlafen war.
Alle schweigen jetzt. Der ältere Mann geht zur Tür und ruft einen Namen; ein ungefähr zehnjähriger Bub in Lionel-Messi-T-Shirt erscheint mit einem Laptop und verbeugt sich devot, der Präsident brummt einen strengen Dank, setzt sich vor den Laptop und beginnt, mit vier Fingern, aber in einigem Tempo und ohne Pause irgendwelche Nachrichten, Texte oder Tabellen zu tippen. Konrad verschwindet kurz, kommt mit Taschen zurück, dann packen auch Konrad und Vera Laptops aus. Ein Ventilator surrt.

Der Architekt schaut in die Ecke, die alte Frau ist verschwunden. Warum ist die Frau des Hauses (seine Mutter) gleich wieder gegangen; Männergespräche; für Vera gilt die Regel nicht. Warum sagt niemand etwas.
Wie soll er es aushalten, dass jeder Moment sich in sein Hirn gräbt. Nichts davon wird er je wieder loswerden. Die Hand der alten Frau, die seine Hand hält, und ihr Blick von der Ecke des Zimmers aus, die nassen Haare und nackten Schultern des jungen Mädchens, eine Warze, ein Puppengesicht, das Sakko des älteren Mannes, rechts vom Eingang in einem Verschlag das Bad, dahinter der Wohnraum, wie geht es weiter. Seine Kaffeetasse ist leer, er fühlt sich wach und unruhig. Er denkt an den Laptop in seinem Hotelzimmer, warum hat er ihn nicht dabei; er hört das Läuten des Skype-Telefons vor sich (vor wie vielen Tagen hat er zuletzt mit Margarita telefoniert? Wollte er nicht am Wochenende mit den Kindern reden, sie sehen, wenn auch nur mit der sekundenlangen Verzögerung dieser Bildschirmübertragung, den winzigen Zeitaussetzern?), ein Läuten ins leere Hotelzimmer hinein (ins Hotelzimmer, wo keiner abheben würde, verbessert er sich kurz und gegen seinen Willen), aber das Telefon kann nicht läuten, wenn der Computer nicht eingeschaltet ist, sein Smartphone kann nicht läuten, wenn es ausgeschaltet irgendwo herumliegt). Es gibt Europa nicht, es gibt *die Seinen* nicht, wenn er keine Verbindung mit ihnen aufnehmen kann. Es gibt Stellvertreter, kurzfristig, halb im Spiel; um nicht ganz verloren zu sein.
Er steht auf, geht auf den Hof, der Hund hebt den Kopf und schaut ihn an (für den Bruchteil einer Sekunde weiß er, was dieser Hund denkt, und glaubt, mit ihm sprechen zu können; verhandeln). Der Hund hat keine Lust aufzustehen, schließt wieder die Augen. Zwei Türen auf der linken Seite des Hofs, eine Tür an der Rückseite. Es gibt auch hier ein paar Hühner, sie halten sich von ihm fern, er folgt ihren Bewegungen mit den Augen. Ein grüner Kübel steht in der Ecke, ein Kinderfahrrad lehnt an der Mauer. Der Boden hat die Farbe der Wände, Lehmziegel sind sichtbar.

Weshalb kommt dieser Ort ihm so bekannt vor. Eines der Hühner, das größte, mit schönem roten Gefieder, setzt sich auf den Rand des Kübels und versucht zu trinken, es flattert ungeschickt mit den Flügeln. Ein kleines weißes Huhn folgt ungerührt seinen Bahnen (wir, die Hühner, die Häuser, die Chilischoten und Tomaten, wir).

Links vielleicht die Küche, er geht ein paar Schritte zur Türöffnung hin, Zwiebelgeruch, ein Vorhang aus bunten Perlenschnüren. Vera und der ältere Mann stehen im Hof, der Architekt fühlt sich ertappt, Vera flüstert dem älteren Mann etwas zu, bon, sagt der Dekan mit seiner warmen tiefen Stimme, bon, bien sûr. Sehen Sie sich gerne um, monsieur, mein Haus ist Ihr Haus. Der Architekt erwartet eine Führung; Gespräche, Erklärungen, das Pulsieren, das sich ihm langsam mitteilen würde, aber die beiden anderen verschwinden wieder ins Wohnzimmer, zu ihren Laptops.

Er schaut in die Küche, ein Ölkanister, ein Sack Mehl, auf dem Herd Töpfe, nicht die Frau oder Frauen, die hier anzutreffen er halb erwartet hat, er schaut in eine Abstellkammer. Gegenstände, die er registrieren könnte. Er schaut in eines der Zimmer an der Rückwand des Hofes, räuspert sich, anstatt zu klopfen: Es ist ein kleines halbdunkles Zimmer mit mehreren Matratzen. Jeder hat Platz, mehr als man denkt, an einer der Wände gibt es ein Regal, es gibt einen Ghettoblaster. Der zehnjährige Bub, in Shorts, ohne sein Fußballer-T-Shirt, tippt in sein Handy, schaut den in der Tür stehenden Architekten nicht an. Ein kleiner Bub sitzt nackt auf dem Boden. Jakob (welcher von beiden). Wie soll er mit dem Kind reden, in welcher Sprache (natürlich, Französisch, sie können besser Französisch als er), er fühlt sich von Vera und Konrad alleingelassen.

Auf einem Bett liegt das Mädchen, jetzt in Jeans und einer Bluse, auf ein paar Kissen gestützt (die Belgierin, nein, die Sekretärin, nein), sie schaut ihn an, ohne zu lächeln, ohne sich gestört zu fühlen, ohne irgendein Zeichen zu geben. Dennoch murmelt er eine Entschuldigung. Ihre Haare sind lang und noch nass und glänzend. Rechts, hinter einem mit Ölfarbe gestrichenen Korridor, gibt es zwei weitere Türen, noch einen Schlafraum (das ältere Paar, er öffnet nicht den Vorhang) und eine Art Lager; es kann immer neue Räume geben, der Weg in den Laden, denkt er, der Weg ist die Werkstatt; Räume für die Angestellten, für die Familie (sozusagen Veras Familie, er stellt sie sich hier vor, in den Zimmern, ihren Geruch in den Zimmern, in der Dusche, in ein Tuch gewickelt aus der Dusche kommend, ihre nassen nackten Schultern, Konrad, der ihre nackten nassen Schultern küsst (er selbst, der ihre nackten nassen Schultern küsst und sie an den Hüften hält, aber er selbst als Konrad)).

Eine Glühbirne hängt lose von der Decke. Die Frau des Dekans (Präsidenten) lächelt ihn an, nimmt ihn am Arm und zeigt ihm einen Ausgang an der Rückseite des Hauses. Dort steht eine ungefähr gleichaltrige andere Frau, die lacht und an ihm vorbei ins Haus geht. Von Raum zu Raum tauchen mehr Figuren auf, sieben, acht, zehn, so viele bedeutungsvolle Figuren hat er in seinem aktuellen richtigen Leben gar nicht vorzuweisen. Soll er erste Freundinnen, Schulfreunde hervorkramen. Aber was hat ihm diese Verteilung von Räumen zu sagen, und warum scheinen sich die Bewohner kaum zu bewegen.

Er muss etwas verpasst haben; es müsste etwas wie einen geheimen Raum geben, ein verstecktes Zentrum, den eigentlichen Raum, wo das Pulsieren (was stellt er sich darunter vor?) erst zu spüren wäre, von dem es ausginge. Aber wie soll man einen solchen Raum finden, geschweige denn, ihn bauen oder nachbauen.

Er folgt der Richtung, in die er geschickt worden ist, durch einen schmalen, um diese Tageszeit düsteren Durchgang, geht an einem Schuppen mit der Toilette vorbei, dann weiter durch Gänge zwischen fensterlosen Mauern, vollbehängte Wäscheleinen sind kreuz und quer gespannt, einmal muss er sich bücken, dann eine Wand entlang drücken, um Leintüchern oder bunt gemusterten Gewändern auszuweichen, einige Kinder drängen sich lachend an ihn heran, eine Frau verscheucht sie, anscheinend ist er längst

aus dem Haus draußen und im Hof eines anderen, wohin ihn niemand eingeladen hat. Er sieht keine Details; nichts, das er sich merken möchte, verwerten könnte. Er hört laute Stimmen hinter einem weiteren Türvorhang, offenbar befindet sich dahinter ein Lokal. Es riecht nach Bier, eine trostlose Sehnsucht erfasst ihn. Den Freitagabend neu erleben, genau gleich und völlig anders.
Er wendet sich um. Einen Moment lang glaubt er, er würde nicht zurückfinden.
Im Wohnzimmer ist alles unverändert, alle sitzen vor ihren Laptops, er nimmt seinen Platz am Sofa wieder ein, mit im Schoß verschränkten Händen.
Die sehr alte, sehr dünne Frau in der Ecke schaut ihn an wie sein Vater ihn anschaut oder eher, wie sein Vater ihn anschauen sollte, damit er sich sicher wäre. Damit alles in Ordnung ist. Sie spiegeln sich im Fernsehschirm, zwei Leute in Fauteuils, zwei Leute auf Sofas, unerkennbare Figuren. Von der Decke hängt ein Lüster mit geschliffenen Glaskugeln. Aus dem Hof ist Hühnergegacker zu hören.
Konrad schaut auf, sieht ihn mit ernstem Blick an, schaut dann auf die Uhr und nickt Vera zu. Der Architekt schaut Vera an, kurz, um zu sehen, ob sie reagiert und was jetzt als nächstes folgen soll (er wird alles mitmachen; es ist als hätte er keine Erinnerungen, und er erinnert sich zugleich an alles), aber eigentlich nur, um sie anzuschauen.
Der ältere Mann klappt seinen Laptop zu und richtet sich auf, er redet wieder Französisch, wollt ihr zum Abendessen bleiben, nein, leider, wir haben noch ein Programm für unseren Gast vor uns. Alle stehen auf, der Architekt als letzter, er ist der Gast, er folgt seinen Gastgebern in den Hof.
Die dünne sehr alte Frau steht draußen wieder in der Ecke und schaut nur ihn an, eine Rührung in ihrem Lächeln, die den Architekten beinah bestürzt. Er hat noch nie so ein Lächeln gesehen, so einen Blick, nicht einmal bei seinen Kindern, nicht einmal bei seinem sterbenden Bruder, beim letzten Besuch bei seinem

sterbenden Bruder, als er auf dessen Blick gar nicht zu antworten wusste, sich peinlich berührt fühlte von so einem Blick, den ein erwachsener Mensch nicht zu verbergen verstand. Sie umarmt ihn und redet in ihrer ihm unverständlichen Sprache, bestärkende Sätze, so viel versteht er, zufriedene Sätze, Sätze voller Wärme, offenbar verwechselt sie ihn mit irgendjemandem, dennoch ist es gut und richtig so wie es ist. Er denkt, es ist gut und richtig so wie es ist. Er muss gar nichts sagen. Sie erkennt mich wieder, und sie ist nah am Tod, aber es gibt den Tod nicht. Was würde Margarita zu so einem Satz sagen.

Wenn jeder Ort nur irgendein Ort ist; auf nichts verweist; wenn es nicht mehr die verstreuten Reste des Turms sind (wenn es kein Innenraum mehr ist), wenn ich keine Verwandtschaft mehr sehe, keine verwandte Verlorenheit, sondern nur irgendwelche Leute, so heißt das: es gibt keine verständliche Sprache mehr. Egal, ob ich zu Hause bin oder an irgendeinem anderen Ende der Welt. Keine Sprache verbindet mich mehr mit den anderen Menschen. Ich kann keinem vertrauen und keiner kann mir vertrauen (auch nicht mein Kind, das ich verlasse). Wer im Dunkeln nicht sehen kann, geht in die Falle. Bitte helfen Sie mir (sagte ich nicht).
Aber wenn das klare Gedanken sind, was beginnt mit der Klarheit dieser Gedanken?

– Wir gehen noch etwas trinken, sagt Konrad. In ein ganz einfaches Lokal. Nicht Offiziöses, nichts für Kongresse und Delegationen. Wir sind schließlich einfache Menschen, wie wir vorhin festgestellt haben.
Was war daran ein Pulsieren, an dieser Abfolge von Räumen? Wenn du dich nicht bewegst, sagt er sich, dann bewegt sich auch nichts.
– In Wahrheit musst du natürlich Jahre an einem Ort sein, um ihn zu begreifen. Du musst dich in der Sprache daheimfühlen; aber doch nicht zu sehr. Niemals ganz.
– Dieser Gott der Wegkreuzungen ... Das ist ein ziemlich schil-

lernder Typ, der nur darauf aus ist, die Leute auszutricksen, die ihm über den Weg laufen. Zum Beispiel die Toten auf dem Weg ins Jenseits.
– Ein Zwischen-Gott sozusagen, ein Gott der Zwischenräume und Übergänge. Der enterbte jüngste Sohn irgendeines anderen Gottes.
– Die jüngsten Söhne sind immer die schwächsten und hinterlistigsten.
Sie gehen rund um den Häuserblock zum Lokal, und der Architekt ahnt, dass er von der anderen Seite schon einmal hierhergekommen war. Er fühlt einen kleinen Schwindel; als hätte sich gerade die Geographie ein wenig verschoben. Innenräume und Außenräume nicht mehr voneinander unterscheiden können.
– Kannst du dir eine Form von Kommunikation vorstellen, sagt Vera unvermittelt in sein Ohr, bei der körperliche Symptome übertragen werden? Nervöse Schweißausbrüche und so weiter, aber eben nur die Symptome, nur als Konversation, als intensive Konversation?
Er spürt den Schweiß auf seiner Stirn, die Hitze in seinem Gesicht, aber er spürt sie auf eine durchaus angenehme Art. Auch das Schwindelgefühl ist gut und richtig (sich fallen lassen; in Austausch treten).
Wie ist eigentlich der Name dieser Stadt? Er vergisst ihn gleich. Er weiß nicht, wie weit sie von Belleville weg sind. Durch einen Vorhang aus bunten Plastikstreifen betreten sie das Lokal, ich kenne schon so einen Ort, denkt er, ein einfaches Lokal, ein paar Tische, ein paar Menschen, Bier, vielleicht Musik. Ein Abend wie der andere Abend, nur umgestülpt, Ersatz und Stellvertretung eines anderen Abends.
Eine Glühbirne hängt über diesem Eingang, das Lokal scheint keinen Namen zu haben oder zu brauchen. Drinnen ist es beinah dunkel, sieben oder acht Tische sind besetzt, fast alle von Männern, es gibt keine Klimaanlage, aber die Luft in ihrer Schwüle riecht nicht nach Bratfett, Schweiß oder Bier, sondern auf für ihn

unbestimmbar pflanzliche Art. Die Tür zum Hof ist offen, dort stehen lange, schütter besetzte Holzbänke. Die Männer im Lokal und im Gastgarten (wenn man von einem Gastgarten sprechen kann, es gibt hier keinen Baum, keine Hecke, keinen Pflanzentrog) schauen nicht die schöne Frau an, sondern den Architekten; er setzt einen unbestimmten Gesichtsausdruck auf, versucht sich auf seine Begleiter zu konzentrieren. Am anderen Ende der Bank sitzen einander zwei colatrinkende junge Männer gegenüber. Gleich, ohne dass ein Kellner sie angesprochen hätte, stehen kleine grüne Bierfläschchen vor ihm und seinen Begleitern auf dem Tisch. Ein dünner Film Eiswasser liegt außen auf der Flasche, er schließt seine Hand um sie. Heineken, er ist ein wenig enttäuscht. Ein Mädchen kommt zu den colatrinkenden jungen Männern hinzu, er erkennt sie nicht genau, aber er glaubt, es könnte (die Belgierin, nein) das Mädchen aus dem Haus sein.

Die Sonne ist schon untergegangen, ein tiefdunkler, warmer, endloser Himmel breitet sich über dem schwach beleuchteten Hof aus, offenbar ist es bewölkt, kein Stern ist zu sehen, es ist auch keine einzelne Wolke zu sehen. Er kann den Kopf zu Vera hindrehen, die an seiner Seite sitzt, in ihre klaren grünen Augen schauen, das Strahlen ihrer klaren grünen Augen in sich aufnehmen (eine körperliche Übertragung, wenn auch nicht gerade die Übertragung eines Symptoms). Sie nehmen beide einen Schluck aus ihrer Bierflasche.

Kleine Glühbirnen sind an quer über den Hof gespannten Kabeln angebracht, eine davon, eine weiße, hängt direkt über Veras Kopf, diese Frau ist so unsinnig schön, dass sie sich am Ende der Stellvertretungen in eine Modepuppe verwandeln könnte. Er muss ganz genau auf ihre Finger schauen, auf ihre Handgelenke, etwas suchen, eine Unebenheit. Die Sehnen, die an ihrem Handrücken hervortreten, Schmutz unter ihren Nägeln. Diese Hände, die ihn einseifen. An ihren Mundgeruch denken. An ihren Kuss. Sie müsste irgendeinen falschen Satz sagen, einen missverständlichen, unkontrollierten Satz, um einen Körper zu bekommen. Dann wäre

es auch schon gut, er muss gar nichts erreichen (ein Kuss, der ganz flüchtig, der fast kein Kuss war), er kann ganz zufrieden bei ihr, in ihrer Nähe sein; in einer Spannung, die sich nie auflösen muss.
Sie scheint nicht zu schwitzen, ihr Gesicht und ihre Arme glänzen nicht (er erinnert sich an die glitschigfeuchten Arme der Belgierin, als sie neben ihm herging in dieser Nacht), sie ist schön wie eine Puppe und weiß alles über ihn. Die Puppen wissen alles über die Menschen. Seine Hand auf ihr Gesicht legen. In sie hineinbeißen.
Das Mädchen von der anderen Seite des Tisches nickt jetzt Vera zu, und er denkt, es könnte sich ein Gespräch entwickeln, aber schon bleiben die Gruppen wieder unter sich. Das Bier ist zu kalt und schmeckt nach nichts, er fragt sich, ob er nicht, trotz der Pizza vor wenigen Stunden, etwas dazu essen sollte, dennoch ist die erste Flasche schnell ausgetrunken.
Von irgendwoher ist Musik zu hören, ein fader Rap.
– Weißt du, sagt Konrad, dass von einigen der berühmtesten Lieder der sechziger Jahre keine einzige Aufnahme existiert, Lieder, die damals täglich im Radio zu hören waren und in Mali oder im Kongo so etwas wie Hymnen ihrer Zeit? Das kann auch Leben heißen, dieses Verlieren und Vergessen, diese Illusionslosigkeit.
Sie haben neue Bierflaschen vor sich, und der Architekt merkt befriedigt, dass er provoziert werden soll, aber im Grunde geht es ihm längst auf die Nerven, dass man ihm dauernd erklären will, was Leben auch noch heißen kann; dieses dumme Schlagwort von den lebenden Häusern (von dem er lebt und das ihn wie ein Fluch verfolgt).
– Sobald man einen Moment achtlos ist, fabuliert Konrad begeistert weiter, kracht alles zusammen, die Straßen werden von Gras überwuchert, in den Fabriken campieren die Drogenhändler oder Ziegenhirten oder kleine Rudel halbverwilderter Hunde, in den Bahnhöfen und verlassenen Einkaufszentren die Bettler, die Menschen aus den ärmeren Nachbarländern, die Taschendiebe aus der Touristenbranche. Aus den Löchern im Gehsteig ragen rostige Stahlstangen.

– Stell dir vor, zwischen Bau und Zerstörung wäre nicht mehr zu unterscheiden, eins geht unmerklich ins andere über. Und die endlos und ewig erscheinenden und gleichzeitig vollendet flüchtigen Regionen der Kinderspiele und Träume mit ihren Tiefen und geheimen Gängen und täuschenden Stimmen wären nur Varianten des Turms von Babel oder sonst eines verlorenen Gebäudes, eines Slums, einer Müllhalde, wo Menschen-wie-Tiere, Menschen-wie-Raben, Menschen-wie-Pflanzen, Männer, Frauen und Kinder umherstapfen und stochern, sich ganz langsam und systematisch bewegen, als wären sie Minensucher, rundherum dampft und raucht es.

Offenbar ist es er selbst, der hier spricht, so tief aus seinem Innern kann Veras Stimme nicht kommen, so nah sie ihm auch ist, sie trinken im selben Rhythmus, sind alle bei ihrem dritten blöden Heineken.

Von den weißen und bunten Glühbirnen, die an den locker quer durch den Hof gespannten Kabeln hängen, ist ein Surren zu hören, das Licht auf Veras Gesicht flackert, aber gleich kommen mehr Gäste in den Hof, reden lauter, übertönen das Surren. Seine Ohren sind wie verlegt, dieser Architekt hört alles laut, aber zugleich wie gedämpft, wie aus seinem eigenen Kopf. Auch der Tisch, an dem sie sitzen, ist jetzt voll belegt, das Mädchen aus dem Haus und seine zwei jungen Männer weggerückt und nicht mehr zu sehen, Konrad redet jetzt auf Französisch mit einem Mann, der girlandenhafte Sätze von sich gibt und alles zu wissen scheint (der Kolonialfranzose, denkt dieser Architket unfreundlich, eine afrikanische Variante des Kolonialfranzosen), und dann gleich wieder deutsch mit ihm, er selbst antwortet dem Girlandenmann, der ihn höflicherweise ins Gespräch einbezieht, auf Englisch, die anderen Sprachen, die er hört, kann er nicht identifizieren, es mag Ewe sein, Wolof, Songhay, Mandingo, Serer, Kabiyé, Waci, Tem, Gen, Akan, Yoruba, Moba. Vera scheint jedenfalls eine oder einige dieser Sprachen zu beherrschen. Auf Englisch sind die Sätze des Girlandenmanns schmucklos und tragen einen halben

Beiklang von Verachtung, aber vielleicht ist es nur seine eigene versteckte Verachtung oder seine Scham über die eigene Sprachignoranz, die der Architekt mithört. Wer nimmt Menschen ernst, deren Sprache er nicht ernst nimmt; niemand von uns außer ein paar Akademikern, deren Beruf es ist, lernt die kleinen Sprachen, die minderen Sprachen, aus rein praktischen Gründen, das reden wir uns ein, und als hätte der Girlandenmann ihn gehört, sagt er gleich, in seinem kargen und verletzten Englisch, our languages are lesser languages. The world not speaks our languages, they're out-of-the-world-languages. There are no lesser languages, antwortet dieser Architekt stumpf und freundlich und fragt sich im selben Moment, ob diese Antwort einen irgendwie verständlichen Sinn hat. Ob sie nicht von oben herab kommt; als wüsste er, wo oben und unten ist und könnte über das Mehr und Minder von Sprachen oder sonstwas entscheiden. Die Stimmen hallen in seinem Inneren als Musik wieder, die *minderen Sprachen* tönen als Musik und reißen die ihm verständlichen Sprachen mit, out of the world, in seinem Innern, im Raum der Stimmen gibt es keinen Unterschied zwischen ihm selbst, seiner Sprache, seiner Stimme (ab und zu sagt er ein Wort, es ist wie Schluckauf, jetzt ist er der Schluckaufsprecher) und den anderen. Das Bier schmeckt ihm immer weniger und er muss immer mehr davon trinken. Immer strahlen diese grünen Augen nah an den seinen, im zarten und fahlen Glühlampenlicht, er stellt sich vor, wie er zu Hause von diesem Strahlen erzählen wird, diesen Moment teilen, im Nachhinein, alles teilen, mit Margarita, alles mit allen teilen.

– Weißt du, die meisten Männer haben Außenskelette, wie Insekten, du nicht, sagt Vera. Die Orte gehen durch dich hindurch. Du glaubst es nicht, aber deine Häuser-Theorie passt zu dir wie die Faust aufs Auge. Auch wenn man auf den ersten Blick meinen könnte, es wäre nicht allzu viel Leben in dir und du würdest eigentlich das Ziel verfolgen, dass deine Häuser an deiner Stelle lebten.

Er merkt, dass er sie jetzt küssen könnte (auch wenn oder gerade weil in dem, was sie sagt, nichts darauf hindeutet und auch wenn der Foucault-Mann ihnen gegenübersitzt). Wie wird es weitergehen, wenn er sie jetzt küsst. *Ich komme* sagen, in dieser Nacht, und nicht, *ich bleibe noch ein wenig*, wie in der anderen. Eine Nacht als Wiederholung und Umkehrung, Wiedergutmachung einer anderen Nacht. Kann es um viel mehr gehen als Küsse? Kann sie sich in ihn hineinstülpen, durch Küsse oder Sätze wie Küsse? Kann er plötzlich etwas sehen, etwas wissen, was er nicht sehen und wissen kann, was sie ihm nicht sagen würde, weil es etwas ist, das man einem anderen Menschen (und sei es der geliebteste Mensch) niemals sagt?

Sein Inneres nach außen tragen, die Außenwelt atmet. Atmet ihn ein, atmet ihn aus, er schließt die Augen, einen Moment zu lang, ihr Gesicht ist jetzt entscheidende Zentimeter weiter von seinem entfernt als vor ein paar Sekunden. Es macht ihm nichts aus. Er fühlt sich sehr müde und sehr leicht, es spielt keine Rolle, wo auf der Welt man sich befindet, er fühlt sich, als könnte er endlos weitertrinken. Ihr trickst mich nicht aus, ihr Zwischengötter.

Bevor der Strom ausfällt, nehmen Konrad und Vera ihr Thema wieder auf, dieser Architekt denkt, dass der Lokalbesuch nur die Fortsetzung des Kongresses mit anderen Mitteln ist. Es gibt sein Berufsleben und die Traumversion seines Berufslebens, die ihn als Ganzes, Körper und Seele, verschluckt hat.

– Stell dir vor, es gäbe einen Raum, durch den keine Linien gezogen sind, einen Ort ohne gesicherte Koordinaten …

– So einen Ort kann man sich nicht vorstellen.

– Du schon, Bruder, du Mann ohne Außenhaut.

– Stell dir vor, jemand, zum Beispiel der Franzose aus dem Café, hätte irgendwo hier in diesem Land ein Haus gebaut, bei dem Innen und Außen nicht zu unterscheiden sind; ein Haus, das nicht nur durch Fenster und versteckte Zu- und Abflusslöcher mit der Außenwelt verbunden ist.

– Je weiter und vielfältiger die Verbindungen zur Außenwelt sind, desto weniger kontrollierbar ist das Haus; desto dünner die

Schicht von Illusion, von Repräsentation, diese zweite Ebene, die einen Anschein von Sinn und Dauer verleiht.
Er stellt sich vor, er hätte wirklich keine Außenhaut. Er stellt sich ein Haus ohne Haut vor, ein Haus, in dem Strand und Meer Platz haben, ein umgestülptes Haus, man muss mit dem Kopf gegen die Wand laufen, bis die Wand nachgibt oder man in der Wand verschwindet. Der schwarze Himmel über ihnen, die Nacht umarmt ihn, die Stimmen, die Dunkelheit und die kleinen Lichter umarmen ihn. Er hört ein leises Surren, das von den Glühbirnen oder doch nur aus seinem Inneren kommt, die Lichter flackern ein ganz klein wenig.

Es ist stockfinster, jemand krabbelt aus seinem Loch, steht auf und geht weiter, blutüberströmt und voller blauer Flecken, jemand, der ich ist. Durch die Straßen, die Avenue Cheikh Anta Diop entlang, vorbei an den Villenmauern, zwischen den wenigen spätabendlichen Passanten hindurch, blick- und berührungslos, einen Plastiksack mit Sandwiches und Bierdosen in der Hand, nach Bier, Erde, Straßendreck riechend, am Wächter vorbei, der vor seiner Kabine am Rand des Hotelgeländes sitzt, mich freundlich grüßt, ein Mann aus einem ärmeren Nachbarland, wie ich gehört habe, und den ich niemals wiedererkenne, obwohl ich schon zwei- oder dreimal mit ihm geplaudert oder beinah mit ihm geplaudert habe. Die Weißen, die Schwarzen, die Menschen sind nicht wiederzuerkennen. Sie sind einer wie der andere. Sie grüßen freundlich, sogar diesen hier, mich.
Als wären nicht kreuz und quer Stangen durch mich geschoben, als wäre ich nicht nackt, als wäre nicht … Na ja. Schon gut. Das kommt davon, wenn man herumläuft, als gehörte man nicht dazu. Es ist nicht so schlimm.
Ich bin nicht nackt und ich blute nicht. Die Stangen haben mich verfehlt.
Nicht jemanden erfinden, der an meiner Stelle stirbt.

Gleich wird die Dunkelheit noch tiefer, lautlos verlöschen alle Glühbirnen (eher als das Licht fehlt ihm einen Moment lang das Surren im Hintergrund). Jemand seufzt: Ach Gott, schon wieder. Was für ein Scheißland, was für eine Scheißregierung, sagt eine andere Stimme, eine ganz ruhige, nicht im geringsten wütend wirkende Stimme. Der Architekt kann nicht einschätzen, von wem und aus welcher Richtung eine Stimme kommt. In unserem Hotel haben wir nichts davon gemerkt, sagt Konrad, aber es gibt fast jeden Tag Stromausfälle. Seit die Elektrizitätsversorgung privatisiert ist, sagt eine andere Stimme. Von Zeit zu Zeit leuchtet blau ein Handydisplay oder ein greller Lichtkegel strahlt auf, der Architekt hat bisher nicht gewusst, dass Mobiltelefone auch eine Taschenlampenfunktion haben. Das weiß hier jeder. Hallo, mein Bruder, hört er eine Stimme. Alle sind gleichermaßen unsichtbar, erscheinen nur ab und zu fast ohne Gesicht, fast als Gespenst im ungewissen Licht der Handys oder einer aufblitzenden Feuerzeugflamme. Immer findet seine Hand zu seiner Bierflasche. Alle sind sie Gespenster und gehören diesem Abend und dieser Nacht. Ist das schön, denkt er. Er kann sich in diesen anderen verlieren (das ist die einzige Verlorenheit), er kann mit Menschen reden und keine Ahnung haben, wer sie sind, seine eigene Stimme unter den anderen nicht herauskennen. Ein Handy läutet, mit dem Monty-Python-Titelmarsch als Klingelton, ein Mann hebt ab und beginnt leise auf Französisch zu reden. Der Architekt freut sich, Ich bin vom Volk der Dings, der Hiesl, denkt er pathetisch (aber es ist ein Monty-Python-Marsch-Pathos), und solidarisch mit meinen Brüdern vom Volk der Ewe, die den richtigen Klingelton für ihr Handy ausgesucht haben. Machs gut, Bruder, sagt eine Stimme, die ihm bekannt vorkommt. Manchmal wandert im Licht eines Mobiltelefons eine neue Bierflasche vor ihn auf den Tisch und eine Hand malt einen neuen Strich auf einen Zettel. Am Himmel sind keine Sterne zu sehen. Vielleicht wird der Stromausfall nur eine halbe Stunde lang dauern, vielleicht die halbe Nacht. Er wird kotzen müssen, nein, er muss nur pinkeln,

er hält den Drang zurück, um nicht den Weg zur Toilette suchen zu müssen.
Ein Bier lang hält er es durch, er denkt an Admira Wacker und fragt sich, ob es diesen Klub noch gibt. Royal Antwerp! will er ausrufen (hicks), so als wäre das ein Witz, den irgendjemand verstehen könnte, aber der Druck in seiner Blase wird immer stärker, und er fragt stattdessen nach dem Weg zum Klo. Die Wörter, die man ausscheidet, sind schwer zu kontrollieren, *the words you secret.* Er erwartet, dass Vera oder Konrad ihm beistehen würden, aber von ihnen ist nichts zu hören. Jemand anderer nimmt ihn am Arm, ein Handylicht führt sie an ein paar Tischen vorbei durch den Hof, ab und zu ist ein Gesicht zu sehen. Jeder Schritt steht für sich, keine Ahnung, wo er hinführt, naja, jemand leuchtet ihm den Weg zum Klo aus, es war sinnvoll, nach dem Weg zum Klo zu fragen, auch wenn es ein erstaunlich weiter Weg ist, der durch einen mit Ölfarbe bestrichenen Korridor führt, dann zu einer Art Schuppen, die Tür öffnet sich. Zeig mir dein Handy, kurz denkt er, er würde nun wieder und diesmal richtig beraubt, aber es ist nur so, dass jemand ihm auf seinem eigenen Handy die Taschenlampenfunktion zeigt, damit er die Klomuschel findet. Also hat er sein Handy dabei, es erstaunt ihn, ändert das nicht alles und macht sein kleines Abenteuer ungültig? Wann und wie ist das Handy in seine Tasche gekommen, wann hat er es aufgeladen (hat er es überhaupt aufgeladen), wann hat er (oder jemand) es eingeschaltet? Die Brettertür hinter ihm schließt sich. Er hakt den kleinen metallenen Haken in die Öse, und die Tür ist versperrt und bis auf einen kleinen Spalt verschlossen. Ein winziger Raum, mit offenen Fenstern knapp über Kopfhöhe. Er ist allein in diesem winzigen Raum (auch wenn er niemals alle Ecken gleichzeitig mit seinem Mobiltelefon ausleuchten kann), niemand außer ihm kann hier drin sein. Das Licht ist schwach, und ihm scheint, es würde immer fahler, flackernder. Er kann kaum glauben, wie lang es dauert, bis seine Blase sich geleert hat. Jedes Mal, wenn er betrunken ist, das gleiche Erstaunen. Er steht da, mit seinem Penis in der

einen Hand, dem Telefon in der anderen, der Urinstrahl macht ein stetiges Geräusch, die schlichteste, primitivste Verbindung (innen und außen sind nicht zu unterscheiden). Fliegen surren um seinen Kopf, seine linke Hand krallt sich ums Telefon.

Seine Finger lösen sich, er öffnet den Haken, das Licht auf dem Display verlöscht. Er macht einige Schritte ins Freie, wischt über sein Handy, nichts tut sich. Hallo, sagt er vage, keiner antwortet ihm. Er versucht sich an die Richtung zu erinnern, aus der er gekommen ist, seine Knie sind weich, er strengt sich an, seine Augen an das Dunkel zu gewöhnen. Der Boden ist nicht ganz eben, knapp vor ihm muss ein Korridor, ein mit Ölfarbe bestrichener Korridor liegen, hinter einer offenen Tür, er erinnert sich an den Windhauch des beiseite geschobenen Vorhangs. Er stößt an etwas Hartes, vielleicht der Türrahmen, links davon geht es weiter, er streckt seine Hände von sich, aus der Ferne glaubt er Stimmen zu hören, Gelächter. Er spürt einen Luftzug, aber in seinem Rücken. Dann berührt seine Hand eine Hand; weiche Haut; nach einer Sekunde Verzögerung (er hält die Luft an) stößt sein Körper mit einem anderen Körper zusammen. Statt sich zu lösen, mit einem entschuldigenden Satz in irgendeiner Sprache, schließt sich dieser Körper um den seinen. Er hört nur lautes Atmen, riecht nur diesen Atem, als der Mund sich seinem nähert.

Sie gleiten zu Boden. Er denkt an Vera und spürt Brüste (ihre Brüste) an seiner Brust, er spürt auch einen harten kahlen Schädel. Sich öffnende Kleidungsstücke, glitschig verschwitzte Haut, Arme, Finger, die raue ledrige Haut von Fußsohlen. Es ist eine Person, die ihn umschlungen hält und an die er sich klammert, und es sind zugleich zwei. Sein Mund ist an einen Mund gepresst, ein betäubender Geruch, ein Geschmack, der an seiner Zunge haften bleibt, an seinem Speichel. Er spürt eine Hand an seiner Wange, eine große, raue, zärtliche Hand. Eine Hand (zarte, fast kühle Finger) spielt mit seinem Penis, hält ihn; er glaubt, an seinen Zehen, im Innern seines Körpers, an seinem Herz, seinem Magen Finger zu spüren; Finger, die sich um seine Organe und

Eingeweide legen. Jedes seiner Organe ist ein Raum für sich, eine Welt für sich, ein bewohnbarer und endloser Raum. Er stellt sich vor, im Boden zu versinken, vom Boden verschluckt zu werden, schließt die Augen.
Er bleibt eine Zeit lang liegen, erschöpft und beinahe glücklich, er hat keine Ahnung, wo er sich befindet, und wenig Ahnung, wer er ist. Am Anfang spürt er noch neben sich diesen Körper. Als das Licht angeht, ist er allein und ziemlich ordentlich bekleidet. Im Hof, im Gastraum ist niemand mehr, nur zwei, drei Einheimische, die nah an der Bar herumstehen und ihn nicht beachten, Kellner vielleicht. Der Tag bricht schon an.
Machs gut Bruder (diese Stimme, eine doppelte Stimme in seinem Ohr), aber er hat doch keinen Bruder, er ist doch kein Bruder. Er hat keinen Bruder mehr, sein Bruder ist nicht einmal ein Geist.
Konrads Hut liegt da, auf einer Sitzbank, er könnte ihn aufsetzen, er wagt es nicht.
Denken ist nur die Verteilung der Ideen im Raum.

Ich war in meinem Zimmer. Ich wollte mich schlafen legen und fühlte mich krank. Nein, nicht krank, ich fühlte mich, als hätte man meinen Körper ausgetauscht. Ich schloss die Augen und glaubte mir nicht, dass ich die Augen geschlossen hatte. Meine Beine waren mir im Weg, diese Beine da unten. Ich lauschte auf jedes Geräusch: eine Katze maunzte, ein Babymaunzen, das mich an ein Kind zu Hause erinnerte (mein Kind oder das Kind des Menschen, der ich gewesen war), das Meckern einer Ziege aus einem Hof in der Nachbarschaft, ein Muezzinruf (aber riefen die Muezzins denn auch mitten in der Nacht? Wusste ich noch etwas über Gebetszeiten und irgendwelche anderen Dinge, um die ich mich einmal aus der Ferne, ohne jeden Glauben als den an den Nutzen des Wissens und einer andauernden Verarbeitung des Wissens, einer Verwandlung in Sprache, einer Rettung durch Sprache, gekümmert hatte?). Meine Augen öffneten sich (diese

Augen), und ich war erstaunt, dass es immer noch dunkel war. Später waren dann Hahnenschreie zu hören, wie selten hörte ich Hahnenschreie und wie vertraut war dieser Ruf (alle Hähne auf der Welt sind ein und derselbe Hahn, alle Hähne auf der Welt zu allen Zeiten, zu den Zeiten von Christus oder Rabelais oder meiner Großeltern, in Böhmen oder auf einer Halbinsel im Norden Deutschlands, an der Küste Westafrikas, in den Ferien, in meinen Büchern, in meinem Bewusstsein).
All die Toten hatten diese Schreie gehört, all den Hähnen, mit ihren gereckten Hälsen, ihren lächerlich stolzen Kämmen, ihren hilflos-eitlen Blicken und ihrem schillernden Gefieder waren die Köpfe abgeschlagen worden. Diese Lungen atmeten, und ich konnte nichts dafür oder dagegen tun. Dieses Herz schlug in einem Rhythmus, den ich nicht bestimmen konnte. Gedanken, die ich nicht denken wollte, schoben sich in meinen Kopf. Nichts davon führte zum Schlaf.
Ich stellte mir vor, ich wäre nackt, und es gäbe keine Wände. Das hier ist ein Körper, ein Körper, der andere Körper braucht, von ihnen lebt, ihnen Leben gibt.
Ich stellte mir vor, jemand stünde am Fenster und schaute in eine wirkliche Welt, dann richtete er den Blick zurück, ins Zimmer, aufs Bett. Ich schaue vom Fenster zurück aufs Bett, dort liegt eine Frau und liest ein französisches Buch, vielleicht *Nadja*, vielleicht *Zazie in der Metro*, ich kann sie ansprechen, aus dem Buch herausholen oder zu ihr zurückgehen, mich stumm neben sie legen.
Ich stellte mir vor, es wäre Tag. Ich beuge mich vom Fenster zurück in mein Leben, im Präsens. Das stellte ich mir vor.

Und die Kleidungsstücke, die im Zimmer verstreut sind, gleichen Lebewesen, fisch- oder froschhaft, mit geleeartiger Haut. Sie zucken noch ein wenig.

9.

Er träumt von einem riesigen afrikanischen Flughafen, hier zu sein ist notwendig (fühlt er im Traum), aber es ist auch falsch, weil es bedeutet, eine Liebe zurücklassen oder noch anderes als eine Liebe: etwas Unwiederbringliches. Etwas, das er niemals zurücklassen dürfte, das niemand zurücklassen darf.
Jedes Leben ist so bedroht, denkt er, wie kann er sich auch nur einen Moment lang sicher fühlen. Miriam, Jakob, Miriam, die freudig hüpft, Jakob, der ihn anstrahlt. Jedes Leben ist so bedroht, wie soll ich euch das sagen oder verschweigen können.
Einerseits kann er nicht zurück; er ist bereits eingecheckt und im Transitbereich, andererseits ist unklar, ob er überhaupt abfliegen wird können; ob sein Ticket, sein Reisepass, sein Impfzeugnis gültig ist, ob alle weiteren Schleusen zu überwinden sind und ob überhaupt Flugzeuge von hier starten, zumindest in den nächsten Stunden, Tagen oder Wochen.
Ein Gewirr von Menschen ist um ihn; es ist nicht klar, welcher Schalter für wen zuständig ist, welche Schlange zu welchem Schalter gehört, ob die Schlangen sich überhaupt weiterbewegen, sie schlingen sich ineinander, verschlingen einander. Er kann die Schrift so schlecht lesen, die Namen nicht identifizieren. Das System von Benennungen: K40, K401 – M99, D/Fa123 (*prenez votre carte d'activation*!) ist undurchschaubar; gäbe es nicht dieses Zeichensystem, würde man sich besser zurechtfinden; man würde eher an eine Außenwelt glauben. Wenn er jemanden fragt, lächelt der andere ihn an, sagt etwas, das er nicht versteht, und geht weiter. Es gibt Uniformierte, aber was bedeuten ihre Uniformen: Gehören sie zum Militär, zur Polizei, zum Zoll, einer Miliz, zu einer

Fluglinie, arbeiten sie zusammen oder gegeneinander, wissen sie überhaupt voneinander?
Ein Mann in Uniform sagt freundlich zu ihm: Für uns ist es auf euren Flughäfen genauso. Nur dass ihr Käfige für uns habt, sodass wir nicht zu sehen sind.
Er befindet sich bereits im Transitbereich; vom Transitbereich aus gibt es keinen Weg zurück und offenbar auch keinen Weg vorwärts. Immer mehr Leute sind um ihn, fast alles Unbekannte, es gibt unerwartete Sperren und Mündungen finsterer Gänge, hoch oben ein flaches Dach, von dem sich die Deckplatten gelöst haben, teils noch herabhängen, darunter sind mit Aluminium umwickelte Rohre, Kabel, rostige Leitungen und Drähte sichtbar, die meisten sicher längst funktionslos, ein Gewirr von Kabeln und Rohren, das er nicht abzeichnen und verstehen kann. Da und dort campieren Menschen, auf Bergen von Rucksäcken, einem Müllhaufen aus Rucksäcken, Decken, alten Kleidern. Fast alle sind Weiße, er sucht nach bekannten Gesichtern. Eine Pyramide, sagt jemand, ist ein labyrinthischer Raum, wo die Toten leben. Ein Raum, wo die Toten aufs Leben warten, er glaubt, die Stimme der Dozentin aus Padua wiederzuerkennen.

Ein Mann geht den Korridor entlang, kommt plötzlich auf ihn zu, trägt etwas in der Hand, das er nicht sehen will. Wie abrasiert. Sein Herz klopft; die Herzschläge laufen einander davon, überschlagen sich, wie spielende Hunde.
Was hat er zurückgelassen; wann, gerade erst, oder längst schon irgendwo auf dem Weg? Was hat er getan.

Er wacht auf. Niemand darf sterben. Es ist helllichter Tag.
Wenn der Ort in Raum und Zeit verrutscht, kann er sich plötzlich um ihn zusammenziehen und er erstickt. So ist es seinem Bruder ergangen, so ist es vielen ergangen. *Sie nennen dies den schlimmen Tod*, bei welchem alten Philosophen hat er diesen Satz einmal gelesen? Und sofort gewusst, aber gleich wieder vergessen wollen,

was damit gemeint ist, und das Buch in Margaritas Bücherregal zurückgestellt. Wie könnte man erzählen, auf der anderen Seite der Grenze. Niemand darf sterben.

Er schaut sich um, eine Wegkreuzung in einem Ödland, niemand ist in der Nähe. Die Sonne steht hoch am Himmel. Ein Raum ohne Koordinaten, ohne Fixpunkte. Kein Osten, Westen, Norden, Süden, kein Daheim und In-der-Fremde, keine Stadt, kein Haus, kein Hier und kein Dort. Grauer Boden, ein sandig-gelber oder endlos blauer Himmel, ein paar Sträucher, die für nichts stehen, ein wenig bleiches Gras, das für nichts steht, Felsen und Steine, die nichts markieren.
Die Welt, die nichts als die Welt ist, die Wirklichkeit, die nichts als die Wirklichkeit ist.
Wenn er länger nach oben schaut, ändern sich die Farben. Der Himmel ist weiß und kann sich ganz nah an den Kopf heranschieben. Ein hungriger Himmel, mit spitzen Zähnen. Mit dem Kopf, mit den Händen kann der Architekt den Himmel verformen. Blütenblätter flattern durch die Luft, über den Boden laufen große rote Ameisen, es gibt Löcher im Boden, aus denen große Ameisen kriechen, so wie es Löcher in seiner Haut geben kann, in die Finger hineinfahren.

Jede Verwandlung hat ihren Ort.
Er stellt sich das Haus von Jacques, dem Kolonialfranzosen vor, ein Haus wie eine Pflanze oder ein Pilz, das lebt und ein Bewusstsein hat, das aber nur dazu da ist, seine einheimischen Geliebten zu empfangen und zu verwirren. Ein Haus, das aus dieser Landschaft herauswachsen könnte, durch rote Lamellen an den Fensterläden dringt Sonnenlicht, kriecht in alle Winkel, fließt und flattert, zerstreut sich. Die Wände wiegen sich, Bäume wachsen durchs Zimmer, sie könnten durch Körper wachsen. Drinnen und draußen sind (so sollte sein Atelier sein) durch keine feste Grenze geschieden. Alles ist an der Oberfläche, nichts verborgen,

dennoch kann kein Architekt die Konstruktion, den Bauplan nachvollziehen. Das Haus ist nicht in Zimmer zerteilt und hat keine Zwischenwände, selbst die Außenwand kann sich zum Horizont verschieben, doch der Raum ist nicht weit, er ist nicht leer und nicht offen. Die Regeln für Blicke sind neu und unbekannt; was offen ist und was verborgen, kann ein Besucher nicht wissen. Nackte Figuren in diesem Haus. Eine Frau, die aus der Dusche steigt (Vera), sich hinzeichnet in diesen Raum, wie ein Lichtwesen, und sich gleich wieder aus seiner Vorstellung löscht. Die Wand ist von Schatten schwarzweiß schraffiert; Schraffierungen und Schatten wie Haar auf bleicher Haut; sich wandelnde Zeichnungen, die Zeichentrickwelt eines in sich selbst gestülpten Raums. Sie steigt aus der Dusche, und hinter ein paar Säulen, eine Ebene in die Tiefe oder um eine Kante verschoben, wartet eine Straßenbahn, eine U-Bahn auf sie, sie findet sich an einem Hintereingang des Flughafens, in einer undefinierten Landschaft. Der Raum stülpt sich einfach wieder aus sich heraus, so funktioniert es. Die Haut ist keine Grenze. Manchmal öffnet sich das Haus, manchmal öffnet sich die Stadt oder die Landschaft.

Einen Moment lang stellt er sich vor, sein Sohn könnte solche Räume erträumen, Räume wie er sie nicht zu entwerfen wagte, könnte im Spiel aus der Zukunft heraus ihn, diesen Vater, in solche Räume versetzen. Sein Sohn und seine Tochter gemeinsam (denn die Geschichten, die Jakob ernst nimmt, hat Miriam im Spiel erfunden) würden seine Wege steuern, aus der Zukunft heraus oder vom Teppich-Niemandsland des Kinderzimmers her, und er selbst wäre nichts als das Netz dieser Wege. Es geht nicht um Kolonialisten und Geliebte, sondern um Ahnen und Architekten, Väter und Kinder; eine endlos geflochtene Kette, in der er sämtliche Plätze zugleich einnimmt.

Vor einem Haus, in einem Dorf am Rand der Hauptstraße, sitzt unter dem Vordach ein Mann in einem roten T-Shirt auf einem Stuhl, die Beine hochgelegt, schlafend. Neben ihm drei oder vier Benzinkanister, eine rostige blaue Tonne, auf der eine Blechwanne steht, ein Kübel voll Milch. Der Mann schläft, schlägt die Augen auf, ein Kind kommt aus dem Haus, der Mann schließt wieder die Augen. Hinter seinem Haus bricht die Welt ab. Eine unzugängliche finstere Ebene in der Tiefe. Aus einem kleinen Fenster an der Rückwand des Hauses hat man sie im Blick, es ist Nacht, der Mond geht unter, so einen Mond hat dieser Architekt schon einmal von einem Küchenfenster aus gesehen. Diese andere Zeit ist jetzt, dieser andere Ort ist hier. Der Mond geht unter, nicht wie Mond oder Sonne oder irgendein Himmelskörper, sondern wie ein lichter, die Erde berührender Gegenstand, ein orangefarbener, plötzlich und nur für Sekunden (wie aus Versehen) erkennbarer Gegenstand. Alle Größenverhältnisse, alle Abstände werden unsicher. Dieser Architekt sitzt an seiner Wegkreuzung und zugleich als ein Fremder, vielleicht ein Tankwart, in einem Haus in einem Dorf am Rand der Hauptstraße, ein Rind geht die Horizontlinie entlang, ein dünnes Rind mit hervorstehenden Schulterblättern, so groß und so deutlich als könnte er es anfassen. Er sieht den Mond durch ein kleines Fenster, ein Küchenfenster zu Hause, in einem Zuhause, das ihm nicht gehörte und in das er nicht hingehörte. Auch das Haus berührt die Erde, kann abheben und versinken, ein Gegenstand aus Licht, eine mondhaft lichte Erscheinung. Er kann die Hand ausstrecken, die Horizontlinie anfassen, die Landschaft kippen.

Jetzt geht er los.

Aus einem Zelt kommt ein Mann, in Fetzen gekleidet, mager und hungrig. Er wird nie mehr irgendwo anders wohnen. Die Hunde spielen am Strand, sie begrüßen ihn. Er knurrt; als könnte er bellen, sich ihnen anschließen, in das Muster ihrer Bewegungen, ein Muster wie aus Zeichentrickfilmen einfügen, als wäre er selbst nur flüchtig hingezeichnet. Jeder Punkt des Raumes ist gezeichnet, ist Teil der Zeichnung und damit Teil des Bewegungsmusters, des Feldes. Die Wellenzungen, die das Land lecken, die leicht auf dem feuchten Sand aufsetzenden Beine, die kleinen dunklen davonspringenden Körper. Die Hunde rufen einander Sätze zu, antworten einander, Sand, Wolken, Meer antworten ihnen. Auf der einen Seite ist das Meer, auf der anderen der Kontinent, die Wälder und Wüsten, die Städte, die Herden von Rindern und Ziegen, die Hirten, Bauern, Händler, Leben wie flackernde kleine Lichter, dann Europa, Netze von Städten, flackernde Lichter, ein dunstiger Himmel.

Er findet sein Handy in der Tasche (der Akku war leer, er versucht es trotzdem).

Es gibt ein zweigeteiltes Haus, in diesem Land, wo die Häuser keine Keller haben. Im Fußboden könnte eine Falltür sein, darunter ein weiterer Raum, mit einer Decke, zu niedrig, als dass die Bewohner sich aufrichten könnten. Oben essen die Menschen, trinken Wein, unterhalten sich. Oder: Jemand sitzt mit Laptop am Tisch, oben, zeichnet, schreibt, hört den Lärm aus dem Untergeschoß, hört nicht auf den Lärm, wirft ein paar Brotwecken, ein paar Münzen durch die Falltür. Unter den Brettern können sich immer mehr Leute ansammeln, Menschen-wie-Vögel, Menschen-wie-Pflanzen, ein ganzer Stamm, Sklaven, die seit hundertfünfzig Jahren auf die Verschiffung warten und in dieser Zeit so leicht wie Luft geworden sind. Meine verlorene Verwandtschaft, die Bewohner des Turms, im Vergessen daheim, aneinandergeschmiegt, mit ineinander verfließenden Formen.

Margarita anrufen. Er stellt sich den Einwählton von Skype vor, diesen völlig künstlich klingenden Ton; so deutlich, dass er ihn vor sich hört und sich gleich fühlt, als wären Kameras auf ihn gerichtet, sich gleich nackt und ausgestellt fühlt.

Eine dünne alte Frau zieht immerzu ihre Kreise um einen Hof, um den herum die Zimmer und Trakte verteilt sind, helle Wohnzimmer, dunkle Schlafzimmer, eine Küche, ein Bad (das reicht aus, man braucht keine neuen Häuser). Ihr Blick trifft ihn. Der Blick seines Vaters trifft ihn und geht an ihm vorbei ins Leere, das soll ein Haus sein?, fragt der Blick gleichgültig, das nennst du Leben? Das soll eine Welt sein? Sein Vater sitzt in der Ecke des Zimmers (des immer gleichen Zimmers, so ist er schon im

Hotel, so ist er jahrzehntelang beim Fernsehen im Wohnzimmer auf dem Sofa gesessen, so sitzt er im Laden, in der Werkstatt, in der Schule, in seinem oberösterreichischen Heimatort, in seinem Elternhaus auf einem Webteppich, an einem Herbsttag vor dem Krieg, mit einem Spielzeug vor sich, das er ratlos anschaut, das soll ein Auto sein? Oder nein: er sieht, das ist ein Auto, dieses einzige Spielzeug, das er besitzt; jetzt ist die Welt zu entdecken, aus der Ratlosigkeit, dem Licht dieses Herbsttages, dem Webmuster des Teppichs, der Kinderangst, dem Fast-Nichts heraus, ein Zelt, ein Hof, ein Stück Teppich, die ganze Zukunft, die es nie geben wird, ist zu entdecken). Er schaut auf den Fernsehschirm, auf dem ein grüner Billardtisch erscheint und nicht mehr verschwindet, und schüttelt den Kopf. Ein rotes Huhn schreitet, sich links und rechts umschauend, über den Billardtisch. Ein rotes Huhn geht mit empörtem Gesichtsausdruck eine staubige Straße entlang, Lastwagen brausen an ihm vorbei, es hüpft zur Seite, stolpert. Ihm wird nichts passieren, es geht immer weiter, in seinem stolpernden Hühnergang.
Er hört das Läuten auf der anderen Seite, hört die Stimme Konrads, und im ersten Moment erschrickt er (welchen Namen hat er angetippt?). Er fühlt sich entblößt und am Ende. Das Signal verschwindet wieder.

Seine Erinnerungen laufen nicht auf den Straßen herum. Auf den Straßen laufen keine Toten herum.

Es ist alles nicht schlimm. Immer gibt es Taxis, schlimmstenfalls überteuerte Taxis, er muss es nur zulassen, dass er immer in die besseren Lokale und Hotels geschaufelt, bei jedem Arztbesuch vorgereiht wird und sich die teureren und wirksameren Medikamente leisten kann, immer gibt es jemanden, der den Europäer bei der Hand nimmt, noch seinen Leichnam würde man bevorzugt transportieren und sanft ins Flugzeug bugsieren und nach Hause geleiten. Alle Erfahrungen dieses Architekten sind touristische Erfahrungen, er wird geschützt und betrogen. Das heißt Touristsein. Es ist egal, in welche Richtung er geht. Er kann ins Kongressbiotop zurückschlüpfen, eine weitere schlaflose Nacht verbringen (sein Vater taucht nicht mehr auf, er erinnert sich an seine Kinder, erinnert sich schon im voraus an seine Heimkehr, Papa, Papa, sie hüpfen auf und ab wie Gummibälle, klammern sich an seine Beine, drücken sich an ihn, und er fragt sich, ob sie wirklich ihn meinen, ob irgendetwas in ihm so eine Begrüßung verdienen kann. Er hat ihnen nichts mitgebracht, eine totale Enttäuschung, aber es muss einen Grund dafür geben, er kann nicht einfach vergessen haben, er ist der Papa), dann wird er selbstbewusst und nach allen Regeln seiner Profession sein Konzept präsentieren, der Dekan strahlt, die Zuhörer gähnen dezent, es gibt Kritik, doch der Präsident verteidigt ihn, wenn auch mit Argumenten, die vor allem seine eigene Position befestigen, die Belgierin schweigt und er fängt ihren Blick auf und lässt ihn an sich abgleiten, sonst wird wenig von seinem Konzept in Erinnerung bleiben, selbstverständlich wird es niemals realisiert. Der Dekan strahlt und schüttelt ihm zum Abschied die Hand. Er hält seine Hand in seiner Hand, wie in einem Nest, so als wollte er sie niemals loslassen.

Ein Mann und eine Frau in Feinrippunterhemden, mit beiden Händen, beiden Handflächen, allen Fingern greifen sie einander in die Gesichter, auf die nackten Schultern, mit großem Ernst, sie tanzen mit nackten Füßen auf dem staubigen Boden. Es scheint ihm in der Erinnerung, sie würden nicht ganz im Rhythmus der Musik tanzen, sondern in einer ganz leichten Verzögerung; in ihrem eigenen Rhythmus. Sie sind zwei in einem. Ihre Bewegungen und Gesten sind nicht voneinander zu trennen; wenn sie schlafen, dann schlafen sie denselben Schlaf. Wie das andere Paar, alles, was sie sagen, gehört ihnen beiden, alles, was sie träumen, gehört ihnen beiden, darin liegt das Geheimnis, es ist etwas für ihn nicht Erreichbares, mit keiner Frau und nicht mit zweien-in-einem, es ist etwas von selbst gar nicht Erreichbares, weil es am Ort hängt,

am Abstand, an einem Blick, der den Abstand aufrechterhält. Weil es eine Form ist, eine Förmlichkeit und ohne die Form und Förmlichkeit nichts. Es ist wahrnehmbar, aber nicht erreichbar; oder nur für einen kurzen Moment erreichbar, von dem er nicht weiß, ob er ihm traumhaft und wunderbar oder unerträglich erscheinen soll.
Und eine alte dünne Frau schaut ihn an, seine Hand in ihrer gefangen, mit einem Blick vollkommener Offenheit und Liebe, wie ihn die Kinder kennen und bald verlernen müssen, um unter den Menschen leben zu können; bis der Blick wieder zu ihnen zurückkommt, sich in ihre Augen einschleicht, mit zersetzender Kraft. Zwei oder drei Mal hat dieser Architekt es gesehen (du darfst nicht sterben, sagt er im Kopf zu seinem Bruder, der stirbt). Es ist, als gäbe es nichts außer diesem Blick (dieser Form und Zersetzung). In einem einzigen Bild wäre das Leben eines Menschen zu sehen, ein Leben, das sozusagen in einer Sekunde abläuft, nach einer Sekunde für immer vorbei ist und zugleich unendlich. Diese dünne alte Frau.

Wenn dieser Architekt, sozusagen bei Bewusstsein, dasitzt auf seinem engen Platz (26H) und wartet (aufs Abheben, auf das Essen, auf die Nacht, den Schlaf), weiß, dass er für viele Stunden eingesperrt sein wird und ihn nur vollkommene Ratlosigkeit und Enttäuschung erwarten können, kein Zuhause: beginnt er dann nicht gleich doch etwas zu spüren und lässt sich hineinfallen, in dieses Etwas, das eher nichts ist, so gut wie nichts, ein Spüren von Nichts, eine völlige Gedankenlosigkeit. Das glückhafte Bewusstsein einer völligen Gedankenlosigkeit. Alles tut ihm weh und er verspürt den einzigen Wunsch, diese Nacht, in der er dutzende Male seine Stellung auf dem schmalen Sitz wechselt, manchmal für Minuten schläft, nichts denkt und nichts denken möchte, möge endlos dauern. Irgendwann, aber nur unter der Voraussetzung dieser Endlosigkeit, würde er auch einschlafen. Er würde schlafen.

Eine Playmobilfigur mit offenem Kopf liegt unter der Heizung, in einer undefinierten Landschaft. Die Kinder haben vergessen, die Landschaft zu definieren und im Spiel zu verwandeln, das ist bloß staubiger Parkettboden, vor Jahrzehnten verlegt, mit Löchern für die Heizungsrohre. Im Kopf der Playmobilfigur gibt es ein Stäbchen, auf das der Haarteil, irgendein Haarteil von Prinzessin, Kind oder Ritter, irgendein Helm oder Hut aufzustecken ist.
Eine Hand greift ins Bild, durchs Fenster, das kein Fenster mehr ist, Blütenblätter fliegen durch die Luft, werden zu Seifenblasen.
Sein Vater sitzt als Kind auf dem Teppich, führt sein einziges Spielzeugauto die Streifen des Webmusters entlang hin und her und redet halblaut und beschwörend vor sich hin. Im gleichen ärmellosen Pullover wie er ihn als alter Mann trägt. Ein dünnes Mädchen in einem zerschlissenen weißen Kleid hüpft in einem Hof (demselben Hof wie achtzig Jahre später) auf und ab, ein Haufen von aufgesammelten Steinen liegt in Jakobs Dorf, hinter der Wüste, nah am Fenster. Ein splitternackter weißer Mann geht durch die Straßen einer afrikanischen Stadt, hält sich an einem fahrenden Auto fest, das Auto bleibt stehen, ein paar Passanten bleiben stehen, eine Frau mit einem Turm von Handtaschen auf dem Kopf lächelt. Er hört das Gurgeln aus dem Heizkörper, Regen schlägt gegen das Fenster. Er liegt neben Margarita im Bett, und sie umarmen sich, keine Körperberührung darf von jetzt an bloß eine Berührung der Epidermis sein. Schon dieser Abstand –

Er ist nackt, und es gibt keine Wände.
Er sitzt vor dem Haus unterm Vordach, neben Regentonnen und Benzinkanistern, die Beine ausgestreckt.
Er kriecht aus seinem Zelt.
Er sitzt in der Ecke, sehr friedlich, kaum sichtbar (vom Innern des Spiels aus) und schaut zu.